Monica McCarty

Après avoir étudié le droit à Stanford et exercé le métier de juriste, elle s'est tournée vers l'écriture. Passionnée depuis toujours par l'Écosse médiévale, elle se consacre au genre des Highlanders avec des séries à succès comme *Les MacLeods*, *Le clan Campbell* ou *Les chevaliers des Highlands*. Elle est aujourd'hui un auteur incontournable de la romance historique.

Le Saint

*Du même auteur
aux Éditions J'ai lu*

LES MACLEODS

1 – La loi du Highlander
N° 9332

2 – Le secret du Highlander
N° 9394

3 – La fierté du Highlander
N° 9535

LE CLAN CAMPBELL

1 – À la conquête de mon ennemie
N° 9896

2 – Le proscrit
N° 10032

3 – Trahi
N° 10084

LES CHEVALIERS DES HIGHLANDS

1 – Le Chef
N° 10247

2 – Le Faucon
N° 10413

3 – La Vigie
N° 10511

4 – La Vipère
N° 10609

Monica McCarty

Les chevaliers des Highlands – 5
Le Saint

*Traduit de l'anglais (États-Unis)
par Astrid Mougins*

AVENTURES
& **PASSIONS**

Vous souhaitez être informé en avant-première
de nos programmes, nos coups de cœur ou encore
de l'actualité de notre site *J'ai lu pour elle* ?

Abonnez-vous à notre *Newsletter* en vous connectant
sur **www.jailu.com**

Retrouvez-nous également sur Facebook
pour avoir des informations exclusives :
www.facebook/pages/aventures-et-passions
et sur le profil *J'ai lu pour elle*.

Titre original
THE SAINT

Éditeur original
Ballantine Books, an imprint of The Random House Publishing Group,
a division of Random House, Inc., New York

© Monica McCarty, 2012

Pour la traduction française
© Éditions J'ai lu, 2013

*Être rousse n'augure pas forcément des ennuis.
N'est-ce pas, Maxine (ma fille bientôt adolescente) ?*

La Garde des Highlands

Tor MacLeod, dit le Chef : commandant du corps d'élite et maître d'armes.

Erik MacSorley, dit le Faucon : marin et nageur.

Lachlan MacRuairi, dit la Vipère : opérations furtives, infiltration et exfiltration.

Arthur Campbell, dit la Vigie : reconnaissance.

Gregor MacGregor, dit la Flèche : tireur d'élite et archer.

Magnus MacKay, dit le Saint : guide de montagne et inventeur d'armes.

William Gordon, dit le Templier : alchimie et explosifs.

Eoin MacLean, dit le Frappeur : stratège expert en tactiques de pirate.

Ewen Lamont, dit le Chasseur : pisteur et traqueur d'hommes.

Robert Boyd, dit le Brigand : force physique et combat au corps-à-corps.

Alex Seton, dit le Dragon : dague et combat rapproché.

Avant-propos

L'an 1308 de Notre-Seigneur

Après deux ans et demi de guerre, Robert de Bruce a accompli l'une des reconquêtes les plus remarquables de l'histoire. Contre toute attente, avec l'aide de son corps d'élite secret baptisé la « garde des Highlands », il a vaincu les Anglais à Glen Trool et Loudoun Hill, puis a écrasé les puissants seigneurs écossais qui se dressaient encore contre lui, à savoir les Comyn, les MacDowell et les MacDougall. En octobre, le comte de Ross s'est enfin soumis à Bruce qui contrôle désormais toute l'Écosse au nord de Tay.

Pendant qu'Édouard II, le nouveau monarque anglais, est occupé à mater ses propres seigneurs belliqueux et que son frère Édouard de Bruce surveille le sud du pays encore instable, le roi Robert peut enfin savourer un répit bien mérité. Néanmoins, son trône est encore branlant et, dans un royaume peuplé d'ennemis déclarés ou non, la paix n'est jamais qu'une illusion. Bientôt, il devra affronter le plus grand péril de sa vie et, une fois de plus, il fera appel aux guerriers légendaires de la garde des Highlands pour le sauver.

Prologue

Château d'Inverbreakie, comté de Ross,
Highlands écossaises, août 1305

Magnus MacKay perçut le mouvement du coin de son œil tuméfié. Trop tard pour lever sa targe et se protéger. La masse d'armes le cueillit au flanc gauche et le projeta brutalement dans la poussière. Encore ! Cette fois, il avait quelques côtes cassées.

Son grognement de douleur n'étouffa pas la clameur de la foule, bientôt suivie d'un silence anxieux. Tout le monde attendait son prochain geste. S'il était encore capable de bouger.

Une grande ombre s'avança sur lui, lui cachant le soleil. Il leva les yeux vers le visage menaçant de son adversaire.

— Alors ? Tu as eu ton compte ? le nargua le bras droit de Sutherland.

Chaque parcelle de son corps était moulue. Des endroits qu'il n'aurait jamais crus aussi sensibles le faisaient terriblement souffrir. Il était fourbu, brisé, réduit en bouillie, mais pas prêt à capituler. Pas cette fois. Cela faisait cinq ans qu'il se faisait battre par Donald Munro, le champion des Sutherland. Il ne pouvait pas perdre aujourd'hui. Le trophée était trop important.

Magnus cracha la terre qu'il avait dans la bouche. Il essuya le sang et la sueur qui lui coulaient dans les yeux, puis se leva péniblement en serrant les dents contre la douleur. Il vacilla puis se stabilisa par la seule force de sa volonté. Il secoua la tête pour chasser les étoiles qui dansaient devant ses yeux.

— Jamais.

Un hourra s'éleva de la foule. Ou plutôt, d'une moitié de la foule. Comme le reste de l'Écosse, les clans qui s'étaient réunis pour les jeux des Highlands étaient divisés. Cette fois, ce n'étaient pas les partisans de Robert de Bruce et de John Comyn qui s'affrontaient dans l'arène (même si les deux prétendants au trône d'Écosse étaient présents), mais les tenants d'une querelle encore plus ancienne et plus sanglante : les MacKay contre les Sutherland.

— Pour un morveux, tu es vraiment buté, cracha Munro.

Magnus n'était pas loin de partager son avis. Sa targe tapissée de cuir dans une main, sa masse dans l'autre, il se prépara au prochain coup.

Il l'encaissa. Puis un autre, et un autre encore. Munro était infatigable, il frappait comme une brute.

Magnus aussi était coriace. Chaque fois que le redoutable guerrier l'envoyait à terre, il se relevait, refusant de rendre les armes. Il n'était pas question que ce vantard lui vole à nouveau la première place.

Le bras droit de Sutherland était sa bête noire depuis les premiers jeux auxquels Magnus avait participé, cinq ans plus tôt. Il n'avait alors que dix-huit ans et vaincre le champion, qui avait cinq ans de plus que lui et était dans la fleur de l'âge, lui avait paru insurmontable.

Les temps avaient changé.

Magnus n'était plus un adolescent. Au cours de l'année qui venait de s'écouler, son corps déjà athlétique s'était encore étoffé. En outre, il avait l'avantage de la taille : il dépassait le mètre quatre-vingts de son adversaire. Le combat n'était plus aussi déséquilibré.

Jusqu'ici, les jeux lui avaient bien réussi. Il avait remporté la course à pied et plusieurs défis à l'épée (Tor MacLeod, le meilleur épéiste des Highlands, était absent, heureusement.) Il était arrivé dans le trio de tête dans toutes les autres disciplines à l'exception de la nage, ce qui était normal : Magnus venait des montagnes du nord de l'Écosse et les Islanders dominaient largement toutes les compétitions aquatiques.

Mais s'il y avait une épreuve qu'il devait gagner, c'était celle-ci. La masse d'armes était l'apanage de Munro. Il n'avait pas perdu un combat depuis près de dix ans, c'était sa fierté et son domaine. Lui arracher sa couronne au nom des MacKay rendrait la victoire de Magnus d'autant plus délicieuse. Au-delà de la profonde haine entre leurs deux clans, l'arrogance et le mépris de Munro à son égard rendaient leur affrontement encore plus personnel.

Cependant, la détermination de Magnus n'était pas uniquement motivée par l'orgueil et l'inimitié. Il y avait un autre enjeu, beaucoup plus important. Il était profondément conscient d'un certain regard sur lui. Deux grands yeux d'un bleu céleste qui ne le quittaient pas. Ceux d'Helen, la fille, non, la femme, qu'il comptait épouser. À l'idée d'être vaincu par Munro devant elle…

C'était inconcevable. Cela ne pouvait arriver. Comment pourrait-il lui demander d'épouser un homme qui arrivait second ?

Il para un nouveau coup puissant avec sa targe, tous ses muscles se contractant pour absorber le choc. S'efforçant d'oublier la douleur cuisante dans son côté gauche, il parvint à projeter sa masse. Munro fit un bond de côté, mais l'arme de Magnus l'atteignit à l'épaule.

C'était la première fêlure. Derrière l'expression de fureur sur le visage de Munro, Magnus percevait la frustration. Le colosse commençait à se fatiguer. Le coup qu'il venait d'encaisser et les mouvements répétés avec la lourde masse sapaient peu à peu ses forces.

C'était le moment que Magnus attendait.

Le doux parfum de la victoire agit sur son corps meurtri comme le plus puissant des baumes. Avec un regain d'énergie jaillissant du plus profond de ses entrailles, il lança l'offensive. Son adversaire, pris par surprise, recula sous l'assaut de sa targe et le martèlement de sa masse.

Il trébucha. Magnus en profita pour glisser un pied derrière sa cheville et le faire tomber à la renverse. Il le cloua au sol, un genou sur son torse et la targe sur sa gorge, puis brandit haut son arme et cria :

— Rends-toi !

Sa voix résonna dans l'arène silencieuse. Ce brusque retournement de situation avait laissé la foule pantoise.

Munro tenta de se redresser, mais Magnus tint bon. Il pressa le bord de sa targe sur sa gorge, lui coupant la respiration.

— Rends-toi, répéta-t-il.

Le sang bouillonnait dans ses veines. La violence de leur affrontement l'habitait tout entier et la tentation de porter le coup de grâce était forte, même s'il s'agissait d'une compétition amicale et non d'un combat à mort entre deux gladiateurs.

Il s'en fallut de peu. Munro refusait de reconnaître sa défaite et Magnus de lâcher prise tant qu'il ne se serait pas avoué vaincu. Les jeux impliquaient une trêve temporaire entre les deux clans, mais la haine entre les deux fiers Highlanders menaçait de la faire voler en éclats.

Heureusement, on prit la décision pour eux.

— La victoire revient à MacKay, annonça le baron Innes.

En tant que maître du château d'Inverbreakie, il était l'hôte de ces jeux.

Les acclamations fusèrent autour d'eux. Magnus abaissa sa masse et écarta sa targe, libérant Munro. Il se redressa et, écartant les bras, savoura les applaudissements et l'euphorie de la victoire.

Il avait réussi. Il avait gagné. *Helen*.

Un attroupement se forma autour de lui. Il aperçut son père, ses frères et sœurs, ainsi qu'un certain nombre de jolies jeunes filles.

Celle qu'il voulait voir ne se trouvait pas parmi elles. Helen ne pouvait pas venir à lui. De son côté, même s'il brûlait de le faire, il n'osait pas la chercher du regard.

Et pour cause : la fille qu'il voulait épouser n'était autre qu'Helen Sutherland de Moray, la fille de son plus grand ennemi, le comte de Sutherland.

Dieu merci, c'était terminé ! Helen n'aurait pu le supporter une minute de plus. Rester assise à regarder Magnus se faire rouer de coups et frôler la mort sans pouvoir réagir, réprimer ses moindres sursauts et ses cris d'effroi, était un véritable supplice. Elle n'avait cessé de prier pour qu'il ne se relève pas et qu'il capitule enfin devant l'homme qui était pratiquement un frère pour elle.

Magnus était trop coriace pour son bien. Cette tête de mule ne pouvait jamais baisser les bras !

Elle allait l'étrangler pour lui avoir fait subir une telle torture. Il savait pertinemment qu'elle n'aimait pas la violence des jeux des Highlands. Elle ne comprendrait jamais le plaisir que prenaient les hommes à se taper dessus au nom de la compétition. Pourtant, pour une raison obscure, il lui avait fait jurer qu'elle assisterait à son combat.

— Tu te sens bien ?

Avant de se tourner vers son frère, Helen s'efforça de se calmer et de déglutir afin de desserrer le nœud qui semblait s'être noué définitivement dans sa gorge.

Le regard inquiet de Kenneth allait de son visage tendu à ses mains qui serraient convulsivement les plis de sa jupe en laine.

— Tu n'as pas l'air bien. Tout à l'heure, j'ai cru que tu allais tourner de l'œil.

Le pouls d'Helen s'accéléra. Il était beaucoup trop observateur. Il ne fallait en aucun cas qu'il devine l'origine de son trouble. Kenneth méprisait les MacKay, et Magnus tout particulièrement. Ils avaient à peu près le même âge, mais Magnus avait eu le dessus sur lui dans toutes les compétitions depuis qu'ils étaient enfants. Si Kenneth découvrait la vérité à leur sujet...

Il ne saurait jamais. S'il apprenait qu'elle frayait avec l'ennemi, ce serait la catastrophe. Les Sutherland haïssaient les MacKay. Les MacKay haïssaient les Sutherland. C'était dans l'ordre des choses. Sauf pour elle.

— Je ne pensais pas que ce serait si... intense, répondit-elle.

Ce n'était pas un mensonge. Se souvenant soudain de son devoir familial, elle ajouta :

— Et je suis déçue, naturellement.

Il la dévisagea d'un air suspicieux, semblant deviner qu'elle ne lui disait pas tout. Il la connaissait trop bien. Elle retint son souffle. Heureusement, un nouveau rugissement de la foule détourna son attention. Les traits de Kenneth se rembrunirent quand il vit les démonstrations de joie des MacKay.

— Je ne peux pas croire qu'il ait gagné, marmonna-t-il. Père sera furieux.

Une nouvelle inquiétude saisit Helen.

— Il serait peut-être préférable de ne rien lui dire, suggéra-t-elle. Du moins, pas tout de suite.

— Il est si mal en point ?

— Il se rétablira, répondit-elle fermement.

Elle cherchait à se rassurer elle-même autant que son frère. Bien sûr qu'il guérirait. Elle ne pouvait envisager qu'il en soit autrement.

— C'est juste que je ne veux pas qu'il s'énerve, précisa-t-elle. Il a besoin de toutes ses forces pour lutter contre la maladie.

Néanmoins, à chaque nouvelle crise, l'état des poumons de leur père semblait empirer. Elle n'aurait sans doute pas dû venir, mais Magnus le lui avait fait promettre. En outre, l'idée de ne pas le voir avant un an, avec la menace d'une guerre qui planait à l'horizon...

Elle n'avait pas pu résister.

Ce n'était que pour une semaine. Son père tiendrait bon jusqu'à son retour. Elle avait laissé des instructions précises à Beth, la servante qui l'aidait à veiller sur lui, et Muriel avait promis de passer le voir. C'était elle qui avait appris à Helen tout ce qu'elle savait sur la médecine.

Kenneth soutint son regard, y lisant une inquiétude pour leur père qui reflétait la sienne.

— Dans ce cas, tu as sans doute raison. Il vaut mieux ne pas le contrarier.

Il lui prit le bras et indiqua leur champion vaincu d'un signe de tête.

— Viens, tu ferais bien d'examiner Munro, même si je crois que c'est surtout son orgueil qui est blessé.

Il esquissa un sourire ironique avant d'ajouter :

— Cela lui apprendra peut-être un peu l'humilité.

Helen n'était pas surprise que son frère ne soit pas si mécontent de la défaite de Munro. Ce dernier l'avait vaincu à de nombreuses reprises et ne manquait pas une occasion de le lui rappeler. Kenneth aurait un jour sa revanche, comme Magnus venait d'avoir la sienne, mais elle savait à quel point son frère si fier en souffrait, lui qui trépignait d'impatience de sortir de l'ombre et de faire ses preuves.

Dès que son frère tourna la tête, Helen lança un dernier regard vers Magnus. Il était entouré de gens, perdu dans une foule d'admirateurs, et il ne pensait certainement pas à la fille de son ennemi.

Elle soupira. Bientôt, il serait suivi en permanence par une horde de dames, à l'instar de Gregor MacGregor et de Robbie Boyd. Le célèbre archer au visage d'apollon et l'homme le plus fort d'Écosse avaient été élevés au rang de dieux vivants au cours des jeux et chacun possédait une escorte de jouvencelles béates d'admiration.

Elle suivit son frère en s'efforçant de ne pas y penser. Elle n'était pas jalouse... enfin, pas vraiment. À dire vrai, plus que les femmes elles-mêmes, c'était la liberté avec laquelle elles pouvaient lui parler en public qu'elle enviait. Cela dit, elle constata avec un pincement au cœur que la blonde pulpeuse accrochée à son bras était plutôt jolie.

Pourquoi la vie était-elle si compliquée ?

Les premiers temps, elle n'avait pas hésité une seconde à s'éclipser en douce pour aller le rejoindre. Elle se souciait comme d'une guigne de la querelle entre leurs clans. Elle ne savait qu'une chose : il lui plaisait. Pour la première fois, quelqu'un semblait la comprendre.

Lorsqu'elle était avec lui, elle ne se sentait plus différente, mais unique. Il trouvait normal qu'elle n'aime pas la couture et ne joue pas du luth ; qu'elle passe plus de temps dans les granges qu'à l'église ; qu'elle assiste à la naissance des animaux avec une fascination peu convenable pour une jeune fille noble. Il avait souri lorsqu'elle avait déclaré au père Gerald que la saignée lui paraissait une étrange manière de soigner les humeurs des patients et qu'elle semblait plutôt les rendre plus faibles et plus pâles. Il n'était pas choqué qu'elle préfère porter une simple cotte en laine (le plus souvent nouée entre ses jambes) plutôt qu'une belle robe de cour. Il n'avait même pas ri lorsque, un printemps, elle avait décidé de couper ses cheveux parce qu'ils lui tombaient devant les yeux.

Néanmoins, les contraintes imposées par les relations exécrables entre leurs familles mettaient son enthousiasme à rude épreuve. Quelques instants volés lors des jeux des Highlands une fois par an et, s'ils avaient de la chance, une ou deux réunions du conseil... Cela ne lui suffisait plus. Elle voulait se tenir au côté de Magnus comme ces autres femmes, et qu'il lui sourie ouvertement, de cette manière qui la faisait fondre.

Une petite voix, qui ressemblait fort à celle de son père, lui souffla : « Tu aurais peut-être dû y penser plus tôt, n'est-ce pas ma petite Helen ? » Elle la fit taire. Tout irait bien. Ils trouveraient un moyen d'arranger la situation.

Elle l'aimait, et il l'aimait en retour.

Elle se mordit la lèvre. Elle en était presque sûre. Il l'avait bien embrassée, non ? Peu importait que leurs lèvres se soient à peine effleurées et qu'il se soit brusquement écarté d'elle.

Au fond d'elle-même, elle était convaincue que les sentiments de Magnus étaient aussi profonds et aussi passionnés que les siens. En dépit du danger et du fait que sa famille considérerait leur relation comme une trahison, elle ne pouvait renoncer à lui. C'était déraisonnable, impossible, mais aussi excitant. Quand elle était avec Magnus, elle se sentait plus libre qu'elle ne l'avait jamais été.

Comment ne pas s'accrocher à ce qu'ils avaient ? Comme disait le célèbre poète romain Horace : *Carpe diem, quam minimum credula postero*. « Cueille le jour présent sans te soucier du lendemain ». Elle n'avait peut-être pas été une élève modèle pour les précepteurs que son père avait engagés pour elle, mais elle avait au moins retenu cette leçon. La citation l'avait marquée.

Panser les plaies de Donald lui parut prendre une éternité. (Elle ne put rien pour son orgueil blessé.) Elle s'éclipsa à la première occasion et attendit que Magnus vienne la rejoindre. Il ne tarda pas. D'ordinaire, le laisser la chercher faisait partie du jeu. Cette fois, pourtant, elle avait trop hâte de le voir et lui facilita la tâche.

Elle entendit à peine un craquement de brindille, puis deux mains lui enserrèrent la taille et la soulevèrent de son perchoir.

Le feu lui monta aux joues quand elle sentit son torse dur contre son dos. Par tous les saints, qu'il était fort ! Son corps svelte et juvénile était désormais renforcé de muscles d'acier. La métamorphose de Magnus au fil des mois ne lui avait pas échappé et se retrouver si intimement plaquée contre lui lui procura un doux frémissement qui se concentra dans le bas de son ventre. Son pouls s'accéléra.

Il la fit pivoter pour la regarder en face.

— Je croyais qu'on était convenus que tu ne grimperais plus aux arbres ?

« Convenir » ? Cela avait plutôt ressemblé à un ordre. Parfois, il pouvait se montrer aussi autoritaire et protecteur que ses frères. Ils poussaient un soupir indulgent, ébouriffaient ses cheveux roux comme s'ils étaient responsables, puis s'exclamaient : « Oh, Helen ! Quelle bêtise as-tu encore faite ? » Ils ne pensaient pas à mal, mais ils ne la comprenaient pas. Pas comme Magnus.

Elle ne prêta pas attention à sa mine réprobatrice et contempla son beau visage juvénile. Ses traits énergiques et réguliers étaient tuméfiés au point de le rendre méconnaissable. Il s'était lavé et avait tenté de soigner ses plaies, mais il ne pouvait rien faire pour cacher la grande tache violacée qui couvrait toute sa mâchoire, sa lèvre fendue, son nez cassé et la longue entaille sous son œil. Elle suivit cette dernière du bout de l'index et constata que quelqu'un s'en était déjà occupé.

— Ça fait très mal ?

Il secoua la tête et retint son poignet.

— Non.

— Menteur !

Elle le repoussa et, en entendant son grognement de douleur, se souvint trop tard de ses côtes cassées. Elle posa les mains sur ses hanches.

— Tu n'as que ce que tu mérites après ce que tu m'as fait.

— Mais... j'ai gagné, protesta-t-il, perplexe.

— Peu m'importe, il a bien failli te tuer !

Il croisa les bras avec un sourire effronté. Elle baissa involontairement les yeux vers la masse considérable de ses muscles. Depuis quelque temps, elle s'était mise à remarquer certains détails de ce genre aux moments les plus inopportuns. Cela la troublait. *Il* la troublait. C'était d'autant plus déconcertant que, depuis qu'ils se connaissaient, elle s'était toujours sentie à l'aise avec lui.

— Mais il n'y est pas parvenu, rétorqua-t-il.

Son ton arrogant détourna un instant son attention. Elle plissa les yeux. Les hommes et leur orgueil ! Non, les *Highlanders* et leur orgueil. Ils formaient une espèce à part, pétrie de fierté et d'obstination.

— Tu m'as l'air un peu trop content de toi.

— Pourquoi, tu n'es pas contente pour moi ? s'étonna-t-il.

— Bien sûr que si.

— Alors pourquoi es-tu contrariée ?

Tous les hommes étaient-ils aussi têtus ?

— Parce que je n'ai pas envie que tu sois blessé.

Il sourit à nouveau et l'enlaça par la taille juste au moment où elle tentait de se détourner. C'était un geste taquin, comme il en faisait souvent. Pourtant, cette fois, c'était différent. Quand il l'attira à lui, un courant brûlant et dangereux fit crépiter l'air autour d'eux.

Elle sentait les formes dures de son torse et de ses cuisses d'acier contre son corps.

Il baissa vers elle ses yeux d'un marron doré.

— Mais tu es là pour prendre soin de moi, n'est-ce pas, *m'aingeal* ?

Sa voix douce et chaude fit courir un délicieux frisson sur sa peau. *Mon ange.* C'était le surnom qu'il lui avait donné dès leur première rencontre, mais il revêtait aujourd'hui de nouvelles connotations. Elle cligna les yeux, surprise par ce changement en lui. Il n'avait encore jamais badiné ainsi avec elle. C'était étrange, excitant et légèrement intimidant. Ce n'était plus l'adolescent dégingandé qu'elle avait connu mais un homme, un guerrier et un champion de surcroît. Elle en était soudain profondément consciente.

Elle renversa la tête en arrière, entrouvrant les lèvres pour formuler une réponse qui ne vint pas. Elle pouvait lire le désir dans ses yeux.

Il allait l'embrasser. Doux Jésus, cette fois, il allait vraiment l'embrasser !

Enfin !

Elle retint son souffle tandis qu'il baissait la tête vers elle et contractait les muscles de ses bras autour de sa taille. Leurs deux cœurs battaient fortement l'un contre l'autre. Elle sentit l'ardeur qui brûlait en lui. Ses genoux faiblirent. Une puissante vague de désir déferla en elle.

Elle laissa échapper un petit soupir de plaisir quand ses lèvres douces se posèrent sur les siennes. Un parfum chaud et épicé s'insinua en elle, inondant ses sens et lui faisant tourner la tête.

Il l'embrassa tendrement, laissant ses lèvres errer sur les siennes en une douce caresse. Elle se pressa contre lui, cherchant inconsciemment plus d'intimité.

Montre-moi à quel point tu m'aimes. Elle voulait un débordement de passion, une déclaration d'amour enflammée... elle voulait tout.

Il émit un son de douleur et, l'espace d'un instant, elle crut qu'elle lui avait fait mal aux côtes. Puis il resserra son étreinte et ses lèvres se firent plus pressantes, s'écrasant contre les siennes. Le goût épicé s'intensifia, devenant encore plus excitant. Elle sentait la tension dans ses muscles et se sentit fondre par anticipation. Soudain, il se raidit et s'écarta en lâchant un juron.

Il la libéra si soudainement qu'elle chancela, les jambes toutes molles.

Surprise et déçue, elle écarquilla les yeux. Avait-elle fait quelque chose qu'il ne fallait pas ?

Il passa une main dans ses cheveux lisses et châtain clair.

— Épouse-moi, dit-il brusquement.

Elle le dévisagea, incrédule.

— Qu-quoi ?

— Je veux que tu sois ma femme.

Cette déclaration spontanée lui ressemblait si peu qu'elle crut d'abord qu'il plaisantait. Néanmoins, son expression indiquait le contraire.

— Tu es sérieux ?

— Oui.

— Mais... pourquoi ?

Il fronça les sourcils. Ce n'était pas la réponse qu'il avait espérée.

— Je croyais pourtant que ça sautait aux yeux. J'ai des sentiments pour toi.

Ce n'était pas « Je t'aime », ni « Je ne peux pas vivre sans toi », ni encore « Je veux te posséder jusqu'à en perdre la raison ».

Elle était légèrement déçue. Ce qui était ridicule. N'était-ce pas ce qu'elle voulait ? Il venait de lui exprimer ses sentiments, même si sa formulation n'avait pas tout à fait l'emphase dont elle avait rêvé.

Il était toujours si maître de lui. Ce n'était ni de la froideur ni de l'insensibilité. C'était un être calme et flegmatique. Solide. Il était comme un roc, pas comme un volcan. Parfois, elle aurait aimé qu'il explose.

Comme elle ne répondait pas tout de suite, il demanda :

— Cela ne doit pas te surprendre, si ?

Et pourtant si, elle était surprise.

— Nous n'avions encore jamais parlé d'avenir, répondit-elle.

Sans doute parce qu'ils s'étaient tous les deux efforcés de ne pas voir la réalité en face.

Le mariage. Pour une femme de son rang, il n'y avait pas d'alternative. Alors, pourquoi l'idée l'effrayait-elle autant ?

Il s'agissait de Magnus. Il la comprenait. Elle l'aimait. Bien sûr qu'elle voulait l'épouser.

Toutefois, ce qu'il demandait était impossible.

— Nos familles ne nous le permettront jamais, objecta-t-elle.

— Je ne le demande pas à nos familles, mais à toi. Enfuis-toi avec moi.

Elle resta sans voix. Un mariage clandestin ? L'idée était choquante mais, elle devait le reconnaître, étrangement séduisante et indéniablement romantique. Où iraient-ils ? Sur le continent, peut-être ? Comme il serait excitant de voyager à travers la campagne en ne pensant qu'à eux deux !

— Où irions-nous ? demanda-t-elle.

Il lui lança un regard étrange.

— À Strathnavar. Naturellement, au début, mon père sera furieux, mais il finira par s'y faire. Ma mère comprendra.

Pas sur le continent, mais dans le nord de l'Écosse. Le territoire des MacKay se trouvait dans le comté de Caithness, qui jouxtait le Sutherland. Des disputes territoriales avaient éclaté entre les clans voisins, alimentant une querelle qui durait depuis des années.

— Et où vivrions-nous ? demanda-t-elle prudemment.

— Au château de Varrich, avec ma famille. Lorsque je serai chef, il sera à nous.

Bien entendu. Comment avait-elle pu croire qu'il en irait autrement, sotte qu'elle était ? La mère de Magnus était une châtelaine exemplaire. Il s'attendait à ce que son épouse prenne un jour la relève.

— Mais pourquoi maintenant ? Pourquoi ne pas attendre ? Ils finiront peut-être par...

— J'en ai assez d'attendre, la coupa-t-il. Rien ne changera.

Ses traits s'étaient durcis et une lueur froide inhabituelle traversa son regard. Il commençait à s'impatienter. Elle crut même un moment qu'il allait se mettre en colère. Sauf que Magnus ne perdait jamais son sang-froid.

— J'en ai assez de me cacher, Helen, dit-il calmement. De ne pas pouvoir te parler ni même te regarder en public. Tu as dix-huit ans à présent. Combien de temps encore avant que ton père te choisisse un mari ?

Elle pâlit. Elle savait qu'il avait raison. Si elle avait échappé à des fiançailles jusqu'à présent, c'était uniquement parce que son père était malade et avait besoin d'elle.

Son cœur s'arrêta de battre. Seigneur, qui s'occuperait de son père ? Elle dévisagea Magnus, impuissante, hésitant devant l'énormité de la décision à prendre. Elle l'aimait, mais elle aimait également sa famille. Comment choisir entre les deux ?

Il dut deviner sa réticence.

— Tu ne comprends donc pas, Helen ? C'est le seul moyen. Ce que nous avons est... unique. Tu ne veux donc pas être avec moi ?

— Bien sûr que si. Mais j'ai besoin de temps...

— Nous n'en avons pas, l'interrompit-il sèchement.

Il ne la regardait plus. Un instant plus tard, elle comprit pourquoi.

— Éloigne-toi d'elle sur-le-champ !

Elle pivota sur ses talons. Son frère approchait en courant.

Magnus vit les traits d'Helen se décomposer. Il aurait aimé lui épargner cette scène, tout en sachant qu'elle était inévitable. Ils avaient eu de la chance de ne pas avoir été découverts plus tôt.

Quitte à être surpris par un Sutherland, il aurait préféré que ce soit par le frère aîné d'Helen, William, l'héritier du titre. Au moins, ce n'était pas un imbécile. S'il existait un homme qu'il détestait plus que Donald Munro, c'était bien Kenneth. Non seulement il était aussi arrogant et narquois que Munro, mais, en outre, il était soupe au lait.

Il se plaça instinctivement devant Helen pour la protéger. Il savait qu'elle était proche de son frère mais il ne voulait courir aucun risque. Sutherland était imprévisible dans le meilleur des cas. En colère, il devenait comme fou.

Il arrêta au vol le poing qui fusait vers son visage et le repoussa.

— Ne te mêle pas de ça, Sutherland. Cela ne te regarde pas.

Kenneth s'apprêtait à le frapper à nouveau quand Helen s'interposa. Face à son grand balourd de frère, elle paraissait aussi menue qu'une enfant. Elle lui arrivait à peine au milieu du torse. Toutefois, elle n'était plus une petite fille. Magnus avait attendu deux années interminables qu'elle ait dix-huit ans. Il la voulait tellement qu'il n'en dormait plus. Cette créature espiègle et délicate, avec ses grands yeux bleus, son nez retroussé couvert de taches de rousseur, sa chevelure rebelle et flamboyante, le rendait fou. Sa beauté n'était peut-être pas conventionnelle mais, à ses yeux, il n'existait pas de femme plus splendide.

— Je t'en prie, Kenneth, ce n'est pas ce que tu crois.

Sutherland prit un air outré.

— Comment ça ? C'est encore pire que ce que je craignais. Pendant la compétition, je me doutais qu'il y avait anguille sous roche mais je refusais de le croire.

Il dévisagea sa sœur, son regard se radoucissant légèrement.

— Bon sang, Helen, un MacKay ? Les pires ennemis de notre clan ? Comment peux-tu être aussi déloyale ?

Helen tiqua et prit un air coupable.

— Laisse-la en dehors de ça, intervint Magnus. Si tu as besoin de défouler ta colère, fais-le sur moi.

— Tu ne me le diras pas deux fois, rétorqua Sutherland en posant la main sur la garde de son épée. Rien ne me ferait plus plaisir que de te tuer.

— Pour quelqu'un qui n'a jamais réussi à me battre à aucune épreuve, tu es bien sûr de toi.

Sutherland fulminait. Helen poussa un cri et l'implora, les larmes aux yeux :

— Je t'en prie, ne fais pas ça ! Je... je l'aime.

Magnus, qui avait lui aussi dégainé son épée, s'immobilisa. Elle l'aimait. Elle ne le lui avait encore jamais dit et, après leur récente conversation, il s'était mis à douter. Cela lui réchauffa le cœur. Il avait vu juste. Ils étaient faits l'un pour l'autre. Elle aussi, elle le savait.

Son crétin de frère, avec plus de douceur que Magnus ne l'en aurait cru capable, caressa la joue d'Helen.

— Tu es trop jeune, ma puce. Je sais que tu crois l'aimer. Tu as dix-huit ans. C'est ce que font les jeunes filles, elles tombent amoureuses.

— Ce n'est pas du tout ça ! s'écria-t-elle en secouant vigoureusement la tête.

— Mais si.

Si Magnus ne l'avait pas vu de ses propres yeux, il n'aurait jamais cru Kenneth Sutherland capable de se montrer aussi... tendre. Helen avait l'art de faire ressortir le côté le plus doux des gens.

— Tu aimes aimer, poursuivit Sutherland. Ce n'est pas pour rien que le Seigneur t'a fait naître le jour du printemps. Chaque jour pour toi est une fête. Mais tu ne le connais pas vraiment.

Helen baissa les yeux et il prit soudain un air suspicieux.

— Depuis combien de temps vous rencontrez-vous en cachette ?

Elle baissa les yeux et rougit. Devant son air coupable, Magnus sentit la moutarde lui monter au nez.

— Nous nous sommes rencontrés lors des jeux à Dunnotarr, déclara-t-il. C'était un hasard.

Kenneth se tourna à nouveau vers elle, interloqué.

— Quoi, il y a quatre ans ?

Helen acquiesça timidement.

— Pardieu ! S'il t'a déshonorée, je le ferai pendre par les bourses et je le ferai châtrer…

Helen posa une main sur son bras, ce qui eut l'effet magique de le calmer momentanément.

— Il ne m'a rien fait, répondit-elle. Il m'a toujours traitée avec la plus grande courtoisie.

Magnus perçut une note étrange dans sa voix, presque comme un regret.

— Prends garde à ce que tu dis, Sutherland, prévint-il. Tu as le droit d'être en colère, mais je ne te laisserai pas mettre en doute l'honneur de ta sœur, ni le mien.

Même s'il avait dû faire appel à toute la force de sa volonté pour se retenir d'aller plus loin, il n'avait fait qu'embrasser Helen. Jamais il ne l'aurait souillée de la sorte. Il attendrait qu'ils soient mariés pour envoyer sa vertu aux orties. Le goût délicieux de ses lèvres le hantait encore. S'il avait interrompu leur baiser, c'était autant par égard pour son innocence que parce qu'il n'était pas certain de pouvoir se maîtriser plus longtemps.

Les traits de Sutherland s'obscurcirent, comme s'il avait parfaitement deviné ses pensées.

— Il gèlera en enfer avant que tu parviennes à mettre tes sales pattes sur elle.

Il serra sa sœur contre lui comme s'il voulait la protéger de cet être répugnant.

— Viens Helen, nous partons.

Elle secoua la tête et tenta de se dégager.

— Non, je...

Elle lança un regard désemparé à Magnus. Il pinça les lèvres. Elle n'avait qu'un mot à dire et il la revendiquerait sur-le-champ. Il avait vaincu le champion des Sutherland, ce n'était pas son frère qui l'arrêterait.

Kenneth posa sa joue sur le crâne de sa sœur et lui parla comme s'il s'adressait à une enfant.

— À quoi pensais-tu, ma puce ? Tu as les yeux tellement pleins de soleil que tu t'imagines qu'il brille autant pour tout le monde. Mais cette histoire ne pourra jamais connaître une issue heureuse. Pas cette fois. Tu ne croyais tout de même pas que cela pourrait marcher entre vous ?

Magnus en avait assez entendu.

— Je lui ai demandé de devenir ma femme, annonça-t-il.

Le visage de Sutherland vira au rouge vif et il manqua de s'étrangler.

— Miséricorde, tu as perdu la raison ! Je préférerais encore la voir mariée à ce vieux bougre de roi d'Angleterre qu'à un MacKay.

La main de Magnus se resserra autour de la poignée de son épée. Querelle de clan ou pas, rien ne se mettrait en travers de leur chemin.

— Ce n'est pas à toi que je l'ai demandé.

Les deux hommes se tournèrent vers Helen dont le visage pâle ruisselait de larmes. Cela lui ressemblait si peu. Elle ne pleurait jamais, ce qui en disait long sur son désarroi. Son regard allait de l'un à l'autre. Magnus savait qu'elle aimait son frère, mais elle l'aimait lui aussi. Elle venait de le dire.

Il serra les dents, devinant à quel point la situation était déchirante pour elle. Il était conscient de ce qu'il lui demandait. Néanmoins, elle devait se décider. Ils avaient toujours su que ce moment arriverait.

Sutherland montra moins de retenue.

— Si tu épouses cet homme, la guerre entre nos clans reprendra de plus belle.
— Pas nécessairement, objecta Magnus.

Il n'aimait pas Sutherland mais, pour l'amour d'Helen, il ferait son possible pour enterrer la hache de guerre. Pour ce qui était de son père... il en était moins sûr.

Sutherland fit comme s'il n'avait pas entendu et poursuivit :

— Tu tournerais le dos à ta famille, Helen ? À ton père ? Il a besoin de toi.

Il avait l'air si sûr de lui, si... raisonnable. Les yeux larmoyants d'Helen s'agrandirent encore, ils semblaient immenses. Elle lança un regard implorant à Magnus et celui-ci comprit. Il sentit sa poitrine se comprimer au point qu'il crut suffoquer.

— Pardonne-moi, dit-elle. Je ne peux pas...

Leurs regards se rencontrèrent. Il ne voulait pas le croire ; pourtant, la vérité était devant lui, exprimée dans ces yeux bleu vif.

Non. Ses entrailles se nouèrent. Il avait pourtant cru...

Il se raidit et détourna brusquement les yeux. Il se tint parfaitement immobile, craignant de commettre un geste humiliant comme de la supplier. Le pire, c'était qu'il était prêt à le faire. Mais il avait sa fierté, nom d'un chien ! Il était déjà suffisamment mortifiant que Sutherland ait assisté à son rejet.

Ce dernier enroula ses bras autour de sa sœur et lui caressa les cheveux.

— Bien sûr que tu ne peux pas, mon poussin. MacKay ne s'attendait pas vraiment à ce que tu acceptes. Seul un benêt exalté se serait imaginé que tu t'enfuirais avec lui.

Il se moquait ouvertement de lui. Magnus serra les poings, se retenant d'en envoyer un dans la figure de ce crétin.

S'était-il vraiment attendu à ce qu'elle s'enfuie avec lui ?

Oui, il était effectivement un benêt. Helen était différente. Elle n'était pas prisonnière des conventions. Si elle l'avait aimé suffisamment, rien ne l'aurait arrêtée. C'était là le point le plus douloureux.

Il aurait tout abandonné pour elle, si seulement elle le lui avait demandé.

Elle ne le fit jamais. Le lendemain matin, il vit les Sutherland affaisser leurs tentes. Ils partaient. Les frères d'Helen ne voulaient pas lui laisser le temps de changer d'avis.

Au moment où elle sortait du château, Robert de Bruce et Neil Campbell s'approchèrent de lui. Elle avait le visage caché par la capuche de sa cape noire mais il l'aurait reconnue entre mille.

Il écouta à peine la proposition des deux hommes, entendit à peine les détails concernant la création d'un corps d'élite secret pour aider Bruce à vaincre les Anglais. Il était trop absorbé par Helen, trop occupé à la regarder partir.

Retourne-toi. Elle ne le fit pas. Elle franchit le portail et s'évanouit dans la brume matinale. Sans un seul regard en arrière. Il suivit des yeux la procession jusqu'à ce que le dernier étendard des Sutherland eût disparu.

Bruce lui parlait toujours.

Il voulait que Magnus fasse partie de son armée fantôme. C'était tout ce qu'il avait besoin d'entendre.

— J'accepte.

Il aurait fait n'importe quoi pour la chasser de son esprit.

1

Château de Dunstaffnage, décembre 1308

Bon sang, il tiendrait bon ! Magnus était capable de supporter presque toutes les formes de douleurs et de tortures physiques. On disait de lui qu'il était un dur à cuire ; c'était le moment d'être à la hauteur de sa réputation.

Il gardait les yeux rivés sur le tranchoir devant lui, s'efforçant de se concentrer sur son repas pour oublier ce qui se passait autour de lui. Néanmoins, le jambon et le fromage lui restaient en travers de la gorge. Il ne parvenait à avaler que la bière, mais elle n'était pas assez forte pour étouffer le tumulte en lui. Si le jour ne s'était pas levé une heure plus tôt, il aurait demandé du whisky.

Compte tenu de l'humeur festive autour de lui, il était probable que personne n'y aurait trouvé à redire. Les rires et les conversations enjouées résonnaient depuis les poutres ornées de branches de sapin odorantes jusqu'aux dalles parsemées de joncs frais. L'imposante grande salle du château de Dunstaffnage était illuminée comme pour la fête de Beltaine, avec des centaines de chandelles et un immense feu dans la cheminée.

Néanmoins, la chaleur de la pièce ne parvenait pas à réchauffer son cœur glacé.

— Si tu continues à dévisager tout le monde avec cet air assassin, il va falloir qu'on change ton surnom.

Magnus se tourna vers son voisin avec un regard torve. Lachlan MacRuairi avait le don troublant de déceler les points faibles des autres. Fidèle à son nom de guerre, la Vipère, il frappait avec une précision mortelle. De tous les membres de la garde des Highlands, il était le seul à avoir percé le secret de Magnus et ne manquait pas une occasion de le lui rappeler.

— C'est bien ce que je disais, poursuivit MacRuairi. Le moins qu'on puisse dire, c'est qu'il ne flotte pas une odeur de sainteté autour de toi aujourd'hui. N'es-tu pas censé être le plus calme et le plus raisonnable d'entre nous ?

Au cours de sa formation pour entrer dans la garde des Highlands, Erik MacSorley, le meilleur marin des Hébrides intérieures, l'avait appelé « le Saint » pour le taquiner. Contrairement à ses compagnons, Magnus ne passait pas ses nuits autour du feu de camp à parler des femmes qu'il aimerait culbuter. En outre, il ne perdait jamais son calme. Le moment venu de choisir des noms de guerre pour protéger leurs identités, ce surnom lui était resté.

— Va te faire voir, MacRuairi.

Imperturbable, l'autre se contenta de sourire.

— Nous n'étions pas sûrs que tu viendrais.

Magnus avait gardé ses distances aussi longtemps que possible, en se portant volontaire pour toutes sortes de missions qui l'éloignaient du château. Toutefois, deux jours plus tôt, il avait quitté Édouard de Bruce, le frère du roi et nouveau seigneur de Galloway, pour retrouver ses compagnons de la garde à Dunstaffnage et assister au mariage de l'un des leurs. Les noces de William Gordon, son meilleur ami et coéquipier, et d'Helen Sutherland.

Mon Helen.

Non, elle n'avait jamais été sienne. Cela n'avait été qu'une illusion.

Trois ans plus tôt, il avait rejoint la garde secrète de Bruce afin d'échapper à ses souvenirs. Hélas, le destin avait un cruel sens de l'ironie. Peu après son arrivée, il avait appris que son nouveau compagnon d'armes était depuis peu fiancé à Helen. Les Sutherland n'avaient pas perdu de temps. Magnus s'était attendu à ce qu'ils trouvent rapidement un mari à la jeune femme afin qu'elle ne pense plus à lui ; il n'avait pas prévu qu'ils choisiraient quelqu'un d'aussi proche.

Pendant trois ans, il avait su que ce jour viendrait. Il s'était fait une raison. S'il s'était agi d'un autre que Gordon, il aurait trouvé un prétexte pour ne pas venir. En dépit de son surnom, il ne s'adonnait pas souvent à l'autoflagellation.

Afin de changer de sujet, il demanda :

— Où est lady Isabella ?

Les lèvres de MacRuairi s'incurvèrent. Magnus ne s'était pas encore habitué à voir sourire ce bâtard qui avait l'art de se rendre antipathique, même s'il arrivait à Magnus de l'apprécier. Toutefois, depuis qu'il avait libéré pour la seconde fois lady Isabella MacDuff (et, apparemment, conquis son cœur), cela se produisait de plus en plus souvent. Si une ordure comme lui pouvait trouver l'amour, il y avait de l'espoir pour tous les autres.

Sauf pour lui.

— Elle aide la mariée à se préparer, répondit MacRuairi. Elle ne devrait plus tarder.

La mariée. Magnus tiqua malgré lui.

MacRuairi cessa soudain de sourire.

— Tu aurais dû le lui dire. Il mérite de savoir.

— Ne te mêle pas de ça, la Vipère, répondit Magnus à voix basse.

Gordon n'avait pas besoin d'être mis au courant. Helen avait fait son choix bien avant leurs fiançailles.

— Il n'y a rien à dire, ajouta-t-il.

Il glissa un peu plus loin sur le banc, guère disposé à laisser MacRuairi lui dicter sa conduite. Au même moment, il aperçut plusieurs hommes qui entraient dans la salle.

Bon dieu ! Il sentait venir le désastre, tout en sachant qu'il ne pouvait rien faire pour l'éviter.

Le visage de William Gordon, son coéquipier dans la garde et son meilleur ami, s'illumina en le voyant. Il marcha droit vers lui.

— Tu es enfin arrivé ! Je commençais à m'inquiéter.

Magnus n'eut pas le temps de répondre. L'homme qui accompagnait son ami l'en empêcha.

— Qu'est-ce qu'il fiche ici ? demanda sèchement Kenneth Sutherland.

Magnus se tint parfaitement immobile, tous ses sens à l'affût. Sutherland avait porté une main à sa ceinture, sous laquelle était glissée la poignée de son épée. Magnus était prêt à réagir au moindre geste suspect. MacRuairi aussi. Percevant un danger, il s'était raidi.

— C'est mon invité et mon ami, répondit Gordon à son ami d'enfance et futur beau-frère.

Magnus n'avait jamais compris ce qu'il trouvait à cet imbécile. Néanmoins, Gordon paraissait en colère, ce qui était surprenant de sa part, lui qui était toujours d'humeur enjouée.

— Ton ami ? s'exclama Kenneth, abasourdi. Mais il...

Se rendant compte qu'il allait parler d'Helen, Magnus se leva d'un bond et reposa bruyamment sa timbale sur la table.

— Laisse tomber. Ça n'a rien à voir avec notre présence ici aujourd'hui.

Il dévisagea froidement son vieil ennemi puis s'efforça de se détendre.

— Notre querelle appartient au passé, reprit-il. Tout comme les alliances malencontreuses.

Il n'avait pu s'empêcher de lancer cette dernière pique.

Les Sutherland s'étaient alignés sur le comte de Ross et sur les Anglais dans la guerre contre Bruce. Toutefois, après la victoire de ce dernier sur les MacDougall dans le col de Brander en août, Ross avait été contraint de se soumettre. Un mois plus tard, à contrecœur, les Sutherland avaient cédé à leur tour. Leur orgueil devait être écorché vif.

D'après ce que lui avait dit Gordon, Sutherland s'était bien comporté au combat, se forgeant une réputation d'excellent guerrier. Il égalait sans les surpasser Donald Munro et son frère aîné, William, qui avait hérité du titre de comte à la mort de leur père deux ans plus tôt. Toutefois, aux yeux de Magnus, Sutherland avait un défaut fatal : son tempérament explosif. À en juger par la tête qu'il faisait à présent, il n'avait pas changé.

— Bâtard, gronda Sutherland.

Il avança d'un pas vers lui, mais Gordon le retint.

L'atmosphère, chargée de joie et d'allégresse quelques instants plus tôt, s'était soudain tendue. En réaction à la menace, deux camps s'étaient formés. Les hommes de Sutherland s'étaient rassemblés derrière lui tandis que les membres de la garde s'étaient rapprochés de Magnus. Gordon se tenait entre les deux hommes.

— Laisse-le, Gordon, déclara Magnus calmement. Voyons voir si les Anglais lui ont appris quelque chose.

Sutherland et lui avaient à peu près la même taille et la même carrure, mais il ne doutait pas d'avoir le dessus à l'épée, ou avec n'importe quelle autre arme. Il lui semblait soudain qu'il avait passé le plus clair de sa jeunesse à se battre contre les Sutherland. Quand ce n'était pas Munro, c'était l'un des frères d'Helen.

Sutherland lâcha un juron et tenta de libérer son bras de la poigne de Gordon. Il y serait peut-être parvenu si un nouveau groupe n'était pas entré dans la grande salle. Ce dernier ne portait pas des cuirasses et des armes d'acier mais du satin et des bijoux.

Concentré sur la menace devant lui, Magnus ne remarqua la présence des femmes que lorsque l'une d'elles s'avança et demanda :

— Que se passe-t-il, Kenneth ? Quelque chose ne va pas ?

Magnus se figea. Ses forces l'abandonnèrent subitement, le laissant vide, désincarné. Il ne restait plus en lui qu'un feu qui brûlait dans sa poitrine, un feu qui semblait ne jamais vouloir mourir.

Helen se tenait devant lui, aussi resplendissante que dans son souvenir... et pourtant différente. Il n'y avait plus rien d'anticonformiste dans sa beauté. Les taches de rousseur qui avaient autrefois parsemé son nez s'étaient fondues dans un teint d'ivoire parfait. Son épaisse chevelure auburn qui retombait en désordre sur ses épaules, quand elle n'était pas coupée en dépit du bon sens, avait été domptée en une couronne de tresses virginale. Il n'y avait que ses yeux, d'un bleu ciel pur, et ses lèvres, les plus rouges qu'il avait jamais vues, qui n'avaient pas changé.

Ce n'était pas sa beauté qui l'avait attiré, mais sa bonne humeur contagieuse et son tempérament fougueux qui la rendaient différente de toutes les autres femmes. Un lutin aussi difficile à attraper que du vif-argent.

Il ne retrouvait pas la jeune fille qu'il avait connue dans la femme qui se tenait devant lui, ce qui n'atténua en rien la violence de sa réaction. Il avait l'impression que sa poitrine était prise dans un étau.

Il s'était pourtant cru prêt à affronter la situation, mais rien n'aurait pu le préparer au choc de la revoir après trois longues années. Trois ans de guerre et de destruction. Trois ans sans savoir s'il voulait vivre ou mourir. Trois ans à se répéter qu'il avait tourné la page.

Trois ans de mensonges.

Il se rendit compte que Gordon le dévisageait en plissant le front. Il se ressaisit rapidement et afficha un masque de marbre. Toutefois, son calme légendaire l'avait abandonné.

Ce fut alors qu'elle remarqua sa présence. Il la vit tressaillir et devenir pâle comme un linge. Son expression lui rappela celle d'hommes qu'il avait vus recevoir une flèche en plein ventre pendant une bataille : un mélange de stupeur, de choc et de douleur.

Il avança instinctivement vers elle, mais MacRuairi le retint. Gordon s'était déjà précipité auprès d'elle.

Gordon, son ami.

Gordon, le promis d'Helen.

Gordon, l'homme qui serait son époux dans quelques heures.

— Ce n'est rien, ma mie, déclara-t-il en lui prenant le bras. Un léger malentendu. Je crois que vous avez déjà rencontré mon ami Magnus MacKay ?

Ses paroles semblèrent extirper Helen de sa transe.

— En effet, mon seigneur.

Comme elle ne pouvait plus faire autrement, elle se tourna vers Magnus. Il remarqua le léger raidissement de ses épaules, comme si elle rassemblait son courage. L'espace d'une seconde interminable, leurs regards se rencontrèrent. La douleur dans sa poitrine le suffoquait. Elle le salua d'un signe de tête.

— Mon seigneur.

— Ma dame.

Il s'inclina respectueusement, formellement, marquant la distance qu'il y avait désormais entre eux. Ce n'était plus l'Helen de sa jeunesse, mais la femme d'un autre.

Fort heureusement, lady Isabella vola à son secours en interrompant ce moment embarrassant. Elle était entrée avec Helen et se précipita vers lui pour le saluer.

— Magnus, vous êtes de retour !

Elle l'entraîna à nouveau vers la table.

— Vous devez me raconter tout ce qui se passe dans le Sud.

Elle lança un regard vers Lachlan en plissant les lèvres d'un air réprobateur puis ajouta :

— Il ne me dit rien.

MacRuairi haussa un sourcil ironique.

— C'est parce que je ne veux pas que tu t'empares d'une épée pour aller te battre avec eux.

Elle tendit le bras vers l'infâme mercenaire et lui donna une tape sur la main comme si elle réprimandait un enfant.

— C'est absurde, je n'ai pas d'épée.

Elle fit un clin d'œil à Magnus et chuchota :

— Mais j'ai un arc et des flèches.

— Je t'ai entendue ! lança Lachlan derrière eux.

Magnus sourit, soulagé par cette diversion. Hélas, cela ne dura pas. Il était profondément conscient des deux personnes qui marchaient bras dessus bras dessous vers l'estrade au fond de la salle.

Du pain. Mâche. Du fromage. Mâche. Souris à William. Ris poliment aux plaisanteries du roi. Ne regarde pas dans la salle.

Assise sur l'estrade entre son fiancé et le roi d'Écosse, Helen s'efforçait d'adopter le comportement le plus naturel possible et d'étouffer le torrent d'émotions qui bouillonnait en elle. Elle devait se souvenir de respirer.

Elle avait l'impression d'avoir reçu un coup en pleine poitrine et rien ne semblait pouvoir faire entrer de l'air dans ses poumons. Magnus. Ici. Le jour de ses noces.

Par sainte Bride !

Le revoir après toutes ces années avait été un choc si violent qu'il avait fait voler en éclats la façade qu'elle avait laborieusement construite. Au moment même où elle commençait à se faire à l'idée de ce mariage, alors qu'elle avait perdu tout espoir de le revoir un jour, il apparaissait et fichait tout en l'air.

L'espace d'un instant, elle avait cru qu'il était venu pour empêcher les noces. Elle pouvait presque entendre la voix de son père : « Pauvre idiote ! » Magnus n'était pas plus enclin à se jeter à ses pieds et à la supplier qu'il ne l'avait été trois ans plus tôt, quand elle aurait tant aimé qu'il le fasse. Les fiers guerriers des Highlands n'imploraient pas.

Il avait changé, il était devenu l'image même de ces redoutables guerriers. Grand, fort, puissant. Il avait vingt-six ans à présent. Il était dans la fleur de l'âge et cela se voyait. Elle eut un pincement au cœur en constatant les différences façonnées par le temps. Son beau visage avait perdu toute trace de l'adolescence. Ses traits s'étaient durcis ; ses cheveux étaient plus sombres et plus courts ; sa peau était hâlée par toutes ces journées au grand air et au soleil ; sa bouche, autrefois si prompte à sourire, ne formait plus qu'un trait sévère.

Toutes ces pensées troublantes et déroutantes lui donnaient le vertige.

— Voulez-vous encore un peu de fromage, lady Helen ?

Elle sursauta. Du fromage ? Dans un moment pareil ?

— Non merci, répondit-elle avec un petit sourire.

William lui sourit en retour, ignorant tout de son désarroi.

Qu'allait-elle faire ? Dans quelques heures, elle serait mariée.

C'était le jour qu'elle avait tant redouté depuis que son père avait annoncé ses fiançailles. Elle n'avait connu William qu'au travers des souvenirs de son frère. Kenneth et lui avaient été placés en apprentissage chez le comte de Ross, où ils étaient devenus comme frères. De fait, Kenneth était plus proche de William que de leur propre frère qui portait le même prénom.

Elle avait protesté, en vain. Son père avait été résolu à conclure cette alliance. Puis la guerre était arrivée et lui avait offert un répit miraculeux. Son promis avait rompu avec sa famille (et avec celle d'Helen) pour se battre aux côtés de Bruce. Kenneth avait convaincu leur père de ne pas annuler les fiançailles, une décision avisée qui avait tourné à leur avantage. En effet, leur père avait ainsi conservé un allié dans le camp de Bruce. Pour sa part, elle s'était retrouvée dans la position idéale d'attendre un mariage qui pouvait être repoussé *ad infinitum*.

Pendant un temps, elle s'était convaincue qu'il n'aurait jamais lieu. Hélas, avec la victoire de Bruce et la soumission des Sutherland, l'échéance ne pouvait plus être reportée.

Elle avait pensé pouvoir tenir le coup. Après tout, William était tout à fait à la hauteur de la réputation que Kenneth lui avait forgée. Il était charmant, plein d'entrain, galant et très agréable à regarder. Mais revoir Magnus...

Sa présence signifiait forcément quelque chose. Dieu ne pouvait être cruel à ce point. Il ne pouvait pas lui demander d'épouser quelqu'un sous le regard de celui qu'elle aimait ?

Elle parvint à terminer son repas puis, à la première occasion, s'éclipsa pour se réfugier dans sa chambre, dans le donjon.

Malheureusement, elle n'y était pas seule. À son arrivée à Dunstaffnage une semaine plus tôt, elle avait été accueillie à bras ouverts par lady Anna Campbell, la maîtresse des lieux, et ses amies : Christina MacLeod, Ellie MacSorley (née de Bruce, ce qui en faisait la sœur de la reine d'Écosse et la fille du comte d'Ulster, loyal aux Anglais), et la plus étonnante, lady Isabella MacDuff (bientôt MacRuairi), la célèbre patriote qui était censée être emprisonnée dans un couvent anglais.

Helen n'était pas habituée à la compagnie féminine. Hormis Muriel, il n'y avait pas beaucoup d'autres femmes de son âge au château de Dunrobin. Même lorsqu'elle avait l'occasion d'en rencontrer, comme lorsqu'ils recevaient de la visite ou qu'ils se rendaient aux jeux, ses relations avec les autres dames étaient toujours gauches. Elle finissait toujours par dire ou faire ce qu'il ne fallait pas. Elle ne parvenait jamais à partager leurs intérêts. Avec ce nouveau groupe de femmes, ses gaffes semblaient moins graves. En outre, il était agréable de ne pas entendre de messes basses chaque fois qu'elle entrait dans une pièce.

Ces dames semblaient liées par une puissante camaraderie qu'elle ne comprenait pas mais qu'elle ne pouvait s'empêcher d'admirer, voire de jalouser un peu. D'ordinaire, elle appréciait leur compagnie mais, aujourd'hui, leurs rires et leur conversation plaisante l'empêchaient de faire de ce qu'elle devait faire.

Il fallait qu'elle le voie. C'était sa dernière chance pour réparer la pire erreur de sa vie.

Lorsque le bonheur avait frappé à sa porte, elle ne lui avait pas ouvert. Pour une fois, elle avait décidé de faire ce qu'on attendait d'elle. Au lieu de suivre son cœur, elle s'était laissé convaincre par son frère d'accomplir son devoir envers sa famille et de rentrer avec lui. Elle savait que Kenneth pensait agir pour son bien et, compte tenu des circonstances, peut-être avait-il eu raison. Mais l'amour n'était pas rationnel. Il dictait ses propres règles et elle avait été trop faible pour les suivre. Elle avait été troublée, doutant des sentiments de Magnus et, en vérité, des siens également. Elle s'était sentie écrasée par l'énormité de la décision à prendre.

Sa famille s'était montrée très convaincante. C'était une folie de jeunesse, lui avaient-ils tous dit. « Tu sais comment tu es, Helen. C'est l'amour que tu aimes. » C'était l'excitation, la nature clandestine de leur relation. Elle finirait par comprendre. Cela lui passerait. Elle l'oublierait.

Mais il ne lui avait pas fallu longtemps pour se rendre compte que ses sentiments ne s'émousseraient pas. Ce qu'elle ressentait pour Magnus était spécial. Il ne la voyait pas comme les autres et l'aimait pour ce qu'elle était. Sa soif de passion l'avait égarée. Elle avait pris son calme et sa solidité pour acquis, et elle avait pensé qu'il serait toujours là pour elle.

Elle avait supplié sa famille de changer d'avis, mais une alliance avec les MacKay honnis était inconcevable. Puis il avait été trop tard. Magnus avait disparu et son père l'avait fiancée à William.

Elle n'avait jamais imaginé que la rupture était définitive et avait continué d'espérer que Magnus reviendrait. Il ne l'avait pas fait. La guerre avait éclaté et tout avait changé.

Peut-être n'était-il pas trop tard, après tout ? Peut-être que...

— Tout va bien, Helen ?

La jeune femme se retourna et découvrit lady Isabella, ou Bella comme elle tenait à ce qu'on l'appelle, qui l'observait en souriant.

— Peut-être ce peigne ne vous convient-il pas ?

Helen baissa les yeux et rougit en s'apercevant qu'elle triturait un peigne depuis plusieurs minutes. Elle le reposa.

— Je n'aurais pas dû manger ce matin, répondit-elle. Je ne me sens pas très bien.

— C'est le jour de vos noces, répondit Bella. Il est normal d'avoir l'estomac un peu brouillé. Vous devriez peut-être vous allonger un moment ?

Helen secoua la tête ; elle venait de trouver un bon prétexte pour s'éclipser.

— Un bon bol d'air frais suffira, déclara-t-elle en se levant.

— Je vous accompagne, proposa lady Anna qui l'avait entendue.

— Non, non, je vous en prie, dit précipitamment Helen. Ce ne sera pas nécessaire. Je vais juste faire quelques pas dehors.

Pour la seconde fois de la matinée, Bella vola à son secours.

— Anna, vous ne deviez pas aller chercher des boucles d'oreilles ?

Anna Campbell, mariée depuis peu, bondit aussitôt, son ventre rond à peine visible sous sa longue robe.

— Vous avez raison, Bella. Merci de me le rappeler.

Elle se tourna vers Helen et ajouta :

— Elles iront parfaitement avec la couleur de vos yeux.

Christina approcha à son tour, un grand sourire aux lèvres. L'impressionnante épouse du chef MacLeod était de loin la plus belle femme qu'Helen avait jamais vue.

— Votre robe sera prête à votre retour.

Helen ressentit une pointe de culpabilité. Tout le monde paraissait excité par ce mariage, sauf elle.

Bella l'accompagna jusqu'à la porte.

— J'ai toujours aimé ce joli sentier qui mène à la chapelle à travers la forêt, déclara-t-elle sur un ton détaché. Je crois que vous y trouverez ce que vous cherchez.

Leurs regards se croisèrent. À la lueur de compassion dans les yeux de l'ancienne comtesse de Buchan, Helen comprit qu'elle avait deviné au moins une partie de la vérité. Bella ajouta à voix basse :

— Je les aime tous les deux.

Helen acquiesça. Elle comprenait. Quoi qu'il arrive, quelqu'un serait blessé.

Toutefois, contrairement à Bella, elle n'en aimait qu'un. Elle dévala l'escalier et sortit du donjon dans l'air froid de décembre. La brume matinale ne s'était pas encore dissipée et formait des lambeaux gris dans la vaste cour du château.

Fort heureusement, il n'y avait personne aux alentours pour s'étonner de voir la future mariée franchir le portail quelques heures à peine avant la cérémonie. Quelques minutes plus tard, Helen descendait la petite butte rocheuse du château et s'enfonçait dans la forêt sombre qui s'étendait au sud.

La petite chapelle était perchée sur un promontoire au milieu des bois. Elle servait les besoins spirituels des habitants du château ainsi que de ceux du village voisin. Il y régnait un silence profond, presque inquiétant. Elle fut saisie par une légère appréhension.

Elle ralentit le pas, réfléchissant pour la première fois à ce qu'elle était en train de faire. Ses frères seraient fous de rage ; son fiancé… furieux ? Elle ne le connaissait pas suffisamment pour deviner sa réaction. Son père, disparu depuis deux ans, lui aurait adressé ce regard qu'il avait chaque fois qu'elle faisait quelque chose qui lui paraissait parfaitement logique, mais qu'il ne comprenait pas. Will avait le même désormais, qu'il accompagnait généralement d'un commentaire sur sa chevelure. Comme si sa rousseur expliquait tous les soucis qu'elle leur causait.

Peu importait. Elle savait ce qu'elle faisait. Elle suivait son cœur ; ce qu'elle aurait dû faire depuis longtemps.

Elle n'était plus qu'à quelques mètres de la chapelle quand elle l'aperçut. Il était assis sur un rocher, le dos tourné, tout près de la porte du bâtiment qu'il fixait comme s'il ne parvenait pas à se décider à entrer. Elle rassembla son courage. S'il leur restait la moindre chance de trouver le bonheur ensemble, elle devait la saisir.

— Magnus ?

Sa voix s'était étranglée. Le seul fait de prononcer son nom faisait remonter une vague d'émotion qui lui nouait la gorge.

Il se tourna et cligna les yeux. Il semblait se demander si elle était bien réelle. Puis ses traits se durcirent.

— Tu es en avance.

Son ton sarcastique la dérouta. Elle fouilla son regard à la recherche de l'homme qu'elle avait connu. Dans les profondeurs de ses yeux caramel, elle ne vit que de la froideur et de la distance.

Toute son attitude semblait dire « Ne t'approche pas de moi ». Elle n'en tint pas compte et avança d'un pas.

— C'est toi que je suis venue trouver, répondit-elle.

Il se leva.

— Pourquoi ? Pour ressasser de vieux souvenirs ? Cela ne servirait à rien, Helen. Rentre au château, c'est là-bas qu'est ta place.

C'était bien là le problème. Elle n'avait sa place nulle part, et ne l'avait jamais eue. Il n'y avait qu'auprès de lui qu'elle envisageait de la trouver un jour.

Elle attendit un signe de colère, de douleur. Son ton n'exprimait aucune autre émotion qu'une vague lassitude, comme celle qu'elle entendait dans la voix de son père quand il lui reprochait d'être « rebelle ».

Trois ans, c'était long. Peut-être les sentiments qu'il avait eus autrefois pour elle s'étaient-ils envolés. Elle fut prise de doutes, puis les repoussa. Il s'agissait de Magnus. Magnus le calme, le constant.

— J'ai commis une erreur, dit-elle doucement.

Si elle avait espéré le faire réagir, c'était raté. Elle prit une profonde inspiration, et poursuivit :

— J'aurais dû partir avec toi. J'en avais envie, mais je ne pouvais pas quitter ma famille. Mon père était malade ; il avait besoin de mes soins. Tout s'est passé si vite.

Elle leva les yeux vers lui, l'implorant de la comprendre.

— J'ai été prise de court, j'ai eu peur. Tu ne m'avais encore jamais parlé de mariage. Tu m'avais à peine embrassée.

Il la fixait d'un regard perçant, les lèvres serrées.

— À quoi bon, Helen ? dit-il enfin. Tout cela appartient au passé. Tu n'as pas besoin de mon absolution. Tu ne me dois rien.
— Je t'aimais.
Il se raidit.
— Pas assez, visiblement.
Cette riposte l'atteignit droit au cœur. Il avait raison. Elle n'avait pas eu confiance en ses propres sentiments. Elle avait dix-huit ans et ne savait pas encore ce qu'elle voulait. Ce n'était plus le cas. Au fond d'elle-même, elle savait qu'il était l'homme qui lui était destiné. On lui avait offert l'amour sur un plateau, et elle n'avait pas su l'accepter.
— Je suis toujours...
— C'est assez, l'interrompit-il.
Il la rejoignit en deux enjambées et lui prit les bras. Le contact de ses grandes mains lui fit l'effet d'une marque au fer rouge. L'espace d'un instant, elle crut que ses nerfs avaient lâché et que sa réaction détachée et indifférente n'avait été qu'une façade. Toutefois, tandis qu'il la tenait fermement au point qu'elle était obligée de se hisser sur la pointe des pieds, il paraissait parfaitement maître de lui.
— Quoi que tu aies envie de me dire, il est trop tard, déclara-t-il.
Il la lâcha et recula d'un pas avant de reprendre :
— Pour l'amour de Dieu, tu t'apprêtes à épouser un homme qui est comme un frère pour moi.
Cette première trace d'émotion de sa part l'encouragea.
Elle s'approcha de lui et posa une main sur son bras. Elle sentit ses muscles frémir sous ses doigts. Elle scruta ce beau visage qui avait hanté ses rêves.
— Cela ne signifie donc rien pour toi ?
Elle déplaça sa main et la posa sur son cœur. Sous la surface dure, elle le sentait battre.
— Tu ne ressens rien, ici ? insista-t-elle.

Il resta parfaitement immobile et silencieux, le visage impénétrable. Elle chercha un signe et baissa instinctivement les yeux vers le petit muscle sous sa mâchoire. Sous l'ombre de sa barbe sombre, il n'y avait pas le moindre sursaut. Il se contrôlait parfaitement... comme toujours.

Il ôta sa main et recula pour mettre de la distance entre eux.

— Tu nous embarrasses tous les deux inutilement, Helen.

Elle reçut sa remarque comme une gifle et sentit la honte empourprer ses joues.

Sans la quitter des yeux, il ajouta :

— Je ne ressens rien.

Là-dessus, il tourna les talons et la laissa plantée là, à regarder sa chance de bonheur s'éloigner en silence. Cette fois, elle ne pouvait plus se bercer d'illusions : il n'était pas revenu pour elle.

2

Helen n'aurait su dire combien de temps elle était restée là, au milieu des bois, le cœur transi. Bien sûr qu'il était trop tard. Que s'était-elle imaginé ?

Le temps qu'elle rentre au château, les autres femmes étaient au bord de la panique. Bella la dévisagea un instant, puis prit les choses en main.

— Vous êtes certaine que c'est ce que vous voulez ? lui glissa-t-elle.

Helen se tourna vers elle d'un air hébété. Non. Oui. Peu lui importait. Quelle différence, à présent ?

Elle dut acquiescer sans s'en rendre compte car, en deux temps trois mouvements, elle se retrouva habillée, coiffée, parfumée, puis couronnée d'un bandeau d'or. Quelques minutes plus tard, elle reprenait le chemin qu'elle avait emprunté un peu plus tôt.

Elle ne flancha qu'une seule fois. Alors que son frère Will, le nouveau comte de Sutherland, la conduisait vers la chapelle pour la confier à son fiancé qui l'attendait devant la porte, elle lança un regard vers la foule venue assister à la cérémonie. Il était là, au premier rang, à côté d'un groupe d'autres guerriers. Il lui tournait le dos. Même s'il était plus large d'épaules, plus musclé et bien plus impressionnant qu'autrefois, elle l'aurait reconnu n'importe où.

La déception s'abattit sur elle telle une douche glacée. Sa présence dissipait les doutes qu'elle aurait pu encore avoir : ce mariage ne le dérangeait nullement... Elle ne comptait plus pour lui.

— Quelque chose ne va pas, Helen ?

Elle leva des yeux absents vers son frère.

— Tu t'es arrêtée, l'informa-t-il.

— Je...

Son instinct lui hurlait : *Ne fais pas un pas de plus, renonce à cette union !*

— Elle va bien, intervint Kenneth derrière elle. Allez, Helen, ton fiancé t'attend.

Son ton était doux mais la lueur dans son regard la mettait en garde contre un nouveau faux pas. Il était trop tard pour changer d'avis.

Pour une fois, Magnus et lui étaient d'accord.

Elle s'efforça d'oublier la masse de chagrin et de regret qui lui comprimait la poitrine et, quand ses frères se remirent à marcher, elle avança avec eux.

Si sa main trembla lorsque Will la mit dans celle de son promis, elle ne le remarqua pas. Plongée dans une sorte de transe, elle se plaça à la gauche de William (Eve ayant été créée à partir de la côte gauche d'Adam) et se tourna face à la chapelle. Conformément à la tradition, la cérémonie se déroulerait à l'extérieur, le couple ne se présentant devant l'autel que pour la bénédiction finale.

Ainsi, elle épousa William Gordon à l'endroit même où elle s'était ridiculisée quelques heures plus tôt, à quelques mètres de l'homme au cou duquel elle s'était jetée.

Elle sentit la présence de Magnus, sa silhouette rigide et sombre se dessinant à la périphérie de son champ de vision, alors qu'elle répétait les vœux qui la lieraient à jamais à un autre homme. Lorsque le prêtre demanda si quelqu'un dans l'assistance connaissait une bonne raison pour laquelle le couple ne pouvait être marié, il ne broncha pas. Avait-elle vraiment espéré qu'il s'y opposerait ? Il ne lança pas un seul regard dans sa direction.

Une fois la bague de William passée à son doigt, elle suivit le prêtre dans la chapelle et s'agenouilla devant l'autel auprès de son époux afin que leur union soit bénie par le Seigneur. Lorsque ce fut terminé, William déposa un baiser sur ses lèvres sèches, lui prit la main, puis la conduisit à l'extérieur sous les acclamations de la foule.

Elle le remarqua à peine. C'était presque comme si elle n'était pas là. La jeune mariée pâle et sereine à côté de William Gordon n'était pas elle. Les sourires timides et les réponses enjouées au flot de félicitations ne venaient pas d'elle. Cette femme était une inconnue.

Une partie d'elle-même était comme morte. La partie qui avait nourri des espoirs et des rêves. De celle qu'elle avait été, il ne restait plus qu'une coquille vide, désormais remplie par une autre qui faisait ce qu'on attendait d'elle. Celle qui restait sagement assise à côté de son nouveau mari tout au long de l'interminable banquet de noce en se comportant comme si de rien n'était. Qui mangeait, buvait et ripaillait avec les autres membres du clan dans la grande salle de Dunstaffnage.

Tout le monde n'y vit que du feu.

— Il était temps !

Helen se tourna vers le roi. Comme le matin, elle était assise à la place d'honneur, à sa droite. Robert de Bruce, qui avait gagné sa couronne sur le champ de bataille, était un homme impressionnant. Brun, les traits fins, il aurait été considéré séduisant même s'il n'avait pas été roi et l'un des plus grands chevaliers du royaume.

— Temps pour quoi, sire ?

Il lui adressa un sourire.

— Vos noces sont une grande réussite, lady Helen. Tout le monde semble bien s'amuser.

William, à la droite d'Helen, se pencha en avant pour lui répondre :
— Les Highlanders savent faire la fête aussi bien qu'ils savent se battre.
Bruce se mit à rire.
— Je m'en étais déjà rendu compte. Cela dit, je n'aurais jamais pensé voir ce Highlander en particulier festoyer de cette manière.
Il fit un signe de tête vers une table sur sa droite. Tout en souriant, Helen suivit son regard. Son sourire se figea soudain en une grimace horrifiée. Une vive douleur lui transperça la poitrine.
Au milieu des danseurs et des fêtards ivres, Magnus était assis sur un banc, une servante sur les genoux. Il la serrait fermement contre lui, lui tenait la nuque et l'embrassait à pleine bouche. Avec fougue et passion, comme Helen aurait tant aimé qu'il l'embrasse. Les seins volumineux de la jeune femme étaient pressés contre son torse puissant. Comme transfigurée, Helen ne pouvait détacher les yeux des mains voraces de la servante qui caressaient voluptueusement les larges épaules musclées.
La douleur fut si violente qu'elle eut l'impression que sa chair avait été arrachée de ses os.
— Nous allons devoir lui trouver un nouveau surnom.
Les paroles du roi l'arrachèrent à sa stupeur. Il n'avait pas remarqué son trouble. Elle se tourna vers son mari dans l'espoir qu'il n'ait rien vu non plus.
Elle se raidit. Elle n'avait pas eu cette chance. Dès que leurs regards se rencontrèrent, elle sut qu'il avait observé sa réaction. Il lança un regard assassin vers Magnus. Les lignes blanches autour de sa bouche trahissaient sa fureur.
Oh misère, il a compris.
Néanmoins, il parvint à répondre au roi avec un sourire un peu forcé.

— Je crois que vous avez raison, sire. Je me demande bien ce qui l'a fait changer.

Il fixa Helen d'un air accusateur.

Elle sentit son pouls s'accélérer et tenta de masquer son angoisse avec une question.

— Un surnom, sire ?

Sa voix trembla à peine.

— Ce n'est qu'une plaisanterie entre nous, répondit le roi en lui tapotant la main. Rien de bien méchant. Cela ressemble si peu à notre ami de… s'amuser avec autant d'enthousiasme.

Il adressa un petit clin d'œil à William en ajoutant :

— Je commençais à croire que nous avions un Templier caché parmi nous.

Le bruit courait que Bruce avait donné asile à de nombreux Templiers après que leur ordre avait été supprimé et excommunié par le pape (le même qui avait excommunié Bruce pour avoir assassiné John Comyn « le rouge » devant l'autel des Greyfriars trois ans plus tôt).

— J'ai toujours pensé que c'était à cause d'une femme, dit lentement William sans quitter Helen des yeux.

Moi. Oh, Seigneur, Magnus a-t-il évité les autres femmes à cause de moi ?

— Si c'était le cas, cela ne l'est plus, déclara Bruce.

Il pouffa de rire puis, heureusement, changea de sujet.

William se trouvant momentanément occupé par lady Anna assise à sa droite, Helen hasarda un nouveau regard vers Magnus. La femme était toujours assise sur ses genoux. À son grand soulagement, ils ne s'embrassaient plus fougueusement.

Il l'observait. Elle détourna rapidement les yeux mais, l'espace d'un instant, leurs regards se croisèrent. Durant cette fraction de seconde, elle vit un muscle tressauter sous son œil et toute l'horreur de sa situation lui apparut au grand jour.

Elle ne lui avait vu ce tic qu'une seule fois, la seule faille dans sa façade de marbre. Elle comprit. *Il a encore des sentiments pour moi. Il m'a menti.*

Sauf qu'il était trop tard.
Mon Dieu, qu'ai-je fait ?

Lady Isabella reposa le peigne sur la petite table de chevet.

— Vous êtes très belle.

— Et vous avez une chevelure superbe, renchérit lady Anna. Quand elle reflète la lueur des chandelles, on dirait une cascade de feu liquide qui chatoie le long de votre dos.

Même ce compliment rare ne parvint pas à la rasséréner. Magnus, lui aussi, avait aimé la couleur de ses cheveux.

— William doit se considérer le plus chanceux des hommes, déclara Christina avec un grand sourire.

Helen en doutait fortement. Elle aurait aimé les remercier mais craignait que, si elle ouvrait la bouche, il n'en sortirait qu'un bêlement d'agneau sur le point d'être sacrifié. Elle se contenta de hocher la tête avec un petit sourire, en espérant qu'il serait interprété comme de la timidité et non comme de la panique.

Les femmes l'avaient escortée depuis la grande salle jusqu'à la chambre nuptiale qu'elle partagerait avec William. Elles l'avaient préparée pour sa nuit de noces, lui faisant enfiler une chemise en lin richement brodée pour l'occasion. Elles avaient défait sa coiffure et brossé ses longs cheveux jusqu'à les rendre lisses et brillants.

Elle vit Bella échanger un regard avec Christina, qui acquiesça. Quelques instants plus tard, Bella s'assit sur le bord du lit.

— Votre mère est morte lorsque vous étiez encore enfant, n'est-ce pas ?

— Oui, peu après mon premier anniversaire, répondit Helen, légèrement surprise. Elle est morte en couches, avec son bébé.

Elle regrettait de ne pas avoir de souvenirs d'elle. Son père lui avait toujours dit qu'elle lui ressemblait beaucoup. Une pointe de tristesse l'envahit. Même après deux ans, la disparition de son père l'affectait toujours. Il lui manquait cruellement. Il s'était remis de l'affection pulmonaire dont il souffrait à l'époque où Magnus l'avait demandée en mariage mais, même avec l'aide et le talent considérable de Muriel, elles n'avaient pu le sauver lorsque la crise était réapparue six mois plus tard.

— Pourquoi me posez-vous cette question ? demanda-t-elle.

Bella hésita.

— Que savez-vous de ce qui va se passer ce soir ?

Helen pâlit.

— Vous n'avez aucune raison d'avoir peur, la rassura aussitôt Anna. L'union charnelle avec son mari peut être... (Elle rosit d'une manière charmante)... très agréable.

Christina fit une moue coquine.

— Je dirais même que ça peut être très excitant, ajouta-t-elle.

Bella lui adressa un regard lui signifiant qu'elle n'était pas d'une grande aide.

— Ce que nous essayons de dire, expliqua-t-elle patiemment, c'est qu'il est parfaitement normal d'être nerveuse. Si vous avez la moindre question...

— Je n'en ai pas, l'interrompit Helen.

Elle ne voulait pas penser à ce qui l'attendait. Elle n'était pas nerveuse parce qu'elle ignorait ce qui allait se passer, mais parce qu'elle ne le savait que trop bien. S'il y avait une chose qu'elle avait redoutée encore plus que la cérémonie de mariage, c'était la nuit de noces. À présent, elle avait encore plus de raisons d'être anxieuse. William lui avait à peine adressé deux mots depuis qu'il avait découvert son secret. Il était furieux, mais comment réagirait-il ? Lui demanderait-il des comptes ou ferait-il comme si de rien n'était ?

— Je sais ce qui se passe entre un homme et une femme, les rassura-t-elle.

Muriel avait satisfait sa curiosité des années plus tôt.

— Parfois, cela fait un peu mal au début, indiqua Bella.

— C'est comme un pincement cuisant, ajouta Christina.

— Mais cela ne dure pas, assura Anna.

Helen savait qu'elles essayaient de l'aider, mais cette conversation ne faisait qu'accroître son angoisse. Bella parut le comprendre.

— Nous vous laissons, déclara-t-elle en se levant.

— Merci, parvint à articuler Helen. Merci à toutes. Vous avez été très... bonnes avec moi.

Sa voix tremblait légèrement. Dans d'autres circonstances, elle aurait ri et plaisanté avec elles, tout en les assaillant de questions auxquelles elles n'auraient probablement pas voulu répondre. Mais ce n'était pas les bonnes circonstances.

Quelques minutes plus tard, elle se retrouva seule. La mort dans l'âme, elle se glissa dans le lit. Il arrivait fréquemment que les amis du nouveau mari l'accompagnent jusqu'à la chambre nuptiale. Elle voulait s'épargner la honte d'être vue dans une chemise fine au point d'être transparente.

Les doigts glacés, elle remonta les draps jusqu'à son menton et fixa la porte comme si le croquemitaine allait apparaître d'un instant à l'autre.

Bouh !

Helen était consciente d'être ridicule, mais elle ne pouvait calmer les battements frénétiques de son cœur ni la panique qui montait en elle. Que devait-elle faire ? Comment se soumettre en silence à son devoir conjugal alors que son cœur appartenait à un autre ?

Elle comptait encore aux yeux de Magnus. Elle avait peine à le croire. Néanmoins, son léger tic l'avait trahi. Elle ne l'avait vu qu'une seule fois auparavant, le jour où ils s'étaient rencontrés. Le souvenir était encore aussi frais dans sa mémoire que si cela s'était passé la veille.

Cette année-là, les jeux avaient lieu au château de Dunnottar, près d'Aberdeen. Elle avait quatorze ans et avait été autorisée à y assister pour la première fois. C'était également sa première expérience avec un grand groupe de filles de son âge, ce qui avait légèrement tempéré son excitation.

Elles ne s'intéressaient qu'aux garçons, débattant à longueur de journée pour déterminer lequel était le plus bel athlète, lequel possédait l'équipage le plus luxueux, lequel était probablement en quête d'une épouse. Excédée de les entendre glousser et de les voir se pâmer devant Gregor MacGregor (qui était, elle devait bien le reconnaître, d'une beauté à couper le souffle), elle avait sauté sur la première occasion pour leur fausser compagnie.

Décidée à chercher des coquillages sur la grève afin d'enrichir sa collection, elle avait franchi l'étroite langue de terre qui reliait le château à la terre ferme et pris un sentier sur sa droite. Le site de Dunnottar était l'un des plus spectaculaires qu'elle avait jamais vus. Perchée sur un éperon rocheux, entourée de magnifiques falaises de près de cinquante mètres de hauteur, la forteresse était pratiquement imprenable. Le sentier qui descendait jusqu'à la plage était traître. À plus d'une reprise, son pied avait glissé sur des cailloux. Après avoir frôlé la catastrophe une fois de plus, elle avait lancé un regard en contrebas.

Un jeune homme était agenouillé sur la plage devant une masse de fourrure. En y regardant de plus près, elle avait constaté que c'était un chien et, à en juger par sa position, que ce dernier était mal en point.

Son cœur avait fait un bond. L'animal avait dû tomber de la falaise. Elle adorait les bêtes et avait espéré qu'il n'était pas trop grièvement blessé. Elle avait hâté le pas afin de voir si elle pouvait lui porter secours.

Le garçon était en fait plus âgé qu'elle ne l'avait cru. Il devait avoir l'âge de son frère Kenneth, autour de dix-neuf ans. Il était tourné dans sa direction, mais ne l'avait pas vue approcher. Elle s'était étonnée de ne pas l'avoir remarqué plus tôt. Il était suffisamment séduisant pour qu'on se souvienne de lui. Au même moment, elle avait aperçu un éclat argenté dans sa main. Une lame d'acier. Oh, non ! Il s'apprêtait à...

— Arrêtez ! avait-elle crié en se mettant à courir.

Il avait levé les yeux vers elle, la dague dans la main. Ses traits exprimaient une douleur si profonde qu'elle avait senti son cœur se serrer. Toutefois, le temps de le rejoindre, l'émotion avait disparu derrière un masque impavide, si ce n'était le léger sursaut d'un muscle sous son œil. C'était comme si toute la force du chagrin qu'il s'efforçait de contenir avait trouvé une petite fêlure par où s'échapper.

Ce signe de vulnérabilité à un âge où il paraissait si important de ne montrer aucune faiblesse l'avait touchée. Elle ignorait pourquoi la sensibilité semblait incompatible avec la virilité mais, de toute évidence, l'impénétrabilité était une condition indispensable pour être un guerrier des Highlands. À voir sa taille, sa carrure et ses vêtements, il était clair que le jeune homme était un guerrier.

Elle s'était brusquement arrêtée devant lui et avait été soulagée de le voir baisser son arme.

— Vous ne devriez pas venir ici, mademoiselle. Ce sentier est trop dangereux.

Il avait parlé avec gentillesse, ce qui, compte tenu de la situation, était impressionnant. Quant à la dangerosité du sentier, elle en avait la preuve sous les yeux. Le pauvre chien, blotti contre son maître, poussait des gémissements de douleur à vous fendre le cœur.

Elle s'était agenouillée devant lui. C'était un limier qui n'était plus tout jeune. Il avait une grande entaille le long du flanc, mais c'était surtout sa patte avant droite qui posait problème. Elle était tordue dans un angle impossible, l'os pointant sous les poils noirs et gris. Une grande flaque de sang s'était répandue sur le sable. Helen n'avait jamais eu peur du sang.

Elle aurait aimé lui caresser la tête pour le réconforter, mais savait qu'il ne fallait jamais toucher un animal blessé. Il l'aurait mordue.

— Il est tombé ? avait-elle demandé au jeune guerrier.

Il avait acquiescé.

— Vous feriez mieux de partir, mademoiselle. Il faut que je...

Sa voix s'était brisée un instant, puis il avait repris :

— Il est préférable que vous ne voyiez pas ça.

— Vous l'aimez ?

Il avait acquiescé à nouveau. Il hésitait à parler, craignant sans doute de montrer son émotion. Au bout de quelques instants, il avait déclaré :

— Il m'accompagne depuis que j'ai sept ans. Mon père me l'a donné quand je suis parti en apprentissage chez mon parrain.

Le chien avait émis un nouveau son de douleur et il avait tiqué. Ses doigts s'étaient crispés autour du manche de sa dague. Elle avait posé une main sur son poignet pour l'arrêter, mais les muscles d'acier lui avaient indiqué qu'elle avait peu de chance d'y parvenir.

— S'il vous plaît, je peux peut-être l'aider.

Il avait secoué la tête.

— On ne peut plus rien faire pour Basque.

Basque ? C'était un drôle de nom.

— La fracture est trop importante, avait-il poursuivi. Tout ce que je peux faire, c'est abréger ses souffrances.

Helen aurait voulu lui demander : « Et les vôtres ? »

— Vous ne voulez pas au moins me laisser essayer ?

Il l'avait regardée dans les yeux et quelque chose était passé entre eux. Il avait dû percevoir sa sincérité car, au bout de quelques instants, il avait hoché la tête.

Elle lui avait fait promettre de ne rien faire au chien avant son retour et lui avait demandé de ramasser les bouts de bois rejetés par la mer sur la plage. Puis elle avait couru au château pour rassembler ce dont elle avait besoin.

Quand elle était revenue une demi-heure plus tard, elle avait été soulagée de constater qu'il était toujours au même endroit. Elle lui avait expliqué ce qu'elle comptait faire. Il fallait placer un des morceaux de bois dans la gueule du chien pour l'empêcher de mordre, puis le tenir fermement pendant qu'elle se mettrait au travail.

Elle n'avait vu Muriel et son père effectuer cette opération sur des membres humains que quelques fois ; pourtant, les gestes lui étaient venus naturellement. Elle s'était basée sur ce qu'elle avait vu, avait suivi son instinct et était parvenue à repositionner les os. Elle avait fabriqué une éclisse avec deux bouts de bois et l'avait fixée sur la patte fracturée en enroulant des lambeaux de sa chemise autour.

Le plus dur avait été d'entendre les cris de l'animal et de l'empêcher de bouger. Heureusement, Magnus (le jeune guerrier lui avait appris son nom lors de leur brève conversation) ne manquait pas de force.

Il l'avait observée travailler avec une incrédulité croissante. Lorsqu'elle lui avait expliqué comment refaire le pansement et avec quelles herbes préparer une teinture qui soulagerait le chien pendant la cicatrisation, il l'avait dévisagée d'un air émerveillé.

— C'est extraordinaire... Vous avez réussi.
Son expression l'avait troublée.
— C'est un chien courageux, avait-elle répondu pour dévier la conversation. Il s'appelle Basque, vous dites ?
— Mes amis l'ont surnommé ainsi parce qu'il me suivait partout, suspendu à mes basques. À l'origine, je l'avais appelé Scout mais c'est Basque qui est resté.

Elle avait souri et avait été surprise de le voir sourire en retour.

— Merci, avait-il dit d'un air gauche.

Il avait soutenu son regard et elle avait senti un profond trouble l'envahir. Avec ses cheveux châtain doré, ses doux yeux marron, sa peau hâlée, il était terriblement séduisant. Pour la première fois, elle avait compris pourquoi les autres filles se comportaient comme des idiotes devant un garçon.

Il semblait lire dans ses pensées.

— Quel âge avez-vous, mademoiselle ?

Elle avait redressé le dos et l'avait regardé droit dans les yeux. Pour une raison obscure, elle ne voulait surtout pas qu'il la prenne pour une enfant.

— Quatorze ans, avait-elle répondu fièrement.
— Tant que ça ? avait-il déclaré avec un petit sourire. Puisque vous êtes trop jeune pour être une guérisseuse, j'en déduis que vous devez être un ange.

Elle avait rougi. N'avait-il pas vu la couleur de ses cheveux ? Si, naturellement. Elle détestait les voiles et « oubliait » le sien le plus souvent possible.

— Dites-moi, petite Helen, comment avez-vous développé un tel talent ?

Gênée, elle avait haussé les épaules.

— Je ne sais pas... Cela m'a toujours intéressée.

Il devait la trouver bizarre, comme ses frères et son père. Elle lui avait lancé un regard discret. Il ne la regardait pas du tout comme une bête étrange, mais plutôt comme si...

Comme si elle était spéciale.

— Quoi qu'il en soit, Basque et moi avons de la chance de vous avoir rencontrée.

Elle rayonnait. Elle n'avait encore jamais croisé quelqu'un comme lui. Un jeune guerrier de bronze au regard doux et au sourire étincelant. Elle avait aussitôt compris que lui aussi était spécial.

— Helen !

Les cris impatients de son père retentissaient en haut de la falaise. On s'était aperçu de son absence.

— Je crois qu'on vous cherche, avait-il déclaré en l'aidant à se lever.

Elle avait baissé les yeux vers le chien recroquevillé à ses pieds.

— Vous parviendrez à le remonter tout seul ?

— Nous nous en sortirons très bien, grâce à vous.

— Helen ! avait crié à nouveau son père.

Elle avait marmonné dans sa barbe, rechignant à quitter son nouvel ami.

Il paraissait tout aussi réticent. Il lui avait pris la main et s'était incliné devant elle avec toute la galanterie du parfait chevalier. Elle était charmée.

— Merci encore, lady Helen. J'espère avoir bientôt le plaisir de vous revoir.

Elle avait senti son pouls s'accélérer. Il était sincère ; elle le sentait. Ils se reverraient.

En effet. Elle l'avait revu six mois plus tard. Entre-temps, elle avait appris son identité lors des négociations pour faire cesser la querelle entre leurs clans. Le chien Basque était toujours sur ses talons ; de son accident, il n'avait conservé qu'un léger boitement. Il ne fut jamais question entre eux de l'inimitié de leurs familles. Le lien avait déjà été forgé ; d'abord amical, puis évoluant en quelque chose de beaucoup plus puissant.

Elle n'avait plus revu le petit muscle tressauter sous son œil.

Jusqu'à son banquet de mariage.

Pourquoi ne l'avait-il pas arrêtée ? Comment avait-il pu la laisser épouser un autre homme ?

La porte s'ouvrit.

Elle émit un petit couinement de surprise. William entra dans la pièce et referma la porte derrière lui. Seul. Au moins, elle n'aurait pas à subir la honte d'avoir un public tandis que son mari se glisserait dans leur lit.

Il lança vers elle un regard ironique, remarquant qu'elle hissait les draps encore un peu plus haut sous son menton.

— Détendez-vous, déclara-t-il. Votre vertu est sauve pour le moment.

Son regard se durcit quand il ajouta :

— À moins qu'il ne soit déjà trop tard ?

Il lui fallut quelques instants pour comprendre ce qu'il avait voulu dire. Même s'il avait de bonnes raisons d'avoir des soupçons, sa pique était vexante. Elle leva fièrement le menton.

— Je vous assure que ma vertu est intacte, mon seigneur.

Il la dévisagea quelques instants, puis haussa les épaules.

— Évidemment, c'est un foutu saint.

La pointe d'amertume dans sa voix mordit sa conscience.

Il se dirigea vers une petite table sur laquelle une carafe de vernache avait été déposée pour elle. Il s'en servit un verre puis grimaça en goûtant le vin, qu'il but néanmoins.

Il ne s'était pas changé pour sa nuit de noces et portait encore la belle tunique et le collant de la cérémonie. Il s'assit sur une chaise près du brasero et l'observa.

La tension se relâcha d'un cran.

— C'est donc vous la femme pour qui il en pince depuis toutes ces années, déclara-t-il d'un ton écœuré. Comment ai-je pu ne pas m'en rendre compte ?

Il ne semblait pas s'attendre à ce qu'elle lui réponde. Au bout de quelques instants, il leva à nouveau les yeux vers elle.

— Que s'est-il passé ? Vos familles ont empêché votre union ?

— En partie.

Elle lui expliqua comment ils s'étaient rencontrés en cachette durant des années jusqu'au jour funeste où Magnus lui avait demandé de s'enfuir avec lui et où son frère les avait surpris.

— J'imagine ce qui s'est passé, observa-t-il. Votre frère a toujours été particulièrement virulent dès qu'il s'agit de MacKay.

Elle ne démentit pas.

— J'ai eu peur, avoua-t-elle. Mon père était souffrant et avait besoin de mes soins. Je me suis laissé convaincre qu'il ne s'agissait que d'une passade de jeunesse. Le temps que je comprenne mon erreur, Magnus avait disparu et vous...

— Et votre père nous avait fiancés, acheva-t-il pour elle.

— Oui.

Elle se rendit compte qu'elle s'était assise et qu'elle tripotait nerveusement les draps sur ses genoux.

— Vous ignoriez qu'il viendrait aujourd'hui ?

— Je ne l'avais pas revu depuis ce fameux jour. Vous ne m'aviez jamais dit que vous le connaissiez.

— Vous l'aimez ?

Un étrange accent dans sa voix la perturba et elle se sentit coupable. Absorbée par sa propre douleur, elle n'avait même pas réfléchi aux sentiments de William. Contrairement à Magnus, il n'hésitait pas à les montrer. Il était en colère, certes, mais également déçu.

— Je...

Il l'arrêta d'un geste.

— Inutile de me répondre. J'ai vu votre expression.

Il se passa une main dans les cheveux, puis reprit :

— Ce que je ne comprends pas, c'est pourquoi vous n'avez rien dit. Vous auriez pu arrêter le mariage.

Elle se sentit rougir.

— Cela ne semblait plus avoir d'importance.

Il la dévisagea un long moment.

— Vous avez essayé de lui parler ?

Elle acquiesça, honteuse.

— Et c'est ce qu'il vous a répondu.

Elle acquiesça à nouveau.

— Quel âne bâté !

Elle ne le contredit pas.

Il s'enfonça dans sa chaise et contempla le contenu de son verre pendant quelques minutes. Quand il releva enfin les yeux vers elle, il demanda :

— Qu'allons-nous faire ?

Elle le regarda sans comprendre.

Que pouvaient-ils faire ?

— Nous voilà dans un beau pétrin, reprit-il.

— En effet.

— Contrairement à certains, je ne suis pas un saint.

Elle fronça les sourcils.

— Que voulez-vous dire, mon seigneur ?

Il émit un petit rire cynique.

— Je ne partagerai pas mon épouse, mais je ne souhaite pas non plus coucher avec une martyre. Quand je ferai l'amour avec ma femme, je ne veux pas qu'elle pense à un autre homme.

Une note sombre et prometteuse dans sa voix la fit frissonner. En d'autres temps, dans un autre lieu, elle aurait sans doute été très heureuse d'être la femme de William Gordon.

Il sourit, devinant peut-être ses pensées. Il posa son verre sur le sol et se leva.

— Je vous laisse le choix, ma dame.

— Le choix ?

— Oui. Venez dans mon lit de votre plein gré ou n'y venez pas du tout.

— Je ne comprends pas.

— C'est pourtant simple. Notre mariage n'a pas encore été consommé. Si vous souhaitez le faire invalider, je ne m'y opposerai pas.

— Une annulation ?

Il acquiesça.

— Ou, si cela s'avère impossible, un divorce. Ce serait très désagréable mais c'est une solution.

Cela causerait un scandale. Sa famille serait furieuse. William serait publiquement humilié. Quant à Magnus...

Une fois de plus, il devina ses pensées.

— Il ne changera jamais d'avis, dit-il doucement. C'est moi que vous avez épousé.

Le cœur d'Helen s'arrêta de battre un instant. Il avait raison. Que le mariage soit dissous ou pas, Magnus ne serait jamais sien. Sa fierté et sa loyauté envers son ami l'empêcheraient de venir à elle. Dans son esprit, elle appartenait à William et c'était là une limite qu'il ne franchirait pas. Elle le savait aussi bien que William. Magnus était perdu pour elle.

— Je reviendrai dans une heure pour connaître votre décision, conclut William sur le seuil de la chambre.

Il ferma doucement la porte derrière lui, la laissant seule avec le tumulte de ses pensées.

Il fallait qu'il déguerpisse. Voir les femmes conduire Helen vers la chambre nuptiale avait été suffisamment douloureux, mais s'il devait également assister au départ de Gordon ou, comble de l'horreur, être contraint de l'accompagner pour le voir se glisser dans le lit de sa femme, il allait tuer quelqu'un. Probablement MacRuairi, qui ne cessait de le regarder comme s'il était le plus grand crétin de la chrétienté, ou Kenneth Sutherland, dont le sourire narquois indiquait qu'il savait pertinemment quel supplice il était en train d'endurer.

Magnus ne pouvait croire qu'elle soit allée jusqu'au bout. Elle en avait épousé un autre. D'ici une heure, peut-être moins, elle consommerait son mariage dans les bras d'un autre homme que lui. Et pas n'importe quel homme, son meilleur ami.

Bon sang ! Les nerfs à vif, il traversa rapidement la grande salle en direction de la porte, cueillant au passage une cruche de whisky sur le plateau d'une servante.

Il ne voulait pas y penser, cela risquait de le rendre fou. Il avait déjà dû faire appel à toute sa volonté pour assister sans broncher à la cérémonie, mais la seule idée qu'elle soit en train de se préparer pour la nuit de noces...

Libérant ses longs cheveux soyeux...

Ôtant ses vêtements...

Attendant dans le lit, ses grands yeux bleus emplis d'une nervosité virginale...

Elle aurait dû être à moi. La douleur était insoutenable. Il avala une longue gorgée de whisky et sortit en titubant légèrement dans la nuit noire et brumeuse.

Il se dirigea vers le hangar à bateaux où les membres célibataires de la garde des Highlands étaient logés. Il avait la ferme intention de se saouler et ne voulait pas qu'ils aient à le porter trop loin quand il tomberait ivre mort.

D'abord les femmes, à présent l'alcool. Décidément, il entamait un tout nouveau chapitre de sa vie. Il but une autre gorgée. Hourra pour le saint déchu !

Le clair de lune filtrait entre les planches en bois et la petite fenêtre du grand bâtiment construit au pied des remparts pour abriter les *birlinns* du chef des MacDougall. Celui-ci ayant été battu au col de Brander quelques mois plus tôt, le château appartenait désormais à Bruce.

Quelques torches flambaient et il ne se donna pas la peine d'allumer un brasero. Le froid était devenu son réconfort. Comme l'alcool, il le maintenait dans un état d'engourdissement bienvenu.

Je ne ressens rien, lui avait-il dit. Bon sang, combien il aurait aimé que ce soit vrai !

Au fond de lui, il avait conservé un petit espoir qu'elle renonce à ce mariage ; qu'en dépit de ce qu'il lui avait dit, elle ne se lierait pas à un autre pour toujours ; qu'elle l'aimait assez pour prendre la bonne décision.

Mais cela n'avait pas été le cas. Pas plus aujourd'hui que trois ans plus tôt.

Il s'assit sur sa paillasse, s'adossa au mur en étirant ses jambes devant lui et continua de boire. Il but pour trouver la paix, pour sombrer dans un oubli où ses pensées tourmentées ne pourraient pas le dénicher. Au lieu de cela, il trouva l'enfer. Un enfer sombre et bouillonnant d'images qui, telles des flammes, brûlaient les moindres recoins de son âme.

Qu'étaient-ils en train de faire en ce moment ? Gordon la tenait-il dans ses bras, lui faisait-il l'amour ? Lui donnait-il du plaisir ?

Le supplice ne fit que s'accentuer, devenant plus explicite, jusqu'à le pousser au bord de la folie.

Il n'aurait su dire depuis combien de temps il était là quand la porte s'ouvrit et un homme entra.

Lorsqu'il le reconnut, il sentit la fureur l'envahir.

— Fous le camp d'ici, Sutherland ! lança-t-il, son élocution ralentie par le whisky.

Guère impressionné, l'autre marcha vers lui avec son air fanfaron et arrogant habituel.

— Je me demandais où tu avais disparu, déclara-t-il. Gordon te cherchait. Je crois qu'il voulait que tu l'accompagnes jusqu'à la chambre nuptiale. Il a dû se résoudre à y aller sans toi.

Rien n'aurait pu atténuer la douleur de Magnus. Ils étaient donc en train de faire l'amour. Seigneur !

Cette ordure de Sutherland sourit. Magnus serrait convulsivement le goulot de la cruche, au point de ne plus sentir ses mains. Il refusait de donner à Sutherland la satisfaction de voir à quel point sa pique l'avait blessé.

— C'est tout ce que tu avais à me dire ou tu voulais autre chose ?

Le frère d'Helen s'arrêta à un mètre de lui. Il le dominait mais Magnus ne se sentit pas menacé pour autant. Si le fait d'être assis le désavantageait, la situation pouvait vite changer. Sutherland n'imaginait pas le danger qu'il courait. Ils n'étaient plus aux jeux des Highlands. Magnus avait trois années de guerre derrière lui, il avait combattu aux côtés des meilleurs guerriers d'Écosse. Sutherland, lui, s'était battu dans le camp des Anglais.

— Je crois qu'ils seront très heureux ensemble, tu ne penses pas ?

Magnus serra le poing. Dieu qu'il avait envie de le lui envoyer dans la figure pour effacer ce grand sourire narquois !

— À moins que tu ne le leur souhaites pas ? poursuivit Sutherland. Tu te crois encore amoureux de ma sœur ? C'est pour ça que tu n'as jamais raconté à Gordon votre petite amourette clandestine ?

— Prends garde, Sutherland. Cette fois, Gordon n'est pas là pour te protéger.

Il eut la satisfaction de voir son ennemi se raidir.

— Je me demande s'il sera encore ton ami quand il apprendra la vérité.

Magnus bondit sur ses pieds et saisit l'autre à la gorge avant qu'il ait pu réagir.

— Ne t'avise pas d'ouvrir la bouche, menaça-t-il. Tout ça, c'est du passé.

Il le plaqua contre une colonne en bois. Avec une adresse dont Robbie Boyd aurait été fier, Sutherland repoussa son bras d'un coup de coude, lui faisant lâcher prise, puis se contorsionna pour s'écarter de lui.

— Tu as raison, c'est du passé et tu n'y peux plus rien, le nargua-t-il. Je parie qu'en ce moment même, il est en train de la...

Le poing de Magnus s'abattit sur sa mâchoire avec un craquement satisfaisant. Un coup d'une telle force aurait jeté à terre la plupart des hommes, mais Sutherland absorba l'impact sans perdre pied et lui envoya son poing dans le ventre avec suffisamment de puissance pour lui arracher un grognement.

Soit Sutherland était devenu un bien meilleur guerrier qu'avant, soit l'alcool avait sérieusement émoussé les réflexes de Magnus. Sans doute un peu des deux. Dans le corps-à-corps qui suivit, Sutherland lui donna plus de fil à retordre que prévu. Cela faisait longtemps que Magnus ne s'était battu qu'avec ses poings, mais il parvint néanmoins à reprendre le dessus rapidement. Il asséna une avalanche de coups qui auraient sûrement mis Sutherland à terre si quelqu'un ne l'avait pas arrêté.

— Arrêtez ça ! Bon sang, MacKay, ça suffit !

Il se sentit attrapé par-derrière et un bras se replia autour de son cou. Il réagit d'instinct, fléchissant les genoux dans l'intention de faire basculer son agresseur par-dessus sa tête, puis reconnut sa voix à travers le voile de fureur et d'alcool.

Gordon. Que fichait-il ici ?

À voir l'air ahuri de Sutherland, il se posait la même question.

Le regard de Gordon allait de l'un à l'autre.

— Qu'est-ce qui vous prend ? demanda-t-il. Non, inutile de me le dire, je devine la réponse. Si vous voulez vous entre-tuer, faites-le ailleurs. Vous avez mal choisi votre moment.

Il avait raison. Magnus eut honte de s'être laissé provoquer par l'autre bâtard. Il ne tenta pas de s'excuser.

Il croisa le regard de Sutherland. En dépit de ses menaces, il était clair qu'il n'avait jamais eu l'intention de vendre la mèche à Gordon. Il avait simplement voulu torturer Magnus.

Gordon les regarda tous les deux d'un air écœuré, puis lança à Sutherland :

— Laisse-nous. Je dois discuter avec MacKay, seul à seul.

Sutherland parut contrarié mais ne broncha pas. Il inclina brièvement la tête vers Gordon et lança à Magnus un regard qui indiquait qu'ils n'en avaient pas encore terminé.

Magnus versa un peu d'eau froide dans une bassine et s'aspergea le visage, autant pour nettoyer le sang laissé par les coups de Sutherland que pour se dessaouler. Il sentait qu'il aurait besoin d'avoir l'esprit clair pour entendre ce que Gordon avait à lui dire.

Il s'essuya avec un linge et se tourna vers son ami.

Son angoisse augmenta d'un cran. Maintenant qu'ils étaient seuls, il pouvait voir les signes de fureur sur les traits normalement enjoués de Gordon. Avant même que celui-ci ne parle, Magnus sut qu'il avait appris la vérité.

— Pourquoi ne m'as-tu rien dit ?

Magnus ne fit pas semblant de ne pas comprendre.

— Il n'y avait pas... Il n'y a rien à dire.

— Quoi, tu considères que le fait que mon meilleur ami soit amoureux de ma fiancée ne me concerne pas ?

— Ce qu'il y a eu entre Helen et moi était terminé avant que je te connaisse.

— Vraiment ? Tu veux dire qu'elle ne représente plus rien pour toi ?

Magnus serra les dents. Il aurait voulu nier mais ils savaient tous les deux que ce serait un mensonge.

Gordon secoua la tête d'un air dépité.

— Tu aurais dû me prévenir. Je me serais désisté.

— Pour qu'on la marie à un autre ? Cela n'aurait rien changé. Sa famille me hait. Tu as vu comme on s'adore, son frère et moi. Je préfère encore qu'elle épouse un homme qui la mérite. Un homme qui saura la rendre heureuse.

— Comme c'est noble de ta part, rétorqua Gordon sans cacher son amertume. Peux-tu m'expliquer comment ce sera possible si elle pense à un autre homme chaque fois que je lui fais l'amour ?

Magnus fit une grimace. C'était donc ainsi qu'il avait découvert la vérité ? Il se sentit soudain nauséeux.

Gordon s'apprêtait à ajouter quelque chose quand la porte s'ouvrit à nouveau. MacRuairi fit irruption dans la pièce. Il les dévisagea d'un air surpris, se demandant probablement ce qui se passait, puis le sens du devoir l'emporta sur sa curiosité.

— Prépare tes affaires, lança-t-il à Magnus. Nous partons.

Magnus ne posa pas de questions. S'ils quittaient précipitamment la fête, ce devait être sérieux. Redevenant aussitôt le guerrier des Highlands qu'il était, il commença à rassembler ses quelques biens.

— Que se passe-t-il ? demanda Gordon.

— Le nouveau seigneur de Galloway a des ennuis.

Gordon jura. Si le fier Édouard de Bruce, le frère du roi, demandait des renforts, il devait être aux abois.

— Qui part ? demanda-t-il.

— Nous tous.

— Attendez-moi, je vais chercher mes armes.

— Pas toi, l'arrêta MacRuairi. Personne ne te demande de quitter ton épouse la nuit de tes noces.

— Je sais, mais je viens quand même, répliqua Gordon.

Avec un regard vers Magnus, il ajouta :

— Ma tendre épouse ne m'en tiendra certainement pas rigueur.

3

— Il est parti ? répéta Helen, abasourdie.

— Oui, confirma Bella. Les hommes ont été appelés tard la nuit dernière pour effectuer une mission pour le roi. William ne vous a rien dit ?

Helen s'efforça de cacher son embarras, sans y parvenir.

— Je... je... je devais être endormie.

Christina prit sa réaction pour de la pudeur de jeune fille.

— Il n'a probablement pas voulu vous réveiller. Vous deviez être épuisée après une si intense... journée.

— Oui, il a été prévenant, convint Bella.

Elle paraissait néanmoins préoccupée.

Helen prit un autre morceau de pain et le tartina consciencieusement de beurre pour tenter de masquer sa gêne. Elle était restée éveillée une bonne partie de la nuit, attendant nerveusement le retour de William afin de lui donner sa réponse. Elle avait dû finir par s'endormir car, quand elle avait ouvert les yeux, elle se trouvait toujours seule dans la chambre glacée. On avait sans doute ordonné à la jeune servante qui venait allumer les feux de bonne heure de ne pas les déranger. Une attention inutile.

Pourquoi William n'était-il pas revenu ? En avait-il été empêché ou avait-il voulu lui donner plus de temps pour prendre sa décision ? Craignant que la réponse n'ait un rapport avec Magnus, elle avait hésité à quitter sa chambre. Toutefois, la faim et la curiosité avaient fini par l'emporter, et elle était descendue dans la grande salle pour prendre son petit déjeuner.

À en juger par le nombre d'invités encore endormis sur le sol de la salle, la fête avait été un grand succès. Bella et Christina, elles, étaient déjà debout et Helen fut surprise quand elles lui annoncèrent à quel point elles étaient navrées que les hommes aient dû partir au milieu de la nuit.

— Vos époux aussi ? demanda-t-elle.

— Oui, répondit Bella. Ils étaient tout un groupe à être appelés.

Le cœur d'Helen fit un bond. Et Magnus ? Bella devina sans doute son inquiétude et acquiesça.

— Où sont-ils allés ?

Les deux femmes échangèrent un regard.

— Je ne sais pas vraiment, répondit Christina prudemment.

Un peu trop prudemment. Helen sentit qu'elles ne lui disaient pas tout.

— On ne sait jamais où ils vont, déclara Bella avec un air agacé.

— William se bat-il toujours avec vos maris ? demanda encore Helen, intriguée.

— Pas toujours, répondit Christina toujours aussi vague.

— Quand rentreront-ils ?

— Dans une semaine, peut-être un peu plus, affirma Bella.

Helen savait qu'elle n'aurait pas dû être aussi soulagée, mais elle n'y pouvait rien. L'absence de William lui laissait suffisamment de temps pour se préparer à ce qui allait suivre. Elle ne se berçait pas d'illusions : en acceptant son offre, elle commettrait un geste bien plus « rebelle » que tout ce qu'on lui avait reproché dans le passé.

— C'est étrange qu'ils aient dû partir au beau milieu des célébrations, observa-t-elle.

Surtout le jeune marié. D'après Kenneth, William avait été autrefois au service de son oncle, sir Adam Gordon, le chef du clan Gordon. Après s'être fâché avec lui, il avait rejoint la rébellion de Bruce, alors comte de Carrick. Il avait dû se distinguer sur le champ de bataille pour que le roi insiste pour que son mariage ait lieu dans son tout nouveau château de Dunstaffnage. Cela mis à part, elle ne savait pas grand-chose sur le rang de son mari dans l'armée de Bruce.

— Que fait William pour le roi, au juste ? demanda-t-elle.

Les deux femmes parurent embarrassées, nerveuses même.

— Il vaut mieux que William vous l'explique lui-même, répondit Bella.

Christina se pencha vers elle et baissa la voix afin de ne pas être entendue.

— Je sais que vous vous posez un tas de questions mais il est préférable d'attendre le retour de votre époux. C'est plus sûr ainsi. Les questions tombent parfois dans de mauvaises oreilles.

Helen comprit qu'il s'agissait d'une mise en garde, même si sa nature lui échappait. Elle décida de ne pas insister... pour le moment.

Quelques minutes plus tard, ses frères et Donald Munro entrèrent dans la grande salle. Redoutant leurs questions, elle s'apprêtait à accepter l'invitation de Bella d'accompagner les femmes et leurs enfants dans les appartements de lady Elyne (apparemment, son mari Erik MacSorley était parti lui aussi) quand elle aperçut le visage de Kenneth.

Elle se précipita pour les intercepter avant qu'ils n'aient pris place à l'une des tables montées sur des tréteaux. Elle posa une main sur la joue tuméfiée de son frère.

— Que t'est-il arrivé ?

Il semblait avoir été roué de coups. Il avait une énorme ecchymose sur le côté droit, la lèvre fendue, l'œil gauche enflé et une grande entaille sur la pommette.

Il fuit son regard.

— Ce n'est rien.

— Tu t'es battu, lui reprocha-t-elle.

Cela n'avait rien d'inhabituel de sa part. Il prenait la mouche pour un rien et en venait facilement aux mains.

— Pour changer ! rétorqua leur frère aîné.

Contrairement à Kenneth, elle n'avait jamais été proche de Will. Il avait toujours été un inconnu pour elle. De dix ans plus âgé qu'elle, il faisait son apprentissage de chevalier chez le comte de Ross quand elle était née. À son retour à Dunrobin, il avait passé le plus clair de son temps à perfectionner ses techniques de combat et à apprendre ses futurs devoirs de chef. Sa petite sœur de dix ans le déconcertait plus qu'autre chose. Ce n'était pas qu'il soit méchant ou indifférent ; il était simplement trop occupé, austère et intimidant. À la mort de leur père, il avait assumé les responsabilités de comte avec l'aisance d'un homme qui avait été entraîné pour ce rôle depuis sa naissance.

— Il semblerait que le jeune MacKay n'ait pas appris la discipline au cours de ces dernières années, déclara-t-il d'un air sombre. D'un autre côté, que peut-on attendre d'un rustre, jeune ou vieux ?

Helen posa une main sur ses lèvres, choquée.

— C'est Magnus qui t'a fait ça ?

Will se tendit. Il n'aimait pas qu'on évoque les anciennes accointances déplacées de sa sœur avec l'ennemi.

— Oui, répondit Donald. Il a attaqué votre frère sans aucune raison.

Cela ne ressemblait pas à Magnus. Le regard noir que Kenneth adressa à Donald semblait indiquer que l'histoire n'était pas aussi simple que cela. Elle espérait seulement qu'elle n'y était pour rien. Elle savait que Donald aussi détestait Magnus, surtout depuis qu'il l'avait battu aux jeux.

— Être contraints de supporter l'usurpateur est déjà suffisamment pénible, reprit Donald. Il faut qu'on endure aussi les MacKay ? Votre nouveau mari choisit bien mal ses amis, ma dame.

Will lui fit signe de se taire et, bien qu'il n'y ait personne à portée d'ouïe, lança des regards autour d'eux comme s'il craignait que les murs aient des oreilles.

— Prends garde, Munro. Cette situation ne me plaît pas plus qu'à toi, mais « l'usurpateur » est désormais notre roi.

Donald n'avait jamais caché son opposition à Bruce et sa hargne d'avoir été obligé de se soumettre à lui se lisait sur son visage. Il ravala néanmoins sa frustration et hocha docilement la tête. Il avait reporté sa loyauté sur William et conservé son rang d'*An Gille-coise*, le bras droit du chef.

— Où est ton mari ? demanda Kenneth en balayant la salle du regard. J'aurais cru qu'il serait avec toi.

Il y avait une pointe de suspicion dans sa voix. Helen se souvint de la mise en garde de Christina et répondit simplement :

— Il a été appelé ailleurs pour quelques jours.
— « Appelé ailleurs » ? répéta Will, tout aussi surpris que les deux autres. Qu'est-ce que tu veux dire ?
— Le roi a eu besoin de lui.
— Le lendemain de ses noces ? s'exclama Kenneth.

Elle s'efforça de sourire.

— Il rentrera bientôt.
— Où est-il allé ? demanda Will.

— Il ne me l'a pas dit et je ne le lui ai pas demandé.

C'était la vérité. Elle ne précisa pas qu'il ne lui en avait pas laissé la possibilité.

Donald était scandalisé pour elle. Il l'avait toujours protégée.

— Je me demande bien ce qui peut se passer de si grave pour arracher un jeune marié à son lit nuptial et envoyer une douzaine d'hommes sur un *birlinn* au beau milieu de la nuit.

Comment le savait-il ? Ses frères logeaient dans le donjon principal, loin du hangar à bateaux et des casernes. La voyant froncer les sourcils, il expliqua :

— Il m'a semblé apercevoir un groupe quand je suis rentré des latrines. Je suppose que c'était lui et ses compagnons.

— Vous devriez peut-être le demander au roi, suggéra-t-elle.

— J'y compte bien, ma sœur, déclara Will. Même si je doute que Bruce soit disposé à nous faire des confidences.

Il avait raison. Le roi était ravi d'accueillir de puissants comtes et seigneurs d'Écosse tels que Ross et Sutherland car cela servait l'unification du royaume. Il ne leur faisait pas confiance pour autant. Les Sutherland se trouvaient dans une situation délicate. Helen espérait que sa décision de demander l'annulation de son mariage n'aggraverait pas leur cas.

Will et Donald rejoignirent le reste de leur vaste entourage à la table du petit déjeuner. Helen serait bien retournée dans sa chambre, mais Kenneth la retint. Ses yeux, aussi bleus que les siens, la sondèrent. À l'instar de Will et de feu leur père, il la traitait toujours avec un mélange de perplexité attendrie et d'agacement ; toutefois, contrairement à eux, il avait le don de sentir quand elle mentait. S'il se mettait rarement en colère contre elle, il n'avait pas non plus cette patience résignée qu'avaient Will et leur père à son égard, comme s'ils étaient des bergers veillant sur une brebis qui s'écartait constamment du droit chemin.

— Tu es sûre de nous avoir tout dit, Helen ?

Il la fixa jusqu'à ce qu'elle s'agite nerveusement. À la mort de leur père, Kenneth avait endossé le rôle du berger. Mais il n'était pas son père et ne lui ressemblait en rien.

— J'espère que cela n'a rien à voir avec le fait que ton mari cherchait MacKay dans le hangar à bateaux hier soir, une heure à peine après avoir quitté la grande salle pour te rejoindre.

Il l'avait surprise et son expression la trahit.

— Qu'as-tu fait, Helen ?

Son air déçu l'attrista. Hélas, ce n'était qu'un début.

— Rien, et lui non plus, répondit-elle simplement.

— Ne fais pas l'idiote, Helen, s'emporta-t-il. Gordon est un type bien. Il sera un bon mari. MacKay était au courant de ces fiançailles depuis des années. S'il avait vraiment voulu de toi, il le lui aurait dit. Or, il n'a pas pipé mot.

Il avait raison. Néanmoins, indépendamment des sentiments de Magnus, elle avait eu tort d'épouser William alors qu'elle en aimait un autre. Elle aimerait toujours Magnus, que cela lui plaise ou pas.

William méritait une femme qui saurait l'aimer. Une femme qui partagerait sa couche sans penser à un autre homme. Or, elle ne serait jamais capable de lui offrir cela.

Elle espérait simplement que sa famille pourrait lui pardonner un jour.

Forêt de Galloway, deux nuits plus tard

— Vous avez des questions ?

Tor MacLeod examina les visages noircis des hommes qui formaient un cercle autour de lui. La cendre, comme les heaumes et les armures sombres, leur permettait de se fondre dans la nuit.

— Je n'ai pas besoin de vous dire à quel point cette mission est capitale, reprit-il. Si vous ne savez pas exactement ce que vous êtes censés faire, c'est le moment de le demander. Nous n'avons pas droit à l'erreur.

— Parce qu'on a déjà eu droit à l'erreur par le passé ? plaisanta Erik MacSorley.

On pouvait toujours compter sur le marin effronté pour détendre l'atmosphère. Plus le danger était grand, plus il était en verve. Il n'avait pas cessé de lancer des boutades de la nuit.

La garde des Highlands avait été formée pour les missions les plus dangereuses, celles réputées impossibles. Secourir le frère du roi repousserait encore leurs limites. Mille cinq cents soldats anglais se dressaient entre eux et Édouard de Bruce. En comptant les hommes de James Douglas, ils n'étaient qu'une cinquantaine. Cela représentait un sacré défi, même pour les meilleurs guerriers d'Écosse. Toutefois, ils n'étaient jamais aussi efficaces que lorsque tout semblait jouer contre eux. Ils n'envisageaient jamais la défaite. La conviction qu'ils sortiraient victorieux de n'importe quelle épreuve était leur force.

D'ordinaire, MacLeod, leur chef, ne relevait pas les plaisanteries de MacSorley. Le fait qu'il entre dans son jeu cette fois-ci en disait long sur la gravité de la situation.

— Cette fois, le Faucon, tâche de n'enlever personne.

Cette allusion à son « erreur » fit sourire MacSorley. L'année précédente, à la suite d'un fâcheux concours de circonstances, il avait enlevé lady Elyne de Burgh dans son château en Irlande.

— Ma foi, ce ne serait peut-être pas une mauvaise idée, répondit-il avec une moue songeuse. Le Brigand aurait bien besoin d'une épouse. Vu son caractère de cochon, en voler une sera sans doute le seul moyen de le caser.

— Va te faire voir, répliqua Robbie Boyd. Et si je prenais la tienne ? La pauvre petite doit en avoir plus qu'assez de toi. Dieu sait que c'est notre cas à tous !

Son soupir exagéré déclencha quelques rires et murmures d'assentiment, contribuant encore un peu plus à désamorcer la tension.

— Tenez-vous prêts, déclara MacLeod. Nous partons dans une heure.

Magnus allait s'éloigner avec les autres quand MacLeod le retint.

— Le Saint, le Templier, restez un instant.

Il attendit que les autres soient partis avant de se tourner à nouveau vers eux. Son regard d'acier qui ne ratait rien alla de l'un à l'autre.

— Dois-je m'inquiéter à votre sujet ? demanda-t-il.

Magnus se redressa. Il n'avait pas besoin de regarder Gordon pour savoir qu'il en avait fait autant.

— Non, chef, répondirent-ils presque d'une seule voix.

Tor MacLeod était considéré comme le guerrier le plus redoutable des Highlands et, à cet instant, il en avait tout l'air. Il les examinait avec une intensité presque insoutenable. Peu d'hommes impressionnaient Magnus, mais le chef de la garde des Highlands en faisait partie. Ils avaient tous un peu de sang viking, mais MacLeod semblait en avoir plus que tous les autres.

— Dans une armée, la discorde est un poison, déclara-t-il. Quelles que soient les tensions entre vous, oubliez-les.

Sans attendre leur réponse, MacLeod tourna le dos et s'éloigna. Il savait qu'ils étaient conscients de tout ce qui était en jeu.

Dès l'instant où MacRuairi était entré dans le hangar à bateaux pour lui annoncer qu'Édouard de Bruce était en difficulté à Galloway, Magnus n'avait plus songé qu'à son devoir. Gordon et lui étaient des guerriers trop expérimentés pour laisser des griefs personnels entraver la mission que Bruce leur avait confiée. Leur vie et celles de leurs compagnons de la garde en dépendaient.

Néanmoins, la tension entre eux était toujours là, sous la surface, en suspens mais pas oubliée. Le fait que leur chef l'ait détectée leur faisait honte à tous les deux.

L'air sombre de Gordon reflétait le malaise de Magnus.

— Viens, lui dit-il. Nous ferions mieux d'aller manger quelque chose. J'ai l'impression que nous allons avoir besoin de toutes nos forces.

— Ainsi que de quelques miracles, ajouta Magnus.

Gordon se mit à rire et, pour la première fois depuis que Magnus était arrivé à Dunstaffnage pour le mariage, le nœud qui lui tenaillait les entrailles se desserra. Il avait déjà perdu Helen ; il ne voulait pas perdre également son ami.

Ils retournèrent au camp pour se joindre à leurs compagnons et passèrent en revue les détails du plan audacieux pour secourir le frère du roi. L'orgueilleux Édouard de Bruce était têtu et parfois imprudent. Il n'était guère apprécié des membres de la garde. Cependant, il avait la confiance du roi qui lui avait confié la garde des régions difficiles du Sud. En outre, il était son seul frère survivant. Sa mort ou sa capture aurait porté un coup terrible à Bruce. Celui-ci avait déjà vu ses trois autres frères exécutés en moins d'un an et avait une épouse, une fille et deux sœurs emprisonnées en Angleterre, dont une enfermée dans une cage.

S'ils devaient affronter mille cinq cents Anglais pour sauver la peau de ce maudit Édouard de Bruce, rien ne les en empêcherait. *Airson an Leòmhann*. « Pour le lion ». C'était le symbole de l'Écosse et le cri de guerre de la garde des Highlands.

Au cours des deux derniers jours, les onze membres de la garde avaient œuvré de concert dans un seul but : atteindre Édouard avant que le désastre ne frappe. Ils avaient vogué vers le sud jusqu'à Ayr, puis chevauché vers l'est et les forêts sauvages et montagneuses de Galloway.

Si la guerre avait été gagnée au nord, elle faisait toujours rage dans le Sud. Les Anglais contrôlaient la zone frontalière, de grandes garnisons occupant tous les principaux châteaux. À Galloway, l'ancienne province celte isolée dans le sud-ouest de l'Écosse, des poches de rébellion étaient alimentées par ceux qui restaient loyaux au roi en exil, Jean de Balliol, et à son puissant parent, Dugald MacDowell.

Depuis son quartier général dans les vastes forêts imprenables, Édouard de Bruce avait passé les six derniers mois à écraser les rebelles, et plus particulièrement les MacDowell qui étaient responsables de la mort de deux de ses frères lors du débarquement désastreux de loch Ryan un an plus tôt.

Le jeune James Douglas, dépossédé de ses terres dans le Douglasdale voisin par les Anglais, s'était illustré au sein de l'armée d'Édouard de Bruce, ses cheveux bruns et sa réputation de guerrier sanguinaire lui valant le surnom de « Douglas le Noir ».

La plupart des membres de la garde avaient passé du temps à Galloway avec Édouard au cours des six derniers mois, surtout Boyd, Seton, MacLean et Lamont, qui avait des liens dans la région. Magnus lui-même n'avait quitté les lieux que quelques jours plus tôt, pour assister au mariage. Cependant, c'était la première fois que la totalité de la garde se mettait au service du frère du roi.

La situation l'exigeait. Selon un message envoyé par Douglas, Édouard de Bruce avait appris que son ennemi juré, Dugald MacDowell, était rentré à Galloway après son exil en Angleterre. Il s'était lancé à ses trousses avec une petite troupe pendant que Douglas effectuait un raid.

En rentrant et en découvrant Édouard parti, Douglas l'avait suivi, pour se retrouver face à cinq cents Anglais lui barrant la route. C'était un piège. MacDowell avait servi d'appât pour faire sortir Édouard de sa forêt. Il était néanmoins parvenu à se réfugier dans le château de Threave, qu'il avait arraché aux Anglais quelques mois plus tôt.

L'ancienne forteresse des seigneurs de Galloway se trouvait sur une petite île au milieu de la Dee, reliée à la terre ferme par un étroit pont en pierre. Elle aurait dû être facile à défendre. Toutefois, comme Wallace avant lui, Bruce avait adopté la tactique de la terre brûlée, ne laissant rien derrière lui qui puisse servir à l'ennemi, détruisant les châteaux et souillant les puits. Cela signifiait qu'Édouard de Bruce était retranché dans des ruines calcinées et sans eau potable.

D'après Arthur Campbell, le précieux éclaireur de la garde, l'armée anglaise campait sur la rive est de la rivière. Sans eau potable, le siège ne durerait pas longtemps. En menant l'assaut depuis la mer, il aurait été expédié encore plus rapidement.

Deux heures avant l'aube, Magnus et les autres membres de la garde rejoignirent les hommes de Douglas et se rassemblèrent autour de MacLeod.

— Prêts ? demanda-t-il.

— Prêts ! répondirent les hommes en chœur.

— Alors allons donner aux bardes de quoi chanter une nouvelle épopée, conclut-il.

Ils quittèrent l'abri de la forêt, chevauchant ventre à terre vers le château. Leur plan dépendait d'une bonne synchronisation. Ils devaient être en position sur le flanc de l'armée anglaise juste avant les premières lueurs du jour. Pendant qu'Édouard détournerait l'attention en attaquant le front ennemi, la garde des Highlands et les hommes de Douglas lanceraient une attaque surprise par-derrière.

Eoin MacLean, surnommé le Frappeur, était l'instigateur de ces stratégies et tactiques audacieuses qui avaient fait la renommée de la garde des Highlands. Toutefois, même venant de lui, ce dernier plan était hasardeux.

Leur but était de créer l'impact le plus puissant possible en tirant profit de la lumière et de la brume pour dérouter l'ennemi, lui ôtant ainsi son avantage en nombre, armes et armures, et surtout, en instillant la peur dans le cœur des soldats. Cela avait déjà fonctionné par le passé, même s'ils n'avaient jamais été aussi peu face à des adversaires aussi nombreux.

Dans l'épais brouillard matinal qui drapait la vallée de la Dee, la garde des Highlands, coiffée de heaumes noirs et vêtue de capes sombres, surgirait soudain de nulle part sans qu'on puisse évaluer combien ils étaient, telle la bande de guerriers fantômes dont parlaient les rumeurs. Dans le chaos et la panique qui s'ensuivraient, ils espéraient ouvrir une brèche suffisante pour permettre à Édouard et ses hommes de s'échapper.

Ils longèrent la rivière vers le sud pendant une heure et parvinrent à un petit bois niché au bord d'un coude de la rivière, juste en face de l'île. MacSorley et MacRuairi traverseraient les eaux noires et troubles à la nage pour se glisser dans le camp d'Édouard et le prévenir de leur plan. Encore fallait-il pour cela qu'ils parviennent à passer derrière les gardes.

— Attendez le signal, leur recommanda MacLeod.

— Bien, chef.

MacSorley se tourna vers Gregor MacGregor avec un sourire narquois.

— Tâche de bien viser.

Le célèbre archer lancerait une flèche enflammée au-dessus du passage lorsque la voie serait libre.

— Je viserai ta tête, ça me fera une grosse cible, rétorqua MacGregor.

— Si tu veux une grosse cible, vise plutôt mon braquemart, contra MacSorley.

Les hommes se mirent à rire.

MacRuairi, qui était en train de badigeonner son corps nu de graisse noire, fit la grimace.

— Qu'est-ce que ça pue !

Ils avaient enveloppé leurs armures et leurs armes dans un paquet afin de les garder au sec pendant la traversée. La graisse de phoque leur permettrait de se fondre dans l'obscurité et les protégerait des eaux glacées de décembre.

— Tu seras bien content dans quelques minutes, lui lança MacSorley. Sans elle, tes bourses gèleraient et tomberaient.

— Ce qui ne serait pas un problème pour toi puisque tu n'en as plus.

— Quoi, mon cousin, tu fais de l'humour ? Il doit geler en enfer.

MacRuairi marmonna quelque chose, puis continua d'appliquer la graisse.

Lorsqu'il fut temps de partir, MacLeod leur donna encore quelques instructions puis prit congé avec leur devise habituelle : *Bàs roimh Gèill !* « Plutôt mourir que de se rendre ». Pour les guerriers des Highlands, il n'y avait pas d'autre option. Ils réussiraient ou mourraient en essayant. Ils ne craignaient pas la mort. À leurs yeux, il n'y avait pas plus grande gloire que celle de mourir au combat.

Tandis que les deux guerriers se glissaient dans l'eau glacée, le reste de la troupe reprit la route, contournant le camp anglais qui avait été monté sur la rive est de la rivière pour bloquer le passage par le pont. Lorsqu'ils atteignirent une petite butte boisée, MacLeod leur fit signe de s'arrêter.

Une vaste étendue de marécages tourbeux et d'herbes jaunies par le souffle froid de l'hiver s'étendait entre eux et le château entouré d'eau. Même si l'obscurité et la brume les empêchaient de voir les Anglais, ils sentaient leur présence. Leurs bruits et leurs odeurs étaient portés par la nuit. L'urine et les excréments de mille cinq cents hommes ne passaient pas inaperçus.

L'ennemi était tout proche, à deux cents mètres tout au plus. Ils étaient tous conscients de l'importance du silence. Pour que leur plan fonctionne, ils devaient créer la surprise.

Pendant près d'une demi-heure, ils attendirent sans prononcer le moindre mot que l'aube se lève et que MacLeod donne le signal. Rongeant son frein, Magnus sentait son cœur battre sous ses côtes. Il avait hâte d'en découdre.

Le moment arriva enfin. Lorsque les premiers rayons du jour transpercèrent l'obscurité, MacLeod leva la main et leur fit signe d'avancer. Magnus et les autres membres de la garde des Highlands prirent leurs positions à l'avant et descendirent lentement le versant, dissimulés par l'épais voile de brouillard.

Les Anglais se réveillaient. Magnus entendait des voix, ponctuées par des cliquetis de mailles tandis qu'ils commençaient à se déplacer. Un calme familier l'envahit. Son esprit se vida, son pouls ralentit et tout lui parut soudain se dérouler moins vite.

MacLeod leur fit signe de s'arrêter. Une fois de plus, ils attendirent, plus nerveusement cette fois car la lumière froide de l'hiver se répandait autour d'eux de minute en minute. Pire, le brouillard, si épais quelques instants plus tôt et sur lequel on pouvait habituellement compter jusqu'au milieu de la matinée, commençait à se dissiper. L'écran qui devait cacher leur présence et leur nombre ne tarderait plus à disparaître. Bientôt, ils seraient visibles.

Le plan allait tomber à l'eau ; les Anglais trop nombreux allaient les massacrer.

Magnus vit MacLeod et MacLean échanger un regard et comprit qu'ils s'en étaient rendu compte. Combien de temps encore pouvaient-ils se permettre d'attendre pour savoir si MacSorley et MacRuairi étaient parvenus à entrer dans le château ?

Enfin, ils entendirent des cris de surprise dans le camp ennemi. L'armée d'Édouard de Bruce venait d'envoyer une volée de flèches, les attaquant par l'avant.

MacSorley et MacRuairi avaient réussi ! Ils avaient créé une diversion. Pendant que les Anglais couraient se mettre en position, la garde des Highlands chargea. Elle ne pouvait plus se cacher dans le brouillard, mais il lui restait un élément en sa faveur : la peur.

Poussant un cri de guerre à glacer le sang, les guerriers fondirent sur le flanc de l'armée anglaise avec une férocité sauvage, fauchant tout sur leur passage. Les cris de stupeur résonnaient dans le matin glacé. Avant que les Anglais aient pu organiser leurs défenses, la garde, talonnée par les hommes de Douglas, avait fait demi-tour et chargeait à nouveau, désarçonnant les cavaliers, pourfendant les fantassins, semant le chaos dans les positions ennemies. Les rangs de l'armée anglaise se rompaient.

Bon dieu, le plan de MacLean était en train de fonctionner ! Magnus sentit une vague de triomphe monter en lui. Le pont n'était plus protégé.

MacLeod cria à MacGregor d'envoyer le signal et, un instant plus tard, une flèche enflammée décrivait un arc de feu dans le ciel.

Dès que les Anglais commencèrent à se disperser, la garde vint se placer près du pont, créant une ligne de défense afin que les hommes d'Édouard de Bruce puissent quitter le château. Pendant ce temps, Douglas continuait à terrifier l'ennemi en poursuivant les soldats en déroute.

Quelque chose n'allait pas. Les hommes de Bruce n'apparaissaient toujours pas.

Il entendit Gordon crier derrière lui :
— La rivière !

Entre deux coups d'épée, Magnus lança un regard vers le château.

Oh non ! L'assaut par la mer qu'ils avaient redouté était en train de se produire. Trois… non, quatre galères anglaises avaient remonté la Dee depuis son embouchure et approchaient en envoyant une pluie de flèches vers la porte du château, empêchant Édouard de Bruce d'en sortir. À cela s'ajoutait un autre danger : les soldats en fuite risquaient de découvrir ce qui se passait et de faire demi-tour. Cette fois, ils ne seraient plus terrifiés au point de ne pas se rendre compte qu'ils n'avaient affaire qu'à une cinquantaine d'hommes.

— Chef ! hurla Gordon. Là-bas !

MacLeod avait vu la même chose que lui et comprit aussitôt ce qu'il demandait.

— Allez-y ! ordonna-t-il à Gordon et à Magnus. Emmenez la Vigie et la Flèche avec vous.

Les quatre hommes n'hésitèrent pas une seconde. Ils coururent sur le pont en direction du château, situé de l'autre côté de la petite île.

Les navires commençaient à accoster à la jetée qui donnait sur une porte à demi effondrée, à l'arrière du château. Par une ironie cruelle, le sac de la forteresse par Bruce, quelques mois plus tôt, la privait de tout moyen de se défendre.

Néanmoins, les flèches anglaises ne pouvaient pas encore atteindre le pont, ce qui laissait aux hommes d'Édouard une petite chance de s'enfuir. MacRuairi et MacSorley s'en étaient rendu compte eux aussi. Magnus les aperçut au loin, ordonnant aux troupes de courir à toutes jambes.

La carcasse brûlée du château se dressait devant eux. La plupart des bâtiments extérieurs en bois avaient été réduits en cendres, y compris de grands tronçons de la palissade en rondins qui ceignait la cour intérieure. Il ne restait qu'une partie du donjon en pierre.

Pénétrant par la porte arrière, les Anglais firent irruption dans la cour intérieure, réduisant à néant les efforts de MacSorley et de MacRuairi.

— La tour, déclara Gordon. Le mur les arrêtera.

Magnus leva les yeux et comprit. Si Gordon plaçait sa poudre sous l'un des murs partiellement détruits, il s'effondrerait devant les Anglais et leur barrerait la route. Même s'il ne les empêchait pas totalement d'avancer, il donnerait à MacSorley et MacRuairi le temps d'évacuer les hommes piégés à l'intérieur du donjon.

Il acquiesça et informa rapidement Campbell et MacGregor de leur plan pendant que Gordon dégageait une braise de l'un des braseros et allumait une torche.

— Les caves ! cria Gordon par-dessus le fracas de la bataille, tandis qu'ils se frayaient un passage parmi un groupe d'envahisseurs anglais.

Ils se précipitèrent dans l'escalier humide et froid. Le toit ayant été détruit, la pierre était exposée aux éléments et les marches couvertes de mousse étaient glissantes.

Magnus n'avait pas besoin de demander à Gordon ce qu'il comptait faire. Ils travaillaient ensemble depuis si longtemps qu'ils communiquaient sans échanger un mot.

Gordon se dirigea droit vers le fond de la cave, situé sous le mur du donjon qu'il comptait détruire.

— Il faudra sans doute plusieurs charges, indiqua-t-il.

Il sortit plusieurs petits paquets de la sacoche en cuir qu'il portait en bandoulière et en tendit quatre à Magnus. À l'aide de sa torche, il alluma deux petites bougies et en donna une à son compagnon.

— Nous n'avons pas beaucoup de temps, alors allume-les toutes en même temps. Sous la voûte.

Il pointa l'index vers un point près de la cage d'escalier en ajoutant :

— Attends mon signal.

Magnus s'exécuta aussitôt, plaçant ses charges au pied de la voûte pendant que Gordon en faisait autant de son côté.

— Prêt ? demanda Gordon.

Magnus acquiesça.

Gordon coinça sa bougie entre deux paquets de poudre et se mit à courir.

— Maintenant ! hurla-t-il.

Magnus plaça sa bougie et courut à son tour.

Ils auraient dû avoir tout le temps de grimper l'escalier et de sortir de la tour mais quelque chose ne se passa pas comme prévu. Magnus ne se trouvait plus qu'à quelques mètres de la porte, Gordon sur ses talons, quand la première explosion dévastatrice ébranla le sol. Le souffle le projeta à terre. Le sol tremblait encore quand la seconde charge détonna.

Il se couvrit les oreilles et tenta de se relever. Les déflagrations n'auraient pas dû être aussi violentes. Que s'était-il passé ?

Il n'entendait plus rien, mais sentit que Gordon lui parlait. Il se tourna et le vit articuler : « Cours ! » Trop tard. Les murs s'effondraient, les prenant au piège.

Il tenta d'atteindre la porte en esquivant la pluie de débris. Une grosse pierre percuta son épaule, envoyant une décharge de douleur dans tout son côté gauche. Il chancela. Ses oreilles résonnaient toujours, mais il entendait à nouveau. Quand Gordon cria derrière lui, il comprit qu'il avait été touché lui aussi. Il se tourna pour le secourir. Au même moment, la tour s'écroula sur eux.

Magnus tenta de se couvrir la tête des bras pour se protéger du déferlement impitoyable qui l'écrasait peu à peu.

Il était convaincu d'être mort. Toutefois, lorsque le déluge cessa et qu'il ouvrit les yeux, la tour avait disparu et il était toujours vivant.

Il s'extirpa des décombres et chercha Gordon autour de lui. L'odeur âcre de la poudre et l'épais nuage de poussière et de cendres lui piquaient les yeux.

Derrière le tintamarre dans ses oreilles, il perçut un gémissement. Il rampa sur les piles de pierres en direction du bruit. Il ne voyait son ami nulle part. Puis il baissa les yeux et son ventre se noua.

Gordon gisait sur le sol, les membres tordus. Il était enfoui sous d'énormes pierres, dont la plus grande, un fragment d'une colonne massive qui avait soutenu la voûte, lui était tombée en travers du torse, lui écrasant les poumons.

Magnus lâcha un juron et tenta de le dégager tout en sachant déjà que c'était peine perdue. Il aurait fallu trois ou quatre hommes de la force de Robbie Boyd pour soulever cette pierre et il n'avait plus que son bras droit. Le gauche était cassé au niveau de l'épaule et de l'avant-bras. Il appela à la rescousse, mais les autres étaient sans doute trop loin pour l'entendre.

Il n'était pas près de capituler pour autant.

— Arrête, gémit Gordon d'une voix sifflante. Ça ne sert à rien. Tu dois partir.

Magnus ne l'écoutait pas. Il serra les dents pour repousser la douleur et redoubla d'efforts, travaillant des deux mains.

— Espèce d'âne bâté... haleta Gordon. Pars. Ils arrivent. Il ne faut pas qu'ils te capturent.

Magnus perçut soudain des voix derrière lui. Elles venaient de la jetée. Il se précipita vers les vestiges d'un des murs effondrés et regarda par-dessus. Les Anglais escaladaient les décombres. Ils avaient été ralentis mais pas arrêtés. Dans quelques minutes, ils envahiraient la cour.

Il revint vers son ami.

— Essaie de pousser pendant que je tire, demanda-t-il.
Gordon secoua la tête.

— Je ne peux pas bouger. Je ne sortirai pas d'ici.

Il soutint le regard de Magnus. Un gargouillis sinistre ponctuait ses paroles. Ses poumons s'emplissaient de sang.

— Non, répondit furieusement Magnus. Ne dis pas ça !

— Tu sais ce que tu as à faire. Je ne peux pas le faire moi-même, mes mains sont coincées.

Mon Dieu, non, non !

— Ne me demande pas ça, gémit Magnus.

— Helen, reprit laborieusement Gordon. Promets-moi de veiller sur elle.

— Tais-toi, grogna Magnus en sentant ses yeux s'emplirent de larmes.

— Promets-le-moi.

Magnus ne pouvait plus parler. Il se contenta d'acquiescer.

— Ils ne doivent pas me reconnaître, poursuivit Gordon. Je ne sais pas combien de temps il me reste, mais il ne faut pas qu'ils puissent m'identifier. Tu sais ce qui est en jeu. La garde. Ma famille. Ils seront en danger.

Helen aussi. Gordon n'avait pas besoin de le préciser. Les Anglais étaient prêts à tout pour obtenir les noms des membres de la garde des Highlands. C'était la raison pour laquelle ils déguisaient leurs identités sous des surnoms. MacRuairi avait déjà été démasqué. Le prix sur sa tête était tellement élevé que toute l'Angleterre et la moitié de l'Écosse étaient à sa recherche.

Magnus n'avait pas le choix. Il fit ce qu'il avait à faire.

4

Helen ne laissa pas la difficulté de la tâche qui l'attendait lui saper le moral trop longtemps. Elle était convaincue de prendre la bonne décision en mettant un terme à son mariage avec William avant qu'il ait réellement commencé. Tout finirait par rentrer dans l'ordre. Le plus dur était de tenir jusqu'à ce que ce moment béni arrive.

Cette fois, elle ne se laisserait pas dissuader par ses frères. Par conséquent, elle devait faire de son mieux pour les éviter.

Ce n'était pas facile. Le lendemain du départ des hommes, une violente tempête de neige s'abattit sur Lorn, enfouissant le château et la campagne environnante sous un épais manteau blanc et retardant le départ de la plupart des convives venus pour le mariage. Le souffle glacé de l'hiver signifiait également que les guerriers, dont ses frères, ne pouvaient s'entraîner à l'extérieur et restaient enfermés dans la grande salle.

Helen passait donc le plus clair de ses journées avec les femmes et les enfants dans les petits appartements du premier étage occupés par lady Anna et son époux Arthur Campbell, qui avait été nommé gardien du château.

Après quatre jours passés à coudre (ce qu'Helen détestait déjà d'ordinaire), à écouter Christina MacLeod tenter d'insuffler un peu de passion dans sa lecture de Pline l'Ancien (la bibliothèque de Dunstaffnage ne contenait que quelques ouvrages érudits), tout en empêchant Beatrix MacLeod, âgée de six mois, de s'approcher du brasero et en tentant de calmer Duncan MacSorley, qui n'en avait que quatre et se mettait à vagir à la moindre provocation, ils étaient tous sur les nerfs.

Ellie encore plus que les autres. Au bord des larmes, la jeune mère berçait le nourrisson hurlant.

— Je ne sais pas ce qui lui arrive, gémit-elle. Il n'arrête pas de crier. Son père passe son temps à rire et lui à pleurer.

— Ma fille était pareille, lui dit Bella. Je crois bien qu'elle a pleuré pendant deux mois sans interruption quand elle avait son âge.

Helen remarqua la note de tristesse dans sa voix. La fille de Bella se trouvait en Angleterre, dans la famille de son père. Elle ignorait les circonstances exactes de leur séparation, mais il était évident qu'elle manquait cruellement à sa mère.

— L'achillée et la menthe semblent le soulager un peu, observa Ellie avec un regard de gratitude vers Helen. Comme j'aimerais qu'Erik soit là. Il semble être le seul à savoir le calmer.

— Il ne tardera plus à rentrer, déclara fermement Bella.

Elles avaient beau s'efforcer de ne rien montrer, Helen devinait leur angoisse. Elle aussi était inquiète, pour Magnus bien sûr, mais également pour William. C'était la malédiction des épouses, contraintes de rester enfermées à attendre pendant que leurs hommes partaient au combat. Elle commençait tout juste à prendre conscience de cette réalité.

— Laissez-moi vous le prendre, dit Christina en tendant les bras vers le bébé. La neige semble s'être arrêtée et...

Elle s'interrompit en voyant Bella, le teint grisâtre, se précipiter hors de la pièce.

Helen se leva.

— Je vais aller voir si elle a besoin de quelque chose. C'est la deuxième fois qu'elle se sent mal après le petit déjeuner.

Christina, Ellie et Anna échangèrent des regards avec un petit sourire.

— Elle n'est pas malade, répondit Christina. Je suis sûre qu'elle se sentira mieux dans quelques mois.

— Quelques mois ? répéta Helen.

Ellie baissa des yeux attendris vers son fils, qui s'était miraculeusement endormi dans les bras de Christina.

— J'ai eu des nausées du début à la fin, déclara-t-elle. J'aurais dû me douter qu'il serait difficile, mais il est tellement mignon. Vous avez de la chance, Anna. Vous semblez avoir été épargnée.

Anna posa inconsciemment une main sur son ventre.

— Au contraire, je ne pense qu'à me goinfrer. Je rêve même de repas la nuit.

Helen comprit enfin.

— Bella attend un enfant ?

Christina acquiesça.

Helen rosit en se rendant compte que Bella avait pris quelques semaines d'avance sur son mariage avec Lachlan MacRuairi.

Christina se tourna à nouveau vers Ellie.

— Allez faire un petit tour dehors, lui conseilla-t-elle. Un peu d'air frais vous fera du bien. Je veille sur lui.

En voyant Ellie hésiter, Helen eut de la peine pour elle. Christina avait raison, elles avaient toutes besoin de sortir du château. Elle y compris. Toutes ces conversations au sujet de bébés et de mariage la rendaient nerveuse. Elle sentait les murs se refermer sur elle. Toutefois, avec cette neige…

Un grand sourire illumina soudain son visage. Elle avait trouvé la manière idéale de tirer profit du temps hivernal et de changer les idées d'Ellie.

— J'ai une meilleure idée, annonça-t-elle. Mais il faudra nous rembourrer un peu.

Ellie avait d'abord paru sceptique, au point qu'Helen avait cru s'être à nouveau fourvoyée.

— Descendre la pente sur *ça* ? s'était-elle exclamée.

Pourtant, une heure plus tard, elle dévalait la petite colline en poussant des cris extatiques et en riant aux éclats.

La fille du plus puissant comte d'Irlande et la sœur de la reine emprisonnée pila au pied de la pente, s'envola de sa targe et atterrit dans un grand nuage de poudre blanche. Lorsqu'elle parvint à s'extirper de la butte qu'elles avaient construite pour amortir leurs chutes, elle était couverte de neige des pieds à la tête. Elle épousseta sa robe, essuya son visage du revers de la main et secoua sa chevelure.

— Vous avez vu ça ? s'exclama-t-elle. J'allais si vite que j'ai cru m'envoler. Vous aviez raison : frotter le cuir avec de la cire était une idée brillante.

Les yeux pétillants de malice, elle ajouta :

— Je doute qu'Arthur soit très content quand il verra ce que nous avons fait des targes suspendues dans la grande salle.

Helen grimaça. Aïe, elle avait encore commis une gaffe.

— Je ne pensais pas…

— Je vous taquinais, l'interrompit Ellie, hilare. Il ne dira rien. Et dans le cas contraire, cela en valait la peine de toute manière.

Elle dégagea le bouclier enfoncé dans la neige.

— Vous êtes prête pour une autre descente ? proposa-t-elle. Le plus dur, c'est de remonter la pente. Mes bottes glissent.

— Je crois que nous allons avoir de la compagnie, répondit Helen en riant.

Elle pointa l'index vers la porte du château où un petit groupe s'était assemblé. Il n'y avait pas que des enfants.

Elle aperçut plusieurs écuyers. Bientôt, il sembla que la moitié du château les avait rejointes pour dévaler la colline sur des targes.

Helen se tenait au sommet au côté d'Ellie et regardait deux enfants tenter de glisser sur une même targe, pliée de rire. Elle sentit soudain sa compagne se raidir et entendit son rire s'étrangler dans sa gorge.

— Que se passe-t-il ? lui demanda-t-elle.

Ellie avait pâli et regardait la ligne d'horizon.

— Quelque chose ne va pas, répondit-elle.

Helen suivit son regard. Un *birlinn* venait d'apparaître et contournait le *Rubba Garbh*, le promontoire rocheux sur lequel le château était construit. Il approchait à une allure phénoménale.

— Est-ce... ?

Ellie se tourna vers elle d'un air angoissé.

— Oui, c'est le navire d'Erik. Il arrive trop vite et ils sont de retour trop tôt.

Elles se précipitèrent vers le château et pénétrèrent dans la cour au moment où les hommes entraient par la porte donnant sur la mer. La panique étreignit Helen lorsqu'elle aperçut un homme allongé sur une civière, une flèche plantée dans le cou.

Elle poussa un soupir de soulagement. *Ce n'est pas Magnus. Dieu soit loué !*

Ellie laissa échapper un petit cri étranglé et se jeta au cou de son mari.

— Vous êtes tous indemnes ? lui demanda-t-elle.

Le grand Nordique n'avait pas du tout l'air dans son assiette. Il semblait plutôt revenir de l'enfer. Comme tous les autres.

Helen n'attendit pas sa réponse. Le cœur battant, elle parcourut le groupe d'hommes du regard. Puis elle l'aperçut. Il remontait lentement la jetée.

Oh non ! Il était blessé.

Elle se fraya un chemin entre les guerriers et le rejoignit juste avant qu'il franchisse le portail. Elle se serait volontiers jetée à son cou comme Ellie avec son mari s'il n'avait eu un bras en écharpe. Il était couvert de poussière, de suie et de sang.

Il s'arrêta en la voyant. La lueur sombre et menaçante dans son regard lui glaça le sang.

— Tu es blessé, dit-elle doucement.
— Ce n'est rien.
— Non, ton bras...

Elle posa délicatement une main sur son bras.

Il s'écarta brusquement en se crispant, sans doute à cause de la douleur.

— Laissez ça, Helen.

Ses yeux s'embuèrent. Que lui prenait-il ? Pourquoi se comportait-il aussi sèchement ? Ce retour au vouvoiement faisait mal, il augmentait encore la distance entre eux alors qu'il n'y avait personne pour les entendre.

— Il est cassé ? demanda-t-elle en avançant à nouveau la main. Laissez-moi l'examiner.

Il sursauta comme si son contact l'avait brûlé.

— Bon sang, Helen ! Vous n'avez donc pas de cœur ?

Elle cligna les yeux, éberluée. Elle n'avait jamais entendu une telle fureur dans sa voix, une telle passion.

— Bien sûr que si, protesta-t-elle. J'étais morte d'inquiétude. J'ai eu tellement peur quand je vous ai vu...

— Moi ? explosa-t-il. Je ne veux pas de votre sollicitude, lady Helen. Ne devriez-vous pas plutôt la réserver à votre époux ? L'homme que vous avez épousé il n'y a pas quatre jours ?

Helen recula d'un pas, prise de court par cette acidité.

— William ?

Un horrible doute la saisit.

Les yeux doux et dorés de Magnus étaient devenus aussi noirs et froids que de l'onyx, la rivant sur place.

— Oui, William. Vous vous souvenez de lui ? Votre mari. Mon ami. L'homme qui vous a prise dans son lit il y a quelques nuits.

— Je n'ai pas…
— Il est mort.
Elle poussa un cri d'effroi. *Mort ?*
Elle murmura une prière pour son âme.
Il la dévisageait avec une haine et une douleur qui lui brûlaient les entrailles. Il se détourna, mais elle avait aperçu sa moue de dégoût.
— Il méritait mieux que vos prières. Mais il est vrai que vous n'avez jamais été très fidèle dans vos affections, n'est-ce pas ?
La culpabilité et le désespoir s'abattirent sur elle tel un coup de masse, la laissant sonnée et sans voix.
Il avait raison.

Depuis près de dix-huit heures, depuis qu'il avait rampé hors des ruines de la tour, passant d'un enfer à un autre, Magnus était dans un état de rage et de tourment à peine refoulé. Voir Helen avait été le coup de grâce. Il avait craqué, libérant toutes les émotions qui se bousculaient en lui.
Elle avait épousé Gordon. C'était à lui qu'auraient dû revenir son inquiétude et sa compassion.
C'était peut-être injuste, mais peu importait. La mort de Gordon était enfin parvenue à couper le dernier lien entre eux. Magnus ne pourrait plus jamais penser à elle sans penser également à son ami. Elle appartenait à Gordon, pas à lui.
Il repoussa sa colère, sachant qu'il devait faire pour MacGregor ce qu'il avait été incapable de faire pour Gordon : le sauver.
Par nécessité plutôt que par vocation, il était devenu de facto le médecin de la garde des Highlands. Il devait cet honneur à ses connaissances rudimentaires de l'anatomie, associées à des mains « douces » (ce qui était risible compte tenu de leur taille et de leur force). Cependant, appliquer de la mousse sur une blessure, la bander, faire bouillir quelques herbes pour préparer un

onguent ou même presser une lame chauffée à blanc sur une plaie pour arrêter des saignements était une chose ; retirer une flèche du cou d'un homme qui l'avait reçue pour vous sauver la vie en était une autre.

Lorsqu'il avait émergé de la tour effondrée, Magnus avait découvert que les Anglais avaient pris la cour intérieure. Seuls MacRuairi, MacSorley, Campbell et MacGregor les attendaient, Gordon et lui.

Ne jamais abandonner un des nôtres. Cela faisait partie du credo de la garde. Du moins, jusqu'à ce jour maudit.

Magnus avait tenté de se frayer un chemin vers ses compagnons à coups d'épée, mais son bras blessé le gênait. Incapable de tenir une targe ni une seconde arme, il ne parvenait pas à se défendre convenablement. Son côté gauche était exposé à ses assaillants. Encerclé par les Anglais, il avait su qu'il ne tiendrait pas longtemps.

MacGregor et Campbell étaient venus à son secours. Ils étaient presque parvenus à l'abri, de l'autre côté du portail, quand MacGregor était tombé. Par une cruelle ironie, il avait été abattu par son arme de prédilection : une flèche. En la voyant fichée dans son cou, Magnus l'avait cru mort. Dans un rugissement de rage pure, il avait attaqué les Anglais autour de lui avec toute la force d'un possédé.

Il avait entendu un murmure : « La garde fantôme… », et vu la peur dans les yeux des soldats. Bientôt, il n'avait plus vu que leurs dos quand ils avaient pris la fuite. Les Écossais ne traitaient pas les Anglais de couards pour rien.

Quand ils s'étaient rendu compte qu'Édouard de Bruce s'était échappé, les Anglais avaient sans doute décidé qu'il ne valait pas la peine de risquer la mort pour prendre un château à moitié effondré.

Dès l'instant où Campbell lui avait annoncé que MacGregor était toujours en vie, Magnus n'avait plus pensé qu'à une chose : le conduire en sécurité. Monter à cheval était hors de question, le blessé devait remuer le moins possible. Ils étaient parvenus à se procurer une petite embarcation et, MacSorley à la barre, avaient rejoint leur propre *birlinn* avant de rentrer à Dunstaffnage.

Édouard de Bruce était sain et sauf, mais à quel prix ?

Gordon d'abord, puis MacGregor ? Magnus se serait damné plutôt que de perdre un second compagnon dans la même journée. Il paraissait inconcevable que leur corps d'élite soit sorti intact de deux ans et demi d'une guerre qui avait fait des centaines de morts... pour perdre deux des meilleurs guerriers du royaume lors d'une simple escarmouche.

Tout guerrier sait que la mort fait partie de la guerre. Certains en font même un art de vivre. Toutefois, à force de combattre au côté des autres membres de la garde, de voir tout ce dont ils étaient capables, d'entendre les récits de leurs prouesses (qui revêtaient parfois des proportions mythiques), Magnus en était venu à croire à leur propre légende. La mort de Gordon lui rappelait brutalement qu'ils n'étaient pas invincibles.

Sitôt arrivés à Dunstaffnage, Campbell avait envoyé des hommes chercher une guérisseuse dans un village voisin. Toutefois, Magnus savait qu'il leur fallait un chirurgien expérimenté, ce qu'ils auraient du mal à trouver même dans un grand bourg comme Berwick où il existait des guildes. La plupart des chirurgiens étaient des barbiers, qui vous coupaient un membre comme ils taillaient une barbe. Ils apprenaient le métier au fil des urgences, en tâtonnant.

La manière dont la flèche était plantée ne laissait aucune place à l'erreur. Elle avait transpercé les mailles de la cervelière, pénétré de biais sur la gauche de la gorge de MacGregor et s'était arrêtée à l'arrière du cou. La pointe se trouvait toujours à l'intérieur.

Magnus était parvenu à arrêter le saignement mais il savait que, s'il tentait d'extraire la flèche, le moindre faux mouvement tuerait son ami.

— Tu peux l'enlever ?

Il leva les yeux vers Arthur Campbell et les autres membres de la garde. Ils entouraient la table qu'ils avaient réquisitionnée dans la grande salle et installée dans l'office du laird. Les seules autres personnes présentes étaient le roi et la jeune épouse de Campbell. Elle distribuait des ordres aux servantes, leur demandait d'apporter de l'eau, des linges propres et tout ce qui pouvait être utile.

— Je ne sais pas, répondit-il sincèrement. Je n'ai encore jamais rencontré ce cas de figure. Elle est fichée de biais, dans un angle dangereux. J'ai peur qu'en la tirant...

Il n'eut pas besoin de finir sa phrase.

— Quelles sont les autres options ? demanda MacLeod.

— Il n'y en a pas, admit Magnus. Il faut la retirer.

Il n'était pas sûr d'avoir les compétences nécessaires pour le faire.

— La guérisseuse aura peut-être une autre idée, suggéra le roi.

Toutefois, quand elle arriva quelques heures plus tard, la vieille femme n'en savait guère plus que lui. Tout comme le prêtre, qui proposa d'effectuer une saignée de l'autre côté de la gorge de MacGregor afin de rétablir ses humeurs, de prier pour son âme, puis de laisser faire la volonté de Dieu.

Au diable la volonté de Dieu ! Magnus ne laisserait pas son compagnon mourir.

— Y a-t-il quelqu'un d'autre ? demanda MacRuairi à lady Anna.

La femme de Campbell était une MacDougall et avait grandi à Dunstaffnage.

— Vous connaissez peut-être quelqu'un dans la région ?

— Moi je connais quelqu'un, déclara Magnus en se levant.

Helen. Elle n'était pas chirurgienne, mais elle semblait avoir un don exceptionnel pour soigner les gens. Il l'avait vue un jour faire un miracle. Or, c'était bien d'un miracle que MacGregor avait besoin.

Il ravala donc sa colère et demanda à lady Anna d'aller la chercher.

Après la manière dont il l'avait rabrouée, il n'avait aucun droit de lui demander son aide. Il le fit néanmoins, sachant qu'elle la lui donnerait.

Quelques minutes plus tard, la porte s'ouvrit. Il se sentit terriblement coupable en voyant ses yeux rouges et son visage encore maculé de larmes. Il lui avait annoncé la mort de Gordon brutalement pour blesser sa conscience, et il avait réussi.

Il eut un pincement au cœur en voyant la lueur d'appréhension dans son regard quand elle leva les yeux vers lui.

Il serra les dents et soutint son regard.

— Ma dame, je suis navré de perturber votre deuil, mais j'ai pensé que... vous pourriez nous apporter votre aide.

Elle paraissait si menue et si jeune dans la pièce pleine de guerriers que, l'espace d'un instant, il fut pris d'une puissante envie de la protéger. De la prendre dans ses bras et de lui dire que tout irait bien, comme il le faisait autrefois. Sauf que rien ne serait plus jamais comme autrefois.

Elle leva le menton avec détermination et acquiesça. Pendant les quelques minutes qui suivirent, un silence de plomb régna dans la pièce tandis qu'elle examinait le blessé.

— C'est la première fois que je vois ça, dit-elle. C'est incroyable qu'il ait survécu.

— Pouvez-vous l'extraire ?

Sans le tuer. La fin de sa question resta en suspens entre eux. Ils se comprirent.

— Je ne sais pas, mais je peux essayer.

La détermination tranquille dans sa voix apaisa considérablement ses nerfs à vif.

Elle se redressa et se débarrassa de la jeune femme pâle, hésitante et éplorée aussi facilement que si elle avait laissé tomber une cape de ses épaules. Comme le jour de leur première rencontre, quand elle l'avait empêché de mettre fin à la vie de son chien, elle se mit au travail. Déclarant que l'atmosphère dans la pièce était trop étouffante, elle demanda à tout le monde de sortir, y compris le roi, à l'exception de lady Anna, qu'elle envoya chercher les instruments dont elle aurait besoin.

Quand Magnus suivit les autres vers la porte, elle le rappela.

— Pas vous. J'aurai peut-être besoin de votre aide.

Elle baissa les yeux vers son bras avant d'ajouter :

— Mais vous devez me promettre de me laisser ensuite examiner votre bras.

Son premier réflexe fut de refuser. Cependant, il n'était pas en position de discuter et hocha la tête. Sèchement, car il n'aimait pas qu'on lui force la main.

Elle marmonna quelque chose qui ressemblait à « têtu comme une mule » puis reprit son examen.

— J'ai besoin que vous souleviez sa cervelière pendant que j'examine la blessure d'entrée.

Magnus vint se placer près d'elle, s'efforçant de ne pas remarquer le parfum de lavande qui émanait de ses cheveux. Ils avaient séché. Quand il avait aperçu les enfants qui glissaient sur le versant de la colline, il avait deviné, sans vraiment savoir pourquoi, qu'elle avait quelque chose à voir là-dedans. Cela lui ressemblait bien. Ses soupçons s'étaient confirmés quand elle était apparue dans la cour, trempée de neige. Son indécrottable bonne humeur lui paraissait moins coupable, à présent. Elle n'avait pas su. *Chaque jour pour toi est une fête*, avait dit son frère. Parfois, il enviait cette gaieté.

— La plaie d'entrée est petite et ronde. Ce doit être une pointe bodkin.

Il acquiesça, se concentrant à nouveau sur leur tâche.

— C'est aussi ce que j'ai pensé, opina-t-il.

Pour transpercer les mailles d'aussi près, les pointes de flèche longues, fines et pointues étaient plus efficaces. Un fer plat et large aurait causé beaucoup plus de dégâts, surtout s'il était barbelé.

— Vous n'auriez pas un impulsoir creux ?

Il secoua la tête. Il en avait déjà vu, mais ne s'en était jamais servi lui-même. C'était une canule fine se terminant par une petite douille en bois qui permettait de retirer la pointe d'une flèche sans endommager les tissus.

— Dans ce cas, espérons que le soldat anglais a fixé son fer avec quelque chose de plus solide que de la cire d'abeille, déclara Helen. Sinon, il me faudra un outil pour l'extraire.

— J'ai quelques instruments.

Magnus déroula une bande de cuir dans laquelle il transportait ses outils et les étala devant elle. Elle parut satisfaite et choisit une longue pince fine.

— Celle-ci fera l'affaire, déclara-t-elle. Bon, allons-y.

En voyant ses joues rosir et sa main trembler légèrement quand elle saisit l'empennage, il comprit qu'elle n'était pas aussi calme qu'elle voulait le paraître. Toutefois, elle était aussi concentrée qu'un guerrier sur le champ de bataille. Elle commença à tirer lentement sur la tige.

Elle sait vraiment y faire, pensa-t-il. Il ne l'avait jamais vue aussi à l'aise et maîtresse d'elle-même.

L'empennage sortit facilement sans provoquer de saignements supplémentaires. Malheureusement, sans le fer.

Un léger froncement entre les sourcils d'Helen fut sa seule réaction à cette nouvelle complication.

— Je n'ose pas utiliser un trépan pour écarter la plaie afin de tenter d'apercevoir le fer, avoua-t-elle. À cet emplacement, c'est trop risqué.

Elle saisit la pince et leva les yeux vers lui.

— Tenez-vous prêt à presser un linge sur la blessure dès que je l'aurai sorti.

Il acquiesça.

Elle introduisit la pince dans le trou laissé par le corps de la flèche. MacGregor gémit, mais Magnus n'eut pas besoin d'appeler des renforts pour le tenir immobile. Il était tellement faible qu'il pouvait le maîtriser d'une seule main. Helen enfonça délicatement son instrument dans le cou du guerrier, prenant grand soin de suivre la trajectoire exacte de la flèche. Magnus entendit soudain le cliquetis du métal contre du métal. Elle serra doucement les pinces, essayant d'attraper la pointe de la flèche. Elle fit plusieurs tentatives puis, enfin, s'immobilisa. Lentement, très lentement, elle commença à la sortir.

Chaque seconde était un supplice. Magnus retenait son souffle, s'attendant à tout instant à voir une giclée de sang indiquant qu'elle avait sectionné une des veines vitales du cou.

Même lorsqu'il vit le fer, il ne parvint pas à le croire.

— Maintenant, ordonna-t-elle. Pressez le linge sur la plaie.

Ils fixaient tous les deux Gregor, guettant un changement.

— Mais... c'est Gregor MacGregor, dit-elle soudain.

— Vous le connaissez ?

Elle lui lança un regard surpris.

— Oui. Il était aux jeux des Highlands. Même sans cela, je l'aurais reconnu n'importe où. Toutes les femmes âgées de plus de cinq ans ont entendu parler de ce visage.

Magnus connaissait bien la réputation de MacGregor. Ils ne cessaient de le taquiner au sujet de son « joli minois ». Toutefois, il trouvait beaucoup moins drôle de l'entendre de la bouche d'Helen.

Il détourna les yeux et se concentra sur son ami pendant qu'Helen appelait lady Anna et lui donnait des instructions pour préparer un baume.

Le temps que celui-ci soit prêt, la plaie ne saignait presque plus et Magnus pu cesser de la comprimer avec le linge.

— Je dois la cautériser au fer rouge, annonça Helen.

Il lui montra l'instrument qu'il avait fabriqué pour cet usage : une mince tige en fer plantée dans un manche en bois, avec un bout incurvé et aplati. Il la tendit au-dessus du feu pour la chauffer, puis tint fermement Gregor pendant qu'Helen appliquait le métal brûlant sur les lèvres de la plaie. L'odeur de chair grillée ne la fit même pas sourciller. Elle étala ensuite le baume et banda le cou du blessé avec un linge propre.

Après quoi, elle s'attaqua à Magnus.

Avec l'aide de Boyd et de MacRuairi (ce sadique semblait prendre plaisir à le voir serrer les dents de douleur), elle remit en place les os brisés. Son épaule, touchée par la première pierre, n'était pas en trop mauvais état. En revanche son avant-bras, avec lequel il avait tenté de se protéger, était presque fracturé en deux. Le seul point positif, selon Helen, était que l'os n'avait pas transpercé la peau.

Lorsqu'elle eut terminé, elle éclissa le bras de Magnus entre deux planchettes de bois, comme elle l'avait fait avec son chien, puis banda le membre avec un linge trempé dans du blanc d'œuf, de la farine et de la graisse animale. Elle immobilisa ensuite son épaule avec une écharpe.

Miraculeusement, MacGregor était toujours vivant.

Ce soir, Helen avait sauvé la vie de l'un de ses amis.

Toutefois, sa joie était tempérée par la mort d'un autre. Lorsqu'il croisa le regard d'Helen, il détourna les yeux.

La mort de William Gordon jeta sur tout le château un voile noir que même les progrès constants de Gregor MacGregor ne pouvaient lever. Les invités venus célébrer ses noces une semaine plus tôt écoutaient à présent le même prêtre prier pour le repos éternel de l'âme du jeune marié.

Assise sur le premier banc de la chapelle à côté de ses frères, vaguement consciente de la litanie en latin récitée par l'homme d'Église, Helen ne parvenait toujours pas à prendre la vraie mesure de cet horrible concours de circonstances. Il lui paraissait inconcevable que le beau et joyeux jeune homme qui se tenait avec elle devant ce même autel quelques jours plus tôt ait disparu à jamais.

Elle avait l'impression d'usurper la place d'honneur qu'on avait réservée à son épouse. Savoir qu'elle avait eu l'intention de dissoudre son union avec le mari qu'elle pleurait à présent la rongeait. Sa peine lui paraissait mesquine face à la douleur de ceux qui l'avaient vraiment connu et aimé. Magnus. Kenneth. Même lady Isabella paraissait dévastée.

N'aurait-elle pas dû être plus profondément affectée ? Elle le voulait, mais où trouver le chagrin qu'il méritait alors qu'elle l'avait à peine connu ?

Elle gardait la tête baissée, fixant ses mains tremblantes sur ses genoux, craignant que tout le monde ne voie son imposture. Elle n'était qu'une hypocrite égoïste, plus touchée par sa propre culpabilité que par le décès d'un homme.

Elle ignorait comment il était mort. Ils avaient parlé d'une attaque surprise. Son corps avait été perdu en mer.

Elle sentit soudain son frère lui tirer le bras pour l'aider à se lever. Elle ne s'était pas rendu compte que la cérémonie était terminée.

Kenneth la tenait fermement, la dirigeant comme une poupée de chiffon jusqu'à la sortie de la chapelle sombre. Elle ne voulait pas croiser les regards compatissants des gens qui les entouraient. Elle n'en était pas digne. Magnus avait dit juste : William avait mérité mieux qu'elle.

Magnus. Il ne voulait même pas la voir. Depuis le jour où elle avait extrait la flèche du cou de MacGregor, il l'évitait consciencieusement. Il ne l'avait pas remerciée pour son intervention, ni pour avoir soigné son bras. Elle frissonna en se souvenant de la gravité de sa blessure et du stoïcisme dont il avait fait preuve. La douleur avait dû être atroce. Si elle n'avait pas insisté pour le soigner, il aurait pu finir infirme. Même avec ses soins, elle n'était pas certaine que les os se ressouderaient convenablement.

Ils remontèrent vers le château en suivant le sentier creusé dans la neige deux heures plus tôt par les pas des nombreuses personnes venues rendre un dernier hommage au guerrier tombé au combat.

Un léger repas avait été préparé dans la grande salle. Au moment où ils passaient devant l'office du laird, elle lâcha le bras de Kenneth.

— Je vous rejoins dans un petit moment, annonça-t-elle. Je dois aller voir comment se porte MacGregor.

— Maintenant ? s'étonna Kenneth. Je croyais qu'ils avaient fait venir quelqu'un pour veiller sur lui.

— Je n'en ai que pour une minute.

Elle s'éloigna avant qu'il puisse l'en empêcher et se glissa dans la pièce sombre. Elle referma la porte derrière elle, soulagée d'échapper à l'atmosphère oppressante de la journée, ne serait-ce qu'un moment.

L'infirmière se leva en la voyant entrer. La villageoise était très jeune mais, selon lady Anna, parfaitement compétente.

— Comment va-t-il ?
— Il dort, ma dame, répondit la jeune fille.
— C'est encore ce qu'il a de mieux à faire, déclara Helen avec un demi-sourire.

MacGregor avait repris connaissance, mais il ne restait éveillé que quelques minutes chaque jour. C'était normal, il avait perdu beaucoup de sang. Il en aurait perdu beaucoup plus si elle n'avait pas empêché le prêtre de le saigner à nouveau.

— Il a de la fièvre ?

L'infirmière, qui s'appelait Cait, secoua la tête.

— Je lui ai fait boire quelques gorgées de bouillon de bœuf, comme vous l'aviez demandé.

— C'est très bien. Et son remède ?

Cait fronça le nez.

— Un peu aussi, mais ça n'a pas l'air de lui plaire.

Cela fit rire Helen.

— Je n'en suis pas surprise. C'est très amer. S'il a retrouvé le goût, c'est peut-être qu'il se sent déjà mieux que nous ne le pensions.

La jeune fille sourit.

— Je l'espère, ma dame.

Elle lança un regard timide vers l'homme allongé sur la table.

— Faut dire qu'il n'est pas qu'un peu beau.

Helen hocha la tête d'un air amusé.

— En effet, on dit que c'est le plus bel homme d'Écosse.

— Je vous dérange ?

Helen sursauta en entendant la voix de Magnus. Elle ne l'avait pas vu entrer.

Elle rougit aussitôt, honteuse d'avoir été surprise à sourire et à plaisanter.

— Je venais juste voir comment il allait, se défendit-elle.

Elle se tourna vers la jeune fille.

— Merci, Cait. Vous vous en sortez très bien.

L'infirmière rosit de plaisir et effectua une petite révérence.

— Merci, ma dame.

Helen sortit et se rendit compte avec surprise que Magnus la suivait. L'espace d'un instant, elle espéra que sa colère était retombée, mais un simple regard vers sa mâchoire crispée chassa ses illusions. Elle avait de la peine pour lui et aurait aimé le réconforter, mais il était clair qu'il ne voulait pas de ses attentions. Il aurait accepté celles de n'importe qui, mais pas les siennes.

— Vous cherchiez quelque chose ? demanda-t-elle. *Moi ?* osa-t-elle espérer.

Il évitait son regard.

— Je ne vous ai pas remerciée pour ce que vous avez fait. Vous lui avez sauvé la vie et... grâce à vous, je pourrai réutiliser mon bras.

— Évitez de le bouger...

— Je sais. Je vous ai entendue la première fois. J'ignorais que vous étiez aussi autoritaire.

Il esquissa un sourire. Elle s'efforça de ne pas sentir la chaleur qui lui montait au visage.

— Uniquement quand je sens que le patient sera assez têtu pour vouloir reprendre une activité avant que les os soient suffisamment bien soudés.

— Je n'ai pas dit que vous aviez tort.

Il soutint son regard un instant avant de se détourner à nouveau. Ce bref échange lui rappelait tellement ce qu'il y avait eu entre eux autrefois qu'elle sentit une profonde nostalgie l'envahir. Cependant, le silence gêné qui suivit indiquait clairement qu'il ne restait rien de ce qu'ils avaient partagé.

Il supportait à peine de la regarder.

Si épouser William avait été impardonnable, quelle chance avait-elle maintenant qu'il était mort ? Contrairement au mariage, la mort constituait un lien qui ne pouvait jamais être dissous. Dans l'esprit de Magnus, elle était associée à William pour toujours. Sa loyauté envers son ami ne le laisserait jamais l'oublier.

En outre, si elle tentait de réparer leur relation, elle ne ferait que renforcer sa conviction qu'elle était fondamentalement déloyale. Envers lui autrefois, envers son ami défunt à présent.

Il s'éclaircit la gorge et demanda :

— Vous partez ?

— Oui, demain.

Dis quelque chose.

Il hocha simplement la tête.

— Bon voyage, alors.

C'est tout ? Le constat était douloureux. Il ne voulait clairement plus d'elle.

— Magnus, je...

— Au revoir, Helen, l'interrompit-il.

Ses paroles tranchèrent tel un couteau ses dernières bribes d'espoir. Il la voulait hors de sa vie. La seule personne qui l'avait jamais acceptée telle qu'elle était la rejetait définitivement.

— Éloigne-toi d'elle !

Helen tressaillit en entendant la voix de son frère. Elle devinait la confrontation qui allait suivre. Kenneth était persuadé de la responsabilité de Magnus dans la mort de William. Elle avait eu beau tenter de le raisonner, elle n'avait pu le convaincre du contraire.

Elle lui agrippa le bras. Consciente qu'ils se trouvaient dans un couloir où tout le monde pouvait les entendre, elle lui expliqua à voix basse :

— Il prenait simplement congé, Kenneth. Rien de plus.

Apercevant la lueur dangereuse dans ses yeux, elle comprit qu'il ne se laisserait pas apaiser aussi facilement. Il voulait des réponses et, jusqu'à présent, il n'en avait eu aucune.

— Tu n'attends même pas que Gordon ait refroidi dans sa tombe pour revenir courtiser sa femme, cracha-t-il.

Il fit une moue sarcastique et ajouta :

— Ah, j'oubliais... Il n'a même pas de tombe dans laquelle refroidir. Tu y as veillé.

Magnus resta de marbre, même si elle percevait sa nervosité sous-jacente.

— Qu'insinues-tu, Sutherland ?

— Rien. Tu n'as jamais caché ton attirance pour ma sœur.

Mortifiée, Helen prit sa défense.

— Tu te trompes, Kenneth. Magnus n'a jamais rien...

— Je sais parfaitement ce qu'il ressent, l'interrompit son frère. Il est peut-être parvenu à te leurrer, mais pas moi. La nuit où tu as épousé Gordon, il était à moitié fou. Il te veut. Reste à savoir jusqu'où il est prêt à aller pour t'avoir.

Helen blêmit devant ce qu'il laissait entendre. Magnus n'avait rien à voir avec la mort de William. Elle se tourna vers lui. Il était livide. D'une pâleur effrayante. Toutefois, ce fut surtout son regard abattu et hanté qui lui fit froid dans le dos.

Elle se jeta devant son frère, s'attendant à ce que Magnus le frappe. Dieu savait qu'il l'avait amplement mérité.

Contre toute attente, Magnus tourna simplement les talons et s'éloigna.

Le lendemain matin, Helen prit la route avec sa famille, convaincue qu'elle ne le reverrait plus jamais. Son cœur se brisait pour la seconde fois. Elle aurait voulu courir après lui, mais c'était impossible. C'était terminé. Cette séparation avait un arrière-goût d'irrévocabilité qu'elle n'avait pas ressenti la première fois.

5

Château de Kildrummy, mai 1309

Le soleil brûlait le crâne et le torse nus de Magnus. Sa peau ruisselait de transpiration. La trêve négociée entre Robert d'Écosse et Édouard II d'Angleterre en janvier offrait un répit au pays, mais pas pour MacLeod. Pour lui, le mot « paix » signifiait que l'on avait plus de temps pour s'entraîner.

Le chef de la garde des Highlands, un grand formateur de guerriers, se précipita vers lui en brandissant son énorme claymore des deux mains comme s'il s'agissait d'une simple branche morte. Il visa la gauche de sa tête, puis la droite, l'obligeant à remuer son bras et son épaule dans toutes les directions pour parer les coups puissants.

Cela faisait un mal de chien. Magnus s'efforça d'ignorer la douleur, concentrant toute son énergie sur le combat. Il n'était pas facile de repousser les assauts du plus grand guerrier d'Écosse, surtout pour un homme qui avait eu l'épaule et le bras brisés quelques mois plus tôt. Néanmoins, il était encore suffisamment fort pour résister à tous les pièges que MacLeod lui tendait.

Il aurait dû être ravi que son bras se soit aussi bien remis. Sa longue période d'inactivité forcée avait été un véritable calvaire : huit semaines à tourner en rond avant de pouvoir ôter les éclisses et l'écharpe ; quatre autres avant de pouvoir envisager de soulever une épée.

Son bras avait été aussi faible que celui d'un de ces foutus Anglais ! Au cours des deux derniers mois, il s'était jeté à corps perdu dans son entraînement afin de reconstruire ses muscles. C'était une obsession. Il n'avait même pas le temps de penser à...

Il s'interrompit, agacé par cet accès de faiblesse. *Concentre-toi.*

Maintenant que son bras s'était ressoudé, il s'agissait de surmonter la douleur, un exercice que MacLeod semblait déterminé à pousser à son maximum.

Le Chef lui asséna un nouveau coup assez puissant pour abattre n'importe quel homme. Magnus parvint à l'arrêter avec sa propre claymore. Le fracas du métal résonna autour d'eux ainsi que dans toute la partie gauche de son corps. MacLeod pressait si fort sur son arme que Magnus pouvait lire l'inscription sur sa propre lame : *Bi Tren*. Sois vaillant. Sois fort. C'était la devise des MacKay. Elle lui donna un regain de force. En dépit de la douleur quasi insoutenable, il repoussa la lame de son adversaire.

— Il commence à fatiguer, MacLeod, lança MacGregor.

Il était assis dans la tribune, composée pour l'occasion d'une balle de foin, de quelques caisses retournées et d'un vieux tonneau placés dans le coin de la cour du château où ils s'entraînaient tous les matins. Plusieurs autres guerriers s'étaient approchés pour les regarder. Mis à part quelques encouragements, ils se contentaient d'observer le combat dans un silence respectueux. Tous, sauf MacGregor qui ne pouvait pas la fermer.

— Tu devrais y aller mollo avec lui.

Magnus lui lança un regard noir.

— Tais-toi, MacGregor. Je ne t'ai pas entendu te porter volontaire.

MacGregor ne sourcilla même pas. Il était habitué à sa mauvaise humeur, il en faisait les frais depuis cinq mois.

À l'instar de Magnus, il s'était entièrement remis de ses blessures. Hormis une vilaine cicatrice rouge là où la flèche avait pénétré sa chair, qui finirait par s'éclaircir, il ne portait aucune trace de l'épreuve qui aurait dû lui coûter la vie. Il n'avait même pas eu de fièvre.

Grâce à Helen.

Ne pense pas à elle, nom de nom !

Il refoula une vague d'émotion. Chaque fois qu'il pensait à elle, naturellement, il pensait à Gordon. Ils étaient à jamais liés l'un à l'autre dans son esprit. Le choc de la mort de son ami s'était estompé, mais pas ses remords. Helen était prise au piège dans son sentiment de culpabilité.

S'il lui était reconnaissant pour ce qu'elle avait fait pour lui et MacGregor, il ne restait plus rien entre eux.

Veille sur elle.

Sa promesse à son ami le hantait. Il n'avait pourtant rien à se reprocher, bon sang ! Personne n'avait pu établir un lien entre la mort de Gordon et l'attaque déjà légendaire du château de Threave.

Il n'avait pas rompu sa promesse ; simplement, Helen ne courait aucun risque. Il suffisait juste que ses frères se taisent. Quelques mois plus tôt, lors du premier parlement du roi à St. Andrews, le comte de Sutherland et son frère Kenneth avaient tenté de semer la discorde en posant des questions tendancieuses sur les circonstances de la mort de Gordon ; des questions dont s'était fait l'écho la famille de Gordon, installée dans le Sud et favorable aux Anglais.

Le problème venait du fait que la mission avait coïncidé avec le mariage. Trop de gens savaient exactement à quel moment ils étaient partis. D'ordinaire, les membres de la garde des Highlands opéraient sans que personne soit au courant de leurs allées et venues.

Admettre qu'ils se trouvaient dans le Galloway aurait été trop risqué ; ils avaient donc prétendu s'être rendus à Forfar pour participer au siège du château qui avait été pris au nom de Bruce. Dans leur version, Gordon avait été tué par des pirates sur le chemin du retour.

Helen était hors de danger.

Ce qui n'était pas le cas de Magnus. Distrait, il ne vit pas venir le coup de MacLeod qui manqua de lui arracher la tête.

— Son tour viendra, déclara MacLeod en parlant de MacGregor. Je n'en ai pas encore fini avec toi.

Pendant les trente minutes suivantes, interminables, MacLeod s'acharna sur lui. La douleur lui brûlait les yeux et chaque muscle de son corps tremblait d'épuisement. C'était presque comme si le Chef voulait le pousser à demander grâce. Lorsqu'il constata que Magnus ne capitulerait pas, il parut satisfait.

— Ça suffit, annonça-t-il. Tu es prêt. Va te laver et retrouve-moi dans une heure dans l'office du roi.

Il se tourna ensuite vers MacGregor avec un petit sourire. Quand il souriait, c'était toujours mauvais signe.

— À nous deux.

En croisant son compagnon, Magnus lui glissa :

— Amuse-toi bien.

Puis, tandis qu'il attrapait un savon et un linge sec, il lança à MacLeod par-dessus son épaule :

— Épargne son visage ! Les filles du village ont été très contrariées la dernière fois, quand tu l'as un peu amoché.

Cela souleva quelques ricanements dans l'assistance.

— La ferme, MacKay, rétorqua MacGregor.

— Dommage que cette flèche n'ait pas atterri un peu plus haut, poursuivit Magnus. Tu aurais enfin l'air d'un vrai guerrier.

L'homme connu pour ses beaux traits lâcha un chapelet d'injures.

Magnus s'éloigna avec le sourire, ce qui lui arrivait rarement ces derniers temps. En dépit de toutes les batailles auxquelles il prenait part, MacGregor s'en sortait toujours le visage intact, ce qui était une source perpétuelle d'agacement pour lui et d'amusement pour ses compagnons.

On attendait d'un guerrier qu'il soit balafré. C'était un signe de distinction qui, en outre, était difficile à éviter. Mais c'était à croire que la mère de MacGregor l'avait trempé dans les eaux protectrices du Styx à sa naissance, comme Achille : il avait beau faire, son visage restait lisse et sans traces.

Le pauvre.

Il ne fallut pas longtemps à Magnus pour rassembler ses affaires et se diriger vers la rivière derrière le château. Bien que la journée printanière soit chaude, la fonte des glaces rendait l'eau glacée.

Cela eut l'effet d'engourdir ses muscles et de chasser la douleur aussi efficacement que la concoction de mandragore, de pavot et de vinaigre qu'Helen avait laissée à son intention. Il l'avait prise, dans un premier temps. Toutefois, en endormant la douleur, elle endormait également son esprit et ses réflexes. Aussi, quand il avait repris l'entraînement, il s'était sevré de cette potion au goût infect.

Il prit son temps dans l'eau, laissant le froid faire son effet sur son corps endolori. Mais à mesure que les minutes passaient, il devenait impatient de rentrer au château.

Il comprenait maintenant que MacLeod l'avait mis à l'épreuve. En lui disant « Tu es prêt », il lui signifiait certainement qu'il le jugeait apte à reprendre du service et à rejoindre les autres à l'ouest. MacRuairi et MacSorley se trouvaient dans les îles, pour surveiller John de Lorn qui s'agitait à nouveau en Irlande. Seton, Boyd, MacLean et Lamont étaient dans le Sud-Ouest, maintenant la paix dans le Galloway avec Édouard de

Bruce et James Douglas. Campbell était d'abord resté avec Magnus, MacGregor et MacLeod, puis était rentré à Dunstaffnage un mois plus tôt pour la naissance de son premier enfant. Un fils nommé William en souvenir de leur ami disparu.

Magnus n'en pouvait plus de se sentir infirme et avait hâte de rejoindre les autres. Il avait besoin d'action, d'une mission. Ici, à la cour du roi, il avait trop de temps pour penser. Il lui était plus difficile d'échapper à ses souvenirs, qui planaient au-dessus de lui comme un nuage d'orage. Ils étaient bien plus douloureux que quelques os brisés.

Le garde devant la porte de l'office devait l'attendre car il ouvrit la porte dès qu'il le vit approcher.

Magnus fut accueilli par un grand éclat de rire. Le roi était assis dans un énorme fauteuil devant la cheminée, une timbale de vin à la main et un large sourire sur le visage.

La paix seyait à Bruce. Pour la première fois en plus de trois ans, depuis qu'il avait poignardé John Comyn « le Rouge » devant l'autel de l'église du couvent des Greyfriars, il paraissait détendu. Les lignes de souffrance et de défaite sur ses traits las s'étaient atténuées. Après tout ce qu'il avait enduré, il avait bien mérité un peu de repos.

— Ah, te voilà, MacKay ! s'exclama-t-il. Viens donc boire un peu de vin avec nous. MacLeod me parlait justement de votre entraînement aujourd'hui. Il semblerait que notre bel ami s'en soit moins bien sorti que toi. D'ailleurs, il en est devenu un peu moins beau !

Magnus n'était pas surpris. Ils n'étaient qu'une poignée à pouvoir tenir tête à MacLeod. Bien que MacGregor soit très compétent avec une épée, comme eux tous, son arme de prédilection était l'arc.

MacLeod haussa les épaules sans cacher son amusement.

— Je suis sûr qu'il cicatrisera vite.

Les hommes s'esclaffèrent à nouveau. Outre MacLeod, il y avait là une poignée des compagnons les plus proches du roi et quelques-uns de ses favoris. Parmi eux se trouvaient les vénérables chevaliers sir Neil Campbell et sir William de La Hay, ainsi que sir Alexander Fraser, le jeune beau-frère de MacLeod.

Le roi reprit son sérieux et annonça :

— J'envoie MacLeod à l'ouest. Le seigneur de Lorn nous donne à nouveau du fil à retordre. D'après MacSorley, il assemble une flotte. Même en exil, ce bâtard continue à me défier et voilà que son traître de père s'y met aussi ! Quand on pense qu'il m'a prêté allégeance il n'y a pas six mois ! Il y a deux mois encore, il assistait à notre parlement.

Il s'échauffait à mesure qu'il parlait et ne paraissait plus du tout détendu. Il écumait de rage.

— Je viens d'apprendre que le seigneur d'Argyll a fui en Irlande.

Magnus comprenait sa colère. La soumission du chef des MacDougall avait été une victoire majeure, un signe de réconciliation entre les anciens ennemis qui permettrait de former une Écosse unie. La défection rapide de ce puissant clan étroitement lié aux Comyn ne pouvait que provoquer des troubles en Argyll. Arthur Campbell allait avoir du pain sur la planche à Dunstaffnage.

Il aurait mieux valu que Campbell se débarrasse de Lorn quand il l'avait pu. Certes, il avait eu une bonne raison pour ne pas le tuer : il avait épousé sa fille, après tout. Toutefois, Lorn et son père ne s'en tireraient pas aussi facilement la prochaine fois.

Magnus sentit le nuage noir au-dessus de lui commencer à se dissiper. Il allait enfin repartir sur le terrain et serait trop occupé pour penser à Helen. Parfois, il se demandait s'il ne serait pas plus facile d'oublier un membre amputé.

— Quand partons-nous ?

MacLeod secoua la tête.

— Tu ne pars pas avec moi.

Magnus se raidit.

— Mais je suis prêt. Tu l'as dit toi-même.

— Oui, mais MacGregor et toi avez une autre mission. Vous protégerez le roi.

Bruce expliqua :

— J'ai décidé d'effectuer une tournée royale à travers les Highlands pour remercier les chefs qui m'ont offert l'asile durant cette période pénible après Methven.

Ses traits se rembrunirent tandis qu'il était assailli par les souvenirs de sa vie de hors-la-loi. Des hommes comme William Wiseman, Alexander MacKenzie d'Eilean Donan et Duncan MacAulay de Loch Broom lui avaient sauvé la vie.

Il poursuivit :

— J'en profiterai pour m'assurer que ceux qui m'ont récemment prêté serment d'allégeance n'ont pas l'intention de suivre l'exemple du seigneur d'Argyll.

En d'autres termes, il veillerait à ce qu'il n'y ait pas d'autres trahisons.

— Avec la trêve et le pays en paix, c'est le moment tout choisi, approuva MacLeod.

Magnus ravala sa déception. Une ballade à travers les Highlands de château en château lui paraissait indigne de l'illustre garde des Highlands. Le roi possédait une vaste escorte de chevaliers. Même en cas d'attaque, il serait bien protégé. Magnus ne serait-il pas plus utile avec MacLeod dans l'Ouest, là où la situation était beaucoup plus explosive ? Pourquoi avait-il l'impression d'être mis de côté à cause de sa blessure ?

— Tu prendras le commandement, lui annonça MacLeod. Le roi voyagera vers le nord à travers les comtés de Ross et de Cromarty avant de bifurquer vers l'ouest et de traverser les montagnes jusqu'à la mer.

Les montagnes de Magnus. Il avait grandi sur leurs versants. Cependant, le fait que MacLeod ne l'avait pas choisi au hasard n'atténuait pas sa déception.

Le roi ajouta avec enthousiasme :

— Nous achèverons notre périple à Dunstaffnage où je présiderai aux premiers jeux des Highlands depuis quatre ans. Quel meilleur moyen de montrer la continuité du royaume et de célébrer nos victoires ? Qui sait, nous trouverons peut-être des hommes à recruter pour votre armée ?

Il adressa un clin d'œil à Magnus. Celui-ci se raidit. Cette allusion à son propre recrutement, que ne pouvaient saisir que ceux qui connaissaient son histoire, ne lui avait pas échappé. Cela faisait des semaines que MacLeod laissait entendre qu'il était temps de lui trouver un nouveau partenaire.

Son partenaire était mort. Il n'avait ni besoin ni envie d'en avoir un autre.

— Quand partons-nous ? demanda-t-il à nouveau.

— Après le repas de Pentecôte, répondit le roi. J'aimerais être au château de Dunrobin avant la fin du mois.

Magnus fit un effort considérable pour conserver un visage impassible, même si toutes les fibres de son corps s'étaient mises à vibrer.

— Dunrobin ? répéta-t-il.

La demeure d'Helen.

Il sentait que MacLeod l'observait attentivement.

— Oui, répondit le roi. Les Sutherland sont les derniers à nous avoir rejoints, j'ai pensé qu'il était bon de commencer par eux.

— Cela te pose un problème ? demanda MacLeod.

Le château de Dunrobin était le dernier lieu où il voulait aller et Helen la dernière personne qu'il voulait voir. Ses sentiments à son égard étaient encore trop troubles.

La blessure. La colère. La gratitude. La culpabilité.

Après tout ce qui s'était passé entre eux, elle en avait épousé un autre. Pourtant, il ne parvenait toujours pas à l'effacer de son esprit.

Gordon ne s'était pas rendu compte de ce qu'il lui demandait. Magnus avait fait une promesse à son ami agonisant et, jusque-là, ne l'avait pas tenue. Ce voyage lui en donnerait l'occasion.

Une fois qu'il se serait assuré qu'elle ne courait aucun danger, il serait libéré.

— Non, aucun, répondit-il. Du moins pour moi.

Cela en poserait sûrement un aux Sutherland, qui ne seraient pas ravis de devoir jouer les hôtes pour un MacKay.

Il sourit. Finalement, il y aurait peut-être un peu d'action.

Comme pratiquement tous les matins depuis son retour à Dunrobin, Helen longea la falaise verdoyante pour se rendre dans le cottage de son amie. Elle avait demandé d'innombrables fois à Muriel de s'installer dans une chambre du château après la mort de son père, mais la jeune femme farouchement indépendante avait toujours refusé, arguant qu'elle aimait profiter des rares moments où elle pouvait s'isoler. On pouvait la comprendre : elle était la meilleure guérisseuse à des kilomètres à la ronde et on la demandait continuellement. En outre, sa maison ne se trouvait pas loin du château et on pouvait toujours l'envoyer chercher en cas de besoin.

Helen admirait sa détermination et son courage. Ce n'était pas facile pour une jeune femme de vivre seule, surtout quand elle était jolie et célibataire. Muriel n'avait cure de ce que l'on pensait d'elle. Helen était surprise que son frère Will n'ait pas tenté de lui trouver un mari. D'un autre côté, dès qu'il s'agissait de Muriel, tout ce que faisait Will était étrange. Elle ne l'avait jamais vu se montrer aussi dur avec quelqu'un, même avec elle.

Une légère brise venue des eaux scintillantes de l'estuaire ébouriffa ses cheveux et lui emplit les narines d'odeurs marines.

C'était une journée superbe, avec un soleil chaud haut perché dans un ciel limpide. Après un mois de mai froid et sinistre, cet avant-goût d'été était délicieux.

Elle saluait d'un geste de la main les villageois qu'elle croisait. Les maisons en pierre avec des toits de chaume parsemées le long de la côte appartenaient à des pêcheurs ou à des cueilleurs de varech. La plupart des gens du clan vivaient plus près du château ou dans les vallons où paissaient les petites vaches noires typiques de la région.

Quelques enfants, le plus âgé n'ayant pas plus de trois ans, tentaient d'attraper un papillon avec un vieux filet en chanvre, sans doute tombé de l'un des bateaux de leur père. Ils riaient aux éclats, ne semblant pas se rendre compte que les mailles étaient trop grandes pour retenir l'insecte. Elle rit avec eux. Elle ne s'était pas sentie aussi légère depuis des mois.

Lentement, elle reprenait goût à la vie, savourant les petits plaisirs qu'elle avait toujours aimés. Une belle journée de printemps. Des rires d'enfants. Une douce brise marine.

Néanmoins, le chagrin et les regrets ne la quittaient jamais complètement. Si seulement...

Comme elle aurait aimé pouvoir défaire ce qu'elle avait fait ! Si elle avait épousé Magnus toutes ces années plus tôt, rien de tout ceci ne serait arrivé. Il ne la détesterait pas. Il la regarderait comme autrefois. Avec amour, bien qu'elle ait été alors trop jeune et trop écervelée pour le comprendre.

À présent, il était trop tard. Son sourire s'effaça. Elle n'aurait jamais dû épouser William. Elle avait commis une erreur irréparable.

— Allons, allons ! lança une voix familière. Qu'est-ce que c'est que cette petite mine ? C'est si agréable de vous voir sourire à nouveau.

Helen ne fut pas surprise de voir Donald approcher sur le sentier en face d'elle, avec plusieurs gardes de son frère. Cela faisait plusieurs fois cette semaine qu'elle le croisait alors qu'elle se rendait chez Muriel et qu'il rentrait au château après une patrouille.

D'ailleurs, elle trouvait étrange qu'il patrouille autant ces derniers temps. D'un autre côté, avec la visite prochaine du roi, il fallait s'y attendre. Will tenait à ce que le séjour royal ne soit émaillé d'aucun incident. Il y avait moins de bandes de maraudeurs depuis quelques mois, mais il restait beaucoup de gens hostiles à Robert de Bruce et aux « renégats » comme son frère qui avaient tourné le dos à leurs compatriotes pour se ranger du côté du nouveau roi.

Et puis, il y avait les MacKay. L'animosité entre les deux clans voisins n'avait jamais diminué. Guerre déclarée ou pas, il y avait toujours des escarmouches au sujet de leurs territoires respectifs. Descendants des Moarmer de Caithness, les MacKay revendiquaient des terres sous le contrôle des Sutherland.

Lorsqu'ils avaient appris la venue du roi, le cœur d'Helen avait fait un bond. Elle s'était aussitôt demandé si Magnus ferait partie de l'escorte royale. C'était absurde. Pourquoi viendrait-il puisqu'il ne supportait pas de la voir ?

Cesse de penser à lui.

Elle s'efforça de sourire et salua aimablement les hommes.

— Vous êtes parti bien tôt, ce matin, dit-elle à Donald. Je ne vous ai pas vu aux laudes.

Il parut ravi qu'elle ait remarqué son absence.

— En effet. L'usurpateur pouvant arriver d'un jour à l'autre, le comte nous a demandé d'inspecter les environs.

Avant qu'elle n'ait eu le temps de lui rappeler qu'il ne devait pas appeler « usurpateur » l'homme dont son frère s'efforçait d'attirer les bonnes grâces, un des gardes ajouta :

— Le capitaine était pressé de rentrer pour...

— Cela suffit, Angus, le coupa Donald.

Il descendit de selle. Les immenses chevaux de guerre protégés par des cuirasses en mailles étaient rares dans la région, et peu pratiques dans les montagnes des Highlands. Toutefois, ses frères et Donald prenaient leur rôle de chevalier très au sérieux.

— Ramène les chevaux aux écuries, ordonna-t-il à Angus. J'escorterai lady Helen.

— Ce ne sera pas nécessaire, protesta-t-elle.

Les hommes s'étaient déjà empressés d'obéir.

— J'insiste, répondit Donald avec un clin d'œil.

Helen ne put s'empêcher de rire. Depuis qu'elle était petite, Donald avait toujours été très protecteur envers elle. Il n'appréciait pas qu'elle sorte du château sans escorte. Heureusement, son père et à présent Will ne s'y opposaient pas tant qu'elle restait dans les parages.

Ils marchèrent en silence pendant quelques minutes, puis il reprit :

— Vous passez trop de temps avec Muriel.

Elle poussa un soupir. Décidément, il se comportait comme un grand frère, comme si ses deux aînés ne suffisaient pas.

— J'aime être avec elle. Elle m'apprend tellement de choses.

Depuis son retour de Dunstaffnage, elle s'était attelée à améliorer ses connaissances. Elle n'avait encore jamais rien entrepris d'aussi dangereux que l'extraction de la flèche du cou de Gregor MacGregor. Si elle avait paru sûre d'elle en surface, en réalité, elle avait été terrifiée.

Mais une fois l'opération réussie, elle avait été fière.

Elle avait un don pour soigner les autres. Avec l'aide de son amie, elle serait encore plus performante. Le père de Muriel avait été un médecin formé à l'université de Berwick-upon-Tweed et il avait enseigné tout ce qu'il savait à sa fille. Bien que les guildes de médecins soient fermées aux femmes, le comte de Ross avait proposé de la parrainer. Muriel avait refusé cette occasion en or, répondant que la seule reconnaissance dont elle avait besoin était celle des villageois qu'elle soignait. Helen était heureuse qu'elle ait décidé de rester, tout en se demandant s'il n'y avait pas autre chose qui la retenait dans la région.

Quoi qu'il en soit, travailler à ses côtés l'occupait. Pendant ce temps, son esprit ne s'égarait pas dans des lieux douloureux.

À en juger par l'expression de Donald, sa réponse ne l'avait pas convaincu. Elle s'efforça d'en trouver une autre.

— En tant que dame du château, n'est-ce pas ma responsabilité de veiller sur la santé de nos hôtes ?

Ne trouvant rien à redire, Donald fronça les sourcils.

— Peut-être, mais Muriel n'est pas une compagne convenable pour une jeune dame non mariée.

— Une veuve, corrigea Helen. Et ce n'est pas parce que Muriel a choisi de ne pas se marier qu'elle n'est pas convenable.

— Elle est jeune et avenante. Au lieu de battre seule la campagne, elle devrait être mariée et avoir une ribambelle de petits tournant autour de ses jupes.

À l'entendre, une meute de chiots aurait fait l'affaire. Elle s'efforça de garder son calme, sachant que Donald disait à voix haute ce que beaucoup d'autres pensaient tout bas. Que l'on mette en doute la moralité de Muriel simplement parce qu'elle choisissait de rester célibataire l'agaçait au plus haut point.

— C'est mon amie, déclara-t-elle. Vous feriez bien de vous en souvenir.

Elle pouvait compter ses amis sur les doigts de la main et les chérissait d'autant plus. Muriel ne la jugeait jamais, ne la trouvait pas étrange. Peut-être était-ce parce que, comme elle, elle était « rebelle ». Et elle n'était même pas rousse !

Donald sentit qu'il était allé trop loin. Il lui prit la main et la tapota comme si elle était une enfant.

— Bien sûr, et elle a de la chance d'avoir une amie aussi loyale que vous.

Il s'arrêta. Ils étaient arrivés en vue du cottage de Muriel, les ruines de la vieille tour se dressant derrière lui. Il se tourna vers elle et lui prit le menton.

— Vous savez que je ne veux que votre bien, n'est-ce pas ?

Helen leva les yeux vers lui, lui trouvant la voix un peu rauque. S'était-il enrhumé ?

— Oui, bien sûr.

Il sourit et laissa tomber sa main.

— Allez, ne soyez pas fâchée contre moi.

Il pointa le doigt vers des touffes d'herbes au bord de la falaise.

— Regardez ! Une primevère. Elles sont rares si tard dans la saison.

Le cœur d'Helen se serra. La délicate fleur mauve originaire de la côte nord de l'Écosse lui rappelait de cruels souvenirs.

C'était un an après sa première rencontre avec Magnus. Cette année-là, les jeux se tenaient au château de Freswick. Elle était en train de tresser une guirlande de primevères quand il était venu la trouver. Elle avait quinze ans et lui, vingt. Il venait d'apprendre que le tirage au sort l'avait désigné pour affronter le légendaire Tor MacLeod dans la première série de combats à l'épée. Helen savait que ce devait être terriblement décourageant pour un jeune guerrier et elle avait fait son possible pour lui remonter le moral. Elle avait détaché une fleur et l'avait accrochée à son *cotun* avec l'une des épingles de sa robe.

— Un talisman, avait-elle déclaré. Ça te portera chance.

Il avait légèrement rougi, ce à quoi elle n'avait pas prêté attention sur le moment.

Elle n'avait compris la raison de son trouble qu'un peu plus tard, en le voyant avec un groupe de jeunes guerriers, dont son frère Kenneth. Il avait su ce qui l'attendait.

— Qu'est-ce que c'est que ça, MacKay ? Une faveur de ta bien-aimée ? demanda l'un d'eux.

— Il se prend pour un chevalier anglais, déclara un autre.

— À moins que ce soit pour décorer sa tombe, reprit le premier. MacLeod va le tuer.

— Comme c'est charmant, roucoula Kenneth. Elle met vraiment en valeur ton teint rose et si délicat.

Les hommes s'étaient esclaffés pendant que Magnus supportait leurs railleries sans broncher. Elle savait à quel point il était fier, et de le voir contraint d'endurer leurs moqueries à cause d'elle...

Elle aurait voulu courir vers lui et arracher elle-même la fleur coupable de son *cotun*. Pourtant, il l'avait gardée durant tout le tournoi. *Pour me faire plaisir*. Elle avait compris à cet instant qu'il était différent et elle était tombée amoureuse.

Comment avait-elle pu douter de ses propres sentiments ? Pourquoi ne s'était-elle pas fiée à son instinct ? Comment avait-elle pu être aussi faible et ne pas saisir sa chance ?

Donald se baissa pour cueillir la fleur, puis il la cala gentiment derrière son oreille. À cet instant, elle aurait tellement aimé qu'il soit quelqu'un d'autre...

— Vous ressemblez à une reine de mai.

Ne sachant pas quoi dire, elle fut soulagée d'entendre la porte du cottage s'ouvrir. Muriel apparut sur le seuil. Helen remercia brièvement Donald et se hâta de la rejoindre.

Ce ne fut que beaucoup plus tard, alors qu'elles revenaient de chez un fermier qui avait trébuché contre une bêche et, fort heureusement, ne s'était que tordu la cheville, que Muriel déclara d'un ton détaché :

— Le bras droit de ton frère traîne souvent dans les parages ces temps-ci.

— Donald ? Oui, c'est normal. Will lui a demandé de patrouiller le long de nos frontières du nord.

Muriel esquissa un petit sourire ironique.

— Je doute fort qu'il soit là uniquement parce qu'ils ont soudain peur des bandits.

— Alors, pourquoi ? demanda innocemment Helen.

Muriel ne cachait pas son amusement.

— Tu ne vois donc pas qu'il te fait la cour ?

Helen s'arrêta abruptement.

— Donald ? C'est absurde !

Toutefois, elle se rendit compte que ce pouvait être vrai. Depuis la mort de Gordon, elle avait senti un changement dans le comportement de Donald. Il avait toujours été protecteur, mais depuis peu, ses attentions s'étaient faites plus intenses, plus personnelles.

Muriel l'observait attentivement.

— Mon Dieu ! lâcha Helen en blêmissant. Tu crois vraiment ?

— L'idée t'est donc si désagréable ?

Helen se mordit la lèvre.

— Oui... Non... C'est juste que je n'avais jamais pensé à lui de cette manière.

Il n'y avait jamais eu qu'un seul homme dans son esprit.

— Ce ne serait pas une alliance très avantageuse, mais elle ne serait pas tout à fait mauvaise non plus.

Helen ressentit une montée de panique à l'idée d'un autre mariage. Elle savait que son amie cherchait seulement à l'aider, mais elle ne voulait pas y penser.

— Tu devais beaucoup l'aimer, déclara Muriel avec compassion.

— Je...

Elle s'interrompit et se contenta d'acquiescer. Bien qu'elles aient passé pratiquement toutes leurs journées ensemble depuis son retour, elle ne lui avait rien dit du cauchemar de ses noces. Muriel attribuait son chagrin à la perte de son mari. Helen avait trop honte pour lui avouer la vérité.

Elles se remirent à marcher. Le donjon carré du château qui dominait l'estuaire se dressait devant elles.

— Tu ne regrettes pas de ne pas t'être mariée ? demanda Helen.

— Non. J'aime ce que je fais et ça ne me laisse pas beaucoup de temps pour être une épouse.

— Tu n'as jamais rencontré un homme qui te donne envie de conjuguer les deux ?

Avec sa chevelure blonde et sa peau blanche, Muriel pouvait difficilement cacher la roseur qui lui monta aux joues. Âgée de vingt-cinq ans, ses traits fins et ses grands yeux bleus la faisaient paraître beaucoup plus jeune.

— Non, répondit-elle fermement. Je ne crois pas qu'il soit possible de mener deux vies à la fois, celle d'épouse et celle de guérisseuse. Et puis, personne ne m'a jamais fait une offre suffisamment tentante pour essayer.

C'était une étrange manière de présenter les choses.

— Et des enfants ? demanda encore Helen. Je sais à quel point tu les aimes. Tu n'en veux pas ?

Une lueur de chagrin traversa le regard de Muriel et disparut si rapidement qu'Helen se demanda si elle ne l'avait pas imaginée.

— Non, répondit Muriel en regardant droit devant elle. Dieu m'a choisi une autre voie. Je n'aurai jamais d'enfants.

Helen ne comprenait pas pourquoi elle était si définitive. Muriel parlait rarement de son passé, mais elle en avait certainement un. Elle était arrivée à Dunrobin environ dix ans plus tôt avec son père, le célèbre Nicholas de Corwenne. Pour cette région reculée du nord de l'Écosse, accueillir un médecin aussi éminent venant d'Édimbourg était une aubaine, même s'il était là pour soigner le comte. Aujourd'hui, Helen se demandait s'il n'avait pas eu un autre motif.

— Et toi, Helen, que comptes-tu faire ?

La question la surprit, car elle laissait entendre qu'elle avait le choix. Les femmes de son rang avaient le devoir de contracter des mariages qui servaient les intérêts de leur clan. La seule autre « option » était le couvent. Quand bien même elle aurait su ce qu'elle voulait, elle ne pouvait agir à sa guise. Or, elle voulait… tout.

Idiote ! Ne pouvait-elle se satisfaire de son sort, comme les autres femmes de l'aristocratie ? Elle avait un rang et de la fortune, une famille qui l'aimait. Un homme l'épouserait et lui donnerait des enfants. Qu'espérait-elle de plus ? Pourtant, cette perspective l'angoissait et la mettait sur les nerfs.

— Je n'en sais rien, répondit-elle avec un haussement d'épaules. Je suppose que je resterai ici, à Dunrobin, jusqu'à ce que Will se marie.

Son frère aîné, à presque trente-deux ans, n'avait toujours pas pris épouse. Elle crut sentir Muriel se raidir à son côté mais, quand elle lui lança un regard, elle constata qu'elle s'était trompée.

— Ensuite… On verra bien.

— Le comte envisage de se marier ?

Helen se tourna à nouveau vers elle en percevant une note étrange dans sa voix. N'était-elle pas un peu plus pâle que d'habitude ?

— Pas que je sache, répondit-elle. Mais je ne serais pas surprise si c'était là une des raisons de la visite du roi.

Le roi utilisait les alliances matrimoniales pour s'assurer du soutien de ses vassaux. Il avait la chance d'avoir de nombreuses sœurs.

Elles étaient suffisamment proches du château pour entendre la vigie quand elle cria :

— Des cavaliers approchent ! C'est le lion rampant !

Le roi ! Helen se tourna vers le sud et vit un nuage de poussière au loin.

— Viens, dit-elle en attrapant le bras de Muriel. Nous devons rentrer pour l'accueillir convenablement.

Elle baissa les yeux vers sa robe simple en laine, toute fripée d'avoir été nouée entre ses jambes pendant qu'elles pataugeaient dans les bruyères marécageuses. Elle porta machinalement la main à sa coiffure. Elle avait relevé ses cheveux sur le sommet de son crâne et des mèches rebelles s'échappaient de son chignon.

Ce n'était pas franchement une allure digne de la maîtresse du château. Elle tenait à faire bonne impression afin d'encourager Will à se marier, si c'était bien ce que le roi avait en tête.

Muriel freina des quatre fers.

— Je vais rentrer chez moi...

— Pas question ! trancha Helen en l'entraînant de force. Tu n'as donc pas envie de voir le roi ?

Elle ne lui laissa pas l'occasion de se défiler. Elles entrèrent dans la cour du château au moment où ses frères et Donald descendaient l'escalier. Dès qu'il avait appris la visite du roi, Will avait fait revenir Kenneth de Skelbo, leur forteresse à l'embouchure du loch Fleet, à une quinzaine de kilomètres au sud.

Will se raidit en les voyant. Il désapprouvait clairement l'allure échevelée de sa sœur, mais il n'y avait pas que cela. Dès que lui et Muriel se trouvaient ensemble, la tension montait de plusieurs crans. Cela n'avait pas toujours été le cas mais, depuis peu, il devenait froid et distant dès qu'elle apparaissait... Encore plus que d'habitude, ce qui n'était pas peu dire. Dieu qu'il pouvait être austère !

Elle ne comprenait pas pourquoi il avait soudain pris la guérisseuse en grippe. Ils avaient de la chance de l'avoir et, s'il continuait à se montrer aussi désagréable, ils finiraient par la perdre.

— Par tous les saints, Helen ! Qu'est-ce que tu as encore fait pour te mettre dans cet état ?

Elle leva fièrement le menton, refusant de se laisser intimider par son grand frère.

— Je soignais la cheville de l'un des hommes de ton clan !

Il lança un regard glacial vers Muriel comme si elle était responsable.

— Je vous saurais gré de vous souvenir que ma sœur a ses propres devoirs à accomplir. Elle est châtelaine.

Muriel tiqua.

— J'en suis parfaitement consciente, mon seigneur.

Même s'il n'y avait rien d'irrespectueux dans son ton, Helen y sentit une pointe de défi.

— Cela fait aussi partie de mes devoirs, Will, protesta-t-elle. Muriel n'y est pour rien. C'est moi qui ai insisté alors qu'elle m'implorait de rentrer au château.

— Laisse-la tranquille, mon frère, intervint Kenneth. Elle ne présente pas si mal que ça.

Helen supposa que c'était là sa façon de lui faire un compliment.

— Très jolie, la petite fleur, ajouta-t-il.

Helen lança un regard gêné vers Donald qui, comme toujours, se tenait à la droite de Will.

— Très seyant, en effet, déclara-t-il avec un rire un peu trop familier.

Helen se mordit la lèvre en se rendant compte que Muriel avait vu juste.

— Les voilà, murmura soudain son amie.

En effet, les premiers cavaliers en armure venaient de franchir le portail. Ils offraient un spectacle impressionnant : vêtus de cottes de mailles étincelantes et de tabards colorés, des chevaliers et des hommes d'armes avançaient sur leurs énormes destriers de guerre en brandissant des bannières, des lances et toutes sortes d'armes. Derrière eux venaient des carrioles transportant la vaisselle du roi et ses serviteurs personnels. Will avait eu raison de voir grand : ils étaient une bonne cinquantaine.

— C'est lui, Bruce ? demanda Muriel à voix basse.

Même s'il n'avait pas eu une couronne en or incrustée dans son heaume ni un lion rampant rouge brodé sur son tabard jaune vif, Helen l'aurait reconnu à son aura royale. Elle acquiesça.

Les hommes descendirent de selle et ôtèrent leurs casques. Elle était tellement concentrée sur le roi qu'il lui fallut un certain temps pour remarquer celui qui se trouvait à côté de lui.

Elle laissa échapper un petit cri étouffé.

— Que se passe-t-il ? lui demanda Muriel.

Helen ne pouvait pas parler. Son cœur battait à tout rompre.

Magnus ! Il était venu. Pourquoi ? Était-il possible que… ?

Ses prières avaient-elles été entendues ? Lui avait-il pardonné ?

6

Helen était tellement heureuse de le voir qu'elle en oublia tous les autres autour d'elle. L'espace d'un instant, elle se retrouva plongée dans le passé, quand elle se cachait et qu'il la surprenait. Elle faillit glousser de plaisir comme une jouvencelle. Sans réfléchir, elle fit un pas vers lui.

— Tu es venu !

Magnus se retourna en entendant sa voix. Leurs regards se rencontrèrent et elle se rendit aussitôt compte de son erreur. Son sourire s'effaça, ses espoirs à peine nés s'évanouirent. Quelle que soit la raison de la présence de Magnus, ce n'était pas elle. Il la dévisageait d'un air atterré, comme s'il eût préféré être n'importe où plutôt qu'ici, comme si elle avait commis une terrible...

Elle regarda autour d'elle. Les hommes avaient cessé de parler et tout le monde la regardait.

Elle sentit le feu lui monter aux joues. Elle comprenait à présent l'expression de Magnus. Une fois de plus, elle avait réussi à l'embarrasser devant tout le monde. Sauf que cette fois, elle n'était plus une gamine. Elle aurait dû savoir se tenir.

Le roi vint à sa rescousse. Il s'inclina respectueusement devant elle comme si c'était à lui qu'elle venait de parler.

— Quel plaisir d'être enfin arrivé après un si long voyage. Je vous remercie de votre accueil, lady Helen. J'espère que notre venue ne vous a pas donné trop de mal ?

Elle secoua la tête comme une simplette, incapable d'aligner trois mots cohérents.

Néanmoins, par ce geste élégant, le roi venait de s'attirer sa reconnaissance infinie. À Dunstaffnage, elle avait déjà été impressionnée par « le Bruce », comme l'appelaient ses hommes. Elle comprenait aisément comment tant de personnes avaient pu se rallier sous sa bannière, en dépit des risques. Galant chevalier dans la force de l'âge, guerrier redoutable, commandant habile, Bruce était affable, charmant et charismatique. Ses frères (comme la plupart des chefs du royaume) avaient été convaincus de l'invincibilité d'Édouard d'Angleterre. Bruce leur avait prouvé le contraire.

— Votre visite nous honore, sire, déclara Will avec une amabilité qu'elle ne lui connaissait pas.

Un an plus tôt, les deux hommes se trouvaient face à face sur un champ de bataille. Cependant, son frère aîné était un pragmatique et il ne laisserait pas son orgueil considérable entraver les intérêts de son clan. Si cela impliquait de pactiser avec son ancien ennemi, qu'à cela ne tienne.

Cela ne signifiait pas pour autant qu'il était disposé à faire ami ami avec *tous* ses anciens ennemis.

Ses frères et Donald ne cachaient pas leur animosité envers Magnus. Ils semblaient prêts à l'étriper. Le regard de défi que leur lança Magnus n'arrangea rien. Il était aussi teigneux qu'eux. L'inimitié entre les deux clans était ancienne et tenace. Il n'était pas facile de tirer un trait sur des années de haine, de méfiance et de suspicion. Cela viendrait un jour, priait-elle. Mais ce n'était pas pour aujourd'hui.

Pour tenter de désamorcer la tension, Helen s'avança et présenta Muriel au roi ainsi qu'à plusieurs chevaliers, dont Magnus.

Il ne pouvait plus l'éviter. Après avoir salué Muriel, il inclina brièvement la tête vers elle.

— Lady Helen.

Son ton sec était blessant. Elle le dévisagea, cherchant à obtenir de lui quelque chose qui n'était plus là.

— Comment va votre bras ? demanda-t-elle.

L'espace d'un instant, il redevint son Magnus, ses yeux caramel s'emplissant d'une douceur et d'une tendresse qu'elle avait crues acquises, autrefois.

— Très bien, répondit-il sur un ton bourru. Il est comme neuf.

Un autre homme s'avança.

— Il veut dire par là qu'il vous remercie, déclara-t-il.

Il ôta son heaume et Helen lâcha une exclamation de surprise. Gregor MacGregor lui prit la main et s'inclina devant elle.

— Lady Helen, je suis ravi de vous revoir.

Helen était aux anges. Six mois plus tôt, il avait été à l'article de la mort et, aujourd'hui, il était à nouveau resplendissant ! Grâce à elle.

— Je le suis autant que vous, mon seigneur. Comment vous sentez-vous ?

Il lui adressa un sourire espiègle qui aurait fait se pâmer la moitié de la population de l'Écosse. Helen elle-même n'y était pas insensible. Gregor MacGregor était le plus bel homme qu'elle avait jamais vu, avec un teint hâlé, des cheveux brun doré, des dents d'une blancheur éclatante, des yeux bleus brillants et des traits superbement ciselés qui auraient rendu Adonis jaloux. Grand, large d'épaules et musclé, il n'attendait plus qu'à prendre sa place sur le mont Olympe.

— Très bien, ma dame, et c'est à vous que je le dois. Vous m'avez sauvé la vie. Si je peux faire quoi que ce soit pour vous, il vous suffit de me le demander.

Helen rosit, à la fois de plaisir et de gêne. Pour masquer son embarras, elle se tourna vers Muriel.

— Je vous présente lady Muriel, la meilleure guérisseuse de tout le Nord. C'est elle qui m'a tout appris.

Gregor tourna son fameux sourire vers son amie, qui semblait hypnotisée. Helen pouvait la comprendre. Gregor MacGregor faisait généralement cet effet.

— Ma dame, dit-il en s'inclinant courtoisement.

Son regard alla de l'une à l'autre.

— Si j'avais des guérisseuses aussi belles que vous deux, je crois bien que je serais tout le temps malade. D'ailleurs, j'ai la ferme intention de contracter une fièvre durant mon séjour ici.

Helen pouffa de rire et fut surprise d'entendre son amie, d'ordinaire si sérieuse, en faire autant.

— Helen !

Elle sursauta en entendant la voix de son frère. À son expression sévère, elle devina qu'elle l'avait une fois de plus agacé. Toutefois, c'était Muriel qu'il regardait.

— Le roi a fait un long voyage, la rappela-t-il à l'ordre.

— Oui, bien sûr, se reprit-elle aussitôt. Je vais vous conduire à vos appartements, sire. Je vous ferai monter du vin, du pain et du fromage avant le dîner.

— Cela me paraît parfait, répondit aimablement le roi.

Une fois de plus, il faisait son possible pour dissiper son embarras.

Magnus, qui pour une raison quelconque paraissait lui aussi irrité, suivit le roi avec quelques autres hommes. Will s'interposa et, sans le regarder, s'adressa à Bruce :

— Munro conduira vos hommes aux casernes. Je suis sûr qu'ils y seront bien installés.

— Je n'en doute pas, répondit Magnus calmement. Néanmoins, nous resterons avec le roi.

Il arqua un sourcil ironique et ajouta :

— Le fait que je loge dans le donjon ne vous pose pas de problème, je suppose ?

Will, Kenneth et Donald lancèrent tous les trois un regard peu subtil vers Helen. Les mâchoires de Will se crispèrent au point qu'elle fut surprise qu'il parvienne encore à articuler.

— Non, répondit-il. Aucun.

Helen soupçonnait que l'un d'eux dormirait devant sa porte pendant toute la durée du séjour royal.

— Ravi de l'entendre, répliqua Magnus. J'ai hâte de goûter à la fameuse hospitalité des Sutherland.

Will réussit à ne pas s'étrangler et s'effaça pour le laisser passer.

Avec un soupir, Helen conduisit le roi et plusieurs de ses hommes, dont Magnus, au donjon. Avec ses frères et Magnus à couteaux tirés, le séjour du roi s'annonçait tendu. Peu lui importait ; cette fois, elle ne laisserait pas sa famille lui dicter sa conduite.

Elle comprenait pourquoi son avenir lui avait paru si sombre plus tôt, quand Muriel l'avait interrogée. Elle ne pouvait imaginer une vie sans Magnus. Il était la seule chose qui donnait un sens à son existence.

Il était ici et elle avait l'intention de faire tout ce qui était en son pouvoir pour corriger ses erreurs passées : elle lutterait pour lui. Le roi projetait de rester quinze jours chez eux. Elle comptait utiliser chaque minute de ce temps pour arriver à ses fins.

Même s'il ne supportait même pas de la regarder.

Magnus était en guerre.
Contre lui-même.
Au milieu d'un maudit festin.
De là où il était assis, il ne pouvait éviter de voir le couple...

Munro posa une main sur le bras d'Helen. Magnus faillit bondir de son banc. L'envie d'envoyer son poing dans la figure de ce bâtard pour effacer son sourire suffisant était presque incontrôlable.

Il serra les dents et s'efforça de les ignorer. C'était impossible. Les Sutherland avaient probablement fait exprès de le placer à cet endroit pour se venger.

Magnus était parvenu à les contraindre à le loger dans le donjon ; en retour, ils l'avaient assis aussi loin d'Helen que possible sans qu'on puisse les accuser d'être insultants. En tant que garde du corps et bras droit du roi, sa place était à la table d'honneur, mais ils l'avaient mis à une extrémité, tandis qu'elle était assise au centre, entre Bruce et Munro. Il ne voyait qu'eux...

Munro se pencha vers Helen et lui murmura quelque chose à l'oreille. Elle sourit.

Palsambleu ! Il tenta de noyer sa colère avec une longue gorgée de bière. Une semaine à tenir ! Dieu merci, il leur avait fallu plus de temps que prévu pour quitter Kildrummy et ils avaient pris du retard sur la tournée royale.

Il avait rapidement compris ce qui se passait. Gordon mort, Munro avait décidé de s'inscrire sur la longue liste des prétendants potentiels d'Helen.

C'était ironique. L'homme qu'il s'était fixé pour but de vaincre avant de demander sa main à Helen comptait à présent l'épouser lui-même.

Pourquoi cela le dérangeait-il autant ? Il aurait dû être soulagé. Quoi qu'il pensât de Munro, il ne pouvait nier ses qualités de guerrier. Il saurait la protéger. Avec lui, elle serait à l'abri. Il n'aurait plus aucune raison de se sentir coupable. En se remariant, Helen le libérerait de sa promesse à Gordon.

Mais pourquoi fallait-il que ce soit Munro, nom de nom ! Les imaginer ensemble était intolérable.

— Le festin vous satisfait-il, mon seigneur ?

Oh que non ! Magnus se tourna vers la jeune femme à côté de lui. Prenant conscience de sa mine renfrognée, il s'efforça de sourire.

— Oui, merci lady Muriel. Tout est délicieux.

C'était la vérité. En dépit du malaise lors de leur arrivée la veille, Helen s'était admirablement acquittée de son devoir d'hôtesse. Le banquet était succulent et l'on ne pouvait rien reprocher à la jeune maîtresse des lieux.

Il n'en était pas surpris. L'enthousiasme et la joie de vivre d'Helen étaient contagieux. Avec elle, chaque jour paraissait une fête, une qualité précieuse chez une châtelaine. Étrangement, elle n'avait jamais paru intéressée par ce rôle. Elle avait changé.

À certains égards.

Il repensa à ce qui s'était passé la veille, à la manière dont elle avait rayonné de joie en l'apercevant. Elle avait balbutié la première pensée qui lui était venue à l'esprit, exactement comme quand elle était jeune fille.

Elle avait aussi eu la même allure que dans son souvenir. Sa chevelure flamboyante négligemment relevée sur sa tête, ses jupes boueuses et froissées. Il avait remarqué quelques taches de rousseur sur son nez. Et ce sourire...

Il avait illuminé tout son visage.

Fichtre. Fallait-il qu'elle montre ses émotions si clairement ? N'aurait-elle pas pu être un peu plus prudente, pour une fois ?

Non, cela n'avait jamais été son genre. Sa franchise était l'une des choses qu'il aimait chez elle...

Qu'il avait aimées, se corrigea-t-il.

— Ne faites pas attention à lui, glissa MacGregor à lady Muriel. Son côté revêche fait partie de son charme. Je mets ça sur le compte de son bras.

La jeune femme plissa le front d'un air inquiet.

— Helen m'a parlé de votre blessure. Les os du bras, surtout si près de l'épaule, peuvent rester douloureux longtemps.

— Je vais bien, répondit Magnus avec un regard noir vers MacGregor. Mes os se sont bien ressoudés. Lady

Helen a fait du bon travail. Votre élève vous a fait honneur.

— Helen est trop modeste et m'attribue trop de mérite, répondit Muriel en souriant. Elle a un talent naturel et son instinct est pur. Son optimisme est une grande qualité pour une guérisseuse ; il l'aide à surmonter les moments difficiles. Mon père aurait été fou de joie d'avoir une élève comme elle. J'apprenais plus lentement.

— En effet, j'ai pu le constater par moi-même. Elle a un don.

Il sentit qu'elle aurait aimé l'interroger davantage mais que sa politesse l'en empêchait.

— Je donnerai un onguent à Helen pour qu'elle vous masse l'épaule...

Par tous les saints !

— Non !

L'idée des mains d'Helen sur lui...

Lorsqu'elle avait pansé ses blessures, la douleur avait accaparé tout son esprit, mais les souvenirs l'avaient hanté après coup. Au milieu de la nuit, lorsque ses pensées n'avaient nulle part où se cacher.

Lorsque tout son corps se tendait, brûlant et douloureux.

Lady Muriel écarquilla les yeux devant l'intensité de sa réaction.

Il se rendit compte qu'il avait parlé trop fort. Plusieurs têtes s'étaient tournées dans sa direction, notamment autour de la table d'honneur.

MacGregor le fixait avec une expression étrange, comme s'il venait de comprendre quelque chose.

Magnus s'efforça de réparer sa bévue.

— Je vous remercie, ma dame, dit-il d'une voix douce. Ce ne sera pas nécessaire.

Elle hocha la tête, l'air suspicieux.

Il l'avait effrayée. Se sentant idiot, il chercha un moyen de la mettre à l'aise, mais MacGregor avait à nouveau attiré son attention et, Magnus le savait d'expérience, ne la lâcherait plus. Lorsqu'il s'intéressait à une femme, il était très rare que celle-ci le repousse.

La guérisseuse ne ressemblait pas à ces jeunes beautés tapageuses avec lesquelles MacGregor badinait habituellement. Elle était jolie, avec des manières réservées. Elle semblait apprécier ses attentions et éclata de rire quand il murmura quelque chose à son oreille, probablement des propos scandaleux.

Magnus commit l'erreur de tourner la tête au moment où Munro faisait la même chose avec Helen. Leurs épaules se frôlaient.

Sa main se crispa autour de sa timbale. Il lutta de toutes ses forces contre la montée de colère et s'efforça de détourner le regard... pour croiser celui de Kenneth Sutherland.

Ce dernier l'observait et, à en juger par la manière dont il plissait les yeux, sa réaction ne lui avait pas échappé. Toutefois, au lieu du sourire narquois auquel Magnus s'attendait, il affichait un air surpris. Il venait apparemment de remarquer pour la première fois ce que Magnus avait constaté en quelques minutes : Munro voulait Helen.

Et cela ne semblait pas lui faire plaisir.

Magnus se souvint qu'il n'avait pas été le seul à subir les railleries arrogantes et les humiliations de Munro. Sutherland en avait fait lui aussi les frais. Sans doute encore plus que lui, car Magnus n'avait croisé le chemin du champion que lors des jeux des Highlands.

Pour la première fois, Sutherland et lui étaient d'accord sur un point.

C'était déroutant, il n'aimait pas découvrir qu'ils avaient quelque chose en commun.

Naturellement, il y avait aussi eu Gordon. Il avait été l'ami d'enfance de l'un et le compagnon de guerre de l'autre. Magnus essayait de ne pas y penser.

Il se concentra à nouveau sur la conversation à côté de lui. La guérisseuse et le guerrier discutaient de la flèche qu'il avait reçue dans la gorge. Cette cicatrice de guerre avait déjà valu à MacGregor une admiration féminine sans bornes. Cependant, Muriel était plus sophistiquée que son public habituel. Elle ne se répandait pas en « Oh » et en « Ah », et ne battait pas des paupières comme si chacune de ses paroles était en or. Elle lui déclara qu'il avait eu beaucoup de chance.

— Quelle est l'opération la plus difficile que vous ayez réalisée ? lui demanda MacGregor.

Elle réfléchit un instant. Quand Helen s'interrogeait ainsi, elle avait tendance à se mordre la lèvre.

Bon sang, il remettait ça !

— C'était il y a environ un an, répondit-elle enfin. Après la bataille de Barra Hill.

— Vous y étiez ? s'étonna Magnus.

Bien qu'il ne soit pas rare qu'une tente soit montée ou qu'un château soit réquisitionné près d'un champ de bataille pour soigner les blessés, il n'aurait pas imaginé qu'un homme comme lord Nicholas de Corwenne laisserait sa fille approcher le danger d'aussi près.

Barra Hill avait été l'une des batailles les plus sanglantes de la campagne de Bruce. Il avait mis John Comyn, le comte de Buchan, en déroute puis avait dévasté son territoire avec une fureur dont on parlait encore. Il faudrait que beaucoup d'eau passe sous les ponts avant qu'on oublie « le sac de Buchan ».

— Oui, mon père m'emmenait toujours avec lui quand il accompagnait le comte. Il considérait qu'on n'apprend jamais aussi bien que sur le tas. Il avait raison.

Son regard se fit songeur et un sourire mélancolique apparut sur ses lèvres. Elle semblait conserver un souvenir ému de son père. Sans doute était-il mort depuis peu.

— Que s'est-il passé ? demanda MacGregor.

— On nous a amené un homme qui avait pris un coup de masse d'armes sur la tête. Un os du crâne était fêlé et du sang se répandait dessous. J'ai dû faire un petit trou dans sa boîte crânienne pour soulager la pression.

— Il a survécu ?

Elle acquiesça.

— Il est rentré chez lui auprès de sa femme et de ses cinq enfants avec une entaille dans le crâne et une bonne histoire à raconter.

Les crânes fracassés étaient fréquents lors des combats, tout comme les trépanations, la méthode pour les soigner. Elles réussissaient rarement.

Le roi attira soudain l'attention vers le centre de la table.

— Ce festin est remarquable, déclara-t-il d'une voix forte. Votre frère a de la chance de vous avoir à ses côtés, lady Helen. Vous êtes non seulement une excellente guérisseuse mais également une châtelaine accomplie.

Son éloge combla Helen, dont le teint ivoire se teinta d'un rose charmant.

— Merci, sire.

— Cela dit, votre frère devra peut-être bientôt se passer de vos talents, reprit le roi.

Magnus savait de quoi il voulait parler, ce qui n'était pas le cas de Munro. Croyant qu'il faisait allusion à un éventuel mariage d'Helen, ce dernier se raidit. Magnus, qui l'observait attentivement, vit la lueur d'animosité dans son regard. Pour le fier guerrier, devoir s'incliner devant son ennemi était sûrement un enfer. À sa place, Magnus aurait été tout aussi furieux.

Munro posa une main protectrice sur le bras d'Helen et protesta :

— La dame vient de subir une perte douloureuse.

— Je suis parfaitement au courant de la perte de lady Helen, répliqua sèchement le roi. Ce n'est pas d'elle que je parlais.

Il se tourna vers le comte.

Sir William ne parut pas surpris par sa suggestion, mais son sourire forcé indiquait qu'il ne l'appréciait pas. Pour une raison étrange, il lança un regard vers Magnus. Non, pas vers lui mais vers sa voisine de table. Lady Muriel ne s'en rendit pas compte car elle baissait la tête, fixant ses genoux. Magnus avait remarqué la tension entre le comte et la guérisseuse à leur arrivée. Il se demandait à présent s'il n'y avait pas autre chose, ce que semblait confirmer le regard noir du comte vers MacGregor.

— Nous aurons tout le temps d'en discuter au cours de cette semaine, reprit le roi.

Ayant planté sa graine, il changea de sujet.

— Lady Helen, il me semble avoir entendu que vous aviez prévu de la danse ?

Helen acquiesça, l'air troublé, puis fit signe aux harpistes et aux cornemuseurs de se tenir prêts.

— En effet, sire, mais... Une semaine ? Votre missive disait que vous resteriez quinze jours.

Magnus fit mine de ne pas remarquer qu'elle lançait des regards dans sa direction.

— C'était bien mon intention, répondit Bruce. Hélas, nous avons été retardés à Kildrummy et nous devons à présent écourter notre séjour. J'ai encore de nombreuses haltes à effectuer avant les jeux à Dunstaffnage. J'espère que vous viendrez cette année, sir William ?

Cela ressemblait davantage à un ordre qu'à une invitation. Le comte acquiesça brièvement.

— Oui, sire. Mes hommes ont hâte d'y être.

— Et comment ! renchérit Munro. Après quatre ans sans champions, les hommes sont impatients de retrouver les titres qui leur sont dus.

Magnus ne releva pas le défi implicite. Munro ruminait sa défaite depuis quatre ans. Il ne reculerait devant rien pour le vaincre cette fois-ci.

Le roi lança un regard amusé vers Magnus.

— Voilà qui est bien audacieux de votre part, répondit-il à Munro. Surtout compte tenu du niveau de la compétition. J'espère que vos hommes sont prêts à vous prendre au mot ?

— Absolument, déclara Munro avec son arrogance habituelle.

— Prendrez-vous part à la compétition, mon seigneur ? demanda Helen.

Magnus se rendit compte qu'elle s'adressait à lui.

Il fut contraint de la regarder en face. Il savait exactement à quoi elle pensait : à ce qui s'était passé lors des derniers jeux, quand il avait eu la sottise de croire qu'elle voulait la même chose que lui. Quand il lui avait donné son cœur et qu'elle le lui avait renvoyé à la figure.

Il entendait encore ses paroles : « Je suis désolée... Je ne peux pas... »

Il redressa le dos et répondit :

— Non, mes devoirs ne me permettront pas d'y prendre part cette année.

Aucun des membres de la garde n'entrerait dans la compétition. Bruce et MacLeod craignaient que cela ne suscite trop de comparaisons et de questions.

— Oh, fit Helen. J'en suis navrée.

Munro lui lança un regard aussi caustique qu'un jet d'acide et posa sa main sur celle d'Helen. Le fait qu'elle n'ait pas l'air d'apprécier son geste possessif ne parvint pas à apaiser la colère qui battait dans les tempes de Magnus.

— MacKay a peut-être peur de perdre sa couronne ? déclara Munro avec mépris. En capitulant maintenant, il ne sera pas contraint de la rendre.

L'insulte exigeait réparation. Magnus le savait aussi bien que Munro. Ce dernier voulait qu'il le défie et

151

Magnus aurait été ravi de lui donner une bonne leçon. Bruce l'en empêcha.

— J'ai l'impression que votre bras droit n'a pas encore digéré sa défaite, sir William, s'esclaffa-t-il. Si je me souviens bien, MacKay lui a flanqué une belle déculottée, la dernière fois.

Le teint de Munro vira au pourpre. Avant qu'il ait pu répondre, Helen se leva.

— Venez, lança-t-elle. La musique commence.

Helen était parvenue à éviter un désastre en entraînant Donald dans le premier quadrille. L'espace d'un instant, elle l'avait cru prêt à défier le roi lui-même. Will avait été tellement soulagé qu'il lui avait même lancé un regard reconnaissant.

Toutefois, dès la fin de la danse, elle se faufila dans la foule à la recherche de Magnus.

Une semaine ! Comment allait-elle le reconquérir en si peu de temps ?

Cela paraissait impossible, surtout compte tenu de la manière dont il l'avait regardée durant le repas. Comme si elle avait fait quelque chose de mal, commis une autre bêtise. Elle avait voulu l'impressionner avec son rôle provisoire de maîtresse des lieux et ne semblait être parvenue qu'à le mettre en colère. Dire qu'elle avait cru que tout se déroulait bien ! Donald était assommant, mais elle savait le gérer.

Elle retourna à la table d'honneur. Il n'y avait plus personne. Perchée sur l'estrade, elle regarda autour d'elle. Ses frères se tenaient avec le roi et quelques-uns de ses chevaliers devant l'immense cheminée pendant que les serviteurs remplissaient leurs verres. Ce coquin de MacGregor avait convaincu Muriel de danser avec lui, mais Magnus n'était visible nulle part. Elle balaya à nouveau la salle du regard.

Son cœur fit un bond quand elle l'aperçut enfin. Il se trouvait près de la porte, le dos tourné, prêt à partir. Quelqu'un venait de lui barrer la route... Donald. Elle n'avait pas besoin d'entendre ce qu'ils se disaient pour savoir que cela n'augurait rien de bon. Le corps de Magnus était tendu comme un arc, prêt à bondir.

Elle marmonna le juron favori de Kenneth. Doux Jésus, elle ne pouvait pas les laisser seuls cinq minutes sans qu'ils se cherchent des poux !

Maintenir la paix entre Magnus et sa famille ne serait pas une mince affaire. Où trouverait-elle le temps de le convaincre de lui donner une nouvelle chance ? De lui prouver qu'elle avait changé ?

Le temps de traverser la grande salle, les hommes avaient disparu. Elle vit l'arrière du crâne de Donald qui se dirigeait vers le groupe devant la cheminée. Elle fila dans le couloir et aperçut Magnus juste avant qu'il ne s'engouffre dans la cage d'escalier.

— Magnus !

Il se raidit. Puis, très lentement, tel un homme se préparant au combat, il se tourna vers elle.

Elle hâta le pas, essayant de réfléchir à ce qu'elle lui dirait. Surtout qu'il paraissait si... hostile.

Elle s'arrêta devant lui, légèrement essoufflée.

— Je... euh, hésita-t-elle en tripotant les plis de sa jupe. Tout va bien... euh... avec les quartiers du roi ?

— Très bien, répondit-il sèchement. Retournez auprès de vos invités.

Elle le dévisagea sans savoir quoi faire. Comment briser ce mur de glace qu'il avait érigé entre eux ?

— Vous ne voulez pas danser ?

Elle avait toujours rêvé de danser avec lui. La querelle entre leurs familles les en avait toujours empêchés.

Une étrange lueur traversa le regard de Magnus.

— Non, répliqua-t-il. Mais je suis sûr que vous n'aurez aucune difficulté à trouver un partenaire.

Elle fronça les sourcils, perplexe.

Elle posa une main sur son bras et le vit tiquer.

— Tu as oublié ? Tu m'as dit un jour que tu serais fier de m'entraîner dans un quadrille et que personne ne pourrait t'en empêcher.

— J'étais un gamin. Je disais beaucoup de choses que je ne pensais pas. Tout comme toi.

— Pourquoi réagis-tu de la sorte ? Pourquoi te comportes-tu comme s'il n'y avait jamais rien eu entre nous ?

— Et toi, pourquoi tu te comportes comme s'il y avait encore quelque chose entre nous ?

Elle tressaillit comme s'il l'avait giflée.

Son air abattu dut l'émouvoir, car il se détendit légèrement. Il se passa une main dans les cheveux, comme il le faisait autrefois quand il était contrarié.

— Je ne veux pas te blesser, Helen.

— J'aurais plutôt pensé que c'était tout le contraire.

— Parce que tu veux… Cette manière que tu as de me regarder… C'est… Ce n'est pas possible.

— Pourquoi ?

— Helen !

Elle poussa un soupir agacé en entendant la voix de son frère derrière elle.

Cette fois, elle ne se tourna pas. Elle continua de regarder Magnus. Il pinça les lèvres puis marmonna :

— La réponse ne coule-t-elle pas de source ?

De quoi parlait-il ? De sa famille ?

— Helen !

En entendant le ton impérieux de Will, elle fit volte-face, excédée, et le vit qui fulminait de rage.

— Où est-elle ? aboya-t-il. Tu l'as vue ?

Elle cligna les yeux.

— Qui ?

— Laisse tomber, grogna-t-il en partant en direction de la cour.

Elle ignorait qui il cherchait mais elle plaignait la malheureuse. Will semblait sur le point d'étriper quelqu'un.

Pour une fois, ce n'était pas Magnus. Lorsqu'elle se tourna pour reprendre leur conversation, elle comprit pourquoi. Il avait disparu.

7

Sitôt la première danse terminée, Muriel s'éclipsa précipitamment de la grande salle. Un refrain désespéré résonnait dans sa tête.

Mon Dieu, mon Dieu, mon Dieu... Marié !

Elle chancela. La douleur lui comprimait la poitrine et lui brûlait les yeux.

Non ! Elle ne pleurerait pas pour lui. Il ne méritait pas ses larmes.

Marié ?

Un sanglot sec lui secoua les épaules. Pourquoi fallait-il que cela fasse aussi mal ? Comment avait-elle pu en arriver là ? Elle n'était pourtant pas née de la dernière pluie. Elle n'était pas une jeune oie innocente qui croyait aux contes de fées et aux dénouements heureux. Elle avait ouvert les yeux depuis longtemps sur la cruauté et l'iniquité du monde. Elle n'avait jamais laissé un homme lui briser le cœur. De fait, elle n'aurait jamais imaginé que ce soit possible.

Elle avait choisi une autre voie.

Ce n'était pas juste. N'avait-elle pas suffisamment souffert ?

— Muriel !

Non, pas lui ! Elle se mit à courir. Elle devait franchir le portail, sortir de la sphère de son pouvoir.

Hélas, il n'était pas du genre à pratiquer la retenue.
— Bon sang, Muriel !
Il lui agrippa le bras, la forçant à s'arrêter.
— Tu m'écouteras, que tu le veuilles ou non !
Elle se hérissa, sa douleur se muant en colère. Elle ne supportait pas qu'il lui parle sur ce ton : l'impérieux et froid comte de Sutherland s'adressant à un sous-fifre insignifiant.

Comment cet homme sévère et dur avait-il pu conquérir son cœur ?

Parce qu'il n'était pas toujours ainsi. Dans ses rares moments de spontanéité, il était drôle, tendre, passionné...

Je t'aime, Muriel... Mais pas assez. Elle rattrapa son cœur et le rangea à sa place, dans sa poitrine et non plus dans les nuages.

Elle leva le menton et soutint son regard.
— Lâche-moi.
Elle ne le laisserait plus jamais la toucher.
Si seulement les souvenirs pouvaient être repoussés aussi facilement !

Son ton ferme sembla pénétrer sa colère froide et il laissa tomber sa main. Il était la seule personne au monde à savoir à quel point la brutalité masculine lui répugnait.

S'efforçant de conserver sa dignité, elle résista à l'envie de prendre ses jambes à son cou et le toisa.
— Tu voulais quelque chose ?
Il plissa les yeux.
— Je ne m'y suis pas opposé quand ma sœur a tenu à ce que tu sois assise à la table d'honneur...

Elle essaya de rester de marbre, mais cette allusion cruelle à leur différence de rang la blessa. Indifférent à l'humiliation qu'il lui infligeait, il poursuivit :
— ... mais je refuse de voir ma grande salle transformée en bordel.

Elle fut tellement choquée qu'elle en resta sans voix. Elle ne pouvait que fixer le beau visage de celui qui était devenu un parfait inconnu. Il ne pouvait insinuer une telle chose... Pas l'homme qu'elle avait connu.

Comment en étaient-ils arrivés là ? Comment une chose si belle s'était-elle enlaidie à ce point ?

Parce qu'elle ne lui avait pas donné ce qu'il voulait ?

Elle s'accrocha aux derniers lambeaux de sa fierté et répliqua froidement :

— Excuse-moi mais je ne vois vraiment pas de quoi tu parles.

Il s'approcha encore. Ses yeux bleu nuit brillaient d'une émotion dangereuse qu'elle ne connaissait pas.

— Je parle de la manière dont tu t'es comportée avec un de mes invités.

Il lui fallut quelques instants avant de comprendre.

— Tu veux dire... Gregor MacGregor ? demanda-t-elle, incrédule.

Il pinça les lèvres.

Elle eut soudain envie de rire. C'était absurde. MacGregor était une belle canaille et ses attentions l'avaient flattée, certes, mais il ne lui avait jamais traversé l'esprit de...

Elle saisit soudain... Il était jaloux ! L'homme qui avait taillé son cœur en pièces était jaloux, d'où ce comportement.

L'idiot ! Ce n'était pas qu'une ordure, c'était aussi un imbécile.

Elle rassembla toute la douleur qu'il lui avait causée et la froissa en une boule de dédain. Il ne méritait pas une minute de plus de son temps. Il avait fait son choix, elle le sien.

— La prochaine fois, je serai plus discrète.

Elle tourna les talons, mettant un terme à la conversation, et reprit son chemin.

Il la rattrapa en lui retenant à nouveau le bras.

— Donc, tu ne le nies pas ?

Si elle n'avait pas été aussi en colère, elle aurait ri devant son air incrédule. Son cœur battait à tout rompre, mais elle refusait de baisser les yeux vers la main enroulée autour de son bras. Elle ne lui montrerait pas qu'il l'affectait, qu'elle sentait l'empreinte de ses doigts pénétrer sa peau, que le duvet sur ses bras s'était hérissé, que chaque fibre de son corps aspirait à se blottir contre son torse puissant et à se laisser enlacer tendrement une dernière fois. Que le souvenir de son baiser brûlait encore ses lèvres.

Je t'aime, Muriel. Sa voix résonnait encore dans sa tête. Elle la fit taire.

— Je me suis sans doute mal fait comprendre, reprit-elle. Tu n'es ni mon chef, ni mon père, ni…

Mon mari. Elle s'interrompit et reprit son souffle avant de continuer :

— Je n'ai pas de comptes à te rendre.

Fouler aux pieds l'autorité d'un homme puissant n'était jamais une bonne idée, elle aurait dû le savoir. Sir William, comte de Sutherland, n'aimait pas qu'on le défie. Il frémit de colère, ce qui le fit ressembler momentanément à son colérique de frère.

— Tant que tu résideras sur mes terres, tu respecteras mes décisions, rétorqua-t-il d'une voix d'acier.

— C'est donc ça que tu comptes faire ? Me plier à ta volonté ? Ça te fait plaisir de m'avoir sous ta coupe afin de me contrôler ? Parce que je ne t'ai pas donné ce que tu voulais, tu veux m'intimider et me donner des ordres ?

Il la lâcha comme si elle l'avait ébouillanté.

— Par tous les saints ! Bien sûr que non.

Elle entrevit une trace de honte sur son visage avant qu'il affiche à nouveau son masque de froideur.

Ils se dévisagèrent dans la lumière pâle du crépuscule. L'homme puissant à qui on ne refusait rien et la femme insignifiante qui avait l'effronterie de ne pas se soumettre.

Au bout d'un moment, il reprit sur un ton hésitant :

— Je ne veux pas que tu passes autant de temps avec ma sœur. C'est... Cela pourrait lui donner de mauvaises idées.

Comme il lui était facile de la blesser. Il n'avait même pas besoin d'essayer. Quelques paroles maladroites et elle était écharpée. Comment pouvait-il prétendre l'aimer s'il ne la respectait pas ?

Elle sentit ses forces l'abandonner. Elle s'affaissa, épuisée de se battre.

— Tu me prends vraiment pour une putain, dit-elle d'une voix à peine audible.

Il jura, sa façade glacée se fissurant telle la surface d'un étang au printemps.

— Grand Dieu, Muriel ! Je n'ai jamais pensé ça.

— Non, tu voulais simplement faire de moi ta maîtresse. Une maison, des bijoux, me mettre définitivement à l'abri du besoin et du danger... N'est-ce pas ce que tu as dit ? Tout ce dont une femme peut rêver...

Sauf la seule chose qui compte vraiment. Elle leva les yeux vers lui. Cette fois, elle ne put refouler ses larmes.

— Tu sais le plus drôle, Will ? Tu n'avais pas besoin de faire de moi ta catin. Je t'aurais tout donné pour rien.

Elle l'avait tant aimé. Il avait appris le pire et, miraculeusement, l'avait aimée en retour, malgré tout. Elle n'avait jamais pensé que ce fût possible. Elle lui aurait tout donné. Puis il avait tout gâché.

Il se raidit.

— Je ne t'aurais jamais déshonorée.

Elle se mit à rire. L'esprit des hommes était décidément impossible à comprendre. Prendre ce qu'elle lui offrait de son plein gré était déshonorant, mais faire d'elle sa maîtresse ne l'était pas ? Ne voyait-il pas à quel point il l'avait meurtrie ? Il avait mis un nom sur ce qui les unissait et l'avait avili.

— Enfin, Muriel. Je suis comte, j'ai un devoir à accomplir. Que pouvais-je faire d'autre ?

Je ne peux pas t'épouser. Il me faut un fils.

La phrase non dite resta en suspens entre eux. Elle avait tort d'aspirer à l'impossible. Elle en était consciente, mais ne pouvait s'empêcher d'avoir des regrets.

— Rien, répondit-elle. Comme tu l'as expliqué, tu es comte et je suis…

Souillée. Endommagée.

Elle détourna les yeux, incapable de le regarder en face. La réalité de ce qui n'arriverait jamais était trop douloureuse.

Cette fois, lorsqu'elle tourna les talons, il ne tenta pas de la retenir.

Je dois fuir. Je ne peux pas rester ici et le regarder en épouser une autre. J'en mourrais.

Elle entra dans le petit cottage qui était devenu son havre de paix. C'était ici qu'elle s'était réfugiée après avoir connu l'enfer. Ici qu'elle s'était reconstruite.

Ce lieu de guérison n'était plus un refuge. Elle devait partir avant qu'il ne devienne une prison.

8

Helen n'en croyait pas ses oreilles. Elle dévisagea Muriel, incrédule.

— Tu pars ? Mais pourquoi ?

Muriel cessa momentanément de ranger ses affaires dans une grande malle en bois pour la regarder, un sourire ironique au bord des lèvres.

— Je pensais que tu serais la première à me comprendre. N'est-ce pas toi qui me pousses depuis un an à accepter l'offre du comte de Ross ?

Effectivement. Après l'avoir vue à l'œuvre lors de la bataille de Barra, Ross avait proposé d'aider Muriel à entrer dans la guilde des médecins à Inverness. Helen n'avait cessé de l'encourager à saisir sa chance, en dépit de la résistance qu'elle ne manquerait pas de rencontrer du fait qu'elle était une femme.

— C'est vrai, mais tu disais toujours que tu n'avais pas besoin de l'approbation d'un groupe de vieillards pour devenir une meilleure guérisseuse. Qu'est-ce qui t'a fait changer d'avis ?

Muriel s'assit sur un banc sous la grande fenêtre du cottage et fit signe à Helen de s'asseoir à côté d'elle. Le soleil filtrait entre les volets ouverts, transformant sa chevelure blonde en un halo de lumière.

— Je n'avais pas arrêté ma décision, expliqua-t-elle. L'autre jour, quand nous en discutions, je me suis rendu compte que c'était la peur qui m'empêchait de saisir ma chance. Je ne saurai jamais s'ils peuvent m'accepter si je n'essaye pas.

Helen se mordit la lèvre et sentit les larmes lui monter aux yeux. Elle lisait la détermination sur les traits de son amie et devinait les difficultés qui l'attendaient.

— Ils seraient idiots de ne pas t'accueillir à bras ouverts. J'ai toujours eu beaucoup d'admiration pour toi, Muriel, mais jamais autant qu'en ce moment.

Émue à son tour, Muriel lui prit la main.

— Tu as toujours été une si bonne amie, Helen. Tu... tu me manqueras beaucoup.

Elle se leva, chassant son émotion avec un large sourire un peu forcé.

— Mais si je ne finis pas mes bagages, je vais rater le passage de la carriole.

Helen lança un regard vers les deux sacoches en cuir posées sur le matelas nu et la grande malle en bois emplie à ras bord.

— Tu dois vraiment partir si vite ?
— Oui, sinon je devrai porter tout ça toute seule. Le vieux Tom m'a proposé une petite place dans sa carriole quand il emportera ses draps de laine au marché.
— Je suis sûre que Will te fournira une escorte si tu veux partir un peu plus tard.
— Non !

Se rendant compte qu'elle avait réagi trop vite et d'une manière excessive, Muriel reprit plus calmement :

— J'ai hâte de commencer. En outre, je n'aime pas les longs adieux. C'est mieux ainsi, crois-moi.

Helen fronça les sourcils en la voyant ainsi troublée. Quelque chose clochait. Muriel n'était pas motivée uniquement par le désir d'entrer dans la guilde. Pourquoi était-elle si pressée de partir ?

Elle l'observa finir ses bagages, encore étourdie par cette brusque décision. Elle était tiraillée entre sa fierté pour son amie et le désir égoïste de la retenir.

— Que deviendrons-nous sans toi ?

— Tu n'as plus besoin de moi, Helen. Cela fait longtemps. Tu es tout à fait capable de prendre soin de ton clan.

— Tu le penses vraiment ?

— Sans l'ombre d'un doute.

Malgré l'assurance de son amie, Helen en doutait. Ce rôle et cette responsabilité lui paraissaient écrasants... Mais également, elle devait le reconnaître, excitants.

— Will sera mécontent. Il trouve que je passe déjà trop de temps à soigner les gens. Comment a-t-il réagi quand tu lui as annoncé ton départ ?

Muriel lui tournait le dos. Elle répondit d'une voix tendue :

— Je... je ne lui ai rien dit. Le comte est très occupé avec le roi. Je n'ai pas voulu le déranger. J'espérais que tu le préviendrais pour moi.

Helen ne pouvait pas le lui reprocher. Will était bizarre depuis quelques jours, depuis qu'elle l'avait vu dans le couloir pendant le banquet. Si elle n'avait pas été occupée à chercher toutes les occasions de croiser Magnus, elle aurait, elle aussi, évité son frère irascible. Cela dit, hormis lors des repas (durant lesquels Magnus faisait son possible pour ne pas la voir), les hommes passaient leur temps enfermés dans la salle de travail du comte. Obnubilée par Magnus et par le peu de temps qu'il lui restait, elle ne s'était pas beaucoup préoccupée de la mauvaise humeur de son frère. Elle supposait qu'elle était due à leurs pourparlers.

— Il est distrait par toutes ces discussions au sujet de son mariage, l'excusa-t-elle.

Elle crut voir Muriel sursauter. Celle-ci s'immobilisa un instant et demanda :

— C'est donc décidé ?

— Pas officiellement, répondit Helen en l'observant attentivement. D'après Kenneth, le roi lui propose d'épouser sa sœur Christina, deux fois veuve, lorsqu'elle sera libérée de son couvent en Angleterre. C'est une offre qu'il aurait du mal à refuser, même s'il le souhaitait.

— Pourquoi le souhaiterait-il ?

C'était plus une affirmation qu'une question. Son ton morne troubla Helen. Elle se demanda soudain si...

Non. C'était impossible.

Pourtant, cette idée absurde refusait de disparaître.

— Je suis sûre qu'il aimerait être prévenu de ton départ, insista-t-elle. Will te doit tant pour tout ce que tu as fait... Comme nous tous. Néanmoins, je l'informerai, si c'est ce que tu veux.

Muriel se tourna vers elle. Son air calme et tranquille apaisa légèrement les craintes d'Helen.

— Merci. J'ai été heureuse ici. Après la mort de mon père, ta famille et toi m'avez aidée à me sentir chez moi. Je ne l'oublierai jamais.

— Tu auras toujours ta place parmi nous, Muriel. Promets-moi de revenir si tu ne te plais pas à Inverness.

Muriel sourit, comprenant ce qu'elle voulait dire.

— Je te le promets. Mais je ne me laisse pas facilement intimider, surtout par une bande de vieux grincheux. Toi aussi, tu dois me promettre quelque chose.

Intriguée, Helen acquiesça.

— Ne laisse jamais personne te forcer à prendre une voie dont tu ne veux pas. Si tu as une chance de trouver le bonheur, saisis-la. Quoi qu'on en dise.

Devant l'intensité de son ton, Helen se demanda ce qu'elle savait au juste de son passé. Elle esquissa un sourire ironique.

— Es-tu consciente que ce que tu me demandes revient pratiquement à pratiquer une hérésie ? En tant que femme, et noble de surcroît, je n'ai pas d'autre voie que celle qu'on choisira pour moi. Le devoir se contrefiche de mon bonheur.

— Mais toi-même, tu n'y crois pas vraiment, n'est-ce pas ?

Helen secoua la tête. C'était sans doute là son drame. Elle aspirait à une vie heureuse dans un monde qui n'attachait aucune valeur à ce genre de chose.

— Oh, j'allais oublier !

Muriel franchit la courte distance qui séparait le lit de la cuisine. Le cottage était chaleureux et douillet, mais exigu. Le lit était encastré dans le mur du fond. Au centre de la pièce étaient disposés une table, un banc, une chaise et un brasero. La petite cuisine se trouvait de l'autre côté. Muriel se hissa sur la pointe des pieds et descendit un pot de l'une des étagères.

— Prends ça.

Helen souleva le couvercle et huma le baume. Il dégageait une forte odeur de camphre. D'ordinaire, on réservait cette substance aux friandises, mais le père de Muriel avait appris d'un vieux croisé que les infidèles s'en servaient pour soulager les douleurs.

— Un baume pour les muscles ? demanda-t-elle.

Muriel acquiesça.

— MacGregor m'a dit que MacKay avait encore mal à son bras. Je comptais le lui apporter. Tu veux bien le faire à ma place ?

Helen dévisagea son amie. Cette fois, il était clair qu'elle avait deviné la situation, et remarqué ses efforts désespérés pour voir Magnus.

— Et s'il n'en veut pas ?

S'il ne veut pas de moi ?

— Dans ce cas, tu n'auras qu'à le convaincre du contraire.

Helen acquiesça. Si seulement cela pouvait être aussi simple.

Après deux longues journées enfermé avec trois hommes que le devoir lui avait appris à mépriser depuis sa naissance (et qui lui rendaient la tâche facile), Magnus était ravi de se retrouver en plein air.

Deux jours à écouter le comte avancer toutes les excuses, conditions et diversions possibles et imaginables pour éviter de s'engager dans une alliance ; à endurer les interminables questions d'un Kenneth Sutherland étonnamment tenace sur les circonstances de la mort de Gordon ; à faire mine de ne pas entendre les insultes à peine voilées de Munro.

Il était prêt à trancher la tête du premier venu. Comme la trêve l'en empêchait, il se rabattit sur un bon entraînement à l'épée dans la cour.

Il avait laissé MacGregor auprès du roi qui, pour une fois, avait décidé de se retirer dans sa chambre pour se reposer au lieu de se joindre à sir William et à ses hommes pour une chasse au faucon. Il ne restait donc plus que sir Neil Campbell, le frère aîné de la Vigie, pour l'aider à défouler ses muscles et à exorciser ses démons.

Parmi ces derniers, il y en avait un plus difficile à expulser qu'il ne l'avait anticipé. Être près d'Helen, la voir tous les jours (même si ce n'était qu'à l'autre bout de la table lors des repas) remuait des souvenirs douloureux qu'il voulait oublier.

Il l'avait aimée autrefois, de tout son cœur. Même si cet amour avait été broyé, il en restait des bribes. Il lui suffisait de l'entendre rire pour la revoir assise dans l'herbe un après-midi, confectionnant un collier de fleurs. Il pouvait presque sentir la chaleur de sa chevelure sur son épaule. S'il la voyait esquisser un sourire espiègle, il se souvenait aussitôt de leurs parties de cache-cache. Quand elle glissait une mèche rebelle derrière son oreille, cela lui rappelait le jour où elle s'était coupé les cheveux parce qu'ils la gênaient.

Son sens pratique primait sur son sens de l'élégance féminine. Si ses jupes traînaient dans la boue ou l'embarrassaient pour grimper à un arbre, elle les nouait simplement sans le moindre artifice. Comment aurait-il pu ne pas être charmé ?

Ils n'avaient pu se retrouver qu'une douzaine de fois, mais chaque minute restait imprimée dans son esprit. Il avait beau se répéter qu'elle avait changé, qu'il ne connaissait pas la femme qu'elle était devenue, il ne parvenait pas à s'en convaincre. Ces aspects dont il était tombé amoureux – sa franchise, sa joie de vivre, sa soif de bonheur, sa force et sa passion – n'avaient pas disparu.

Mais elle n'était plus pour lui.

Il fondit sur le vénérable chevalier avec une ardeur redoublée, mettant toute sa rage et sa frustration dans chaque mouvement de son épée.

Sir Neil était l'un des plus grands chevaliers de Bruce, mais il avait du mal à le repousser aujourd'hui.

Lorsqu'un coup particulièrement violent le percuta un peu trop fermement, il abaissa son arme.

— Hé, MacKay, on se calme ! Je ne suis pas l'ennemi. Ce n'est qu'un exercice.

Magnus s'arrêta, le souffle court. La douleur dans son bras était proportionnelle à la puissance de ses coups.

Bon sang que ça faisait du bien !

Il sourit.

— La paix te ramollit, mon vieux, le nargua-t-il. Veux-tu que je te trouve un gentil Anglais avec qui t'entraîner ?

— Je vais te montrer lequel de nous deux est ramolli !

Le chevalier attaqua à nouveau, avec presque assez de fougue pour que Magnus oublie provisoirement ses soucis.

Jusqu'à ce que la source de ces soucis apparaisse dans un coin de son champ de vision, le déconcentrant juste assez longtemps pour que Campbell lui assène un méchant coup dans l'épaule. La mauvaise épaule.

Il poussa un cri et lâcha son épée.

Campbell n'en revenait pas. Il était rare que Magnus laisse une telle ouverture à son adversaire.

— Bigre ! Désolé. Je t'ai fait mal ?

Comme il se tenait l'épaule, Magnus pouvait difficilement le nier.

— J'ai juste besoin de quelques minutes de pause, indiqua-t-il.

Comme si cela ne suffisait pas, Helen courut vers lui et posa une main sur son bras, mettant tous ses nerfs à fleur de peau.

— Magnus, vous n'avez rien ? Votre bras...

— Mon bras va bien, mentit-il. Que voulez-vous ?

Campbell s'était éloigné, mais Magnus le sentait qui les observait avec intérêt.

— Je ne voulais pas vous déranger.

Il se tut et se contenta de la regarder avec une mine renfrognée. Elle était fraîche et lumineuse comme une journée d'été. Elle portait une robe jaune qui n'aurait pas dû aller avec sa peau blanche, ses yeux bleus et ses cheveux roux foncé. Pourtant, le ton bouton d'or réchauffait son teint, elle faisait penser à un pain tout frais sorti du four. Il en avait l'eau à la bouche.

Bon sang.

Elle recula d'un pas, hésitante.

— Muriel m'a donné un baume pour ton bras. Elle dit qu'il te fait toujours souffrir.

À cet instant plus que jamais. Pour un homme connu pour son flegme, il avait un mal fou à se contenir.

— Remercie lady Muriel de ma part, mais...

— Si tu veux, je peux te l'appliquer quand vous aurez terminé. Ou, si tu préfères, après que tu te seras lavé.

Jamais ! Les images qu'elle évoquait inconsciemment étaient une pure torture. Si elle savait ce que ses paroles innocentes provoquaient en lui ! Elle ne devait jamais, jamais l'apprendre.

— Ce ne sera pas nécessaire. Mon bras va bien. Je vais bien. Je n'ai pas besoin...

— Que se passe-t-il ici ?

Ouf ! Pour une fois, Magnus n'était pas mécontent de voir apparaître les Sutherland et Munro, de retour de leur chasse. Sir William dévisageait sa petite sœur avec un air mauvais.

Helen lui renvoya son regard noir, ce qui était plus surprenant.

— Bien que cela ne te concerne pas, Muriel m'a donné un baume pour le bras de Magnus, répondit-elle sèchement.

Magnus n'en revenait pas. Il ne l'avait jamais entendue parler sur ce ton à l'un de ses frères. Il précisa pour la forme :

— Et je disais justement à lady Helen que je n'en avais pas besoin.

Il se retint de lever les yeux au ciel quand Munro sauta de selle et vint vers eux.

— Comme c'est prévenant de votre part, lady Helen. Justement, j'ai pris un méchant coup dans les côtes hier de la part de votre frère Kenneth. Une fois toutes les quinze lunes, il arrive à en placer un. Vous pourriez peut-être essayer ce baume sur moi ?

Magnus le dévisagea par-dessus la tête d'Helen. Il paraissait très content de lui.

Vu l'air exaspéré de la jeune femme, qu'il était probablement le seul à voir, elle ne paraissait pas enchantée par sa requête.

Elle l'implora du regard d'intervenir, mais il serra les mâchoires, s'interdisant de parler. Il fit mine de ne pas remarquer son abattement, même s'il lui serrait le cœur.

— Bien sûr, répondit-elle. Suivez-moi dans la grande salle, je vais vous examiner. Will ? Si tu as une minute, je dois te parler.

Le comte allait se défiler, mais elle ne lui en laissa pas le temps.

— Il s'agit de Muriel.

La lueur d'inquiétude dans les yeux du comte le trahit.

— Il lui est arrivé quelque chose ?

Helen avait elle aussi remarqué sa réaction et parut décontenancée.

— Elle va bien. Enfin, je crois.

La mine de sir William se rembrunit. Sans plus rechigner, il suivit sa sœur et Munro vers la grande salle. Le maudit guerrier avait pris le bras d'Helen. Si Magnus était soulagé de savoir que son frère serait présent quand elle lui appliquerait son baume, cela n'émoussait pas cette autre émotion beaucoup plus puissante qui le tenaillait.

9

La panique montait. Le temps passait et Helen n'était toujours pas parvenue à convaincre Magnus de lui donner une seconde chance. Trois jours s'étaient écoulés depuis le départ de Muriel et, entre les conseils, la chasse, l'entraînement et ses devoirs auprès du roi, elle avait à peine échangé quelques mots avec lui. Pire encore, chaque fois qu'une occasion se présentait, Donald apparaissait.

Ce n'était pas accidentel. Elle soupçonnait une conspiration entre ses frères et Donald pour la tenir à distance de Magnus. Si seulement ils en avaient fait autant ! Chaque fois qu'elle avait le dos tourné, les trois hommes et Magnus se disputaient ou se lançaient des piques peu subtiles.

Cette tension constante entre sa famille et l'homme qu'elle aimait épuisait ses nerfs. Elle avait cru naïvement que la fin de la querelle et l'alliance récente avec Bruce mettraient un terme à cette inimitié. Toutefois, chaque fois qu'elle les voyait ensemble, elle doutait un peu plus de pouvoir un jour réconcilier ces deux parties importantes de sa vie. La haine et la méfiance entre les deux clans étaient trop profondes.

Elle ne laisserait pas cette animosité entraver ses desseins. Elle s'était efforcée d'accomplir son devoir envers les siens en se laissant persuader de ne pas épouser Magnus. Plus maintenant. Si seulement les hommes de sa vie, *tous* les hommes de sa vie, étaient moins bornés ! Une entente entre les deux clans voisins profiterait à tout le monde. Pourquoi ne le comprenaient-ils pas ?

Naturellement, elle devait d'abord convaincre Magnus. Elle avait besoin d'être seule avec lui. Lorsque ses frères et Donald partirent peu après le petit déjeuner pour chasser avec des hommes du roi, elle saisit sa chance. Le roi lui-même s'était excusé à la dernière minute, déclarant qu'il devait rédiger des lettres avant de reprendre sa tournée dans deux jours.

Elle avait d'abord craint que Magnus ne s'enferme avec lui. Toutefois, quand elle le vit descendre avec MacGregor pour s'entraîner dans la cour, elle sut que le moment était venu. Elle l'avait suffisamment épié pour savoir qu'après les combats, il descendait sur la plage pour se laver dans les eaux glacées de la mer du Nord. Ce n'était pas uniquement pour l'hygiène, cela calmait également la douleur dans son bras. Il était trop fier pour l'avouer.

Plutôt que de tenter de le suivre (il avait le don de la repérer), elle décida de l'attendre sur la grève. Peut-être devrait-elle se cacher afin qu'il ne fasse pas demi-tour en l'apercevant ?

Si elle n'avait pas été aussi désespérée, elle aurait sans doute trouvé humiliant de courir après un homme qui faisait tout pour l'éviter. Toutefois, elle était résolue à ne pas le laisser partir sans s'être battue.

Le soleil était encore haut dans le ciel quand elle traversa la cour. Elle salua les gardes de faction devant le portail et se dirigea vers le sentier qui menait à la mer. Le château de Dunrobin était stratégiquement bâti le long d'une falaise. Sa façade à pic le rendait plus facile à défendre, mais descendre sur la plage était une autre paire de manches. Le sentier escarpé sinuait entre les arbres.

Elle allait juste commencer la descente quand une exclamation l'arrêta.

— Lady Helen !

Elle soupira. Donald remontait le sentier, l'air aussi surpris qu'elle.

Elle s'efforça de sourire.

— Donald, je vous croyais à la chasse avec les autres.

— J'ai changé d'avis.

Disons plutôt que ses frères et lui avaient décidé de ne pas la laisser seule avec Magnus. Mais que faisait-il à la plage ? La jetée se trouvait de l'autre côté du château. De ce côté-ci, il n'y avait qu'une longue bande de sable blanc et quelques grottes marines.

Il lui adressa un sourire coquin.

— Si vous espériez me surprendre sortant de l'eau nu comme un ver, vous arrivez trop tard.

Helen rougit, gênée par cette image.

— Vous ne devriez pas dire ce genre de choses. Ce... ce n'est pas bien.

Il avança vers elle, l'acculant à un arbre. Il sentait la mer. Ce n'était pas désagréable, mais cela ne déclenchait pas en elle l'onde de chaleur qui l'enveloppait lorsque Magnus se tenait près d'elle.

De fait, elle n'était pas très à l'aise. Elle avait connu Donald toute sa vie et, pourtant, elle se rendait compte pour la première fois à quel point il était imposant. Grand, trapu, avec des traits taillés à la serpe qui, elle devait le reconnaître, étaient plutôt séduisants, avec ses grands yeux bleus et ses épais cheveux auburn qui effleuraient sa barbe courte. Il avait à peu près l'âge de Will, soit dix ans de plus qu'elle, il était donc encore dans la fleur de l'âge.

Elle fronça les sourcils en remarquant que ses cheveux avaient séché plutôt rapidement.

— Pourquoi ? dit-il d'une voix rauque. Nous savons tous les deux ce qui est en train de se passer, n'est-ce pas, Helen ?

Il la dévisageait avec un regard de braise, ses yeux chargés d'une intensité qui l'alarma.

Il me désire.

Son pouls s'accéléra. Il s'approcha encore. Tel un lapin flairant un piège, elle lança des regards de droite à gauche, cherchant un moyen de lui échapper. Il posa une main de chaque côté de sa tête, l'emprisonnant contre le tronc.

— Je vous en prie, Donald. Je ne veux pas...

Elle s'étrangla. Il se pencha si près qu'elle crut qu'il allait l'embrasser. Il lui prit le menton et orienta son visage vers lui. Il laissa son pouce caresser le pli de sa lèvre.

— Peut-être pas tout de suite, mais ça viendra. Je peux patienter. Mais ne me faites pas attendre trop longtemps.

Helen ne savait plus quoi faire. Elle tenta de se détourner, mais elle était coincée. Elle voulut le repousser et il en profita pour lui enlacer la taille et l'attirer contre lui.

— S'il vous plaît, Donald. Vous me faites peur.

Il la lâcha comme s'il venait juste de comprendre que ses avances n'étaient pas bienvenues.

— Pardonnez-moi, dit-il en s'inclinant. Je me suis juré de ne pas vous presser.

Un bruit sur la route au-dessus d'eux attira son attention. Une étrange lueur traversa son regard.

— Nous ferions mieux de rentrer au château, déclara-t-il. Vos frères rentreront de la chasse d'un instant à l'autre.

Il prit soudain un air suspicieux.

— Que faisiez-vous ici toute seule ?

La peur d'Helen céda la place à l'irritation.

— Je cueille des fleurs pour le banquet de demain. Cela vous pose un problème ? rétorqua-t-elle, acerbe.

Son emportement le fit rire.

— Je m'inquiète simplement pour vous.

La colère d'Helen se dissipa un peu. Le Donald fraternel était de retour.

— Vous n'avez aucune raison de vous inquiéter. Je sais me débrouiller seule.

— Si vous le vouliez, vous ne seriez plus jamais seule.

Ils se dévisagèrent. Elle savait ce qu'il lui demandait. Elle était flattée, mais... Comment lui faire comprendre que sa proposition ne l'intéressait pas ?

Comme s'il avait lu dans ses pensées, ses traits s'assombrirent soudain.

— Il n'est pas digne de vous.

Elle ne fit pas semblant de ne pas savoir de qui il parlait. La lueur furieuse dans ses yeux lui fit froid dans le dos.

— Je vous le prouverai, ajouta-t-il.

Avant qu'elle ait pu lui demander ce qu'il voulait dire, il partit d'un pas martial vers le château. Helen attendit qu'il eût disparu, puis poussa un profond soupir de soulagement. La scène l'avait ébranlée plus qu'elle ne l'aurait cru.

Elle craignait également d'avoir gâché son plan. Si Donald voyait Magnus venir dans cette direction, il penserait que...

Elle se figea soudain. Par sainte Bride, que ferait-il ? Abandonnant son projet, elle fit demi-tour pour retourner au château. Il fallait éviter la catastrophe. *Je vous le prouverai.* Comment ?

Elle avait à peine fait quelques pas que quelqu'un sortit de derrière un arbre pour lui bloquer le passage.

— Magnus ! s'écria-t-elle, stupéfaite mais soulagée.

Son soulagement s'évanouit quand elle vit son visage.

Elle recula malgré elle. Il portait un linge autour du cou et ses cheveux trempés de sueur tombaient autour de son visage. Il avait ôté son armure et ne portait que ses culottes en cuir et une tunique en lin ; pourtant, elle ne lui avait jamais vu un air aussi féroce. Ses muscles étaient bandés, ses yeux brûlaient de fureur, ses lèvres se tordaient en un rictus cruel, sa mâchoire était crispée.

Il était sombre et menaçant.

— Je... je... balbutia-t-elle.

— Surprise de me voir ?

C'était le moins qu'on puisse dire, même si elle était venue précisément dans cette intention.

Il ne lui laissa pas le temps de répondre.

— Je ne voulais pas interrompre ta petite... aventure.

Il avait pratiquement craché ce dernier mot.

— Ce n'était pas une aventure. Je descendais à la plage et...

— Épargne-moi tes explications. Je sais ce que j'ai vu.

— Et qu'as-tu vu ?

Elle se rendit compte que, de là où il se tenait, il avait pu croire que... Elle, adossée à un arbre, Donald se pressant contre elle, ses larges épaules lui bouchant la vue...

Elle rougit. Il avait sans doute cru qu'ils s'embrassaient.

Son embarras sembla confirmer les soupçons de Magnus. Il blêmit.

Seigneur, il est jaloux ! Ce constat l'atteignit comme un coup de poing dans le ventre.

Si elle voulait mettre cette théorie à l'épreuve, c'était le moment ou jamais. Elle leva fièrement le menton et le regarda dans les yeux.

— Il veut m'épouser.

Il plissa les yeux d'un air prédateur.

— Vraiment ?

Si elle n'avait pas été habitée par l'espoir, elle aurait sans doute eu peur de ce qu'elle était en train de faire. Pourtant, elle savait d'instinct jusqu'où elle pouvait le pousser. Le voir en colère était assez excitant.

Elle acquiesça et prit un faux air satisfait.

Il serra les poings.

— C'est ce que tu souhaites ?

Elle avança d'un pas vers lui, la chaleur de son corps l'enveloppant comme dans son souvenir. Il sentait la sueur, le cuir et le soleil. C'était une combinaison envoûtante, presque primitive. Elle sentit un fourmillement courir sur sa peau et un délicieux frisson la parcourut.

— Ce que je souhaite ? En quoi cela te concerne-t-il ? Tu m'as clairement fait comprendre ce que tu pensais de moi. Que t'importe qui m'embrasse ?

Lorsqu'elle le vit tiquer, un sentiment pervers de pouvoir s'insinua en elle. Elle s'approcha encore, jusqu'à ce que la pointe dure de ses seins frôle son torse.

Il émit un son guttural. Il irradiait une tension qui vibrait autour de lui. Elle perçut le danger mais, grisée, le poussa encore plus loin.

— Au moins, quand il m'embrasse, j'ai l'impression d'être une vraie femme, pas une nonne.

Le muscle sous sa mâchoire tressautait.

— Il n'y avait rien de chaste dans son baiser, ajouta-t-elle.

Il réagit si rapidement qu'elle eut à peine le temps de comprendre qu'elle avait réalisé l'impossible : le faire sortir de ses gonds. Elle était dans ses bras, ses seins écrasés contre son torse d'acier, ses hanches plaquées contre les siennes. Dieu que c'était bon ! Son corps tout entier s'embrasa.

Sa bouche rencontra la sienne avec un grognement sauvage. Elle sentit le plaisir se répandre en elle telle une coulée de lave.

Ses lèvres étaient douces mais fermes, son haleine chaude et épicée.

Il glissa une main dans le creux de ses reins, l'attirant à lui dans un geste possessif.

Elle le sentit s'abandonner. Son corps l'enveloppait. Son baiser se fit plus pressant. Ses lèvres remuaient sur les siennes, les caressaient, les entrouvraient.

Doux Jésus !

Son cœur battait comme les ailes d'un papillon. La langue de Magnus s'insinua dans sa bouche, décrivant des cercles, l'explorant de plus en plus profondément, comme si ce ne serait jamais assez.

Le flot de sensations était étourdissant. Elle gémit et enroula les bras autour de son cou, pour l'attirer plus près encore. Son torse était brûlant, si dur. Elle voulait fondre contre lui. Elle sentit son propre corps mollir et une pulsation chaude et humide battre entre ses cuisses.

L'explosion de passion fut si intense, si soudaine, qu'elle eut à peine le temps de la savourer. Il s'écarta brusquement en lâchant un juron et la repoussa comme si elle avait la lèpre.

Mais ce fut son regard haineux qui lui fit le plus mal.

Il m'en veut toujours. De ne pas l'avoir suivi, d'en avoir épousé un autre. Ce reproche était inextricablement lié à de la culpabilité. Il ne pouvait avoir de sentiments pour elle sans trahir la mémoire de son ami.

— Me pardonneras-tu jamais, Magnus ? J'ai commis une erreur. Je suis désolée. Si je pouvais revenir en arrière et tout changer, je le ferais. Je n'aurais pas dû retourner auprès de ma famille ; je n'aurais jamais dû accepter d'être fiancée à William. Mais tu es parti et tu n'es jamais revenu. Tu ne m'as jamais donné de nouvelles. Je croyais que tu m'avais oubliée. Puis, le jour du mariage... Tu as dit que tu ne ressentais plus rien.

— C'est toujours le cas.

Il avait cet air dur et buté qui l'exaspérait.

— Comment peux-tu dire ça après ce qui vient de se passer ?

— Le désir n'a rien à voir avec les sentiments, Helen. Tu sais sans doute faire la différence ?

Elle fut horrifiée de constater qu'elle ne le pouvait pas. Comment aurait-elle su ? Il était le seul homme qu'elle avait jamais embrassé. Avec William, mais son baiser chaste dans la chapelle ne comptait pas vraiment.

Non, elle ne le laisserait pas lui embrouiller les idées. Elle était peut-être innocente, mais elle savait quand un homme avait des sentiments pour elle. Elle avait vu son visage dans la chapelle. Son tic l'avait trahi.

— Je ne te crois pas.

Il haussa les épaules.

— Je n'ai jamais porté Munro dans mon cœur, mais épouse-le donc si c'est ce que tu veux.

— Tu ne le penses pas !

Sa voix était sèche et éraillée. Ce n'était pas simplement sa rivalité avec Donald qui l'avait rendu jaloux, n'est-ce pas ?

— Il peut te protéger, déclara-t-il.

Quel rapport ? Pourquoi aurait-elle eu besoin de protection ?

— Mais je ne l'aime pas. C'est toi que j'aime.

Magnus se figea. Il essaya de ne pas réagir à ses paroles, même si l'émotion menaçait de l'étouffer.

Elle ne le pensait pas. Et quand bien même, cela ne suffisait pas. Il avait déjà emprunté ce chemin-là une fois. Il ne passerait plus par là.

Elle avait pris sa décision quatre ans plus tôt. Elle ne l'avait pas aimé assez et cela n'avait pas changé. La dernière chance qu'ils avaient eue s'était évanouie quand elle avait épousé Gordon.

Il était furieux contre lui-même d'avoir perdu son sang-froid et de l'avoir embrassée. La jalousie lui avait fait perdre la tête puis, lorsqu'elle l'avait provoqué avec son corps et ses paroles, ses dernières retenues avaient lâché. Cela commençait à lui arriver un peu trop quand elle était dans les parages. La tentation de prendre ce qu'elle lui offrait...

Il fallait qu'il s'éloigne au plus tôt.

C'est toi que j'aime.

Pitié ! Il ne cessait d'entendre ces mots.

Elle vivait d'illusions. Son frère avait raison : elle aimait tout et tout le monde. Si elle l'avait vraiment aimé, elle ne l'aurait jamais éconduit et n'aurait certainement pas accepté de s'unir à un autre homme.

— Et tu l'as compris avant ou après avoir épousé mon meilleur ami ?

Elle tressaillit, ce qu'il avait sans doute cherché. Même s'il savait que c'était mal, il voulait la blesser autant qu'elle l'avait blessé. Au point qu'il en souffrait encore.

— C'était une erreur. Je n'aurais pas dû épouser William. Il le savait autant que moi...

Il ne voulait pas l'entendre.

— Peu importe.

Toutefois, le souvenir de son ami raffermit sa résolution et lui rappela la raison de sa présence à Dunrobin. Maintenant qu'il s'était assuré qu'elle ne courait aucun danger, il pouvait tourner la page. L'effacer de sa mémoire.

Encore un jour. Il tiendrait bien vingt-quatre heures de plus.

Du moins, il l'espérait. Il avait beau mettre de la distance entre eux, elle parvenait à se rapprocher de lui. Elle était si menue et féminine. Une puissante envie de la prendre dans ses bras le tenaillait. Son parfum doux l'ensorcelait. Il avait encore le goût de sa bouche sur la sienne. Le miel de ses lèvres était de l'ambroisie pour un homme affamé tel que lui.

Il n'avait jamais perdu sa maîtrise de lui-même à ce point. Jamais. Il avait été sur le point de se jeter sur elle. De la plaquer contre cet arbre, d'enrouler ses jambes autour de ses hanches et de faire ce qu'il voulait lui faire depuis des années. Ce n'était plus une jeune fille, ni l'innocente oie blanche qu'il avait voulu épouser.

— Que dois-je faire ? Me mettre à genoux et te supplier de me pardonner ?

Bon dieu, voulait-elle le condamner aux enfers ? Car c'était sûrement là qu'il finirait. L'idée d'elle à genoux devant lui...

Ce n'était pas à une supplication qu'il pensait, mais à ses lèvres se refermant sur lui. À la manière dont il enfouirait ses mains dans sa chevelure soyeuse tandis qu'elle le prendrait profondément dans sa bouche et le sucerait. Il sentit le feu se répandre entre ses jambes et sa verge durcir.

Bon sang, il était en train de perdre la raison. Être si près d'elle était comme une drogue dangereuse. Elle ne se rendait pas compte de ce qu'elle lui faisait. Un regard, un effleurement, un effluve suffisaient à le plonger dans une transe érotique.

Tout à coup, une journée de plus paraissait une éternité.

— Il n'y a rien à pardonner, dit-il plus doucement.

Leurs regards se rencontrèrent.

— Tu ne me connais pas, Helen. Je ne suis plus celui que j'étais il y a quatre ans.

C'était la vérité. Même s'il l'avait voulu, ils ne pouvaient pas revenir en arrière, à ce qu'ils avaient été.

— Moi non plus, rétorqua-t-elle. Je suis plus forte. Je ne laisserai plus jamais ma famille me convaincre d'agir contre mon cœur. Ne veux-tu pas me donner, nous donner, une autre chance ?

Il était plus tenté qu'il n'aurait voulu l'admettre. Toutefois, la culpabilité était un puissant antidote. *Elle n'est pas à toi, nom de nom !*

Heureusement, ils furent interrompus par des bruits de pas. Il se retourna et aperçut MacGregor courir vers lui entre les arbres.

Il comprit aussitôt qu'il se passait quelque chose de grave et saisit son épée.

— Que se passe-t-il ? lui demanda-t-il quand MacGregor s'arrêta devant lui.

Il était essoufflé et échevelé. En voyant son visage, Magnus se prépara au pire. Ce n'était pas encore assez.

— C'est le roi, haleta MacGregor.

Il lança un regard à Helen.

— Vous feriez bien de venir aussi, ma dame. Il est malade. Très malade.

10

Helen n'avait jamais eu aussi peur de sa vie. Savoir que la vie du roi d'Écosse reposait entre ses mains la terrifiait. Un messager avait été envoyé chercher Muriel, mais la situation était trop grave pour l'attendre. Robert de Bruce se mourait.

Elle travailla sans relâche toute la journée et toute la nuit, faisant tout ce qui était en son pouvoir pour arrêter l'affection mortelle qui s'était emparée de lui. Ravagé par la fièvre, pris de convulsions, incapable de retenir la moindre nourriture, le roi avait failli être emporté tant de fois qu'elle avait cessé de les compter.

Magnus ne la quitta pas. Il lui parla de la maladie du roi deux hivers plus tôt, quand il avait été à deux doigts de succomber à un mal similaire. Depuis, il avait subi d'autres crises, caractérisées par une grande fatigue, une faiblesse, des douleurs, mais rien qui ressemblât à ces vomissements violents.

Sa description correspondait à une pathologie que l'on observait fréquemment chez les marins et chez les nobles. Les fermiers et les paysans en étaient rarement atteints. D'aucuns soupçonnaient certains aliments d'en être la cause. Les pauvres mangeaient rarement de la viande, ils se nourrissaient de denrées moins coûteuses tels que des fruits, des légumes et des œufs.

Elle avait demandé à Magnus de lui décrire le régime du roi et avait appris que, à l'instar de la plupart des aristocrates, il aimait la viande, le fromage, le poisson et le pain.

Jusque-là, ses efforts pour combattre la maladie avec des légumes et des fruits écrasés avaient échoué. Ce n'était pas surprenant : le roi rejetait tout ce qu'il avalait. Toutefois, au fond d'elle-même, elle se demandait si la cause n'était pas ailleurs.

Tard dans la seconde nuit, ou tôt le troisième matin, le roi fut pris de délire. Helen essuyait son front, laissait tomber des gouttes de whisky dans sa gorge et tentait de le calmer. Elle ne savait plus quoi faire. Elle était en train de le perdre et elle ne s'était jamais sentie aussi impuissante.

Elle leva les yeux vers Magnus de l'autre côté du lit. L'angoisse commençait à se faire sentir et elle avait du mal à retenir ses larmes de frustration et de fatigue.

— Où est Muriel ? Elle devrait être là !

Magnus sentit la pointe d'hystérie sous son ton désespéré. Il lui prit la main comme lorsqu'ils étaient plus jeunes et la pressa doucement. La maladie du roi avait fait s'effondrer le mur qu'il avait érigé entre eux, du moins provisoirement.

— Le roi ne peut pas attendre Muriel, Helen. Il a besoin de toi. Je sais que tu es épuisée. Je le suis aussi. Mais tu peux le guérir.

Son ton assuré parvint à calmer ses nerfs. Il ne s'était jamais départi de son flegme durant toute cette épreuve. C'était comme si la gravité de la situation, la tension, l'inquiétude ne l'atteignaient pas. Il savait le roi à l'article de la mort et, pourtant, sa confiance en elle n'avait jamais vacillé.

Comment avait-elle pu lui reprocher d'être trop modéré ? Il était solide comme un roc. Il était une ancre dans une mer déchaînée.

Avec un regain d'énergie et de détermination, elle lui demanda de lui décrire à nouveau les symptômes de la précédente maladie du roi. Un détail lui avait peut-être échappé ?

Il lui parla de la pâleur et de la faiblesse de Bruce, de ses yeux caves, de ses violentes nausées, des ulcères sur sa peau, tous des traits typiques de la maladie des marins.

Helen pouvait voir les cicatrices laissées par les ulcères sur les jambes du roi mais, jusqu'à présent, il n'en était pas apparu de nouveaux.

— Avait-il les membres enflés ?
— Peut-être, je ne me souviens pas.

C'était également un signe fréquent de la maladie.

— Qu'y a-t-il ? demanda-t-il.
— Rien.

Du moins, elle ne parvenait pas à mettre le doigt dessus. Néanmoins, l'absence de lésions cutanées et de gonflements la préoccupait.

Elle passa en revue d'autres affections, mais elle en revenait toujours à la maladie des marins. Elle n'avait observé pareil cas qu'une seule fois, lorsqu'un des villageois avait été empoisonné accidentellement en manipulant des tue-loup.

Du poison. Ici, à Dunrobin ? Ce seul soupçon pourrait avoir de terribles conséquences pour sa famille, dont le ralliement in extremis à la couronne de Bruce faisait planer des doutes sur sa loyauté. Elle repoussa rapidement cette idée.

— Il doit bien y avoir quelque chose à faire ? demanda Magnus. Quelque chose que tu n'as pas encore essayé ?

La voyant hésiter, il insista :
— Quoi ?

Elle secoua la tête.
— C'est trop dangereux.

La digitale était une plante toxique qui provoquait de violents vomissements, assez semblables à ceux que subissait le roi en ce moment. Toutefois, Muriel lui avait dit qu'elle pouvait également servir à les soigner. La principale difficulté était de déterminer le bon dosage.

Il soutint son regard.

— Nous avons dépassé le stade de la prudence, Helen. Si tu peux faire quelque chose, quoi que ce soit, essaye.

Il avait raison. Le village de Dunrobin était trop petit pour avoir un apothicaire, mais Muriel avait bien approvisionné les réserves du château.

— Je reviens, déclara-t-elle. Pendant mon absence, continue à lui donner du whisky et essaye de presser un peu de jus de citron dans sa bouche.

Heureusement, avec la trêve, les routes commerciales s'étaient rouvertes et ils pouvaient à nouveau se procurer des fruits venant de l'étranger.

Elle revint un quart d'heure plus tard avec une teinture à base de digitale, de vinaigre et de vin blanc. Elle avait été retenue quelques minutes dans la grande salle où ses frères, MacGregor et d'autres membres éminents de l'escorte royale montaient la garde, anxieux de connaître l'état du roi. Magnus avait ordonné de ne pas ébruiter sa maladie. La couronne de Bruce était encore trop précaire et certains risquaient d'en profiter pour tenter de le détrôner. Il incluait sans doute les Sutherland dans ce groupe.

Quand elle vit le corps inerte du roi, elle craignit le pire.

— Il est... ?

— Il vit encore, la rassura Magnus. Mais il est à bout de forces.

Le délire l'avait encore affaibli. Helen savait qu'elle n'avait pas le choix. Tout en priant de ne pas s'être trompée dans les doses, elle versa le remède dans une petite coupe en terre. Les mains tremblantes, elle la tint au-dessus des lèvres du roi et l'inclina pendant que

Magnus lui soutenait la nuque. Le visage de Bruce était aussi gris qu'un masque mortuaire.

Un peu du liquide s'échappa par la commissure de ses lèvres, mais le plus gros s'écoula dans sa gorge.

Magnus et Helen s'assirent en silence et attendirent un signe. Helen était rongée par le doute et l'angoisse d'avoir commis une erreur. Pendant un long moment, il ne se passa rien. Puis le roi s'éveilla et se convulsa sur son lit. Il appela Élizabeth, la reine emprisonnée en Angleterre, exigeant de savoir pourquoi elle ne lui avait pas apporté du massepain pour le jour de son saint patron. Il adorait le massepain. Lui en voulait-elle encore à cause de l'autre femme ? Elle ne comptait pas. Aucune ne comptait à part elle.

Magnus le tint fermement et interrogea Helen du regard.

— Parfois, la digitale donne des hallucinations, expliqua-t-elle.

La réputation de coureur de jupons de Bruce n'était plus à faire.

Puis les vomissements et les flux de bile reprirent de plus belle. Le roi était plus malade que jamais. Lorsque la terrible crise s'atténua enfin, il respirait à peine.

Helen regarda Magnus et secoua la tête. Les larmes coulaient sur ses joues.

— Je suis désolée, sanglota-t-elle.

Sa dernière tentative avait échoué.

Il fit le tour du lit et la prit dans ses bras. Elle s'effondra contre lui, laissant sa chaleur et sa solidité s'enrouler autour d'elle.

— Tu as fait tout ce que tu pouvais, murmura-t-il.

Elle crut sentir sa bouche sur le sommet de son crâne mais, dans son état d'épuisement, elle n'était plus sûre de rien.

Il s'assit dans le fauteuil et la prit sur ses genoux. Elle posa la tête dans le creux de son épaule, comme avant. Et, comme avant, elle sentit une profonde paix l'envahir, ainsi que le sentiment d'être à sa juste place. Ce fut la dernière chose dont elle se souvint avant qu'une main sur son épaule l'éveille doucement.

Elle ouvrit les yeux et les ferma aussitôt, aveuglée par la lumière du jour.

— Helen... Viens voir.

Soulevant prudemment les paupières, elle vit Magnus devant elle. Elle n'était plus sur ses genoux mais recroquevillée sur le fauteuil, un plaid autour des épaules.

Elle comprit soudain ce qu'il lui montrait. Bruce était toujours inconscient, mais ses traits étaient moins pâles. Sa respiration était plus forte. Il avait l'air... mieux.

— Que s'est-il passé ? demanda-t-elle.

— Je ne sais pas. J'ai continué à lui donner le whisky et le citron. (Il prit un air penaud.) J'ai dû m'endormir il y a quelques heures. Quand je me suis éveillé, il était comme ça.

Le remède contre la maladie des marins avait-il fonctionné ?

Elle fut d'abord soulagée. Dieu merci, ce n'était pas du poison.

Du moins l'espérait-elle. Un doute subsistait. Si c'était l'effet de la digitale ? Certains la considéraient comme un antidote. Il était impossible d'en être sûr.

Elle examina rapidement le patient en plaçant une main sur son front. Il était moins moite. Sur son ventre. Elle ne sentait plus ses intestins se tordre. Sur son cœur. Il battait régulièrement.

— Alors ? s'impatienta Magnus.

— Je ne sais pas... Il me semble que...

— Il va mieux ?

Elle prit une profonde inspiration et soupira.

— Oui.

— Dieu soit loué ! murmura-t-il. Tu as réussi.

Elle sentit la fierté lui gonfler la poitrine, même si elle savait que ce n'était pas tout à fait exact.

— Non, nous avons réussi.

Elle le regarda dans les yeux et, l'espace d'un instant, le temps s'arrêta. Elle vit le garçon dont elle était tombée amoureuse et sentit le lien entre eux plus fort que jamais.

À peine visible dans la nuit, le *birlinn* approchait de la côte. Il attendit nerveusement, impatiemment, que John MacDougall, le seigneur de Lorn en exil, avance sur la grève, de retour sur la bonne terre ferme d'Écosse. C'était un grand jour.

Après la défaite des MacDougall à la bataille de Brander l'été précédent, Lorn avait été contraint de se réfugier en Irlande. Toutefois, le chef de clan autrefois puissant ne s'avouait jamais vaincu. Il n'avait cessé de planifier sa revanche sur l'usurpateur.

Le moment était venu. Après son retour en grâce quasi miraculeux, Robert de Bruce allait voir sa bonne étoile s'éteindre à nouveau. Par un juste retour des choses, ce traître tomberait sous les coups d'une épée qu'il avait lui-même forgée.

Les deux hommes, alliés dans leur volonté de détruire Bruce, se saluèrent en se serrant l'avant-bras.

— L'escadron est prêt ?

— Oui, mon seigneur. Dix des plus grands guerriers d'Irlande, d'Angleterre et de ceux d'Écosse qui partagent notre cause attendent votre ordre pour attaquer.

Lorn sourit.

— L'escadron de la mort. C'est parfait. J'aurais aimé remercier Bruce pour m'en avoir donné l'idée, mais je n'en aurai sans doute pas l'occasion. La prochaine fois que je le verrai, ce bâtard sera dans sa tombe. J'espère que vous ne me décevrez pas.

Lorn avait reconnu son talent et l'avait choisi pour diriger l'escadron. Il se montrerait à la hauteur de cet honneur.

— Bruce a ses fantômes, mais moi, j'ai mes faucheurs. Il n'échappera pas à ma faux, mon seigneur.

Lorn éclata de rire.

— Comme c'est joliment dit ! Quel est votre plan ?

— Nous attendrons qu'il soit dans les montagnes, où des renforts pourront difficilement l'atteindre.

— Combien d'hommes le protègent ?

— Une poignée de chevaliers, plus quelques douzaines d'hommes en armes. Ils sont une cinquantaine, tout au plus. Ils ne résisteront pas à une attaque surprise.

Là encore, ils retourneraient les tactiques de Bruce contre lui. Il leur avait démontré l'efficacité de brèves attaques surprise lancées la nuit dans des lieux bien choisis.

— Et ses guerriers fantômes ? Vous avez pu identifier quelques-uns d'entre eux ?

Le nom de MacKay lui vint aussitôt à l'esprit. Il avait toujours soupçonné son vieil ennemi de faire partie du fameux groupe. Il serra les dents.

— J'ai quelques soupçons, mais je crois que la plupart sont dans l'Ouest, occupés à vous surveiller.

Lorn sourit.

— Je m'arrangerai pour continuer à les occuper. Quand pensez-vous passer à l'action ?

— Bruce doit encore s'arrêter dans plusieurs châteaux avant de prendre la direction de l'ouest. Je pense donc que nous interviendrons à la fin juillet. Il projette de présider aux jeux des Highlands en août.

Il se garda de dire qu'ils auraient lieu à Dunstaffnage, le château que Lorn avait perdu.

Ce dernier fronça les sourcils.

— Qu'est-ce que c'est que cette histoire, au fait ? Bruce serait de nouveau tombé malade à Dunrobin ?

— Ce n'étaient que des rumeurs, mon seigneur.

Après tous ses efforts pour faire taire la nouvelle, il était surpris qu'elle soit parvenue si rapidement aux oreilles de Lorn, en Irlande.

Le poison avait été une erreur. Il ne la commettrait plus. Il avait eu de la chance qu'Helen soit une meilleure guérisseuse qu'il ne l'avait cru. Si Bruce était mort à Dunrobin, tout le monde aurait soupçonné et critiqué leur clan.

Il fallait surtout éviter cela. Tout ce qu'il faisait, c'était pour les Sutherland. L'honneur de tout le clan avait été souillé quand ils avaient été contraints de se soumettre à l'usurpateur. Il le laverait en vainquant Bruce et en restaurant Jean de Balliol sur le trône. Will s'était laissé forcer la main par Ross mais, au bout du compte, il le remercierait.

Conscient que chaque instant qu'il passait sur le sol écossais le mettait en danger, Lorn ne s'attarda pas.

— Nous nous reverrons donc en juillet.

Les deux hommes se serrèrent la main, puis Lorn retourna vers son *birlinn*. Parvenu au bord de l'eau, il se retourna :

— À propos, vous aviez raison. On m'a rapporté une étrange explosion en décembre dernier.

Il se figea. *Gordon*.

— Mais ce n'était pas à Forfar, reprit Lorn. C'était à Threave, où l'on raconte que les fantômes de Bruce ont vaincu deux mille Anglais.

C'était la confirmation qu'il attendait. William Gordon avait appartenu à la célèbre armée secrète de Bruce, ce qui signifiait que MacKay en faisait certainement partie lui aussi.

Et puis, il y avait Helen. Était-elle au courant ? Il avait la ferme intention de le découvrir.

11

Le rapprochement ne dura pas. Helen avait espéré que le lien forgé avec Magnus au fil des longues heures d'angoisse au chevet du roi marquerait un nouveau départ pour eux. Elle fut vite déçue.

Dans les jours qui suivirent, tandis que Bruce reprenait des forces, Magnus retrouva le même comportement stable et pragmatique qu'auparavant. Et, comme avant, elle se sentait frustrée par son incapacité à déchiffrer ses vrais sentiments. Il était d'une courtoisie irréprochable, mais distant. Il ne semblait pas ressentir cette puissante attirance qui lui étreignait la poitrine chaque fois qu'elle le regardait. C'était comme si elle avait rêvé qu'il avait perdu son sang-froid et l'avait embrassée... Vraiment embrassée.

Comme il était le garde du corps personnel du roi et elle sa guérisseuse, Magnus pouvait difficilement l'éviter désormais. Toutefois, toute tentative de conversation personnelle était aussitôt étouffée dans l'œuf. À mesure que la santé de Bruce s'améliorait, Magnus reprenait ses devoirs de capitaine de la garde royale. Des devoirs qui l'éloignaient. De plus en plus souvent, quand elle entrait dans la chambre du malade, c'était Gregor MacGregor, Neil Campbell ou Alexander Fraser qui veillaient à son chevet.

La maladie du roi lui avait accordé un répit, et elle n'avait pas l'intention de gaspiller cette occasion. Sa déclaration d'amour était tombée dans l'oreille d'un sourd, certes. Il ne l'avait pas crue. Il fallait donc qu'elle lui prouve sa sincérité, qu'elle lui démontre ses sentiments en utilisant la seule arme qui lui restait : le désir.

Le problème, c'était qu'elle ne savait pas quoi faire. Il y avait peu de femmes dans son entourage (surtout depuis le départ de Muriel), elle n'avait donc jamais pu apprendre l'art de la séduction. Elle se mit à observer les servantes. Toutefois, à moins de porter des décolletés pigeonnants, de se pencher en avant en servant la bière pour offrir une vue plongeante sur ses seins, tout en se laissant peloter l'arrière-train, elle ne voyait toujours pas comment procéder.

Il avait beau faire semblant, il n'était pas insensible à ses charmes. Elle n'était pas près d'oublier ce baiser. Il la désirait. Il l'avait même reconnu, ce qui était un début, une ouverture par laquelle elle pouvait s'engouffrer. Si le sexe était l'épée qui pénétrerait sa cuirasse, elle ferait le nécessaire pour percer ses défenses.

L'absence de Donald lui facilitait un peu la tâche. Will l'avait envoyé à la recherche de Muriel après que le premier messager était rentré bredouille. Cependant, il restait ses frères.

Elle grimaça. Ils lui rendaient la vie impossible. Will était d'une humeur exécrable, ce que Kenneth attribuait à la maladie du roi. Lorsqu'elle n'était pas au chevet de ce dernier, son frère aîné s'arrangeait pour qu'elle soit trop occupée à gérer le château pour faire autre chose. Kenneth était encore pire. Hormis pendant les deux jours bénis (et beaucoup trop courts) durant lesquels il était parti au château de Skelbo, il était constamment dans ses pattes.

— Et où vas-tu par ce beau matin, ma sœur ?

Elle se raidit. Il la suivait de si près que, pour un peu, il lui marcherait sur les talons.

Elle fit un effort pour sourire.

— Je vais en cuisine pour voir si la commande de citrons est arrivée. Le roi aime un peu de jus dans sa bière.

Elle se demanda s'il avait entendu sa réponse. Il paraissait trop occupé à examiner sa robe.

— Intéressant comme tenue, observa-t-il lentement. Dommage qu'il en manque une partie.

Se sentant rougir, elle ne releva pas son commentaire ni son désaccord patent. Elle écarta les pans de sa jupe en soie et tourna sur elle-même pour la faire virevolter. Les fils rose argent scintillaient dans la lumière qui filtrait par les hautes fenêtres de la grande salle où il l'avait surprise.

— N'est-elle pas belle ? C'est la dernière mode en France, m'a-t-on dit. Lady Christina en portait une semblable le jour du mariage.

Elle évita de préciser qu'elle avait abaissé le décolleté de deux centimètres. Quelle différence faisaient quelques petits centimètres ?

Une grande, apparemment, à en juger par la réaction de son frère.

— Lady Christina est une femme mariée, dont le mari tuerait sur-le-champ tout homme qui oserait la reluquer.

— Et je suis veuve, rétorqua-t-elle. Je porterai ce que je veux, mon frère.

Kenneth ne semblait pas savoir s'il devait être amusé ou agacé par ce soudain élan d'indépendance.

Il réfléchit un instant, puis parut avoir décidé. Il esquissa un sourire ironique.

— Ça ne marchera pas, tu sais. Tu ne le feras pas changer d'avis. MacKay est l'homme le plus fier et le plus buté que je connaisse. Et, entre nous soit dit, je n'en suis pas fâché. Tu l'as éconduit, puis tu as épousé son ami. Il faudra plus qu'une robe aguicheuse pour le convaincre.

Furieuse, elle le foudroya du regard.

— Je ne sais pas de quoi tu parles.

Elle était mortifiée de découvrir que son stratagème était si flagrant. Les frères étaient parfois exaspérants ! Surtout celui qui se tenait devant elle, riant aux éclats et lui pinçant le nez comme si elle n'avait que deux ans.

— Ah, Helen ! Tu es encore tellement innocente !

Il avait cette expression attendrie qui voulait dire « pauvre petite sotte ! ». S'il s'avisait de la basculer sur sa hanche et de lui ébouriffer les cheveux, elle était prête à lui envoyer son poing dans le nez. Cela lui apprendrait. Kenneth était presque aussi beau que Gregor MacGregor, et beaucoup plus arrogant. Il était habitué à capter l'attention des femmes. Elles tombaient à ses pieds et rien ne lui plaisait plus que de se laisser admirer.

Hilare, il ajouta :

— Une seule nuit de noces ne fait pas de toi une coquette.

Elle n'avait même pas eu droit à une nuit, et se garda bien de le lui dire. Cela ne ferait qu'apporter de l'eau à son moulin. En outre, son « veuvage » lui conférait une certaine liberté qu'elle tenait à conserver.

Il poursuivit ses railleries :

— Ce bâtard est tellement entêté que tu pourrais grimper nue dans son lit sans qu'il le remarque.

Il riait tant qu'il ne remarqua pas la lueur d'intérêt dans les yeux d'Helen. Se glisser dans son lit… nue… Doux Jésus ! C'était donc ce que faisaient les femmes ? Cela lui paraissait un peu excessif, mais elle l'ajouta néanmoins à sa liste d'armes potentielles.

Elle envisagea de remercier son frère pour ce bon conseil, mais il n'aurait sans doute pas été amusé.

— Si tu as fini de glousser comme une dinde, je dois m'occuper du repas du roi, déclara-t-elle.

— Allez, Helen. Ne fais pas ta mijaurée. Je suis désolé d'avoir ri.

Il s'efforça de prendre un air contrit, sans grand succès.

Les frères ! Parfois, elle aurait aimé avoir de nouveau cinq ans pour pouvoir lui envoyer un coup de pied dans le tibia, même s'il était deux fois plus grand qu'elle.

Comme s'il avait deviné ses pensées, il recula prudemment d'un pas. Il croisa les bras. Apparemment, il n'en avait pas encore terminé avec elle.

— Dis donc, tu t'intéresses beaucoup à ses menus, me semble-t-il. Le cuisinier m'a dit que depuis que Carrick, je veux dire le roi, recommence à manger, tu vérifies personnellement chacun de ses plats.

Helen crut avoir masqué sa réaction. Hélas, Kenneth avait toujours été trop observateur. Il retrouva soudain son sérieux.

— Que se passe-t-il, Helen ?

— Le roi a failli mourir sous notre toit. On n'est jamais trop prudent.

Il l'observa attentivement. Il pouvait être aussi intimidant que Will.

— Il y a autre chose, n'est-ce pas ? insista-t-il.

Elle hocha la tête. Elle n'avait encore exprimé ses craintes à personne et le besoin de se confier la tenaillait.

Kenneth jura, regarda autour d'eux, puis la prit par le coude et l'entraîna dans une petite réserve sous l'escalier. Il y régnait une forte odeur de vin et de bière. Il n'y avait pas grand monde dans la grande salle, mais il fallait toujours se méfier des oreilles qui traînaient.

— Raconte, dit-il à voix basse.

— Ce n'est probablement rien. Toutefois, plusieurs aspects de la maladie du roi m'ont rappelé... les effets du tue-loup.

Elle vit une lueur d'alarme dans ses yeux.

— Je croyais qu'il souffrait de la maladie des marins ?

— Oui, probablement. Mais je ne peux pas en être certaine.

Il jura à nouveau et se mit à tourner en rond dans la petite pièce. Elle avait craint qu'il ne se mette en colère contre elle et était soulagée de constater qu'il avait suffisamment confiance en ses talents de guérisseuse pour ne pas mettre en doute ses soupçons.

Il paraissait également choqué, ce qui la soulagea. Ses frères n'auraient pas été impliqués dans un acte aussi ignoble. Ravaler leur fierté et se soumettre à Bruce avait été difficile pour eux, mais ils semblaient commencer à l'apprécier.

Il lui prit le bras et la força à le regarder en face.

— Tu ne dois rien dire à personne avant qu'on en soit sûrs. Tu m'entends, Helen ? À personne. Et surtout pas à MacKay. Quoi que tu penses de lui ou quoi qu'il ressente pour toi, une chose est sûre : son devoir est de protéger le roi. S'il le croit en danger, il agira d'abord et posera des questions ensuite. Ils ne nous font pas confiance. Même un simple soupçon de ce genre pourrait mettre notre clan en danger. Pour le moment, ce n'est qu'un soupçon, n'est-ce pas ?

— Je n'aurais probablement pas dû en parler. Avec son nouveau régime, le roi semble aller mieux.

— Alors espérons que son état continue de s'améliorer. Mais jure-moi de ne rien dire.

— Je le jure.

— Bien. Je préviendrai Will. À lui de voir s'il veut en informer ses plus proches guerriers. Mais j'en doute. Moins il y aura de gens au courant, mieux ça vaudra.

Kenneth partit chercher Will pendant qu'Helen descendait dans les cuisines pour contrôler le repas du roi. Elle regrettait presque d'avoir parlé. D'un autre côté, il valait mieux pécher par excès de prudence.

Robert de Bruce était le roi, que ses frères le veuillent ou non. Il avait conquis le cœur du peuple en vainquant les Anglais à Glen Trool et à Loudoun Hill, et il était en passe de conquérir celui de la plupart des seigneurs écossais. S'il lui arrivait malheur chez eux, il y aurait des représailles.

Pour le moment, un autre problème la préoccupait. Kenneth avait raison, cette robe était une mauvaise idée. Magnus n'était pas du genre à se laisser berner par un artifice aussi grossier. Elle se promit de se changer avant le déjeuner. Ensuite...

Elle soupira. Ensuite, il lui faudrait trouver autre chose.

Magnus s'attardait sur la plage. Assis sur un rocher, il contemplait les vagues qui se brisaient au pied des falaises noires sous le château, projetant de grandes volutes d'écume dans les airs. Quelques fous de Bassan plongeaient et jaillissaient hors de l'eau, chassant leur prochain repas.

Il savoura ce rare moment de paix. Hélas, l'éclat du soleil au zénith le rappela à l'ordre. Il devait rentrer au château pour le déjeuner.

Où il verrait Helen.

C'est toi que j'aime.

Il repoussa ces paroles et sauta du rocher. Cela n'avait pas d'importance. N'avait-il pas déjà entendu ces mots-là ? Quel grand bien cela lui avait fait ! Trois ans et demi de souffrance. Elle l'avait laissé planté là comme un benêt pendant qu'elle s'éloignait avec ses frères, avant de retourner le couteau dans la plaie en épousant son meilleur ami.

Pourtant, il était plus affecté qu'il ne voulait l'admettre. Après trois semaines à Dunrobin, dont deux à ses côtés tandis qu'elle soignait le roi, il aurait presque pu croire qu'elle était sincère et voulait réparer les erreurs du passé.

C'était impossible. L'exciser de son cœur lui avait coûté trop cher.

Son corps avait beau essayer de l'oublier, il se réveillait chaque fois qu'elle approchait. Cacher ses réactions quand ils se trouvaient dans la petite chambre du roi était devenu infernal.

Par chance, l'amélioration de l'état de Bruce lui permettait de s'éloigner plus fréquemment de son chevet. Et d'Helen. Par malchance, cela signifiait qu'il passait plus de temps avec ses frères dans la cour.

Il grimaça. Kenneth Sutherland était sacrément tenace. Il refusait de lâcher prise au sujet de Gordon. Ses questions se faisaient de plus en plus dangereuses et proches de la vérité. Le seul moyen de le faire taire était de le faire suer sur le terrain d'entraînement.

Il devait reconnaître qu'il le faisait transpirer lui aussi. Il était plus habile au combat qu'il ne s'y était attendu. Conformément aux ordres du roi de ne pas attirer attention sur la garde avec leurs talents, il s'en tenait à des exercices légers. Néanmoins, il lui était de plus en plus difficile de résister aux provocations de Sutherland et il rêvait de le faire taire une fois pour toutes.

Il y avait un point positif : il n'avait pas à endurer les avances grossières de Munro à Helen. Le bras droit de Sutherland était parti depuis plus d'une semaine à la recherche de la guérisseuse. S'il restait absent encore une semaine, à son retour, le roi et son escorte auraient repris la route.

Grâce aux soins d'Helen, Bruce se rétablissait rapidement. Il affirmait ne pas s'être senti aussi bien depuis des années et seules les menaces d'Helen le retenaient dans son lit. Magnus n'aimait pas trop les légumes, mais il devait reconnaître que le régime d'Helen y était sans doute pour quelque chose. Cela faisait longtemps qu'il n'avait pas vu le roi avec une telle mine.

Il reprit le chemin du château. Malheureusement, il devait passer par l'endroit où il avait surpris Helen et Munro. En apercevant l'arbre où le rustre l'avait embrassée, il fut pris d'une fureur noire. Pour un peu, il aurait abattu ce foutu tronc.

Il n'était pas idiot au point de s'imaginer qu'elle ne se remarierait pas. Mais pourquoi Munro ? Il ne supportait pas l'idée que celui qui l'avait tant de fois humilié quand il était jeune, et ne manquait pas une occasion de le lui rappeler, puisse gagner la main d'Helen.

Ce n'était pas une compétition. Pourtant, il avait l'horrible impression de perdre.

L'homme connu pour être imperturbable était d'une humeur massacrante quand il entra au château. Cela ne s'arrangea pas quand il pénétra dans le donjon et aperçut Helen dans la cage d'escalier.

Elle n'était pas seule. Ce fils de catin de Munro était de retour. Quelque chose n'allait pas, ou peut-être que si, selon le point de vue. Munro avait un air mauvais et semblait avoir du mal à se maîtriser.

— Ne soyez pas idiot, déclara Helen. Je suis parfaitement capable de porter un plateau...

— J'insiste, répondit Munro en lui prenant le repas du roi. Vous devriez retourner vous reposer dans votre chambre. Vous paraissez épuisée.

— Je ne suis pas épuisée, s'énerva Helen. Je viens de vous le dire. Je dois voir le roi.

— Il y a un problème ? demanda Magnus.

Ils n'avaient pas remarqué sa présence. Helen sursauta et se tourna. Elle laissa échapper un petit cri étouffé qu'il faillit bien reproduire.

Par tous les saints ! Il s'était déjà pris des coups de massue dans le ventre qui lui avaient fait moins d'effet.

Il ne voyait plus que deux délicieux globes de chair crémeuse qui dépassaient d'un tout petit corsage.

Il ne s'était jamais rendu compte à quel point ils étaient... gros.

Et parfaits.

Comment aurait-il pu ? D'ordinaire, elle portait des robes à la mode du jour, certes, dignes d'une femme de son rang, mais chastes. Celle-ci moulait chaque centimètre de son corps, révélant des courbes dont il ignorait l'existence.

Il ne pouvait plus les ignorer à présent. Il connaissait la forme exacte de ses seins ainsi que leur taille. Il savait qu'en plaçant ses mains dessous pour les porter à sa bouche, ils empliraient ses larges paumes. Il connaissait la profondeur du sillon entre eux et savait que leurs délicieux mamelons roses se dressaient en formant deux pointes délicates à un centimètre à peine du bord de l'étoffe.

Et s'il le savait, c'était parce que la robe en soie rose ne cachait pratiquement rien de son anatomie.

Sa gorge devint sèche. Il comprit soudain la raison de la colère de Munro.

Une veine palpitait sous sa tempe. *Elle n'est pas à toi*. Dans le cas contraire, il l'aurait traînée jusqu'à sa chambre et aurait arraché ce bout de tissu.

Cette tenue était précisément destinée à provoquer ce genre de réaction. Ce fut tout ce qui l'empêcha de perdre la tête.

— Je m'en charge, déclara-t-il. Je montais voir le roi de toute façon.

— Ce ne sera pas nécessaire... commença Munro.

— J'insiste, dit fermement Magnus. Le roi ne reçoit pas de visiteurs.

Munro tiqua, mais n'insista pas.

— Oui, bien sûr, marmonna-t-il en lui tendant le plateau.

Il y avait au moins un point sur lequel ils étaient d'accord. Ni l'un ni l'autre ne voulaient qu'un autre homme voie Helen dans cette tenue et, pour des raisons différentes, ils ne tenaient pas à ce qu'elle le sache.

— Munro a raison, dit-il. Vous devriez aller dans votre chambre et vous reposer.

Et changer cette maudite robe.

Il la dévisageait en évitant soigneusement de baisser les yeux et vit un petit sillon se creuser entre ses sourcils. Fins et délicatement arqués, les deux petites volutes soyeuses qui surmontaient ses yeux avaient des reflets auburn.

Elle les regarda tous les deux, semblant se demander à quoi ils jouaient.

— Je ne suis pas fatiguée, répéta-t-elle. Je vous assure que j'ai très bien dormi. Je me reposerai cet après-midi, après m'être occupée du roi et du déjeuner.

Sans leur laisser le temps de protester, elle leur tourna le dos, souleva la jupe de sa robe indécente et gravit les marches.

Le déjeuner promettait d'être très, très long.

12

— Encore un peu de bière, sire ?
— Oui, merci, lady Helen, répondit Bruce avec enthousiasme.

Elle se pencha au-dessus du roi allongé pour remplir sa timbale. Il afficha un sourire connaisseur. Puis, tenant la cruche contre sa poitrine, elle demanda :
— Magnus ?
— Non.

Elle fut surprise par son ton sec, mais il ajouta plus courtoisement :
— Merci.

Elle attendait un signe indiquant qu'il avait remarqué sa robe ou ses seins qui menaçaient de jaillir hors du corsage chaque fois qu'elle se penchait, mais il conservait une expression parfaitement impassible. Kenneth avait raison. Elle aurait pu être nue, il ne l'aurait pas remarqué. Cette robe avait été une perte de temps. Elle avait été légèrement nerveuse en l'enfilant, car elle révélait beaucoup plus que ce qu'elle avait jamais montré. Visiblement, elle s'était inquiétée pour rien. Elle porterait une robe de bure que l'effet aurait été le même.

Elle fut tentée de lui renverser la cruche sur le crâne. Peut-être alors la remarquerait-il ?

Plissant les lèvres, elle reposa la cruche et saisit une assiette. Elle huma la délicieuse odeur de beurre. Toutefois, sa profonde inspiration fut bloquée par son corsage, qui lui comprimait la poitrine. Bigre, cette fichue robe était trop serrée pour pouvoir respirer !

— Des tartelettes ? demanda-t-elle en tendant l'assiette.

— Avec plaisir, répondit le roi.

Il semblait se retenir de rire. Elle se tourna vers Magnus, qui secoua la tête en émettant un vague grognement et en remuant sur son siège.

Elle s'efforça de ne pas s'offusquer de sa brusquerie et prit une pâtisserie.

Elle s'assit sur le banc à côté de lui et mordit dans la tartelette aux fraises. Elle était croustillante à souhait. Elle ne put retenir un gémissement de plaisir.

— Mmm... C'est divin !

Elle se lécha la lèvre et essuya une goutte de jus à la commissure de ses lèvres.

Bruce se mit à rire.

— Si tous les nouveaux aliments que vous me forcez à ingurgiter étaient aussi délicieux, je n'y verrais aucun inconvénient. (Il fit la grimace.) Un roi contraint d'avaler des carottes et des betteraves, c'est une honte !

Elle rit à son tour, puis se tourna vers Magnus qui s'agitait à nouveau.

— Quelque chose ne va pas ?

Il resta parfaitement impassible.

— Non, pourquoi cette question ?

— Parce que vous n'arrêtez pas de vous tortiller sur le banc.

Elle parut soudain en comprendre la raison.

— Vous voulez un coussin ? Vous avez passé de longues heures au chevet du roi. Vous n'avez pas l'habitude de rester assis aussi longtemps. Il n'est pas rare d'avoir des gonflements...

— Des hémorroïdes ? Bien sûr que non !

Si elle n'avait pas été prise de court par la véhémence de sa réaction, elle aurait sûrement trouvé son air offusqué comique.

— Je n'ai pas besoin d'un foutu coussin ! Et je vous assure que je n'ai de gonflements nulle part.

Le roi émit un bruit étranglé qui attira aussitôt l'attention d'Helen. Elle bondit sur ses pieds et se pencha sur lui.

— Sire, tout va bien ?

Il cessa de tousser et, cette fois, Helen perçut clairement l'hilarité derrière son air neutre.

— Je vais très bien, l'assura-t-il.

Perplexe, Helen regarda les deux hommes, mais aucun ne paraissait disposé à éclairer sa lanterne.

— Asseyez-vous, l'enjoignit Bruce. Finissez votre tartelette.

Helen s'exécuta tout en sentant le regard du roi sur elle.

— MacKay me dit que vous vous connaissez depuis l'enfance ?

Elle lança un bref regard vers Magnus, surprise qu'il lui en ait parlé, mais moins surprise qu'il l'ait présentée comme une relation d'enfance insignifiante. Il avait cessé de gigoter et se tenait aussi raide que l'un de ces menhirs mystiques des druides.

— En effet, répondit-elle. Mais nous n'étions pas des enfants. Magnus avait dix-huit ans quand nous nous sommes rencontrés.

— Mmm... fit le roi. J'imagine que vos frères n'ont pas été ravis d'apprendre votre... amitié.

Cette fois, elle n'osa pas regarder Magnus, craignant l'accusation qu'elle lirait dans ses yeux.

— Non, sire. La querelle entre nos clans était encore trop présente dans leur esprit.

Magnus se taisait, son silence résonnant comme un reproche.

Bruce sembla sentir sa gêne et changea de sujet.

— Les querelles et les vieilles alliances appartiennent au passé. Depuis que je suis confiné dans cette chambre, je passe mon temps à regarder par la fenêtre, à observer l'entraînement. Votre frère Kenneth est un excellent chevalier.

Magnus se tendit. Helen savait que Kenneth et lui avaient enchaîné les combats au cours des dernières semaines. Néanmoins, l'observation du roi lui faisait plaisir. Elle était fière de ses frères et de son clan.

— Oh oui ! À Barra Hill, Kenneth a repoussé un millier de rebelles avec deux cents hommes simplement en les plaçant...

Elle s'interrompit, se rendant compte de ce qu'elle était en train de dire. Dans son empressement à chanter les louanges de son frère, elle avait oublié que les « rebelles » étaient les hommes de Bruce.

En voyant sa tête horrifiée, celui-ci se mit à rire.

— Ne vous inquiétez pas, je n'en prends pas ombrage. Votre loyauté envers votre frère vous fait honneur. Je me souviens bien de cette bataille, mais j'ignorais que votre frère était au commandement. Si tous les hommes de Buchan avaient utilisé ce genre de tactique, nous nous en serions moins bien sortis ce jour-là.

Elle poussa un soupir de soulagement.

— Il a été formé chez Ross ? demanda-t-il.

Elle était surprise par ce soudain intérêt pour son frère.

— Oui, comme mon autre frère. C'est la coutume dans notre clan.

— Et c'est ainsi que vous avez connu William Gordon ?

Magnus ne donnant aucun signe que la question l'affectait, elle répondit :

— Oui, Kenneth et William ont fait leur apprentissage ensemble. Je ne le connaissais pas, mais j'avais entendu parler de lui. Quand il rentrait chez nous, Kenneth racontait toutes les bêtises qu'ils avaient faites... Enfin, celles qui étaient racontables. Ils étaient comme des frères. Nos grands-pères ont participé ensemble à la dernière croisade et le lien a été entretenu de génération en génération. Leur complicité n'était pas toujours appréciée. Le comte de Ross était hors de lui quand ils ont démarré un incendie dans son écurie en suivant une recette prise dans l'un des journaux de mon grand-père. Il se considérait un peu comme un alchimiste.

Les deux hommes se tendirent comme si cette information avait une importance particulière.

— Une recette ? répéta lentement le roi.

— Avec la poudre des Sarrasins, répondit-elle avec un haussement d'épaules. Cela n'a jamais rien donné. Le journal a été détruit dans l'incendie et Ross leur a fait promettre de ne plus jamais jouer aux « sorciers ». Je doute qu'ils lui aient obéi.

Le roi et Magnus échangèrent un regard. Helen se rendit compte qu'il se faisait tard. Le déjeuner avait déjà commencé et elle devait encore changer de robe. Autrement, Will serait de nouveau furieux contre elle, et à juste titre cette fois.

— Je dois vous quitter, annonça-t-elle en se levant.

— Demain ? lui demanda le roi.

Elle esquissa un sourire.

— Vous n'imaginiez pas que j'allais oublier ? dit-il.

— Non.

Cela faisait près d'une semaine qu'il le lui demandait tous les jours.

— D'accord. Demain, vous pourrez faire un tour dehors. Pendant une heure, pas plus.

Bruce se mit à rire.

— Je crois que je préférais être soigné par ce vieux prêtre. Il était moins tyrannique que vous.

— Il meurt d'envie de vous saigner, répondit-elle avec un sourire charmant. Si vous voulez que je l'appelle...

— Non, non ! Une heure, pas plus, je vous le jure. Votre bourreau y veillera.

Il lança un regard torve à Magnus.

— D'ailleurs, si je me souviens bien, c'est à moi que tu as prêté serment.

Magnus ne sourcilla pas.

— En veillant à ce que les instructions de lady Helen soient respectées, je m'assure d'avoir toujours un serment à tenir.

— Décidément, vous faites une sacrée paire, tous les deux ! C'est bon, seul contre vous, je ne fais pas le poids. Mais je n'ai pas dit mon dernier mot. Je ne me suis pas aussi bien senti depuis des années et j'ai la ferme intention de quitter ce lit avant la fin de la semaine. Nous avons pris beaucoup de retard sur notre tournée et nous avons suffisamment abusé de votre hospitalité.

Le cœur d'Helen se serra. Avant la fin de la semaine... déjà ?

Elle prit congé et quitta la chambre. Elle avait à peine refermé la porte derrière elle et descendu quelques marches quand elle l'entendit s'ouvrir à nouveau.

— Helen, attends.

Elle se figea en reconnaissant la voix de Magnus. Quand elle se tourna, il la surplombait. Avec sa taille et ses épaules massives, il semblait occuper toute la cage d'escalier. Il lui cachait la lumière et l'air autour d'elle parut soudain lourd et chaud. Elle était profondément consciente du petit espace. Si elle se penchait en avant de quelques centimètres, ses seins effleureraient son...

Elle rougit.

Il dut lire dans ses pensées car il recula et l'attira dans l'étroit couloir.

— Merci, déclara-t-il. Merci pour tout ce que tu as fait pour le roi. Les remèdes, les repas, la bière...

En guise d'illustration, il brandit une timbale qu'elle n'avait pas remarquée.

Ses sens avaient été trop occupés ailleurs. Son odorat par son odeur chaude, épicée et mâle. Sa vue par les petits poils drus sur son menton et ses joues, ainsi que par le poitrail large et puissant sous ses yeux. Son goût par le souvenir de son baiser. Son ouïe par son souffle court.

— Tu n'as pas à me remercier, répondit-elle. Le roi est notre invité. Je n'ai fait que mon devoir.

— Nous savons tous les deux que tu as fait bien plus que ça. J'ai remarqué que tu t'es occupée personnellement de tous ses repas. Tu n'avais pas à te donner autant de mal.

Il lui faisait confiance. Elle sentit une pointe de remords, puis se convainquit qu'il n'était pas justifié. Le changement d'alimentation semblait avoir des effets positifs. Il n'y avait aucune raison de suspecter autre chose.

— Bruce n'a jamais eu aussi bonne mine, ajouta-t-il.

— Je ne suis pas sûre qu'il partage ta gratitude, répondit-elle avec un sourire ironique. Il n'apprécie pas beaucoup mes légumes verts.

Magnus sourit. Dieu qu'il était beau ! Elle se sentit tirée par une corde invisible. Ils étaient seuls et elle le désirait désespérément. Elle se pencha vers lui, sa poitrine frôlant le cuir de son *cotun*.

Il était si chaud. Elle se souvenait de la sensation de ses bras autour d'elle et voulait les sentir à nouveau.

— Magnus, je...

Il se déroba, soudain dur et froid comme de la pierre. Elle recula aussitôt. Son rejet était cuisant.

Il ne me veut pas.

— Je suis désolée, dit-elle d'une voix monocorde. Je dois y aller, on m'attend.

En tournant les talons, elle heurta son bras. Du moins, elle crut que c'était son bras mais, l'instant suivant, elle poussa un cri de surprise en recevant une grande giclée de bière.

— Oh non !

Elle posa les mains sur son corsage. Toute la partie gauche ruisselait de bière au citron.

— Ma robe !

— Oh, bon sang, fit Magnus.

Son ton lui fit lever les yeux. Il tourna rapidement la tête, mais elle avait vu la lueur dans ses yeux. Une lueur affamée.

Il avait regardé ses seins. Baissant les yeux, elle constata que le corsage déjà révélateur ne cachait plus rien. Le liquide avait transformé le tissu en une seconde peau. En fin de compte, elle aurait tout aussi bien pu être nue.

— Elle est fichue, se lamenta-t-elle.

Il avait eu le temps de se ressaisir.

— Vraiment ? Quel dommage.

Il ne semblait pas particulièrement désolé. Il paraissait même content.

Elle plissa les yeux. C'était à croire qu'il l'avait fait exprès.

— C'était une toute nouvelle robe.

Il se tut.

Elle bomba le torse et écarta sa jupe.

— Elle ne te plaît pas ?

Il la regarda à peine, évitant soigneusement son buste.

— Elle est tachée, constata-t-il.

— Je vais devoir me changer.

— Bonne idée.

Il était ravi. Pourquoi aurait-il fait une chose pareille ? Il n'y avait qu'une seule explication.

— Tiens, dit-il en dénouant le plaid qu'il portait et en l'enroulant autour de ses épaules. Il ne faut pas que tu attrapes froid.

Pour un étage ? Sa chambre était juste en dessous de celle du roi. Il l'avait emmaillotée comme s'ils se trouvaient au milieu de l'hiver en Norvège. Intéressant. Très intéressant. Finalement, son frère s'était trompé. Non seulement il avait remarqué la robe, mais il ne voulait pas qu'elle la porte.

Il paraissait tellement content de lui qu'elle ne résista pas à l'envie de le faire descendre de son petit nuage.

— Heureusement que j'en avais commandé plusieurs.

Il se raidit et elle ressentit une profonde satisfaction. Il paraissait même effrayé.

— Ah bon ? demanda-t-il d'une voix étranglée.

Elle battit innocemment des paupières.

— Oui, mais je ne sais pas si j'oserai les mettre.
— Pourquoi ?
— Elles ne sont pas aussi pudiques que celle-ci.

Elle fut récompensée par une crispation autour de ses lèvres et le léger sursaut d'un muscle sous sa mâchoire.

Il serrait les poings.

Elle s'éloigna d'un pas guilleret. Ses doutes s'étaient envolés. Il la désirait et, à en juger par sa réaction, il la désirait même ardemment. Tout finirait bien, elle en était convaincue.

Il suffisait de le pousser encore un peu.

En la voyant s'éloigner en sautillant, Magnus comprit qu'il avait été berné. Pire encore, il ne pouvait s'en prendre qu'à lui-même.

La regarder servir le roi l'avait rendu comme fou. Il lui avait fallu faire appel à toute sa discipline pour ne pas le montrer. Il s'en était bien sorti, ses gigotements mis à part. Des hémorroïdes, et puis quoi encore ! Il fit une moue écœurée. Si gonflement il y avait eu, ce n'était pas à cet endroit. Sa verge avait été aussi dure qu'une barre en fonte.

Quant à Bruce, cette ordure, il s'était bien amusé ! Un peu trop, même. Magnus avait vu la manière dont il lorgnait le décolleté plongeant.

Il devait trouver une solution s'il ne voulait pas lutter constamment contre l'envie de frapper des gens à longueur de journée. Il s'était cru bien malin avec l'idée de la timbale de bière.

Grave erreur : il n'avait pas prévu l'effet du tissu mouillé.

Il avait la gorge sèche rien que d'y penser. La rondeur. La lourdeur. Le léger froissement de la soie humide autour de la pointe d'un mamelon parfait. Il mourait d'envie de glisser son doigt sur la surface douce du joli bourgeon, de le prendre entre ses lèvres, de lécher jusqu'à la dernière goutte de bière sur sa peau.

Son membre se dressa à nouveau au seul souvenir.

Cordieu ! Il irait se coucher ce soir avec l'image de ce sein merveilleux imprimée dans son esprit. Et il savait déjà que, comme bien d'autres nuits, il utiliserait sa main pour se calmer.

Mais sa nervosité ne fit qu'empirer au fil des jours. Sa main ne le soulageait pas. S'épuiser sur le terrain d'entraînement ne servait à rien. Rien ne fonctionnait.

Helen avait trouvé son point faible et l'exploitait à fond. Elle le frôlait, laissait tomber des objets à ses pieds pour pouvoir se pencher devant lui et les ramasser, trouvait toujours quelque chose à aller chercher sur une haute étagère.

Il ignorait qu'elle s'intéressait à la couture. Néanmoins, elle avait rabaissé tous ses décolletés de quelques centimètres ; et semblait même avoir raccourci et resserré toutes ses robes. Elles étaient si moulantes qu'il se demandait comment elle pouvait respirer.

Il n'y avait pas que ces tenues, aussi révélatrices soient-elles, qui le plongeaient dans un état second. Le désir flagrant et sincère dans les yeux d'Helen était mille fois plus dangereux.

Fichtre diantre ! Ne pouvait-elle pas essayer de le cacher, d'afficher un peu de décorum pour une fois ?

Non. L'artifice n'était pas son genre et ne l'avait jamais été. Elle le voulait et il pouvait le lire dans ses yeux chaque fois qu'elle le regardait. Lui résister était une véritable épreuve de force.

Dieu merci, c'était bientôt fini. Le roi était pratiquement rétabli, Magnus avait tenu sa promesse à Gordon et Helen n'était pas en danger. Il pouvait la quitter avec la conscience tranquille.

Sauf que sa conscience continuait à le titiller. Quelque chose le perturbait, il ressentait un vague malaise qu'il attribuait au fait d'être resté trop longtemps sous le toit d'un ennemi.

Il ne prétendait pas être objectif dès qu'il s'agissait des Sutherland, mais il se méfiait d'eux. Bruce les considérait peut-être comme de loyaux sujets, mais Magnus était plus difficile à convaincre. Ravaler sa fierté n'était pas dans la nature des Highlanders. La vengeance, le châtiment, œil pour œil, dent pour dent, voilà leur credo.

Cependant, un soupçon et une longue inimitié ne justifiaient pas à eux seuls qu'il mette en danger l'alliance précaire avec les Sutherland pour laquelle Bruce s'était tant battu. Les négociations pour les fiançailles de la sœur du roi et du comte étaient sur le point d'aboutir.

Après avoir survécu toutes ces années grâce à son instinct, Magnus avait du mal à l'ignorer.

Par conséquent, comme tous les jours, il défoulait ses frustrations sur le terrain d'entraînement en affrontant différents adversaires, dont Munro. Toutefois, comme il ne pouvait pas faire taire ses provocations en lui réglant son compte une fois pour toutes, il était toujours d'aussi méchante humeur quand le roi déclara que les « exercices » de la journée étaient terminés. À force de se retenir, que ce soit au combat ou chaque fois qu'il croisait le regard d'Helen, il se sentait comme un lion dans une cage minuscule.

Pour ne rien arranger, Kenneth Sutherland vint jeter de l'huile sur le feu. S'il n'avait pas été aussi dangereux, Magnus aurait admiré la ténacité de ce corniaud.

Il se trouvait dans l'armurerie pour y déposer ses armes, quand le frère d'Helen apparut.

— Munro t'a laissé une ouverture, pourquoi n'en as-tu pas profité ?

Magnus se tourna lentement.

— Je l'aurais fait si je l'avais vue à temps.

— Non, tu as reculé. Je t'observais.

Magnus haussa les épaules.

— Ravi d'apprendre que j'ai un admirateur dans les rangs Sutherland. Je suis flatté que tu apprécies mes talents. Si tu veux, je pourrai te donner quelques conseils demain.

Les traits de Kenneth s'empourprèrent.

— Donne-moi plutôt un combat loyal.

— Quoi, tu n'as pas entendu ? répliqua Magnus en arquant un sourcil. Nous sommes amis à présent.

— Toi et moi, nous ne serons jamais amis.

Magnus soutint son regard.

— Sur ce point, nous sommes d'accord.

Qu'avait pu voir Gordon chez ce crétin irascible et arrogant ? Magnus détestait les Sutherland depuis toujours et avoir vécu avec eux ces dernières semaines n'avait pas changé son opinion.

Sutherland s'avança d'un pas et lui bloqua l'accès à la porte. Dans la pièce minuscule, Magnus se retrouva le dos au mur. Il conserva un visage de marbre, mais tous ses muscles étaient tendus, prêts à bondir.

— Je veux savoir ce qui est vraiment arrivé à Gordon.

Magnus s'efforça de contenir son impatience, ce qui était de plus en plus difficile.

— Tu le sais déjà. Nous avons été attaqués. Il a reçu une flèche dans la poitrine et il est tombé par-dessus bord avant que nous ne puissions le rattraper. Son armure l'a entraîné par le fond.

Même s'il avait dit la vérité, Sutherland ne l'aurait pas cru.

— C'est donc une pure coïncidence si, pendant votre absence, il y a eu une bataille dans le Galloway ? Une bataille au cours de laquelle les guerriers fantômes de Bruce ont repoussé des milliers d'Anglais afin qu'Édouard de Bruce puisse s'échapper du château de Threave ?

Bien qu'il n'ait pas le cœur à rire, Magnus s'esclaffa.

— Tu crois aussi aux fées et aux lutins ? Si ces fantômes avaient accompli la moitié des prouesses qu'on leur attribue, j'aurais encore du mal à le croire. Tu peux imaginer ce que tu veux, ça ne change rien à la vérité. Tes informateurs t'ont-ils dit également que le château de Forfar était tombé au même moment ?

— Oui, mais il y avait un détail inhabituel dans l'attaque pour libérer le frère du roi : une explosion. Je suppose que c'est un pur hasard si, quand nous étions jeunes, Gordon adorait jouer avec la poudre noire ?

Le danger que représentaient ces quelques mots lâchés négligemment fit craquer les nerfs de Magnus. Avant que Sutherland ait pu réagir, il se retrouva avec une main d'acier autour de la gorge et le dos plaqué contre le mur.

Loin de paraître effrayé, il sourit comme si c'était ce qu'il avait voulu.

— Tu peux avaler ces racontars de paysans si tu veux, je m'en fiche, gronda Magnus. Mais tes divagations mettent ta sœur en danger. Tu imagines ce qui pourrait lui arriver si quelqu'un écoutait tes délires ? Garde tes fantasmes pour toi, ou Helen en fera les frais.

— Je peux très bien m'occuper de ma sœur, cracha Sutherland. Ne t'approche pas d'elle. Je sais ce que tu as en tête, même si elle ne le voit pas. Tu n'es qu'un malade dépravé... Bon sang, c'était la femme de ton ami ! J'aurais cru que même un MacKay aurait un peu d'honneur.

Magnus resserra son poing sur sa gorge. Il voulait le faire taire. Hélas, les paroles de son ennemi reflétaient ses propres pensées.

Il aurait continué à serrer si la porte ne s'était pas ouverte. Il lâcha prise en voyant MacGregor et quelques autres entrer.

Sutherland paraissait étrangement content de lui, bien que Magnus ait été à deux doigts de l'étrangler.

— Tu caches quelque chose, murmura-t-il en passant devant lui. Je saurai ce que c'est.

Il sortit, laissant sa menace flotter dans son sillage. Furieux, Magnus laissa tomber ses armes sur une étagère et se tourna pour partir.

— Prends garde, le Saint. Tu finiras par faire quelque chose que tu regretteras.

Magnus regarda autour de lui et s'aperçut que MacGregor et lui étaient seuls dans la pièce. Cela n'avait rien de surprenant. Compte tenu de son humeur ces derniers temps, les autres avaient tendance à l'éviter.

Comme il ne répondait rien, MacGregor ajouta :

— Tu le laisses t'atteindre. Il attend que tu fasses un faux pas. D'après ce que je viens de voir, ça ne tardera pas. Il n'arrête pas de poser des questions sur toi.

Bon dieu. Apparemment, Sutherland avait élargi son champ d'action. Il était déjà trop proche de la vérité.

— Quel genre de questions ?

— Il s'intéresse à tes déplacements au cours de ces dernières années, et plus particulièrement au cours de ces derniers mois.

— Qu'il demande ce qu'il veut. Seule une poignée de personnes connaît la vérité et aucune ne parlera.

— Certes, mais ce n'est pas tout. Je l'ai entendu dire à l'un des hommes de Fraser qu'il était surpris que Bruce ait autant de Highlanders dans sa garde personnelle, dont bon nombre d'anciens champions des jeux des Highlands.

Les guerriers fantômes avaient la réputation d'être les meilleurs parmi les meilleurs, ce qui entraînait de nombreuses conjectures. Cependant, personne n'avait encore fait le rapprochement avec les jeux jusqu'à présent. MacLeod, MacGregor et Boyd étaient de célèbres champions, et donc les plus exposés. Magnus aussi, dans une moindre mesure.

Il pinça les lèvres.

— Ce Sutherland est un trou du cul.

— Oui, mais un trou du cul dangereux. Et d'une perspicacité remarquable.

Magnus lui lança un regard noir. Il avait déjà entendu le roi chanter les louanges de Sutherland. Voilà que MacGregor s'y mettait aussi ?

— Munro et lui t'ont à l'œil, reprit ce dernier. Tu dois brouiller les pistes. Je te conseillerais bien de perdre tes combats, si je t'en croyais capable.

Magnus se crispa. Il préférerait encore que sa tête soit mise à prix, ce qui ne manquerait pas d'arriver si son identité était découverte.

— En tout cas, tu as intérêt à réagir, poursuivit l'archer. Ils te mettent les nerfs en pelote, et je parle de *tous* les Sutherland.

Magnus savait que MacGregor soupçonnait la vérité : il désirait comme un fou la veuve de leur ami. Le fait qu'il l'ait aimée le premier n'atténuait pas sa honte.

— Il le savait ? demanda MacGregor.

Magnus se figea. Au bout de quelques instants, il hocha la tête.

— Il l'a appris après leur mariage.

Contrairement à MacRuairi, MacGregor n'exprima pas sa réprobation, même si Magnus la lisait sur son visage.

Il aurait dû parler à Gordon plus tôt. Il avait été trop entêté. Trop sûr de pouvoir maîtriser ses émotions. À présent, il était trop tard. Dieu, comme il lui manquait ! Comme à tous ses compagnons. La mort de

Gordon avait laissé au sein de la garde un trou qui ne pourrait jamais être comblé.

MacGregor le dévisageait attentivement. Magnus n'avait jamais dit aux membres de la garde ce qui s'était passé le jour où Gordon était mort. Il se demandait si certains avaient deviné la vérité.

L'archer ne perdit pas de temps à poser des questions ; il alla droit au but.

— Soit tu te trouves une femme, soit tu cesses de te punir et tu prends celle que tu veux. Peu m'importe, mais fais quelque chose.

Se punissait-il à travers Helen ? Peut-être. Mais certaines fautes étaient impossibles à absoudre.

Même s'il parvenait à oublier, il ne pouvait pas la mettre en danger. Son frère s'en chargeait suffisamment bien comme ça. Sutherland lui avait rappelé les risques encourus. Il ne pouvait empirer la situation en associant Helen à un autre membre de la garde des Highlands.

À plus d'un titre, Helen ne pourrait jamais être à lui.

— Je m'en occupe, répondit-il.

13

Que fait-il ?
Assise sur l'estrade, Helen n'en croyait pas ses yeux. La pression autour de son cœur se resserra, le broyant dans un étau de douleur et de jalousie. Cela avait commencé au début du dîner, quand elle avait vu Magnus sourire à la servante Joanna, la fille de la brasseuse, qui avait la réputation de ne pas être avare de ses charmes. À mesure que le repas avançait, ses avances s'étaient faites de plus en plus flagrantes.

Il montrait ouvertement à Joanna qu'il la désirait, d'une manière dont Helen avait souvent rêvé.

Incapable de détourner les yeux, elle vit Joanna se pencher en avant pour remplir sa timbale. La garce était pratiquement pliée en deux ! Quand elle voulut s'éloigner, il la retint par le poignet et la fit pivoter. Elle atterrit presque sur ses genoux. Puis il lui glissa quelque chose à l'oreille et elle se mit à glousser comme une gamine de seize ans alors qu'elle avait deux fois cet âge.

Enfin, peut-être pas deux fois, mais elle était quand même beaucoup trop vieille pour glousser.

Helen n'avait encore jamais remarqué à quel point Joanna était belle avec ses longs cheveux noirs et ses traits fins. Muriel ne l'avait jamais appréciée, même si Helen soupçonnait que cela avait plutôt à voir avec son frère. Des années plus tôt, des rumeurs avaient couru au sujet de la servante et de Will.

Elle était encore plus convaincue qu'il se passait quelque chose entre Muriel et Will depuis que Donald était rentré. Il avait bien trouvé la guérisseuse mais, puisque le roi n'était plus en danger, elle avait refusé de revenir à Dunrobin. Si le comte avait besoin d'elle, il n'avait qu'à venir le lui demander en personne. Will s'était mis dans une rage folle, la maudissant et la traitant d'ingrate. Une colère beaucoup trop disproportionnée par rapport à l'outrage.

Cependant, les problèmes de son frère étaient son moindre souci pour le moment. Observer Magnus à l'œuvre la rongeait comme un acide. Elle saisit sa timbale et la vida d'une traite dans une vaine tentative de se convaincre qu'elle était toujours maîtresse d'elle-même. Elle avait besoin de quelque chose pour restaurer ses défenses en miettes, pour réchauffer son sang glacé, pour s'empêcher de se précipiter vers Magnus et d'exiger des explications.

C'était comme lors de son banquet de noces.

Ce n'est rien, se répéta-t-elle. *Un badinage innocent.*

Mais cela faisait un mal de chien.

Elle tressaillit quand la main de Magnus glissa du poignet de la fille jusqu'à sa taille puis à ses fesses. Il écarta les doigts sur la croupe généreuse et les laissa là, possessifs, intimes. Sa caresse comme une promesse de ce qui allait suivre.

Helen aurait bondi si le roi ne l'avait pas arrêtée.

— Quel bon repas, lady Helen ! Je crains que mes hommes et moi n'ayons vidé votre garde-manger.

Helen s'efforça de se tourner vers le roi, se rendant compte qu'elle négligeait ses devoirs d'hôtesse depuis le début du dîner.

S'en était-il aperçu ?

Si c'était le cas, il eut la bonté de ne rien montrer.

Elle esquissa un sourire forcé. Elle avait du mal à se faire à l'idée que le roi et ses hommes partiraient dans quelques jours.

— Notre garde-manger est bien approvisionné, sire. Vous serez ici chez vous aussi longtemps que vous le voudrez. Est-ce bien raisonnable de reprendre la route si tôt ?

Bruce fit signe à un serviteur de remplir son verre, puis celui d'Helen. Après le lui avoir tendu, il se cala contre le dossier de son siège.

— Nous sommes ici depuis bientôt un mois. Il me reste beaucoup de haltes à faire avant les jeux. Je croyais que vous m'aviez déclaré guéri ?

— J'ai dit que vous paraissiez en bonne santé, ce qui ne veut pas dire que...

Il se mit à rire et l'arrêta d'un geste.

— Je sais, je sais. J'ai bien retenu vos instructions.

Elle pointa le menton vers son assiette.

— Pourtant, je ne vois pas les choux frisés que j'avais demandé au cuisinier de vous préparer.

Le roi fit la grimace.

— Il y a certaines choses que je refuse d'avaler, même pour ma santé. J'ai quand même mangé vos betteraves.

Elle arqua un sourcil sceptique.

— C'est vrai, je les ai goûtées du bout des lèvres, reconnut-il. Vous aurez beau les recouvrir de sauce, j'ai quand même l'impression de manger de la terre.

Helen secoua la tête. Il pouvait être aussi obstiné qu'un gamin de cinq ans quand il avait décidé de ne pas aimer quelque chose.

Il poussa un soupir exagéré.

— Que vais-je devenir quand vous ne serez plus là pour veiller sur moi ?

— Vous mangerez moins de légumes, répliqua Helen.

Le roi riait encore quand Will accapara son attention et reprit avec lui une conversation interrompue.

Helen but une autre longue gorgée fortifiante de vin avant d'oser un nouveau regard vers Magnus.

À son grand soulagement, la servante avait poursuivi sa tournée. Il riait avec MacGregor et d'autres hommes. Il paraissait détendu, plus heureux et à son aise qu'elle ne l'avait vu depuis des années. D'où venait ce changement ? Était-ce l'alcool ? La bière coulait à flots dans leur coin de table.

Un peu trop, même. Toujours efficace, Joanna revenait à la charge avec sa cruche. Son sourire d'anticipation retourna les tripes d'Helen. Elle se sentit mise à nu, vulnérable. Elle devinait que ce qui allait suivre serait douloureux.

Ce fut le cas.

Joanna frôla Magnus quand elle se pencha pour remplir sa timbale. Son opulente poitrine se balançait sous son nez comme deux melons bien mûrs. L'invitation ne pouvait être plus claire.

Helen retint son souffle. *Dis-lui non. S'il te plaît, dis-lui non.*

Magnus lui glissa quelques mots à l'oreille. Joanna hocha la tête avec enthousiasme.

La réponse de Magnus était claire. Et ce n'était pas un non.

Ne fais pas ça.

Sa prière silencieuse ne fut pas entendue. Quelques minutes plus tard, Magnus posa sa timbale et se leva. Il échangea une plaisanterie avec ses compagnons puis se dirigea vers la porte de la grande salle. Son rendez-vous l'attendait.

Chacun de ses pas foulait son cœur, écrasant ses espoirs dans la poussière.

Pourquoi ? Voulait-il lui démontrer qu'elle ne signifiait plus rien pour lui ? Cherchait-il à la décourager ? L'avait-elle poussé trop loin ?

Elle l'ignorait, mais elle ne pouvait pas le laisser faire. Elle n'était pas naïve au point de croire qu'il n'avait couché avec personne par le passé. Mais ce n'était plus le passé. Elle devait l'arrêter avant qu'il ne commette quelque chose...

Quelque chose qui briserait son cœur à jamais.

Elle patienta un moment puis, quand elle vit Joanna sortir de la salle à son tour, elle sut qu'elle ne pouvait plus attendre.

Quelques instants plus tard, Helen avait obtenu l'information qu'elle cherchait et se dirigeait vers la taverne, ou plus précisément, vers sa petite réserve. Comme tous les grands châteaux modernes, Dunrobin possédait une taverne dans son enceinte. Le petit bâtiment en bois jouxtait les cuisines. Tous deux étaient flanqués de caves voûtées et d'un entrepôt.

C'était dans l'un d'eux que Magnus attendait.

Helen rassembla son courage, se préparant à la seconde conversation désagréable de la soirée.

Joanna n'avait pas lâché l'information facilement. Helen se mordit la lèvre, prise d'un léger remords d'avoir raconté des mensonges. Toutefois, « une étrange rougeur » dans l'entrejambe pouvait être parfaitement bénigne.

Être la guérisseuse du château présentait ses avantages. Une chose était sûre, Magnus n'aurait pas d'autres petits rendez-vous galants tant qu'il serait à Dunrobin.

Une odeur âcre de levure l'assaillit quand elle pénétra dans la taverne. Un feu crépitait dans le brasero et une chandelle brûlait sur une grande table. L'établissement était vide, tout le monde se trouvant dans la grande salle pour le banquet. Comme elle ne connaissait pas les lieux, il lui fallut du temps pour trouver la réserve.

Dès qu'elle poussa la porte, un bras s'enroula autour de sa taille et l'attira à l'intérieur. Elle eut un hoquet de surprise tandis qu'il la retournait et plaquait son dos contre son torse. Il l'appuya contre la porte.

La pièce était plongée dans l'obscurité. On distinguait à peine la faible lueur de la chandelle filtrant sous la porte.

La puissante odeur de levure masquait toutes les autres.

L'espace d'un instant, tous ses sens se figèrent. Elle ne sentait plus que la puissance virile du corps derrière elle. Il était dur et chaud. Ses années de guerre et d'entraînement l'avaient sculpté en un monument de force physique. Son étreinte se resserra, l'attirant un peu plus près, pendant que ses lèvres effleuraient son oreille et chuchotaient d'une voix rauque et alanguie par l'alcool :

— Je t'attendais.

Il ne m'a pas reconnue... Le misérable !

Elle ouvrit la bouche pour s'identifier, mais oublia soudain comment parler quand il pressa ses hanches contre ses fesses. Un frisson la parcourut. Elle le sentit grandir et durcir contre elle.

Elle écarquilla les yeux. Savoir qu'elle pouvait provoquer en lui une telle réaction lui donnait un tel sentiment de puissance...

Il frotta l'épaisse colonne entre ses cuisses.

Elle fut envahie par une profonde onde de chaleur. Sa peau picotait. Une vague fébrile se répandit sur tout son corps. Elle ne s'était jamais sentie aussi vivante.

Je dois lui dire...

Toute pensée consciente l'abandonna soudain, quand ses lèvres trouvèrent sa nuque et que sa main se posa sur son sein. Il gémit, la caressant pendant que ses lèvres dévoraient son cou. Elle ne l'avait jamais imaginé sous cet angle. Vorace. Exigeant. D'une sensualité éhontée.

Ses lèvres et sa langue couvraient sa nuque de baisers humides, le chaume de sa barbe traçant sur sa peau nue un sillon de feu.

Elle sentit ses genoux fléchir ; son corps tout entier fondait. La passion dont elle avait toujours rêvé était enfin à sa portée.

Elle ne la lâcherait plus.

Il remuait contre elle en une danse diabolique qui exigeait une réponse. Elle ne connaissait pas les pas. Elle se pressa en arrière, accentuant leur frottement. Plus ses baisers étaient avides, plus il pétrissait son sein, plus ses mouvements devenaient rapides et plus elle s'enhardissait. Elle cambra les reins, remua les hanches et cessa de retenir ses halètements de plaisir.

Son corps ne lui appartenait plus ; il était à lui, comme il l'avait toujours été.

Magnus aurait dû faire ça depuis longtemps. Qu'avait-il attendu ? Son cœur battait à tout rompre. Il frémissait d'impatience. Il avait hâte de la posséder.

C'était comme si un poids avait été ôté de ses épaules. Malgré ce que pensaient ses frères d'armes, il n'avait pas vécu comme un saint depuis qu'Helen l'avait rejeté. Mais il avait toujours été encombré par la culpabilité.

Ce soir, il serait libre. Il le sentait.

Il était plus qu'un peu ivre, mais peu importait. Cette fille n'imaginait pas combien elle l'excitait avec ses petits gémissements. Il aimait la manière dont ses petites fesses fermes remuaient contre son membre turgescent, le titillaient, l'invitaient à plonger en elle. Et que dire de sa peau lisse et soyeuse qui avait un goût de miel ; ou de ses seins lourds et pleins qui lui auraient presque fait oublier ceux qui le torturaient depuis des jours. Ah, ces foutues robes !

Ne pense pas à elle.

Il se concentra sur la poitrine de la fille. Comment s'appelait-elle déjà ? Joanna. Il pressa la chair avec un peu plus d'insistance puis enfouit le visage dans sa chevelure en grognant de plaisir. Un léger parfum de lavande lui évoqua un souvenir familier, qu'il chassa rapidement. Puis, pour être sûr qu'il avait bien disparu, il glissa une main dans son décolleté et s'empara d'un sein nu.

Son soupir de plaisir lui plut tellement qu'il s'attela à lui en arracher d'autres. Il fit courir son pouce sur le doux mamelon, qui se dressa en une pointe ferme. Quand il fut bien dur, il le fit doucement rouler entre deux doigts puis le pinça légèrement. Il entendit un autre hoquet d'extase.

Elle aimait ça, la gueuse !

Il résista à l'envie de retourner cette petite débauchée et de l'embrasser à pleine bouche. C'était trop intime. Il ne voulait pas la bécoter, mais la pilonner. À tel point qu'il ne savait pas s'il pourrait attendre plus longtemps.

Helen était étourdie par les sensations. Le premier choc qu'elle avait ressenti quand il avait glissé sa grande main calleuse sur son sein nu s'était mu en émerveillement quand il s'était mis à la caresser.

Ses seins paraissaient si lourds dans ses mains. Ses mamelons étaient si durs et tendus qu'ils l'élançaient. Puis il les avait pincés et des décharges de plaisir avaient fusé jusque dans ses orteils.

Elle se sentait étrange. Brûlante et fébrile. Elle ne se serait jamais attendue à ce genre de passion de sa part. Il n'y avait rien de chaste ni de révérencieux dans ses caresses. Il la voulait et il lui montrait à quel point.

— Bon Dieu, ça faisait si longtemps, gémit-il dans son oreille.

Depuis combien de temps ? aurait-elle voulu demander. Elle n'osait pas parler, de peur qu'il s'arrête. Elle ne voulait surtout pas que cela cesse. Son corps réclamait quelque chose qu'elle ne comprenait pas. Partout où il la touchait, elle se consumait.

— Je ne peux plus attendre, chuchota-t-il. J'ai besoin d'être en toi. J'espère que tu aimes être prise par-derrière.

Il se frotta contre elle, plus lentement et plus sensuellement, lui montrant ce qu'il entendait par là. L'idée était tellement perverse qu'elle fit courir un frisson délicieux le long de sa colonne vertébrale.

Pourquoi ne m'a-t-il jamais parlé de cette façon ?
C'était un aspect de lui qu'elle n'avait encore jamais vu. Un peu vil. Un peu cru. Et tellement excitant. Un aspect passionné, charnel, qu'il lui avait caché. Une onde de désir se répandit dans son intimité. Moite. Chaude. Vorace. Toutefois, ce n'était rien à côté de ce qu'elle ressentit quand il glissa la main entre ses cuisses. Il l'agrippa fermement, la tenant contre lui.

— Tu veux ? murmura-t-il d'une voix chaude et veloutée.

Helen pouvait à peine respirer. Soulagée qu'il ne puisse voir ses yeux choqués, elle hocha vigoureusement la tête, ne sachant pas trop ce qu'elle acceptait. Elle était prête pour tout ce qu'il voudrait lui faire.

— Petite coquine.

Il retroussa ses jupes et elle sentit un courant d'air froid balayer ses cuisses. Il caressa brièvement ses fesses nues avant de glisser une main entre ses jambes.

Oh, Seigneur !

Ses genoux mollirent. Elle n'avait pas su ce qu'elle voulait jusqu'à ce qu'il la touche ; jusqu'à ce qu'elle sente la pression de sa main sur son sexe ; jusqu'à ce que son index s'introduise en elle. Il entama un lent va-et-vient jusqu'à ce qu'un courant brûlant dans son bas-ventre s'enroule sur lui-même et se mette à palpiter frénétiquement. Elle s'appuya contre sa main, elle voulait qu'il aille plus vite, plus profondément, plus fort. Elle laissa échapper un cri, elle se sentait au bord d'un gouffre de plaisir.

C'était ce dont elle avait toujours rêvé. Et bien plus.

— Mmm... Tu es si moite et étroite. Je suis dur comme fer. Tu vas me faire exploser. J'ai hâte de jouir en toi, Joanna.

Joanna.

Helen se figea, le nom de l'autre femme la rappelant brutalement à la réalité. Toute cette passion n'était pas pour elle, mais pour Joanna. Soudain, le fait qu'il croie faire l'amour à une autre ne lui suffisait plus. Il fallait qu'il sache que c'était elle.

— Magnus, je...

La brusquerie de sa réaction l'arrêta. Il ôta aussitôt sa main et bondit de côté comme si elle l'avait brûlé.

Il la poussa et ouvrit la porte. La lumière de la chandelle se répandit dans la pièce.

Il lâcha un juron. Son air dégoûté était l'humiliation suprême.

Elle chancela, déstabilisée par son retrait soudain et par la dureté de son regard.

— Toi ! cracha-t-il.

Son corps vibrant encore de désir, elle fit un pas vers lui et posa une main sur son bras.

— Ne fais pas ça, siffla-t-il entre ses dents.

— Pourquoi ? Je veux te toucher. Il y a un instant, tu disais avoir hâte...

Il lui agrippa le bras. Son teint était rouge vif.

— Je sais très bien ce que j'ai dit, bon sang ! Mais ces mots ne s'adressaient pas à toi ! Rien de tout ceci ne t'était destiné.

Elle tiqua devant sa cruauté. Elle refusait de laisser ses mots la blesser.

— Pourtant, c'était moi. C'est moi que tu désirais.

Elle dévisagea son beau visage défait par la colère et la honte, et le défia de le nier.

— Je sens encore tes mains sur moi, en moi. Je te veux toujours.

Elle baissa les yeux vers son entrejambe.

— Et il me semble que tu me veux toi aussi.

Le vin l'avait rendue hardie. Ce n'était pas le moment de se montrer prude. *Saisis ta chance.* Avant qu'il ait pu deviner son intention, elle avança la main et la posa sur son sexe.

Elle n'avait encore jamais touché un homme et le sentir sous sa paume, épais et dur, ne fit qu'accroître sa curiosité. Elle savait ce qui devait se passer, mais il lui paraissait beaucoup trop gros pour entrer en elle.

Il émit un son sifflant entre ses lèvres pincées. C'était le seul signe de son trouble dans sa façade implacable. Si son contact avait un effet sur lui, il était déterminé à ne pas réagir. Cette maîtrise de soi la mit en colère.

— Vas-tu nier que tu me désires ?

Elle se pencha vers lui, laissant ses seins caresser son torse.

Elle vit un muscle sauter sous sa mâchoire. Oui, il la voulait. Jetant la prudence aux orties, elle se hissa sur la pointe des pieds et déposa un baiser dans son cou. Sa peau était chaude et râpeuse, avec un vague goût de savon et de sel. Elle avait placé une main sur son torse et sentit son cœur rater un battement. Puis il se remit à battre violemment.

Il la repoussa, furieux.

— Je sais ce que tu es en train de faire. Ça ne marchera pas. Je ne changerai pas d'avis.

Elle ne comprenait pas pourquoi il choisissait de se raccrocher au passé et aux souvenirs de son ami plutôt qu'à elle. Des larmes de frustration lui piquèrent les yeux. Comme il lui était facile de s'éloigner du précipice alors qu'elle-même continuait d'y tomber !

— Ce serait donc si horrible ?

L'espace d'un instant, il parut flancher. Elle vit dans ses yeux une émotion qui reflétait la sienne.

— Il y a des choses que tu ignores, répondit-il d'une voix rauque.

— Alors, explique-les-moi.

Il soutint son regard. Une étrange lueur traversa son visage. Des remords ? De la honte ? Puis le masque retomba en place et il se tourna.

— Peu importe, cela n'y changera rien. Je ne peux pas.

Il avait abaissé son rideau de fer. Tout en sachant qu'il était inutile d'insister, elle ne pouvait s'en empêcher.

— Tu ne peux pas, ou tu ne veux pas ?

Il ne répondit pas, mais la pitié dans ses yeux était encore pire. Elle aurait voulu lui marteler le torse pour le forcer à la laisser entrer. Elle n'était pas la seule à être malheureuse.

— Pourtant, tu n'avais aucun problème quand tu pensais que j'étais une autre.

— Je ne te dois aucune justification, Helen. Je couche avec qui je veux.

Cette écrasante vérité l'atteignit comme une gifle. Il ne lui devait rien. Le seul lien entre eux n'existait que dans son cœur.

Elle resta plantée devant lui, le forçant à la regarder encore une fois.

— Sauf avec moi.

Il soutint son regard.

— Sauf avec toi.

Là-dessus, il tourna les talons et s'éloigna.

Helen le laissa partir, se retenant de courir après lui. Il ne changerait pas d'avis pour le moment. Il était trop en colère. Trop déterminé.

Il la voulait. Pourquoi se montrait-il si borné ? Pourquoi faisait-il tout son possible pour qu'elle rende les armes ?

Elle écarquilla les yeux. Était-ce la raison ? S'attendait-il à ce qu'elle baisse les bras ? Était-ce une sorte d'épreuve pour voir si elle était toujours aussi écervelée et inconstante ?

Elle redressa le dos, son découragement envolé. Elle ne capitulerait pas. Elle se battrait pour lui jusqu'à la fin. Puisque la séduction ne fonctionnait pas, elle trouverait d'autres moyens et l'aurait à l'usure. Elle aussi, elle pouvait être têtue.

Mais comment faire s'il partait et qu'elle restait au château... ?

Elle s'immobilisa, se souvenant d'une phrase que le roi avait prononcée un peu plus tôt. Elle esquissa un petit sourire. *Que vais-je devenir quand vous ne serez plus là ?*

Ils n'avaient peut-être pas besoin de le découvrir.

14

— C'est hors de question !

Le roi arqua un sourcil surpris devant le cri de Magnus. Celui-ci reprit aussitôt sur un ton plus conciliant :

— Je veux dire... Je ne pense pas que ce soit une bonne idée, sire. Après le retard que nous avons pris à Dunrobin, il nous reste beaucoup de route à faire et de lieux où nous arrêter. Ce n'est pas un rythme pour une dame. En outre, vous n'avez plus besoin d'une guérisseuse. N'avez-vous pas dit vous-même que vous ne vous étiez pas senti aussi bien depuis des années ?

Le roi sourit.

— Grâce à lady Helen. Son régime de paysan est infect mais bénéfique. Elle a gracieusement proposé de continuer ses soins pendant le restant de notre tournée.

Gracieusement, pour sûr ! La sale petite intrigante. Magnus aurait voulu l'étrangler. Lorsque le roi lui avait demandé de venir le retrouver dans sa chambre après le petit déjeuner pour discuter de leur voyage, il ne s'était pas attendu à devoir déjouer un autre stratagème d'Helen. Il ne s'était pas encore remis du sale tour qu'elle lui avait joué la nuit précédente. Ces choses qu'il lui avait dites...

Une sueur froide perla sur son front. Il ne lui aurait jamais parlé ainsi s'il avait su que c'était elle. Bigre, il ne lui aurait jamais rien fait de la sorte non plus.

Et la manière dont il l'avait touchée…

Il ne pouvait cesser d'y penser. Il sentait encore le poids chaud de son sein dans sa main, le goût de sa peau de miel sur ses lèvres ; il entendait encore ses petits halètements quand il l'avait caressée. Elle était si douce et humide, son corps prêt à l'accueillir. Il aurait pu s'enfoncer dans ce petit fourreau étroit…

Que le diable emporte la maudite tentatrice ! Il avait été à deux doigts de la prendre par-derrière comme un vulgaire chien en rut.

Il lui avait fallu toute la force de sa volonté pour s'arracher à son corps alors qu'il était au bord de l'éruption. Puis elle l'avait encore provoqué avec sa main. La sensation de ses doigts délicats sur son sexe avait attisé ses instincts les plus primaires. Il avait été à un cheveu de céder à ses pulsions charnelles. De lui céder.

Sacrebleu !

Il était mortifié. Comment ne l'avait-il pas reconnue ? La pièce était sombre et empestait la bière. Il était ivre, mais pas à ce point. Il aurait dû savoir. Peut-être l'avait-il su. Peut-être, inconsciemment, l'avait-il su depuis le début.

Les implications de cette dernière hypothèse étaient beaucoup trop dérangeantes pour qu'il s'y attarde. Il s'était cru délivré d'elle. Et s'il ne parvenait jamais à s'en affranchir ?

Maintenant qu'il l'avait touchée, qu'il avait senti son corps répondre au sien, c'était encore pire. Elle était dans son sang. Il avait libéré une passion qui ne se laisserait plus jamais dompter.

Elle l'avait piégé et, à présent, elle voulait s'insinuer encore plus profondément dans l'enfer de sa conscience en se rendant indispensable auprès du roi. La colère l'envahit à nouveau.

— Si vous souhaitez que quelqu'un nous accompagne, sire, je peux faire venir le médecin royal d'Édimbourg.

Le regard du roi se durcit.

— Je ne veux pas du médecin royal, je veux lady Helen. Les concoctions que lord Oliver m'a fait ingurgiter de force sont totalement inefficaces comparées à celles qu'elle me prépare.

Magnus sentit qu'il devait changer de tactique. Il tenta de faire appel à son sens chevaleresque.

— Je m'assurerai que ses instructions soient suivies à la lettre. Il n'est pas nécessaire de la mettre en danger. Même en temps de paix, les routes ne sont pas sûres pour une dame.

Bruce chassa ses scrupules d'un geste de la main.

— Il y a toujours des femmes dans l'escorte d'un roi. Si mon épouse et ma fille n'étaient pas retenues en Angleterre, elles m'accompagneraient. La dame sera en sécurité avec toi et son frère pour la protéger.

Magnus se figea.

— Sutherland ? glapit-il. Vous plaisantez !

Les yeux noirs de Bruce lancèrent un éclat dangereux. Il accordait à Magnus plus de liberté qu'à la plupart de ses guerriers, mais il n'appréciait pas qu'on mette son jugement en doute.

— Je suis parfaitement sérieux, répliqua-t-il sur un ton impérieux. Sutherland m'a fait une excellente impression. Nous avons besoin d'hommes comme lui.

Magnus ravala une remarque caustique et s'efforça de prendre un ton plus neutre.

— Sutherland est dangereux. Je n'ai pas confiance en lui.

Ni en aucun membre de son clan, d'ailleurs.

Le roi le dévisagea avec suspicion.

— Tu as des raisons de douter de lui ?

— L'expérience de toute une vie.

235

Sachant que cela ne suffirait pas, il ajouta :

— Comme je vous l'ai dit, il a deviné que Gordon était membre de la garde et il me soupçonne d'en faire partie moi aussi. J'ai essayé de lui faire comprendre que ce genre d'allégations pourrait mettre sa famille en danger mais il ne sait pas se taire.

Bruce plissa le front et réfléchit un instant. Puis il déclara :

— Il y a un vieil adage sarrasin : « Garde tes amis près de toi, et tes ennemis plus près encore. » S'il est aussi suspect que tu le dis, mieux vaut l'avoir sous la main afin de le surveiller et de nous assurer qu'il ne propage pas ses soupçons.

Magnus allait le contredire, mais le roi l'arrêta.

— De quoi s'agit-il au juste ? Y a-t-il une autre raison pour laquelle tu ne veux pas que lady Helen nous accompagne ? Je croyais que vous étiez des amis de longue date ? Des amis d'enfance, m'as-tu dit.

— J'ai peut-être minimisé la nature de notre relation, avoua Magnus, piteux.

— C'est bien ce qui me semblait. J'ai remarqué ses efforts pour attirer ton attention ces dernières semaines. Tu ne sembles pas très ouvert à l'idée de renouer votre relation.

Magnus fit non de la tête.

— C'est à cause du Templier ?

Bruce était l'un des rares à connaître la vérité.

Magnus acquiesça.

Le roi le dévisagea un long moment. Il comprenait sans doute le dilemme de Magnus, et peut-être lui donnait-il raison, car il ne lui posa pas d'autres questions.

— Soit, je me passerai des soins de lady Helen, même s'ils me manqueront. Il est préférable de ne pas l'exposer davantage au danger. Estimons-nous heureux que l'identité de Gordon n'ait pas été découverte. Je serais très fâché qu'il arrive malheur à cette charmante dame.

Les paroles du roi s'avérèrent douloureusement prophétiques. Magnus avait à peine eu le temps de soupirer d'aise à l'idée qu'Helen ne viendrait pas le torturer durant des semaines, quand un messager apporta des nouvelles qui allaient tout changer.

Le soleil était haut dans le ciel quand le cavalier franchit le portail au grand galop. Magnus était à l'entraînement et ne lui accorda pas beaucoup d'attention. Il y avait sans cesse des messagers qui allaient et venaient pour le roi. Il se douta qu'il y avait un problème lorsque le roi lui demanda, ainsi qu'à MacGregor, de le rejoindre immédiatement dans l'office du laird.

Ils étaient couverts de poussière et de sueur quand ils entrèrent dans la petite pièce attenante à la grande salle. Le comte avait cédé son antre au roi pour la durée de son séjour. D'ordinaire, elle était pleine à craquer. Cette fois, il n'y avait que le roi et sir Neil Campbell.

À leur mine sombre, il devina que les nouvelles n'étaient pas bonnes.

— J'ai reçu un message d'Angleterre, annonça le roi.

Magnus pensa d'abord qu'il s'agissait de sa famille emprisonnée par le roi Édouard. Puis, compte tenu des hommes présents dans la pièce, il comprit que cela avait un rapport avec la garde.

— Un corps a été découvert sous les décombres à Threave.

Magnus se tendit.

— Ils ne peuvent pas l'identifier.

— J'ai bien peur que si.

— C'est impossible.

— Sir Adam Gordon est parti à Roxburgh pour le confirmer.

Magnus se laissa tomber sur une chaise, les jambes molles.

— Comment ? demanda-t-il d'une voix éteinte. Je me suis assuré...

Il n'acheva pas sa phrase, incapable de prononcer les mots. Le seul fait d'y penser l'emplissait d'horreur. Il s'éclaircit la gorge avant de reprendre :

— Lorsque nous sommes en mission, nous ne portons jamais rien sur nous qui puisse nous identifier. Gordon était prudent. Il n'aurait pas commis ce genre d'erreur.

— Ce n'est pas cela, répondit sir Neil. L'un d'entre vous savait-il qu'il avait une tache de naissance ?

Bon sang. Il sentit son estomac se retourner.

— En effet, déclara MacGregor. Sur la cheville.

Sir Neil hocha la tête.

— Apparemment, c'était de famille. Son grand-père avait la même, ainsi que son oncle, sir Adam.

La nausée de Magnus s'accentua. Il ne pouvait pas croire qu'il avait fait ça pour rien. Ses cauchemars remontaient au grand jour.

— S'ils savent la vérité, comment se fait-il que nous n'en ayons pas encore entendu parler ?

Bruce lui montra la missive.

— D'après ma source, ils réfléchissent encore à la meilleure manière d'utiliser cette information. Nous avons eu de la chance de l'apprendre.

— Et comment l'avez-vous appris ?

— Peu importe, répondit Bruce avec un haussement d'épaules. Je ne doute pas de la véracité du message.

Ce n'était pas la première fois que le roi recevait des missives d'une source secrète. Son espion devait être quelqu'un d'important pour que le roi ne divulgue pas son nom à la garde. Magnus et plusieurs de ses compagnons soupçonnaient qu'il s'agissait de Monthermer, qui avait aidé Bruce au début de son règne. Au bout du compte, la seule chose qui importait était que le roi ait pleinement confiance en son informateur.

Gordon avait été démasqué.

Il ne faudrait pas longtemps aux Anglais pour remonter jusqu'à Helen. La menace potentielle qui planait depuis la mort de Gordon s'était concrétisée. Tout ce que Magnus avait fait pour la protéger n'avait pas suffi. Elle était toujours en danger.

Le roi lui adressa un regard compatissant.

— Il n'y a probablement pas de quoi s'inquiéter, mais nous devons prendre des précautions.

Magnus n'avait plus le choix.

— Lady Helen doit venir avec nous.

Il n'y avait pas d'autre solution. Tout avait changé. Il ne pouvait pas lui tourner le dos, il avait promis de veiller à sa sécurité.

Ce n'était pas tout, hélas. Il savait que sa promesse à Gordon n'avait rien à voir avec la puissante émotion qui l'étreignait. Le besoin de la protéger, l'angoisse à l'idée qu'elle puisse être en danger...

Le mur d'illusions qu'il avait soigneusement bâti autour de lui s'effritait. Ses sentiments n'étaient pas aussi morts qu'il le prétendait.

Il ne le voulait pas et savait que c'était mal de sa part, mais, que le ciel lui vienne en aide, il l'aimait toujours.

Il était tard quand Helen rentra au château. Bien que les journées d'été fussent longues, les dernières lueurs du soleil vacillaient derrière la ligne d'horizon.

Après avoir soigné le bras du fils de l'armurier, qui se l'était cassé en tombant d'un arbre, elle avait dû rester partager le repas de la famille reconnaissante.

Outre Tommy, le grimpeur de cinq ans, l'armurier avait sept autres enfants âgés de seize mois à quatorze ans. Enchantés par la présence d'une « dame » chez eux, ils l'avaient assaillie de questions et l'avaient régalée avec leurs chansons au point qu'elle en avait perdu la notion du temps. Elle n'avait même pas pensé à leur demander une torche avant de les quitter.

Elle hâta le pas à travers la forêt en se demandant si le roi avait arrêté sa décision. Elle l'avait abordé tôt dans la matinée et lui avait proposé de l'accompagner dans son voyage pour veiller sur sa santé. Sa première réaction avait été encourageante ; il avait même paru ravi. Toutefois, il fallait s'attendre à une résistance de la part d'au moins un de ses hommes.

Elle se mordit la lèvre. Si elle s'était autant attardée chez l'armurier, c'était sans doute aussi pour éviter un Highlander en particulier.

Toutefois, elle n'avait pas prévu de rentrer aussi tard. La tombée du soir l'oppressait. La forêt la nuit n'était pas franchement son endroit préféré.

Elle cligna les yeux. Il y avait beaucoup trop de recoins sombres.

Un bruissement de feuilles derrière elle la fit sursauter. Il y avait également beaucoup trop de bruits.

Elle se ressaisit. Il n'y avait aucune raison d'avoir peur.

Elle poussa un cri quand une ombre traversa le sentier devant elle. Un écureuil. Du moins, elle l'espérait. Pourvu que ce ne soit pas un rat. Beurk ! Elle se frotta les bras pour chasser la chair de poule.

Elle hâta encore le pas et trébucha contre une pierre. Elle s'étala de tout son long, atterrissant d'abord sur la poitrine, puis sur le menton.

Étourdie et le souffle coupé, il lui fallut quelques instants pour s'apercevoir qu'elle n'avait rien. Elle se leva et s'épousseta de son mieux. Sa cheville lui faisait mal mais, Dieu merci, elle pouvait encore marcher.

Un peu honteuse, elle reprit son chemin, plus précautionneusement cette fois, tout en s'efforçant d'oublier l'environnement inquiétant.

Son cœur tambourina sous ses côtes jusqu'à ce qu'elle aperçoive enfin les portes du château. Elle fronça les sourcils en remarquant un nombre inhabituel de flambeaux. Elle percevait également de nombreuses voix en provenance de la cour.

Le cri de la sentinelle lorsqu'elle l'aperçut l'étonna. Sa surprise se mua en inquiétude quelques instants plus tard, lorsqu'elle vit un groupe d'hommes jaillir hors du portail.

Il incluait ses frères et, plus étonnant, Magnus. Pour une fois, les ennemis de toujours présentaient un front uni. Si elle n'en avait pas été la cause, elle aurait sûrement savouré ce moment tant attendu.

Elle aperçut l'expression de Magnus à la lueur dansante de sa torche et devina que c'était uniquement la présence de ses frères qui le retenait de l'attraper par les épaules et...

Elle n'aurait su dire. Il paraissait suffisamment en colère pour la secouer comme un prunier, et suffisamment inquiet pour la serrer dans ses bras.

— Où étiez-vous ? aboya-t-il.

Le fait que ses frères n'objectent pas à son ton autoritaire n'était pas bon signe. De fait, Will paraissait même le soutenir.

— Bon sang, Helen ! explosa-t-il. Nous étions sur le point de nous lancer à ta recherche.

— À ma recherche ? C'est un peu exagéré, non ? Ce n'est pas la première fois que je m'absente plusieurs heures pour soigner quelqu'un.

— Peut-être, mais tu étais toujours accompagnée par Muriel.

Elle lui lança un regard torve qui signifiait « La faute à qui si elle n'est plus là ? ».

— C'est MacKay qui a insisté, précisa Kenneth. Il te croyait en danger.

Helen lança un regard vers Magnus, ravie d'apprendre que cette réaction excessive était venue de lui.

— J'étais chez l'armurier. Son fils s'est cassé le bras en tombant d'un arbre.

Le regard excédé de Magnus, qui lui rappelait un peu trop celui de ses frères face à la « brebis égarée », la mettait sur la défensive.

— L'armurier ? s'exclama Donald, l'air atterré. Mais il habite à au moins huit kilomètres !

Il se tourna vers Will.

— Je vous avais dit que c'était une mauvaise idée !

Will le fusilla du regard. Donald outrepassait ses limites. Le comte ne tolérait pas qu'un de ses hommes le critique.

— Rentre au château, Munro. Préviens le roi que nous avons retrouvé lady Helen et que nous le rejoindrons bientôt.

— Le roi souhaitait vous voir, expliqua Magnus à Helen. Comme nous ne vous trouvions nulle part, nous nous sommes inquiétés. Une femme ne devrait pas errer seule dans la campagne. Pourquoi n'avoir dit à personne où vous alliez ?

Helen se rendit soudain compte qu'elle avait oublié. Elle se trouvait dans le potager quand l'armurier était venu la chercher. Elle était rapidement remontée dans sa chambre pour prendre quelques affaires avant de le suivre.

— Je suis désolée. J'étais pressée et je n'ai pas pensé...

— Vous êtes blessée ! l'interrompit soudain Magnus. Qu'avez-vous au menton ?

Cette fois, la présence de ses frères ne le retint pas de la toucher. Il glissa un doigt sous sa mâchoire et lui inclina la tête en arrière pour la voir à la lumière.

— Ce n'est rien, dit-elle, gênée par son examen. J'ai trébuché, c'est tout.

Elle s'efforça de cacher ses mains dans ses jupes mais, vu le regard de Magnus, il était clair qu'il soupçonnait la présence d'autres écorchures.

Elle se détourna et s'adressa à ses frères.

— J'ai besoin de me rafraîchir un peu. Dites au roi que je le rejoindrai le plus rapidement possible.

Elle tourna les talons avant qu'ils aient pu répondre, oubliant sa cheville. Son mouvement brusque lui arracha un cri de douleur. Elle serait à nouveau tombée si Magnus ne l'avait pas rattrapée.

Leurs regards se croisèrent. L'espace d'un instant, tous les souvenirs de la veille remontèrent en surface. À en juger par la légère crispation des mains de Magnus, il était clair qu'il s'en souvenait lui aussi.

— Nom de nom, Helen.

Ce n'était pas la déclaration la plus romantique qu'elle avait entendue, mais son regard et son ton bourru compensaient largement. Il se souciait d'elle. C'était une autre brèche dans son armure.

Son frère l'empêcha toutefois de savourer ce moment. Il manqua de lui tordre l'autre cheville dans son empressement à l'arracher des bras de Magnus.

— Bas les pattes !

Le front uni s'était à nouveau désagrégé.

Helen en avait plus qu'assez des interventions de ses frères. Elle se tourna vers Kenneth et explosa :

— Il m'a retenue parce que j'allais tomber ! Au cas où tu ne l'aurais pas remarqué, je me suis tordu la cheville. Maintenant, si vous avez fini de vous grogner dessus comme deux chiens qui se disputent un os, je retourne dans ma chambre.

L'air ahuri des hommes l'aurait fait éclater de rire si elle n'avait pas été aussi furieuse.

Elle s'éloigna la tête haute, même si sa démarche boitillante manquait légèrement de dignité.

Moins d'une demi-heure plus tard, débarbouillée, sa cheville bandée et sa robe changée, Helen redescendit dans la grande salle.

Elle était tendue et avait hâte de connaître la décision du roi.

Dans la grande salle, les tables avaient été enlevées pour laisser de la place aux hommes qui y dormaient. Elle ne fut donc pas étonnée d'être conduite dans l'office du laird. En revanche, elle fut surprise par celui qui l'attendait.

Il montait la garde, adossé au mur, les bras croisés. Sa posture faussement nonchalante ne la trompa pas. Il était furieux, mais pourquoi ? À cause de la veille, de sa proposition d'accompagner le roi ou de son retour tardif ?

Il fit mine de ne pas la remarquer jusqu'à ce qu'elle passe devant lui, puis il se mit en travers de son chemin. En temps normal, elle aurait aimé les sensations qui l'envahissaient immanquablement devant ce torse large et puissant. Toutefois, la fureur qui irradiait de lui fit retentir toutes sortes d'alarmes en elle.

Elle lui lança un regard discret. Aïe ! Cela n'augurait rien de bon. S'efforçant de cacher sa nervosité, elle déclara d'une petite voix :

— Excuse-moi. Le roi m'attend.

Il ne fut pas dupe. Il se pencha sur elle, essayant de l'intimider par sa taille. C'était efficace. Elle n'irait nulle part tant qu'il ne l'aurait pas décidé.

— Oui, mais nous n'avons pas fini de discuter de ta petite escapade d'aujourd'hui.

C'était le retard, donc.

Elle leva le menton. Elle refusait de se laisser tyranniser par un autre mâle surprotecteur.

— Je m'excuse si je t'ai causé des soucis, mais je t'assure qu'il n'y avait pas de quoi s'inquiéter. En outre, je ne vois pas en quoi cela te concerne.

— Ne me provoque pas, Helen. Je ne suis pas d'humeur à jouer à tes petits jeux. Dorénavant, tu n'iras nulle part sans une escorte. Me suis-je bien fait comprendre ? Je ne veux pas que tu coures le moindre risque.

Son ton acheva de l'excéder.

— Des risques ? Tu n'en fais pas un peu trop ? Tu n'es ni mon frère ni mon mari. Tu n'as pas à me donner des ordres.

Elle voulut passer devant lui, mais il la retint par un bras. L'empreinte de ses doigts chauds traversa l'étoffe de sa robe. Comme s'il ne l'avait pas entendue, il insista :

— Tu dois me le promettre, Helen. Tu n'iras nulle part seule.

Elle scruta son masque impénétrable, se demandant de quoi il s'agissait réellement. L'avait-elle inquiété à ce point ?

— C'est si important pour toi ?

— Oui.

Sa colère retomba aussitôt. Elle n'aimait pas beaucoup la façon dont il émettait ses édits, mais l'intention lui réchauffait le cœur.

— Fort bien. Je te le promets.

Il hocha la tête et s'effaça pour la laisser passer. Au dernier moment, il chuchota :

— Au fait, Helen, nous devrons également discuter de certaines « rougeurs ».

Elle grimaça. Ah, il était au courant. Son ton badin ne la trompait pas. Il le lui ferait payer.

Son entrée dans la pièce interrompit une conversation. Vu l'expression des hommes présents, elle avait été houleuse.

Will, notamment, semblait avoir du mal à contenir sa colère.

Toujours galant jusqu'au bout des ongles, le roi se leva en la voyant.

— Ah, lady Helen ! J'ai appris que vous aviez eu une petite mésaventure. J'espère que vous allez bien ?

Magnus referma la porte derrière eux et prit sa position au côté du roi.

— Très bien, sire, répondit Helen. Je ne serais pas une guérisseuse digne de ce nom si je ne pouvais pas soigner quelques égratignures et une cheville tordue.

Elle espérait qu'il prendrait la perche qu'elle lui tendait, ce qu'il fit avec un large sourire.

— C'est précisément de vos talents que nous discutions. J'exprimais à votre frère mon désir de vous voir nous accompagner dans ma tournée à travers les Highlands. J'ai bien peur de ne plus pouvoir me passer de vous.

— Je suis honorée, sire.

Cela avait marché ! Son plan avait marché !

Elle lança un regard vers Magnus. Ses traits ne révélaient rien de ses pensées sur le sujet. Toutefois, elle ne pouvait croire qu'il ait accepté cette idée de bon cœur. Il n'avait pas caché son désir d'être débarrassé d'elle.

L'opinion de Will, en revanche, était beaucoup plus claire.

— Nous sommes bien sûr très honorés, lui déclara-t-il. Mais, en tant que frère et laird, je suis surtout préoccupé par ta sécurité.

Il se tourna vers le roi.

— Helen n'est pas guérisseuse, sire. C'est une jeune dame qui a reçu une éducation digne de son rang et qui a aimablement accepté d'aider notre clan en attendant que nous trouvions une autre guérisseuse.

Le roi sourit.

— Je suis parfaitement conscient du rang de votre sœur. Elle sera mon invitée, pas ma servante. Je comprends votre inquiétude et je peux vous assurer qu'elle sera traitée et protégée comme si elle était ma propre sœur. Ce qu'elle deviendra bientôt, j'espère.

Will lança un regard noir vers Magnus. Il devinait qui serait chargé de la protéger.

— Naturellement, reprit le roi, je le comprendrais si vous souhaitiez qu'un de vos hommes l'accompagne également. Pourquoi pas votre jeune frère ?

À l'absence de réaction de Magnus, Helen comprit qu'il était déjà au courant de la proposition du roi. Elle fronça le nez, contrariée par ce nouvel obstacle dans son plan. Avoir Kenneth dans les pattes ne lui faciliterait pas la tâche. D'un autre côté, l'essentiel était qu'elle puisse partir avec eux. En outre, elle ne pouvait s'empêcher d'être fière de son frère qui, visiblement, était aux anges d'avoir été remarqué par le roi.

Will était mis au pied du mur et n'aimait pas ça. De toute évidence, il ne voulait pas la laisser partir, mais il ne pouvait pas refuser une requête du roi auquel il venait de proclamer son allégeance. Il marchait sur des œufs.

— Je serais légèrement soulagé si d'autres hommes l'accompagnaient.

— Je serais honoré de protéger lady Helen, proposa aussitôt Donald.

Cette fois, Magnus ne put totalement cacher sa réaction, pas plus qu'Helen. Kenneth et Donald, que Dieu la préserve !

William secoua la tête. Helen connaissait ce regard et sentit que sa chance lui échappait. Son têtu de frère allait tout faire échouer et mettre en péril sa relation avec le roi.

— J'ai bien peur de ne pouvoir... commença-t-il.

Helen l'interrompit avant qu'il ait pu finir et s'adressa à Bruce.

— Puis-je échanger quelques mots en privé avec mon frère, sire ?

— Bien sûr, répondit-il en se levant. Il est tard. Je vais me retirer et vous me donnerez votre réponse demain matin. Sir William, si vous acceptez ma requête, je le considérerai comme une faveur personnelle.

Sur cette admonition on ne peut plus claire, le roi quitta le bureau, suivi de ses hommes. Helen croisa le regard de Magnus quand il passa devant elle. Elle rosit. Vu son expression, elle avait encore des comptes à lui rendre.

Kenneth avait observé leur échange. Il se tourna vers Will.

— Il faut que tu trouves un prétexte. Tu ne peux pas la laisser partir. Pas avec lui...

— J'ai la ferme intention de partir, l'interrompit Helen. Ta préoccupation au sujet de Magnus est absurde. Il ne veut rien avoir à faire avec moi.

— Et j'ai bien l'intention que cela ne change pas.

— Si seulement tu pouvais voir plus loin que votre fichue querelle, tu comprendrais qu'il n'y a rien à craindre.

Elle se tourna vers Will.

— J'espère avoir ta bénédiction.

— Tu partirais sans mon consentement ?

Elle ne voulait pas défier son autorité à moins d'y être obligée. Elle n'avait aucun pouvoir. Ils le savaient tous les deux, tout comme ils savaient que, s'il le lui rappelait, plus rien ne serait jamais plus pareil entre eux.

— Tu ne peux pas refuser la requête du roi, Will. Tu en es bien conscient ?

— Elle a raison, intervint Donald. Bruce ne te laisse pas le choix. Si tu refuses, il le prendra comme un affront personnel. C'est dans l'intérêt du clan de la laisser partir. Tu peux profiter de cette occasion pour renforcer notre position dans son nouveau gouvernement.

Helen était surprise – et reconnaissante – de le voir prendre sa défense.

Will avait l'air belliqueux de celui qui se savait vaincu et refusait de l'admettre.

— Si tu pars, nous n'aurons personne pour nous soigner.

— Si tu veux une guérisseuse, tu sais où la trouver. Muriel reviendra si tu le lui demandes.

Une étrange lueur traversa son regard. De la nostalgie ? Des regrets ? Du ressentiment ? Elle l'ignorait, mais elle en était désormais certaine : il se passait quelque chose entre Muriel et Will.

Ou, du moins, il s'était passé quelque chose.

Il plissa les lèvres.

— Le prix qu'elle demande pour son retour est trop élevé.

Helen esquissa un sourire triste. Elle devinait la source du conflit de Will et, sans doute plus que n'importe qui d'autre, son combat intérieur. L'amour et le devoir allaient rarement de pair.

— Dans ce cas, à toi de décider à quel point tu as besoin d'elle.

15

Muriel rabattit sa capuche sur sa tête et hâta le pas dans les ruelles tortueuses d'Inverness. À mesure que le soleil sombrait derrière la ligne d'horizon, une brume humide envahissait le bourg royal, recouvrant les collines et les toits d'un voile trouble.

D'ordinaire, le court chemin entre la guilde et la chambre que le comte de Ross avait louée pour elle au-dessus de l'échoppe d'un cordonnier était un bon moyen de se dégourdir les jambes après une longue journée de travail. Toutefois, la soirée était sinistre et elle regrettait de ne pas avoir accepté l'offre de lord Henry de la raccompagner chez elle.

Lord Henry était un nouveau professeur en médecine et elle lui était reconnaissante de son amitié. Elle avait rencontré peu de chaleur humaine depuis son arrivée à Inverness. Dire que les médecins de la guilde ne l'avaient pas accueillie à bras ouverts était un euphémisme.

Cependant, lord Henry aurait aimé un peu plus que de l'amitié et elle ne voulait pas l'encourager. Pour le moment, son principal souci était de surmonter tous les obstacles que les vénérables médecins mettaient en travers de son chemin et d'achever son apprentissage sans commettre d'erreur. Elle ne devait pas leur donner de prétexte pour se débarrasser d'elle. Jusque-là, à sa surprise autant qu'à la leur, elle s'en sortait plutôt bien. Elle avait même gagné quelques défenseurs.

Toutefois, son travail n'était pas l'unique raison pour laquelle elle ne voulait pas donner de faux espoirs à lord Henry. Son cœur se serra. Un jour, elle parviendrait à oublier le comte de Sutherland. Mais ce jour n'était pas encore arrivé. Cela viendrait. Il le fallait.

Lorsqu'elle avait appris que Will la cherchait, elle avait cru sottement qu'elle lui manquait. Craignant de ne pas être assez forte pour lui résister, elle avait fui ses messagers. Puis, quand Donald l'avait coincée alors qu'elle sortait de la guilde, elle avait appris la vérité : ce n'était pas Will qui la demandait, mais le roi qui avait besoin de ses services.

Piquée au vif, elle l'avait envoyé paître, sachant pertinemment qu'avec sa provocation dérisoire, elle s'assurait qu'il ne viendrait jamais la chercher. Le fier William Sutherland de Moray ne s'abaisserait jamais à courir après une femme. Même celle qu'il prétendait aimer. Surtout après qu'elle avait rejeté son « offre ».

Elle tourna au coin de la grand-rue et ralentit le pas. C'était une artère bien éclairée et animée, avec des négoces, des tavernes et même une auberge. Le raffut était rassurant.

Sa chambre se trouvait un peu plus haut dans la rue. En passant devant une taverne, elle aperçut au loin le flambeau que le cordonnier avait laissé allumé pour elle. Les éclats de voix et les bris de verre n'avaient rien d'inhabituel dans l'établissement. Soudain, la porte s'ouvrit et un homme en jaillit en titubant. Plus exactement, il venait d'être expulsé. Elle ne put l'éviter et le percuta de plein fouet, manquant de tomber à la renverse.

— Pardon, marmonna-t-elle.

Elle voulut s'éloigner rapidement mais il l'attrapa par la taille et la fit tourner sur elle-même.

— Tiens, tiens, regardez qui va là, déclara-t-il.

C'était un grand gaillard, trapu et les traits épais. Un soldat. Elle sentit son sang se glacer. Le bras se resserra autour de sa taille et il approcha son faciès couvert d'une barbe hirsute, lui soufflant son haleine avinée au visage.

— Mais c'est qu'elle est pas mal du tout, la poulette !

Helen se recroquevilla, sentant la peur lui nouer la gorge. Non, non, non ! Cela ne pouvait pas lui arriver encore !

— Lâchez-moi, s'écria-t-elle d'une voix étranglée.

Il se mit à rire.

— Pourquoi es-tu si pressée, ma jolie ? On commence tout juste à faire connaissance.

Il se trémoussa contre elle. Elle sentait son membre dur se presser contre ses jupes et fut prise de panique. Elle se débattit comme une furie, le martela de coups, le repoussa de toutes ses forces.

— Mais qu'est-ce qui te... ?

Il n'acheva pas sa phrase. Une ombre glissa devant elle et elle se retrouva brusquement libre. Il y eut un craquement d'os sinistre et la brute se retrouva sur le pavé, la mâchoire fracturée. Elle vit un éclat de métal dans la lueur de la torche et une lame d'acier se posa sur la gorge du rustre.

— Donne-moi une bonne raison de ne pas t'égorger, demanda son sauveur.

— Will ?

La silhouette noire se tourna vers elle. Elle chancela.

Il lâcha un juron et la rattrapa de justesse avant qu'elle ne s'effondre. Il la serra dans ses bras, tenant toujours son épée, et elle s'affaissa contre lui.

— Tout va bien, tu es sauve.

Will ! C'était bien lui. Le son apaisant de sa voix était comme un rêve devenu réalité.

L'homme sur le sol en profita pour décamper. Will voulut le poursuivre mais elle le retint.

— Laisse-le partir, sanglota-t-elle. Ne me laisse pas toute seule.

Il la tint contre lui tandis qu'il l'entraînait vers l'immeuble du cordonnier. Il avait dû l'attendre devant l'échoppe et voir le soldat l'accoster.

Il m'attendait. Est-ce à dire que... ?

Elle ne voulait pas nourrir de faux espoirs.

Il ouvrit la porte, l'assit sur une chaise, alluma une chandelle puis fouilla dans l'arrière-boutique. Il revint quelques instants plus tard avec une tasse.

— Tiens, c'est tout ce que j'ai pu trouver.

Elle fronça le nez, mais but néanmoins le mauvais whisky. L'alcool lui brûla la gorge, réchauffant son sang glacé.

Lorsqu'elle se fut légèrement remise, elle leva vers lui des yeux incrédules.

— Tu es venu.

Les traits de Will se durcirent.

— Et heureusement ! À quoi pensais-tu, Muriel ? Tu te promènes seule dans les rues la nuit ? Tu ne sais donc pas que...

— Je sais très bien ce qui aurait pu arriver, le coupa-t-elle.

Il tiqua, honteux.

— Désolé, je ne voulais pas...

Son malaise la fit rire.

— Tu ne voulais pas me le rappeler ? Tu crois que je pourrais l'oublier ? Tu penses que je n'ai pas vu les hommes qui m'ont violée dans les yeux de ce rustre ? Que je n'ai pas revécu ce qu'ils m'ont fait dans ma tête ?

Il tendit la main vers elle et elle la refusa.

Elle avait quatorze ans. La guerre était arrivée à Berwick-upon-Tweed et les hommes du roi Édouard avaient envahi la ville. Son père se trouvait à l'hôpital pour soigner les blessés quand les soldats étaient entrés chez eux. Ils étaient huit. Ils l'avaient violée à tour de rôle avant de la jeter dans la rue tel un détritus. L'un des voisins l'avait trouvée, rouée de coups, en train de se vider de son sang. On avait été cherché son père. Il avait pu la sauver, du moins ce qui pouvait encore être sauvé.

À cause de ce qui lui était arrivé ce jour-là, elle ne pourrait jamais donner un fils à Will. Elle n'y pouvait rien.

Ils n'auraient jamais dû s'aimer, l'héritier du comte et la fille du médecin. Les deux premières années après son arrivée à Dunrobin, il lui avait à peine adressé un regard. À moins qu'elle n'ait été trop accaparée par sa douleur pour le remarquer. Leur amitié était née lentement, par accident. Il marchait sur la plage en même temps qu'elle, ou elle le croisait en rentrant de chez des paysans qu'elle avait soignés.

Les premiers temps, elle avait eu peur du beau et jeune noble. Puis, sa méfiance s'était dissipée. Elle s'était mise à l'apprécier. Il était meilleur qu'elle ne l'avait cru. Plus drôle aussi. Peu à peu, il l'avait ramenée dans le monde des vivants.

Elle s'était mise à rêver.

Par miracle, ses rêves s'étaient réalisés. Lorsqu'elle lui avait enfin confié ce qui lui était arrivé, il l'avait prise dans ses bras et l'avait consolée. Puis il l'avait embrassée tendrement et lui avait déclaré qu'il l'aimait. Elle n'oublierait jamais l'espoir qui l'avait habitée à cet instant. Cela dépassait toutes ses attentes. Lui-même avait paru surpris. Pendant des mois, ils avaient savouré leurs nouveaux sentiments et leur passion qui s'éveillait lentement.

Jusqu'à ce qu'il lui demande sa main. Il était prêt à passer outre ses devoirs envers son clan en épousant une femme sans fortune et sans nom. Puis elle lui avait expliqué qu'elle ne pourrait pas avoir d'enfants. C'était là le seul devoir qu'il ne pouvait ignorer.

Cette situation inextricable avait fait péricliter leur relation durant près de deux ans, les rendant tous les deux malheureux. Toutefois, elle n'avait rompu que lorsqu'il lui avait proposé d'être sa maîtresse. Il n'avait pu l'accepter et était redevenu le chef froid et impérieux que tout le monde connaissait.

Mais, à présent, il était ici. Dieu merci, il était arrivé juste à temps.

Elle leva les yeux vers lui.

— J'ai baissé ma garde un moment. La guilde n'est pas loin d'ici et je suis habituée à rentrer seule à pied. La prochaine fois, je serai plus prudente.

— Il n'y aura pas de prochaine fois.

Son ton autoritaire aurait dû lui mettre la puce à l'oreille, mais comment ne pas se raccrocher à un brin d'espoir ? Avait-il changé d'avis ? Avait-il décidé de l'épouser en dépit de tout ?

Elle avait du mal à le croire.

— Que fais-tu ici, Will ?

— Je suis venu te chercher en personne comme tu l'as exigé, répondit-il avec une mine agacée.

— Mais pourquoi exactement ?

Elle soutint son regard et il tourna la tête.

— Parce qu'on a besoin de toi.

Ce n'était pas « J'ai besoin de toi », ni « Je ne peux pas vivre sans toi », ni « Je t'aime ».

— Helen a décidé d'accompagner le roi dans sa tournée, ajouta-t-il.

Comment pouvait-elle ressentir encore de la déception ? Elle prit une profonde inspiration.

— C'est donc la guérisseuse que tu es venu chercher.

Sa voix désincarnée le fit tressaillir. Était-elle parvenue à percer sa conscience ?

— Oui, confirma-t-il.

Je ne suis qu'une sotte. Rien n'avait changé. Elle ne pouvait lui reprocher de ne pas l'épouser. Elle comprenait son devoir. Elle lui en voulait de ne pas la laisser partir.

— Je suis désolée. Je ne peux pas partir pour le moment. Je suis en train de…

— Je leur parlerai. Tu seras autorisée à revenir quand tu voudras.

Le peu de cas qu'il faisait de son travail, ainsi que sa certitude que les hommes s'inclineraient devant le grand comte de Sutherland, l'exaspéra.

— J'ai dit non, Will !

Il se hérissa. Combien il détestait qu'on lui résiste !

Avant qu'elle ait pu réagir, il lui prit le bras, la hissa contre lui et l'embrassa à pleine bouche.

Son cœur éprouvé la trahit. Le contact de ses lèvres l'emplit de chaleur et de bonheur. Les émotions qu'elle s'était efforcée de contenir rejaillirent aussitôt.

Son baiser était brutal, vorace. Elle n'avait jamais pu résister à sa passion. Il ne l'embrassait pas comme une porcelaine fragile mais comme une femme capable de lui répondre avec fougue.

Et que Dieu lui vienne en aide, c'était plus fort qu'elle. Elle glissa sa langue dans sa bouche et lui rendit son baiser au centuple, aussi avide que lui. Elle enfonça les ongles dans les muscles d'acier de son dos, l'attirant plus fermement contre elle, dur et fort, chaud et protecteur.

Il gémit contre sa bouche, glissa les doigts dans sa chevelure et lui tint la nuque tandis qu'il enfonçait sa langue plus profondément, l'explorant goulûment.

Il perdait pied. Elle sentait la façade rigide du comte s'effriter, laissant transparaître l'homme ardent et amoureux qui l'avait séduite.

Puis il se souvint de qui il était.

Il s'arracha à son étreinte avec un grognement de frustration. Elle l'observa reprendre son souffle et se recomposer.

— Je suis navré, je ne voulais pas… commença-t-il.

Il leva les yeux vers elle.

— Je n'aurais pas dû. Je ne suis pas venu pour ça.

Muriel avait cru que son cœur ne pouvait être broyé davantage, elle se trompait. Il était réduit en miettes.

L'homme dont l'amour ferait d'elle une putain était de retour.

— Ce ne sera que pour une durée déterminée, reprit-il. Jusqu'à ce qu'on te trouve une remplaçante adéquate.

Une épouse qui lui donnera un fils. La femme qui prendra ma place. Miséricorde, la douleur était insoutenable.

Elle était prête à l'envoyer paître à nouveau, mais il connaissait son point faible.

— Tu me le dois, Muriel. Tu le dois à ma famille.

Elle vacilla. C'était comme un coup de poignard qui transperçait son cœur. Il avait raison. Elle lui était redevable. Sa famille l'avait prise dans son sein et lui avait donné un lieu où guérir. À la mort de son père, Will ne l'avait pas contrainte à se marier comme l'aurait fait n'importe quel autre chef. Peu importait qu'il ait obéi à des motivations égoïstes. Mais il n'avait pas le droit d'exploiter ainsi sa gratitude. Il lui avait donné sa liberté ; à présent, il la lui reprenait.

Elle s'efforça de le regarder dans les yeux, même si la brûlure dans sa poitrine l'empêchait de respirer.

— Je viendrai pour un mois, pas plus. Après ça, je me serai définitivement acquittée de ma dette.

Le regard froid et arrogant, il acquiesça.

— Soit. Un mois.

Il s'imaginait qu'il parviendrait à la faire changer d'avis. Il se leurrait. Il avait réussi l'impossible : il l'avait poussée à le haïr.

16

Motte de Dingwall, comté de Cromarty

Ils se trouvaient dans la forteresse du comte de Ross à Dingwall depuis plusieurs jours quand Magnus trouva enfin une occasion de parler à Helen en tête à tête. Entre ses devoirs quand ils étaient sur la route, leur séparation une fois arrivés au château et la surveillance constante de son frère et de Munro, il avait été contraint de garder ses distances. Il était presque soulagé par la présence des deux hommes. La vigilance de Sutherland et de Munro renforçait la protection autour d'Helen. Naturellement, pour eux, c'était lui la menace.

Il espérait qu'il n'y en avait pas d'autre. En attendant, il ne pourrait baisser la garde tant que…

Il ignorait jusqu'à quand. Tant qu'il y aurait des gens qui cherchaient à percer le secret de l'identité des membres de la garde fantôme, le danger persisterait. Helen était associée à la garde, qu'elle le veuille ou non. Si leurs ennemis la soupçonnaient de savoir quelque chose…

Il sentit une pointe de colère contre Gordon. Avait-il réfléchi à ce à quoi il l'exposait en l'épousant ?

Magnus ne paniquait jamais. Même dans les situations les plus désespérées, il savait toujours comment réagir. Parmi les membres de la garde, tous de solides gaillards, il était connu pour ses nerfs d'acier et son sang-froid dans le feu de la bataille. Pourtant, l'espace d'un moment terrible, il avait senti la peur refermer ses serres autour de lui, le plongeant dans un état d'impuissance hébétée. Si quelque chose arrivait à Helen...

Mais ce n'était rien à côté de ses sueurs froides lorsqu'il l'imaginait entre les pattes d'un sadique déterminé à lui soutirer des informations à n'importe quel prix.

Le roi avait probablement raison. Il n'y avait rien à craindre. Néanmoins, il ne pourrait se détendre avant de s'en être assuré.

Outre la protection d'Helen, il avait ses devoirs auprès de Bruce. À l'instar des Sutherland, Ross ne s'était soumis qu'à contrecœur. Si le roi avait accepté son allégeance pour le bien du royaume, il ne pouvait oublier que Ross avait violé le sanctuaire de l'Église pour arrêter la reine, les sœurs du roi, sa fille et la comtesse de Buchan avant de les livrer aux Anglais.

Par conséquent, la tension dans la grande salle était palpable, chacun craignant une entourloupe. Une fois de plus, Bruce voulait consolider cette nouvelle vassalité par un mariage, en l'occurrence celui de l'héritier de Ross, sir Hugh, et de sa fille Maud. Ils célébraient ces fiançailles par un banquet quand Magnus vit Helen s'éclipser.

Depuis leur arrivée à Dingwall, son comportement était étrange. Elle se montrait étonnamment silencieuse et réservée, surtout quand elle était avec les autres dames. Cela lui rappelait la première fois qu'il l'avait vue à Dunstaffnage. Son allure était irréprochable. Il ne lui avait jamais vu des coiffures aussi élaborées et elle avait retrouvé une garde-robe plus chaste, Dieu soit loué ! Néanmoins, il sentait que quelque chose n'allait pas.

Il lança un bref regard à MacGregor pour lui demander de garder l'œil ouvert, puis s'éclipsa à son tour. Il n'était pas inquiet, il ne faisait que son devoir.

Le temps était clair mais venteux. Il faisait froid pour un jour d'été. Dingwall, une ancienne forteresse viking transformée en garnison par les Anglais et désormais confiée à la garde de Ross, se trouvait sur une grande motte ceinte d'un rempart en pierre et dominant l'estuaire de Cromarty. La tour ronde avait été agrandie au fil des ans et le château était désormais le plus grand au nord de Stirling.

Magnus regarda autour de lui mais ne la vit nulle part. Il y avait du monde dans la cour : des serviteurs allaient et venaient des cuisines à la grande salle ; des soldats patrouillaient le long des créneaux et gardaient la porte.

Il s'efforça de calmer les battements de son cœur. Il ne céderait pas à la panique, nom de nom ! Il balaya à nouveau les environs du regard, méthodiquement. Il faillit la rater à nouveau. Elle était accoudée au parapet, à demi cachée par un mur. De là où il se tenait, il n'apercevait que sa longue chevelure volant tel un étendard auburn.

Avec un soupir de soulagement, il se dirigea vers elle. Il se surprit à marcher un peu trop vite. À Dunrobin, il avait fait son possible, sans grand succès, pour l'éviter. Après près d'une semaine à l'observer de loin et à ne lui parler qu'en présence des autres, on aurait pu croire qu'il avait hâte de la voir. Qu'elle lui manquait.

Fichtre. Il se laissait aller et il le savait. Il n'y pouvait rien. Ils devaient faire route ensemble, qu'il le veuille ou non. Autant en tirer le meilleur parti.

Fascinée par le spectacle de l'estuaire à ses pieds, elle ne le vit pas venir.

— Je croyais que tu aimais danser ?

Elle sursauta et se tourna. Quand elle le reconnut, un sourire radieux illumina son visage. Sa joie n'aurait pas dû le rendre aussi heureux. Ce sourire s'installa dans sa poitrine et rayonna en lui. Il avait l'impression d'avoir avalé un rayon de soleil.

— Magnus, tu m'as fait peur !

— C'est ce que je vois. Tu semblais perdue dans tes pensées. Tu cherchais de nouveaux remèdes pour les rougeurs ?

Elle rougit légèrement.

— Tu es très fâché ?

Leurs regards se rencontrèrent un long moment, les souvenirs de ce qui s'était passé cette nuit-là réchauffant l'air autour d'eux. En colère ? Il aurait dû l'être. Mais ce n'était pas le cas. Il l'avait touchée, avait posé ses mains sur ce corps dont il avait uniquement rêvé auparavant, avait goûté à une passion qui dépassait son imagination. Elle l'avait piégé pour lui faire faire ce que son honneur ne l'aurait jamais autorisé à faire. Elle lui avait donné une excuse. Il n'était pas hypocrite au point de le regretter.

Ce n'était pas une raison pour l'encourager. Il n'était pas certain d'être assez fort pour se retenir une seconde fois.

— Je l'étais.

— Ça veut dire que tu ne l'es plus ? demanda-t-elle avec des yeux pleins d'espoir.

Il prit un air sévère.

— Je pourrais me laisser convaincre de te pardonner si tu me jures de ne plus jamais recommencer.

Elle fit la moue.

— J'ai été provoquée. Et ce n'est pas ma faute si elle a mal interprété mes paroles. Des « rougeurs », cela peut être n'importe quoi, non ?

La petite sournoise.

— Helen...

Elle leva fièrement le menton, n'appréciant pas son ton.

— Fort bien, rétorqua-t-elle. J'accepte si, de ton côté, tu me jures aussi de ne pas recommencer. C'était très mal de ta part de faire ça devant moi.

— Tu n'es pas la seule à avoir été provoquée. Je remarque que tu ne portes plus tes robes « pudiques ».

Elle détourna les yeux, gênée.

Il suivit son regard et, pendant quelques minutes, ils se contentèrent de contempler les bateaux de pêche dans le port de Dingwall en contrebas.

Elle rompit enfin le silence.

— Le roi a besoin de moi ?

— Non, pourquoi ?

Elle arqua un sourcil ironique.

— Je me disais que tu devais avoir une bonne raison de me chercher.

Son ton caustique piqua sa conscience.

— Il m'a semblé que tu n'étais pas en forme. Tu n'avais pas l'air de t'amuser pendant le repas et tu es partie avant la danse. Munro ne paraissait pas ravi de te voir disparaître.

Il revit en pensée l'expression possessive de ce dernier. Si Sutherland ne l'avait pas arrêté, il serait sûrement sorti de la grande salle derrière elle.

Elle l'observa attentivement, inclinant la tête sur le côté d'un air songeur.

— Je ne me savais pas surveillée d'aussi près.

Comme il ne répondait pas, elle ajouta :

— J'avais simplement besoin d'un peu d'air frais.

— Je t'ai vue avec les filles de Ross. Ce doit être agréable pour toi de te retrouver avec d'autres jeunes femmes de ton âge.

— Oui.

Elle ne paraissait guère convaincue.

— Mais… ? insista-t-il.

— Je ne sais jamais quoi leur dire.

— Toi ? Je ne t'ai pourtant jamais vue à court d'arguments

Elle se mit à rire.

— On dirait un reproche.

— Je me souviens d'être resté assis à t'écouter durant des heures tout en me demandant comment une jeune fille pouvait avoir autant de choses à raconter. Il m'est arrivé de m'endormir plus d'une fois en t'écoutant.

Elle lui donna une tape.

— Tu étais censé être en train de pêcher !

— Comment l'aurais-je pu quand ton bavardage faisait fuir les poissons ?

— Je ne bavarde pas, s'indigna-t-elle.

Les poings sur les hanches, sa chevelure volant au vent en reflétant le soleil, ses grands yeux bleus le dévisageant au milieu de son visage mutin, elle lui rappelait tellement ces moments bénis qu'ils avaient partagés qu'il fut pris d'une envie de la prendre dans ses bras et de ne plus jamais la lâcher.

Comment avait-il pu croire qu'il l'oublierait ? Elle faisait partie de lui. C'était là tout le drame.

— Magnus ?

Il chassa ses souvenirs et lui adressa un sourire penaud.

— Si, mais ça ne m'ennuyait pas. J'aimais bien t'écouter. Comment se fait-il que tu n'aies plus rien à dire ?

Elle haussa les épaules.

— Avec toi, c'était différent. Je n'avais pas l'impression de raconter des bêtises. Je me sentais à l'aise. Enfin, pas toujours, mais ça, c'était plus tard.

Il ne la suivait pas, tout en sentant qu'elle lui disait quelque chose d'important.

Voyant son air perplexe, elle tenta de s'expliquer.

— Ce n'est pas que je n'ai plus rien à dire, mais je mets toujours les pieds dans le plat. Aujourd'hui, par exemple, j'étais dans l'office du laird avec les autres femmes. Nous discutions du cochon qui était en train de rôtir pour le banquet. Sans réfléchir, je leur ai raconté la première fois où j'avais vu naître un pourceau et à quel point c'était merveilleux. Ce n'était pas la chose qu'elles voulaient entendre avant le repas.

Elle lui montra un rocher au bord de l'eau.

— Je suis comme ce petit fou de Bassan, là-bas. Celui qui est tout noir au milieu des autres qui ont la tête jaune. Un peu bizarre.

— C'est absurde, protesta-t-il.

Toutefois, en y réfléchissant, il se souvint qu'il avait été surpris de ne la voir que rarement avec des amies lors des jeux.

— Et Muriel ? demanda-t-il.

— Elle n'est pas comme les autres. Nous avons des points communs.

— Et tu n'en as pas avec les autres ?

— Si, sans doute. Je ne sais pas. Je ne sais pas l'expliquer. Nous ne voulons pas les mêmes choses.

— Comme quoi ?

Elle réfléchit un instant, puis répondit simplement :

— Je veux plus.

À sa tête, Helen voyait qu'il ne comprenait pas, ce qui n'avait rien d'étonnant. Comment expliquer que la « brebis galeuse » en elle voulait suivre son cœur, et qu'elle se sentait vaguement coupable et mal à l'aise quand elle entendait les autres dames dire qu'elles étaient heureuses de faire simplement ce qu'on attendait d'elles ?

— Ce n'est rien, dit-elle, gênée. Ce ne sont que des sottises.

Il lui prit le bras et la tourna vers lui.

— Non. Explique-moi. Je veux comprendre.

C'était ce qui le rendait différent : il faisait l'effort d'essayer.

— Je veux une vie en dehors des murailles d'un château. Je veux la même chose que toi.

— C'est-à-dire ?

— La liberté. Le choix. La possibilité d'aller à ma guise sans qu'on lance des recherches.

Il sourit malgré lui. Il semblait comprendre ce qu'elle voulait dire.

— Nous sommes tous tenus par les conventions, Helen. Je suis tenu par mon devoir envers mon roi et mon clan.

— Mais tu fais ce que tu aimes et tu es fier d'exceller dans ce que tu fais. Tu ne voudrais pas être un universitaire ou un prélat plutôt qu'un guerrier, si ?

— Grands dieux, non !

Elle ne put s'empêcher de rire devant sa mine horrifiée.

— Et si tu n'avais pas le choix ? Si tu n'avais qu'une seule option devant toi ? Parfois, quand j'entends les autres femmes discuter, il me vient des fourmis dans les jambes. J'ai besoin de bouger, d'agir.

Il étudia son visage, la voyant peut-être plus clairement qu'elle ne se voyait elle-même.

— J'aurais pensé que soigner le roi, c'était agir.

Elle sourit.

— Veiller à ce qu'il mange bien ses légumes n'est pas franchement une vocation. Nous savons tous les deux que je ne suis pour lui qu'une mesure de précaution. Je ne sais pas ce que je veux, mais ce n'est pas de vivre enfermée derrière des murs de trois mètres d'épaisseur comme ceux-ci.

— C'est pour ça que tu m'as éconduit ? demanda-t-il doucement.

Elle sursauta, surprise non seulement qu'il aborde le sujet mais également qu'il ait fait un rapprochement qu'elle-même n'avait pas fait.

— Peut-être en partie, admit-elle. Ta mère… Je craignais de ne jamais pouvoir être comme elle et de te décevoir. Je… je n'étais pas sûre d'être prête.

— Tu changeras sans doute d'avis quand tu auras un mari et des enfants.

C'était ce à quoi elle était censée aspirer. Mais...

Et si cela ne lui suffisait pas ?

Elle lui adressa un regard triste.

— C'est ce que mes frères me disent aussi. Ça ne m'a pas très bien réussi la première fois. Épouser un homme que je n'aimais pas fut une erreur.

Ils se dévisagèrent un long moment avant qu'il se détourne. Elle aurait tout donné pour savoir ce qu'il pensait. Il s'était refermé comme une huître et elle le sentait prendre à nouveau ses distances.

Elle regrettait d'avoir fait allusion à William, mais comment surmonteraient-ils le passé s'ils refusaient d'en parler ? Si le spectre de son ami se dressait toujours entre eux ?

Il s'écarta du mur.

— Nous devrions rentrer. Ton armée ne va pas tarder à se lancer à ta recherche.

Elle fit la grimace. L'armée en question était l'une des raisons pour lesquelles elle avait eu besoin d'un bol d'air.

— Tu as sans doute raison.

— Ne me dis pas que tu es enfin devenue raisonnable ?

Elle lui lança un regard noir.

— Tu n'es pas mieux que les autres. Si vous n'étiez pas aussi occupés à vous haïr, Kenneth et toi pourriez être amis. Vous avez beaucoup en commun.

Heureusement qu'il n'était pas en train de manger, il se serait étranglé. Elle l'entendit marmonner quelque chose au sujet de la neige et de l'enfer, puis il déclara :

— C'est donc Munro que tu voulais éviter ? A-t-il fait quelque chose... ?

— Il veut danser avec moi, l'interrompit-elle sur un ton morne.

Il était dérouté.

— Même si je ne peux pas voir ce bât... cet homme en peinture, une simple danse n'est pas une raison pour éviter quelqu'un.

— Si seulement ça s'arrêtait là. Je crois qu'il va me demander en mariage.

Elle marqua une pause, puis reprit :

— Je devrais être comblée, n'est-ce pas ?

Il s'était tendu. Elle observa avec intérêt les muscles de sa mâchoire se crisper.

— Et tu hésites sur la réponse à lui donner ?

Son ton était un peu trop neutre pour un homme qui voulait paraître détaché.

— Non, je connais déjà ma réponse. C'est sa réaction qui m'inquiète.

Il ne cacha pas son soulagement. Il était absurde d'accorder trop d'importance à un simple soupir, mais ce qu'il dit ensuite fit renaître l'espoir en elle.

— Je connais un moyen de le faire bisquer.

— Comment ?

— Danse avec moi.

Elle était aux anges. Elle avait longtemps rêvé de virevolter à son bras dans une salle comble, devant tout le monde.

Quelques minutes plus tard, tandis qu'il l'entraînait dans un quadrille sur le sol dallé de la grande salle du château de Dingwall devant son frère renfrogné, le roi amusé et Donald fulminant, elle était sur un petit nuage.

Pour la première fois depuis des années, le bonheur qu'elle recherchait, ce « plus » auquel elle aspirait, semblait un peu plus à sa portée.

L'euphorie de la danse accompagna Helen pendant le reste de la journée et jusqu'au lendemain matin. Ses efforts commençaient à porter leurs fruits !

Depuis qu'ils avaient quitté Dunrobin, elle avait remarqué un changement chez Magnus. Il ne l'évitait plus et semblait même chercher des moyens de se rapprocher d'elle. Elle le sentait qui l'observait. À présent, après la danse et leur conversation de la veille, elle ne doutait plus qu'il s'était radouci à son égard.

Leur discussion lui avait également fait comprendre ce qui l'avait retenue d'accepter sa proposition de mariage : la peur de ne pas être à la hauteur, de ne jamais parvenir à être une châtelaine digne de sa mère, de ne jamais correspondre à ce qu'on attendait d'elle.

Aussi, après le petit déjeuner, elle fit l'effort de passer plus de temps avec les autres femmes. Néanmoins, après trois heures assise devant une tapisserie dans le petit salon de la comtesse de Ross, à coudre et à discuter de tous les détails des fiançailles tout en essayant de ne pas commettre de gaffe (elle se retint de justesse de dire qu'elle n'aimait la couture que lorsqu'il s'agissait de suturer une plaie), elle avait de nouveau l'impression que les murs se refermaient sur elle.

Le repas de midi lui apparut comme une échappatoire, même si elle ne vit pas Magnus.

Malheureusement, elle se retrouva assise sur l'estrade à côté de la comtesse de Ross. On racontait que l'austère Anglaise avait été une grande beauté trente ans plus tôt, quand elle avait conquis le cœur du comte écossais. Elle peinait à le croire en voyant la vieille femme au teint gris qui la regardait d'un air dur et condescendant comme si elle voyait tous ses défauts. Même sans sa propension à commettre des gaffes, Helen n'aurait sans doute jamais su trouver les mots justes face à la redoutable matrone. Elle n'osait pas ouvrir la bouche.

La vieille femme se tourna vers elle.

— Accompagnerez-vous mes filles à la chasse au faucon, cet après-midi, lady Helen ?

Elle pâlit. Encore une de ses nombreuses bizarreries : elle n'aimait pas ce sport si prisé des nobles, les hommes comme les femmes. Elle ne détestait pas regarder les rapaces effectuer des circonvolutions dans le ciel, de loin, mais de près...

Les oiseaux la terrifiaient.

Elle s'efforça vainement de cacher son embarras.

— Je ne crois pas.

Avant qu'elle ait pu inventer une excuse, la comtesse déclara :

— Tant mieux, j'aurais donc le plaisir de votre compagnie après le déjeuner. Vous pourrez m'aider à poursuivre la tapisserie. Vous manquez de pratique, mais vos points sont acceptables quand vous vous concentrez.

De sa part, ce devait être l'éloge suprême.

— Vous m'expliquerez comment la fille d'un Sutherland est devenue une loyale servante du roi voy...

Elle s'interrompit de justesse, se rendant compte que le voyou en question était assis à moins de deux mètres.

— Du roi Robert, se reprit-elle avec un petit sourire pincé qui cachait mal son aversion.

Certains médisants affirmaient que la longue résistance du comte de Ross à Robert de Bruce avait été fortement encouragée par son épouse. Il devait y avoir du vrai dans cette rumeur.

Entre les rapaces aux yeux perçants et la comtesse au regard rapace, elle ignorait ce qui l'angoissait le plus.

Elle ouvrit la bouche, essayant de trouver un prétexte pour échapper à ces heures de torture, puis la referma en se rendant compte qu'elle bégayait.

Elle sentit soudain une présence derrière elle. Elle se tourna. C'était Magnus. À voir la lueur de compassion dans ses yeux, il avait dû entendre une partie de la conversation.

— Lady Helen, je suis navré d'interrompre votre repas, mais votre aide est requise dans les casernes.

La comtesse prit un air suspicieux.

— De quoi s'agit-il ? Pourquoi lady Helen...

— Je crains qu'il ne s'agisse d'une affaire délicate, ma dame, l'interrompit-il en laissant entendre que cela concernait le roi. Lady Helen ?

Il lui tendit la main. Elle la prit aussitôt. Sa grande paume chaude et forte engloutit ses doigts délicats tandis qu'il l'aidait à se lever et l'entraînait à travers la salle pleine de convives.

Elle lança un regard derrière elle, s'attendant à voir son frère ou Donald se précipiter pour s'interposer. Elle les aperçut plongés dans une conversation avec Gregor MacGregor, loin de la porte et le dos tourné.

— C'est ton fait ? demanda-t-elle avec un signe de tête dans leur direction.

Il sourit, une lueur espiègle dans le regard.

— Peut-être bien.

Elle éclata de rire. Elle ressentait une joie et une sensation de liberté qu'elle ne connaissait plus depuis longtemps. Elle était à nouveau la polissonne qui s'éclipsait pendant les jeux des Highlands pour retrouver son amoureux secret.

Elle ralentit le pas quand ils entrèrent dans la cour inondée de lumière.

— Merci de m'avoir sauvée. Je ne me sentais pas le courage de passer toute une après-midi avec lady Euphemia.

Il fit la grimace.

— Je te comprends. Cette femme est terrifiante. Mais viens, nous devons nous dépêcher.

Il l'entraîna vers les casernes. Surprise, Helen s'inquiéta.

— Tu étais sérieux ? Je croyais que c'était une ruse. Que se passe-t-il ?

— On a besoin de toi, répondit-il simplement.

Ces quelques mots lui firent chaud au cœur.

Ils contournèrent les casernes, un grand bâtiment en bois construit au pied du rempart, pour accéder à l'espace étroit le séparant des écuries.

Elle allait lui demander ce qu'ils faisaient là quand elle aperçut une enfant accroupie près du mur.

La petite fille, qui devait avoir sept ou huit ans, se tourna en les entendant approcher. Elle avait pleuré. Craignant qu'elle ne soit blessée, Helen se précipita et s'agenouilla près d'elle. Elle l'examina rapidement mais ne vit rien.

— Où as-tu mal, ma petite ?

La fillette secoua la tête, dévisageant Helen comme si elle voyait une apparition. Elle avait un drôle de minois, avec une tignasse brune hirsute et des joues couvertes de crasse sur lesquelles les larmes avaient tracé des sillons humides.

Magnus s'était accroupi à leurs côtés, ses larges épaules occupant tout l'espace.

— Lady Helen, je vous présente MlleElizabeth, la benjamine du cuisinier.

La fillette renifla.

— Mon papa m'appelle Beth.

— Ravie de faire ta connaissance, Beth. Que t'arrive...

Un petit miaulement l'interrompit. Il provenait d'une brèche au pied de la cloison en bois.

— C'est un chaton, expliqua Magnus. Il s'est éloigné du reste de la portée et a été piétiné. Un serviteur lui a écrasé la patte.

La petite fille se remit à pleurer, son petit visage froissé par la peine.

— Mon p-p-papa dit qu'il n'y a r-r-rien à faire et qu'il faut le laisser m-m-mourir.

Helen tenta de la consoler pendant que Magnus poursuivait :

— J'ai rencontré Mlle Beth en allant à la grande salle et je lui ai dit que je connaissais quelqu'un qui pourrait peut-être l'aider.

Ils se dévisagèrent, se souvenant tous les deux de ce jour où un accident similaire les avait réunis. Elle retint son souffle lorsqu'il leva les doigts vers sa joue et glissa une de ses mèches derrière son oreille. Elle savoura ce contact tendre qui ne dura qu'un instant, puis il sembla se ressaisir et laissa retomber sa main.

— De quoi avez-vous besoin ? demanda-t-il.
— Aidez-moi d'abord à le sortir...
— C'est une fille, sanglota Beth.
— À la sortir, corrigea-t-elle. Puis nous verrons.

Pendant les deux heures suivantes, Helen s'appliqua à soigner la patte de la petite boule de poils. Magnus resta avec elle pour l'aider. Il tailla deux minuscules éclisses dans un morceau de bois. Pendant ce temps-là, Beth courait chercher les divers articles dont Helen avait besoin, comme une potion pour endormir le petit animal. Elle veilla à ne pas tout lui demander en même temps afin qu'elle soit trop occupée pour pleurer.

L'opération était délicate et elle craignit un instant d'avoir accidentellement donné une dose de remède trop forte à la minuscule créature. Toutefois, quand elle eut terminé, la petite patte du chaton était immobilisée et enveloppée de bandelettes imprégnées de blanc d'œuf et de farine. Elle dormait paisiblement dans une caisse en bois que Beth porta précautionneusement aux cuisines.

Helen la regarda s'éloigner avec un sourire aux lèvres, puis Magnus l'aida à se lever. Ses jambes tremblaient après être restée agenouillée si longtemps et il glissa un bras autour de sa taille pour la soutenir.

— Tu viens de gagner la gratitude éternelle d'une petite fille, dit-il avec un sourire.

Elle le regarda dans les yeux. Pendant un moment, ils restèrent silencieux.

— Nous devrions rentrer, dit-il finalement.

Elle acquiesça. Elle était déçue, mais elle ne voulait pas lui forcer la main. Ils marchèrent en silence vers le donjon. Ses jupes étaient froissées et poussiéreuses. Elle allait devoir se changer avant le dîner.

— Je te laisse ici, annonça-t-il devant l'entrée.

Il allait partir quand elle l'arrêta.

— Magnus...
Il se tourna vers elle.
— Je n'abandonnerai pas.
Elle avait parlé à voix basse, mais il l'avait entendue. Il inclina légèrement la tête, puis s'éloigna.

17

Château de Dunraith, région de Wester Ross

— Avez-vous vu la dame, mon seigneur ?

Magnus leva les yeux de la branche d'if qu'il taillait. Un garçon d'environ quatorze ans se tenait devant lui. Vu sa tenue, ce devait être une des pupilles de Macraith. Il portait le *cotun* rembourré et le casque en acier des jeunes guerriers en formation. Macraith, l'un des chefs MacKenzie, faisait partie de ceux qui avaient abrité Bruce lorsqu'il avait été contraint de fuir à travers les Highlands.

Il n'eut pas besoin de lui demander de quelle dame il parlait. Depuis qu'Helen avait réalisé son dernier miracle en sauvant un chaton, sa réputation s'était répandue comme une traînée de poudre et la « dame » en question était sans cesse demandée. Après Dingwall, cela avait continué à leur halte suivante, quelques kilomètres plus à l'ouest, dans le château de Macraith.

Magnus en était en partie responsable, il avait dirigé plus d'une personne dans sa direction. En l'observant ce jour-là, il avait été frappé par son expression, la même que lorsqu'elle avait sauvé MacGregor et le roi. Elle semblait tellement vivante !

Non, « vivante » n'était pas le mot juste. Plutôt « épanouie », comme le Faucon lorsqu'il tirait sur les voiles de son *birlinn* : dans son élément et maître de la situation. Elle semblait être exactement à sa place. De toute évidence, cela la rendait heureuse et il aimait la voir heureuse.

Il n'avait pas besoin de tourner la tête vers la poterne pour savoir qu'il apercevrait des éclats auburn dans la ravine juste derrière. Il ne s'était pas assis sur cette balle de foin pour rien. Depuis qu'il avait appris que le corps de Gordon avait été découvert et identifié, trois semaines plus tôt, il savait toujours exactement où était « la dame ».

Son rôle de protecteur avait eu raison de ses résistances, érodant le mur qu'il avait érigé entre eux telles des vagues sur un château de sable. Chaque fois qu'il voyait son regard s'illuminer en l'apercevant, chaque fois qu'elle lui demandait son aide, son supplice empirait. Il savait que ses sentiments étaient déplacés, mais il ne pouvait pas les empêcher.

Il aurait dû être soulagé d'entamer le dernier tronçon de leur voyage à travers les montagnes. Ils partiraient demain. Dans quelques jours, ils seraient à Dun Lagaidh, le château de MacAulay sur la rive nord du loch Broom. De là, ils embarqueraient à bord d'un *birlinn* pour rejoindre leur ultime étape : Dunstaffnage et les jeux des Highlands. Sa mission de garde de corps du roi prendrait fin.

Et Helen ? Quand s'achèverait son devoir de la protéger ?

Maudit sois-tu, Gordon. Sais-tu seulement ce que tu m'as demandé ?

Il chassa ce souvenir.

— Elle est au bord de la rivière, répondit-il. Elle apprend aux filles à pêcher.

L'adolescent le regarda comme s'il venait de lui dire que la terre était ronde.

— Les filles ne peuvent pas pêcher. Elles parlent trop.

Magnus se retint de rire. Helen avait toujours été une piètre pêcheuse, même si elle ne semblait pas de cet avis. Cela ne l'avait pas empêchée d'offrir aux plus jeunes filles un remède contre l'ennui par une chaude journée d'été. D'après ce qu'il avait pu observer un peu plus tôt, la fille de Macraith semblait plutôt bien s'en sortir. Naturellement, elle était timide comme un soupir et n'ouvrait jamais la bouche.

— Que se passe-t-il ? demanda-t-il.

Le garçon cessa de froncer les sourcils et se souvint soudain de la raison de sa présence.

— La main de Malcolm a glissé pendant qu'il affûtait l'épée du laird. Il pisse le sang.

Malcolm devait être un autre pupille de Macraith.

— Dans ce cas, tu ferais bien de te dépêcher. La dame va s'en occuper.

Quelques minutes plus tard, Helen franchissait la poterne au pas de course. Elle avait son visage de combattante et était tellement concentrée qu'elle passa devant lui sans le voir avant de s'engouffrer dans l'armurerie.

Au cours de l'heure qui suivit, il vit une succession de gens entrer et sortir en courant du petit bâtiment. Ils portaient de l'eau, des linges, des flacons contenant des onguents et des remèdes qu'elle avait préparés, ainsi que la sacoche qu'il avait fait réaliser spécialement par un tanneur pour contenir ses différents instruments (dont elle lui avait emprunté plus de la moitié).

L'expression sur son visage quand il la lui avait donnée...

N'y pense pas.

Il venait d'achever sa dernière création quand la porte s'ouvrit à nouveau. Quelques instants plus tard, une ombre s'étendit devant lui.

— Tu étais là tout ce temps ?

Il rassembla son courage et leva la tête. Chaque fois, il ressentait le même choc.

Ce serait donc si grave ? Il connaissait la réponse, ce qui n'atténuait en rien la tentation de lui céder.

— Oui, comment va Malcolm ?

— Je ne sais pas trop. L'entaille était profonde. Il a bien failli perdre son pouce droit. J'ai eu un mal fou à endiguer l'hémorragie.

— C'est un garçon courageux. Je ne l'ai même pas entendu crier quand tu as cautérisé la plaie au fer rouge.

Elle s'assit sur le bord de la balle de foin. Il sentit son pouls s'accélérer à son contact. Il s'efforça de ne pas respirer, mais sa douce odeur féminine s'insinua sous sa peau, l'enveloppant dans une fragrance enivrante qu'il identifia comme étant de la lavande.

— Je n'ai pas utilisé le cautère.

— Pourquoi ?

C'était la méthode habituelle pour refermer les blessures ouvertes.

— Il m'a demandé si la cicatrice le gênerait pour tenir une épée. Je lui ai répondu que c'était possible. Recoudre la plaie laisse moins de traces.

— Mais peut entraîner une infection.

— Oui, il a préféré courir ce risque.

Magnus le comprenait. Malcolm s'entraînait pour devenir guerrier. La menace de ne pouvoir manier son épée convenablement sonnait comme un arrêt de mort pour lui.

— Je vois que tu n'as pas le temps de t'ennuyer, observa-t-il.

Ils échangèrent un regard. Elle sourit timidement devant cette allusion à leur conversation.

— C'est vrai, répondit-elle. Merci.

Dans un premier temps, il avait été troublé par leur échange sur les remparts de Dingwall. Il s'était rendu compte qu'il la connaissait moins bien qu'il ne l'avait pensé. Elle avait toujours paru tellement à son aise avec lui qu'il ne lui était pas venu à l'esprit qu'elle puisse ne pas l'être avec les autres. Il n'avait pas su non plus que son rôle de châtelaine lui pesait. Plus il y réfléchissait, mieux il comprenait. Elle avait un don et voulait s'en servir. Elle aimait les défis et l'action autant que lui.

Elle baissa les yeux vers l'objet qu'il tenait.

— C'est un impulsoir en cuillère ?

Il esquissa un sourire.

— Je voulais te faire la surprise.

Ses yeux brillèrent comme s'il tenait un sceptre incrusté de pierreries.

— C'est pour moi ?

Il le lui tendit en riant.

— Oui, tu en parlais la semaine dernière quand l'un des hommes de Fraser s'est pris une flèche à la chasse. J'ai pensé qu'il te serait utile.

Helen l'examina à la lumière, le retournant dans tous les sens.

— Il est parfait ! J'ignorais que tu étais aussi habile de tes mains. Décidément, tu es plein de talents cachés, Magnus MacKay. Gregor m'a dit que tu avais également conçu quelques armes originales.

MacGregor ferait mieux de fermer son clapet et, d'abord, pourquoi lui parlait-elle ? Il ravala sa pointe de jalousie et haussa les épaules.

— Ce n'est qu'un passe-temps. Je ne suis pas armurier.

Il aimait expérimenter et modifier des outils afin de les rendre plus efficaces... Même pour tuer.

— Justement, il m'est venu plusieurs idées...

Pendant les vingt minutes suivantes, elle parla sans reprendre son souffle, lui exposant toutes sortes de changements qu'il pourrait apporter à ses instruments. Il se laissa emporter par son enthousiasme et perdit la notion du temps jusqu'à ce que la lumière commence à faiblir et qu'il entende un grondement de sabots.

— Je verrai ce que je peux faire une fois que nous serons à Loch Broom, promit-il.

Il se leva à contrecœur et lui tendit la main.

— Les hommes sont de retour.

Helen fronça le nez.

— Ça veut sans doute dire que tu dois partir.

— Le roi voudra son rapport.

Elle lui adressa un regard sournois.

— Il me semble que mon frère et Donald passent beaucoup de temps à inspecter les environs et à chasser depuis que nous avons quitté Dingwall.

Il se tendit. S'il n'était pas fâché de l'absence des deux hommes, il n'y était pour rien. Sutherland semblait aussi désireux que lui d'éloigner Munro de sa sœur. Il lui en aurait presque été reconnaissant.

— Tu t'en plains ? demanda-t-il.

Elle le dévisagea comme s'il avait perdu la raison.

— Bien sûr que non ! Je peux enfin respirer sans les avoir constamment sur le dos. Je me demandais simplement pourquoi.

Il prétendit ne pas remarquer la lueur suspicieuse dans ses yeux.

— Nous entamons la traversée des montagnes demain, la partie la plus difficile de notre voyage.

— Mais aussi la plus excitante !

— Ne te laisse pas leurrer par ces sommets ; ils peuvent être traîtres, voire mortels. Tu devras veiller à ne pas t'éloigner du camp ni à sortir du chemin. Nous serons ralentis par les chevaux et les carrioles. La route est déjà très accidentée. Il a beaucoup neigé l'hiver dernier et bon nombre de ruisseaux ont débordé. Ton frère s'est porté volontaire pour partir en éclaireur avec MacGregor.

Elle parut déçappointée.

— Ce n'est donc pas toi qui les as éloignés ?

— Je crains que non.

Je n'abandonnerai pas. Il entendait encore tomber le gant qu'elle lui avait jeté.

Si elle était déçue qu'il n'ait pas cherché à la débarrasser de son prétendant, elle ne se laissa pas abattre longtemps.

— Tant pis, déclara-t-elle. Il a peut-être simplement changé d'avis.

En voyant par-dessus son épaule les hommes qui entraient dans la cour, il constata qu'il n'en était rien. Quand il les aperçut ensemble, les traits de Munro se tordirent de rage.

Magnus baissa les yeux vers Helen avec un sourire ironique.

— À ta place, je ne compterais pas dessus, *m'aingeal*.

Helen ne se souvenait pas d'avoir été aussi heureuse. Elle ignorait si c'était dû au réchauffement de ses relations avec Magnus (il ne la laissait jamais sortir de son champ de vision), à la satisfaction que lui procurait son travail de guérisseuse (toute cette pratique lui permettait de peaufiner ses connaissances) ou à la majesté du paysage. Chaque nouveau kilomètre parcouru dans les forêts et les collines de Western Ross l'emplissait d'un sentiment de liberté. Elle aurait voulu que cela ne cesse jamais.

Ils avaient quitté le château de Macraith après les prières du matin et le petit déjeuner. Ils avaient longé les berges rocailleuses de la Blackwater puis s'étaient enfoncés dans les forêts et sur les versants doux de Strathgrave. Avec les chevaux, les carrioles, la longue procession de chevaliers, d'hommes en armes et de serviteurs, ils avançaient à un rythme aussi lent que Magnus l'avait prédit.

— Nous en avons pour quatre jours, peut-être cinq, lui avait-il annoncé en l'aidant à monter en selle.

Elle chevauchait un hobby. Ces robustes petits chevaux irlandais étaient bien adaptés aux montagnes des Highlands écossaises.

— C'est tout ? s'était-elle exclamée, déçue.

Magnus et MacGregor avaient échangé un regard consterné.

— Vous trouvez ça trop rapide, ma dame ? avait répondu Gregor. Ça ne fait qu'une soixantaine de kilomètres. D'ordinaire, ça ne prendrait pas plus de deux jours.

— J'ai couru ce genre de distance en une journée, renchérit Magnus. Je pourrais y être avant la tombée de la nuit.

Sa vantardise fit rire Helen.

MacGregor arqua un sourcil sceptique.

— Avant la nuit tombée ?

— Ben, oui, répondit Magnus avec un haussement d'épaules. Ça grimpe.

Le regard d'Helen allait de l'un à l'autre. Ils plaisantaient, n'est-ce pas ?

Elle l'ignorait. Une chose était sûre : autant elle savourait les somptueux paysages, autant leur lenteur semblait exaspérer Magnus. Ils furent encore retardés en découvrant que le pont de Garve était infranchissable, ce qui les obligea à remonter la rivière pour la traverser en aval.

Ils montèrent le camp au bord de la Blackwater, entourés par des forêts de pin, au pied du mont Ben Wyvis. Helen se prélassa au bord de l'eau puis dîna avec les deux suivantes qui l'avaient accompagnée sur l'insistance de son frère, tout en contemplant le magnifique coucher de soleil.

Elle poussa un soupir de satisfaction et quitta la table qu'on avait dressée sous leur tente. Sans être luxueuse, l'expédition royale n'était pas sans confort. Contrairement à sa traversée des Highlands trois ans plus tôt, quand il fuyait avec pour tout bagage les vêtements qu'il portait sur le dos et l'épée qu'il tenait à la main, Bruce voyageait cette fois avec des carrioles emplies de vaisselle et de meubles. De grandes tentes en toile étaient montées le soir, aménagées avec de beaux tapis rapportés des croisades, des tables, des fauteuils et des lits. Ils buvaient dans des timbales en argent, mangeaient dans des assiettes en étain, s'éclairaient avec des lampes à huile et de beaux chandeliers.

Ses servantes se levèrent à leur tour. Elle leur fit signe de se rasseoir.

— Ne bougez pas. Je reviens tout de suite. Je vais juste chercher de l'eau pour ma toilette.

Elle saisit une aiguière et une bassine posées sur un guéridon.

Ellen, qui la servait depuis sa naissance, parut choquée. Pourtant, en vingt-deux ans, elle avait eu le temps de se faire une raison.

— Laissez-moi faire, ma dame.

— Mais non, protesta Helen en repoussant le rabat de la tente. J'ai besoin de me dégourdir les jambes.

Et si Magnus se trouvait dans les parages, ce serait une pure coïncidence. Elle s'était habituée à le voir monter la garde non loin d'elle. Elle y comptait même.

À sa grande déception, il n'apparut pas.

Elle descendit sur les grands rochers de granit bordant les eaux noires qui avaient donné son nom à la rivière. Après s'être lavé les mains et avoir rempli l'aiguière, elle s'assit sur une pierre afin de regarder les derniers feux du soleil sombrer derrière les montagnes. Elle inspira profondément. L'odeur des pins lui chatouilla les narines. Divin !

M'aingeal. « Mon ange ». C'était ainsi que Magnus l'avait appelée. S'en était-il rendu compte lui-même ? Tout se déroulait comme elle l'avait escompté.

Elle sentit soudain une présence derrière elle et se retourna. Ce n'était pas Magnus, mais Donald.

Sa déception dut se lire sur son visage.

— Vous attendiez quelqu'un ? demanda-t-il d'un air suspicieux.

Elle fit non de la tête et se leva.

— J'étais venue chercher de l'eau.

Il lui barra la route.

— J'espérais que vous auriez quelques instants à m'accorder. Ça fait plus d'une semaine que j'essaie de vous parler. C'est à croire que vous m'évitez.

Elle espérait que la lumière faiblissante cachait son air confus. Ce n'était pas vraiment lui qu'elle avait voulu éviter mais la conversation désagréable qu'elle sentait venir.

— Je devrais vraiment rentrer.

Elle ne put s'empêcher de lancer un regard vers le camp par-dessus son épaule, espérant qu'on viendrait à sa rescousse. Non, pas « on » ; Magnus.

— Il n'est pas là, déclara-t-il en devinant ses pensées. MacKay et plusieurs autres sont partis reconnaître la route que nous parcourrons demain. Votre frère se trouve avec le roi.

Elle ne le réprimanda pas pour sa grimace dédaigneuse. Au moins, pour une fois, il avait dit « le roi », et non « le voyou » ou « l'usurpateur ». Résignée, elle rassembla son courage et se tourna vers lui.

— Fort bien. De quoi vouliez-vous me parler ?

— Je croyais que c'était évident. Je suis patient, mais j'ai attendu trop longtemps. Je veux ma réponse.

Elle haussa les sourcils, agacée par son ton autoritaire.

— J'ignorais que je vous en devais une.

Il lui attrapa le bras et l'attira à lui, un peu trop brutalement à son goût. L'eau de l'aiguière éclaboussa sa manche.

— Ne jouez pas avec moi, la prévint-il. Je veux que vous soyez ma femme. Acceptez-vous de m'épouser, oui ou non ?

Helen sentit la moutarde lui monter au nez, au point d'en oublier d'épargner son amour-propre. Elle libéra son bras d'un geste brusque.

— Notre longue amitié peut excuser vos présomptions, mais elle ne vous autorise pas à me toucher ni à me parler sur ce ton. Je n'ai rien fait pour mériter votre colère. Je ne vous ai jamais encouragé et je ne vous ai donné aucune raison de penser que votre proposition était la bienvenue.

L'expression de fureur sur ses traits lui fit froid dans le dos. Avec un temps de retard, elle comprit son erreur. Elle avait frappé là où cela ferait le plus mal : dans son orgueil.

— Pardonnez-moi si je vous ai offensée, ma dame.

Il se tut. Son regard brûlait d'une telle intensité qu'elle fut prise de remords.

Elle voulut poser la main sur son bras, mais il l'écarta.

— Je suis désolée, Donald. Je ne voulais pas vous blesser. Cela n'a rien à voir avec vous. Je ne souhaite pas me marier pour l'instant.

Ce n'était pas tout à fait vrai et il le savait.

— Je suis peut-être idiot, mais pas aveugle. Vous croyez que je ne vois pas la manière dont vous vous jetez à son cou ? J'ignore pourquoi il a soudain décidé de jouer les chevaliers servants, mais si vous vous imaginez qu'il vous épousera, vous êtes encore plus aveugle que moi.

— Quelque chose ne va pas ? demanda une voix derrière eux.

Magnus ! Par sainte Bride, elle était contente de le voir !

Les deux hommes se toisèrent dans la lumière crépusculaire. L'espace d'un instant, elle craignit qu'ils n'en viennent aux mains. Aussi têtus et fiers l'un que l'autre, ni l'un ni l'autre n'était du genre à reculer devant un défi.

Pourtant, à sa surprise, Donald s'effaça.

— Non, rien, répondit-il en reculant d'un pas. Nous en avions terminé, n'est-ce pas, ma dame ?

Éminemment soulagée, Helen acquiesça, vigoureusement.

— Oui, merci Donald. Je suis navrée...

Elle s'interrompit, ne sachant pas quoi dire. Elle ne voulait pas l'embarrasser davantage.

Il esquissa un petit sourire crispé.

— Bonne nuit.

Il tourna les talons et repartit vers le camp d'un pas lourd.

Magnus prit le bras d'Helen. Elle était plus ébranlée par ce qui venait de se passer qu'elle ne l'aurait cru et son contact solide la réconforta.

— Tout va bien ?

Elle prit une profonde inspiration.

— Oui.

Il glissa un doigt sous son menton et la força à le regarder.

— Helen... ?

— Je t'assure que je vais bien.

Maintenant que tu es là.

— C'était aussi déplaisant que tu le craignais ?

— C'est terminé, répondit-elle fermement.

Il sembla hésiter à l'interroger davantage, puis laissa retomber sa main.

— Il se fait tard, dit-il. Tu devrais aller te coucher. Nous avons une longue route demain.

Il semblait tellement redouter leur journée du lendemain qu'elle ne résista pas à l'envie de le taquiner.

— J'espère que nous irons moins vite qu'aujourd'hui.

Il se mit à rire.

— Petite friponne !

Il lui donna une tape sur les fesses et l'aida à remonter la berge.

En dépit des affirmations d'Helen, Magnus était toujours inquiet le lendemain. Sa conversation avec Munro l'avait perturbée. Dieu seul savait ce qu'elle lui trouvait, mais elle considérait cette brute comme un ami et l'avoir éconduit lui faisait de la peine. Inutilement, à son sens.

Si elle paraissait moins enjouée qu'à son habitude, il savait qui blâmer.

Le bâtard n'arrangeait rien avec sa mine renfrognée et sa colère à peine dissimulée.

Lorsque Magnus ne chevauchait pas à l'avant du convoi, n'aidait pas à désembourber une carriole (il espérait qu'ils avanceraient plus vite lorsqu'ils atteindraient les terrains cailouteux de Shgurr Mor et de Beinn Dearg), ou ne faisait pas son possible pour maintenir un bon rythme, il tentait de se distraire en nommant les forêts et les montagnes autour d'eux : Ben Wyvis, Garbat, Carn Mor, Bein nan Eun, Strath Rannoch sur leur droite ; Corriemoillie, Carn na Dubh Choille et Inchbae sur leur gauche.

Ce ne fut que lorsqu'ils s'arrêtèrent au bord du loch Glascarnoch pour la nuit qu'il revit le sourire rayonnant d'Helen. Elle vint le trouver, une main derrière le dos, alors qu'il venait de monter la tente du roi.

— Devine ce que mon frère a trouvé ?

— Un autre convoi à accompagner ?

Elle leva les yeux au ciel puis ouvrit son poing.

— Des plaquebières !

Magnus sourit. On les appelait également des ronces des tourbières ou des ronces petit-mûrier. Quel que soit leur nom, leurs petits fruits rouges et orange étaient délicieux. Avant qu'elle ait pu retirer sa main, il en cueillit un et l'avala. Il sentit une petite explosion de douceur dans sa bouche. Leur goût rappelait à la fois l'orange, la pomme et le miel.

— Hé ! protesta-t-elle.

— Merci pour le cadeau, déclara-t-il avec un clin d'œil. Quand j'en trouvais, petit, j'en mangeais jusqu'à me rendre malade. Dans la région, elles ne fleurissent qu'occasionnellement.

Elle mangea la dernière avant qu'il puisse la lui voler, ce qu'il avait envisagé de faire.

— Tu veux bien m'aider à en trouver d'autres ? demanda-t-elle. J'aimerais faire une surprise au roi. Il les préférera sûrement aux petits pois que le cuisinier a préparés pour son dîner.

Il fit la grimace.

— Je n'en doute pas. Où ton frère les a-t-il trouvées ?

— À quelques kilomètres d'ici. Malheureusement, il n'a pas pensé à me le dire plus tôt. En outre, selon lui, elles étaient au bord de la route et avaient déjà été pillées. N'y a-t-il pas un autre endroit où nous pourrions en trouver ?

Il réfléchit un instant.

— Elles poussent dans les tourbières et les forêts autour de Ben Wyvis, mais il y a un endroit non loin d'ici où nous pourrions essayer. De toute façon, je crois que le roi devra attendre. Je ne peux pas m'éclipser pour le moment.

Elle fronça les sourcils en apercevant son frère qui les observait depuis l'autre côté de la tente royale.

— S'éclipser est le mot juste. Tu ne pourrais pas envoyer Donald et mon frère dans une longue mission de reconnaissance ? En Irlande, peut-être ?

Il se mit à rire.

— Je verrai ce que je peux faire. Mais, si je me souviens bien, tu étais plutôt douée pour leur fausser compagnie autrefois.

Elle esquissa un sourire espiègle.

— Je sens venir une terrible migraine.

Heureusement, la migraine s'avéra inutile. Sutherland et Munro se portèrent volontaires pour partir en éclaireurs. Après avoir accompli ses tâches et avoir confié à MacGregor la mission de veiller sur le roi, Magnus retrouva Helen et ses deux assommantes suivantes au bord du loch. Elle leur marmonna que le roi avait soudain besoin d'elle et fila avant que les malheureuses aient pu la retenir.

— Je les plains d'être à ton service, déclara-t-il.

— Ne t'en fais pas, elles ont l'habitude. Tu n'as pas remarqué tous les cheveux blancs sous leur voile ?

Elle lui en avait donné quelques-uns à lui aussi. Elle trouvait parfois de ces cachettes...

Il leur restait encore une ou deux heures de lumière avant la tombée du soir. Magnus l'entraîna dans les forêts au pied du Beinn Liath Mhor. Ils reprirent rapidement leurs vieilles habitudes, elle jacassant et lui l'écoutant. Il devait parfois se retenir de la prendre par la main, comme au bon vieux temps. Il se rappelait sans cesse que ce temps était passé... et ne reviendrait plus.

S'il lui touchait parfois la main et la gardait dans la sienne quelques instants de trop, c'était pour l'aider à franchir des passages bourbeux ou glissants, et pour veiller à ce qu'elle ne tombe pas.

Ils parcoururent un bon kilomètre avant d'apercevoir une tache orangée en contrebas. Des plaquebières.

Le cri de plaisir d'Helen lui étreignit le cœur. Il était dans le pétrin et il le savait. Il avait baissé sa garde. Tel Icare, il s'était approché trop près du soleil et était condamné à se brûler les ailes.

Après qu'ils se furent gavés de fruits, elle en emplit son voile transformé en panier improvisé. Puis il lui annonça à regret qu'ils devaient rentrer. Il ferait bientôt nuit et la forêt s'emplirait d'ombres.

— Il le faut vraiment ?

— Sinon, nous pouvons attendre que ton frère se lance à ta recherche.

Elle leva les yeux vers lui avec une lueur de défi.

— Pourquoi pas ?

— Même si lui casser à nouveau le nez ne serait pas pour me déplaire, je préférerais achever cette journée sur une note plus agréable.

Elle se mordit la lèvre, le regard pétillant.

— C'était bien, n'est-ce pas ?

— Oui.

La tentation de lui céder était toujours plus forte. Cette lumière dans ses yeux...

Il s'arracha à son regard et prit la direction de la forêt. *Elle n'est pas à toi...*

Mais elle l'avait été, sacrebleu. Elle pourrait l'être à nouveau.

Certes, si sa famille disparaissait, s'il parvenait à oublier.

Jamais.

— Ça ne te rappelle rien ? demanda-t-elle derrière lui.

Le chemin s'était étréci et il devait marcher devant elle. Il y avait une note amusée dans sa voix qui aurait dû le mettre sur ses gardes.

Il lança un regard par-dessus son épaule.

— Je dirais que cette forêt ressemble à toutes les autres dans la région.

Il faisait exprès d'être obtus et elle le savait. Tout comme lui, elle se remémorait les moments d'autrefois, et la vieille camaraderie qu'ils avaient renouée comme si de rien n'était. S'il s'était retourné, il n'aurait pas été surpris de la voir lui tirer la langue.

Mais ce n'était pas que de l'amitié. Remuer le passé était dangereux. Il l'avait touchée d'une manière qu'il n'oublierait plus jamais. Il mourrait avec le souvenir de son intimité soyeuse et humide, si étroite ; de la manière dont ses hanches avaient bougé contre lui ; de ses petits halètements quand il l'avait caressée.

Il durcissait rien que d'y penser.

— Ça me rappelle quand je filais en douce pour te rejoindre, dit-elle.

Il ne se retourna pas. Il avait trop peur de lire l'attente et l'espoir dans son regard, et de faire une bêtise. Comme de la prendre dans ses bras et de l'embrasser comme il n'avait pas osé le faire des années plus tôt.

Au bout de quelques minutes, il se rendit compte que quelque chose n'allait pas. Elle était trop silencieuse.

Il tourna la tête et s'arrêta net.
Le cœur battant à tout rompre, il balaya du regard le paysage derrière lui.
Helen avait disparu.

18

Helen ne voulait pas que cette journée se termine. Son long siège commençait à effriter la muraille qu'il avait érigée entre eux. Il était sur le point de se rendre.

En passant devant un amoncellement de rochers, elle vit une ouverture et s'y glissa. Autrefois, ils jouaient toujours à cache-cache. Cela avait commencé le jour où elle s'était vantée de pouvoir se rendre invisible à son frère ; il avait rétorqué qu'elle ne serait jamais capable de se cacher de lui. Elle avait voulu lui donner tort, sauf qu'il avait une capacité hors du commun à la dénicher n'importe où.

À sa surprise, les rochers étaient en fait l'entrée d'une grotte. Elle hésita devant l'obscurité et l'odeur de moisi. Elle huma l'air et, ne percevant aucune émanation animale, elle s'avança de quelques pas. Les cris de Magnus à l'extérieur la propulsèrent un peu plus loin.

Elle cligna les yeux tant l'obscurité devant elle paraissait impénétrable, un trou noir. La grotte devait être profonde. Elle frissonna et décida de ne pas aller plus loin. De toute manière, la partie du jeu qu'elle préférait, c'était quand Magnus la trouvait.

Non contente d'engloutir la lumière, la grotte noyait également les sons. Les appels de Magnus se firent plus étouffés. Était-il parti dans la mauvaise direction ?

Elle commença à regretter son idée. Elle se souvint de ses mises en garde au sujet des dangers de la montagne et, avec un peu de retard, de sa promesse de ne pas s'éloigner seule.

Crac.

Son cœur fit un bond. Le bruit provenait de l'entrée.

— M-Magnus ?

Pourquoi ne l'appelait-il plus ?

S'il essayait de lui faire peur, c'était réussi. Résistant à l'envie de se réfugier au fond de la grotte, elle fit quelques pas en avant.

— Ce n'est pas drôle ! lança-t-elle. Magnus ?

Une sueur froide l'envahit. Il y avait quelqu'un, là, près de l'entrée. Elle percevait une lourdeur dans l'air.

— Ma...

Sa voix s'étrangla dans sa gorge.

Puis quelque chose d'indéfinissable changea et la sensation disparut. Ce devait être son imagination qui lui avait joué un tour.

— Helen !

Son soulagement fut immense. Magnus était tout près.

— Je suis là ! cria-t-elle en sortant d'entre les rochers.

Il n'était qu'à quelques mètres et, dès qu'il la vit, il la rejoignit en une fraction de seconde. Il la prit par les épaules, l'inspecta brièvement comme pour s'assurer qu'elle était entière, puis la serra si fort contre lui qu'elle manqua d'étouffer.

— Dieu merci ! murmura-t-il contre son crâne.

Pressée contre son torse, elle entendit les battements de son cœur ralentir. Il était toujours tellement calme qu'elle mit quelques instants à comprendre d'où venait le martèlement contre son oreille. Elle enfouit son visage dans les plis du tartan qu'il portait autour des épaules, laissant la chaleur de son corps l'envahir.

Aussi brusquement qu'il l'avait étreinte, il l'écarta de lui.

— Enfin, Helen, que t'est-il passé par la tête ?

Prise de court par sa véhémence, elle balbutia :

— Je... J'ai vu un trou entre les rochers et j'ai pensé qu'il serait amusant de me cacher, comme nous faisions autrefois...

Il la secoua comme un prunier.

— Ce n'est pas un jeu ! Je t'avais dit que cela pouvait être dangereux !

Certes, cela n'avait pas été une idée brillante, mais elle ne justifiait pas non plus une telle réaction. Oubliant à quel point elle avait eu peur, elle redressa le dos.

— Je ne vois pas où est le danger à se cacher à deux pas du chemin...

Elle s'interrompit en voyant ses traits s'obscurcir. Cela ne tenait pas debout. Sa réaction était trop excessive. Elle n'était pas particulièrement perspicace, mais là, elle devinait qu'il lui cachait quelque chose.

— Que se passe-t-il, Magnus ? Y a-t-il quelque chose que tu ne me dis pas ? Je ne t'ai jamais vu dans un tel état.

Il serra les dents et la lâcha.

Elle posa une main sur son torse.

— Autrefois, nous jouions à ce petit jeu tout le temps et il n'avait pas l'air de te déplaire.

— Ce n'est pas la même chose, Helen. Ce ne sera plus jamais pareil. Cesse de prétendre le contraire.

Elle s'écarta, excédée.

— Ce n'est pas moi qui m'accroche obstinément au passé. Encore une fois, je suis désolée pour ce qui s'est passé. Désolée de ne pas avoir utilisé les cinq minutes que tu m'as gracieusement accordées pour décider du reste de ma vie, de me couper de ma famille pour toujours, d'abandonner ma maison et de m'enfuir avec toi. J'en ai assez d'assumer toutes les responsabilités. Tout n'est pas ma faute. Si tu m'avais laissé la possibilité de réfléchir... Si tu m'avais donné la moindre indication que tu ressentais autre chose pour moi qu'une tendre affection, alors cinq minutes m'auraient peut-être suffi.

Il paraissait abasourdi.

— Que veux-tu dire ? Tu connaissais mes sentiments.

— Ah, vraiment ? Et comment, puisque tu ne m'avais jamais rien dit ? Tu ne m'as jamais dit que tu m'aimais. C'était à moi de le deviner ?

— Comment pouvais-tu l'ignorer ? Je t'ai embrassée.

Elle émit un petit rire cynique.

— Tu as posé tes lèvres sur les miennes un instant avant de t'écarter précipitamment comme si j'avais la lèpre.

Il se raidit.

— Je te montrais mon respect.

— Je ne veux pas de respect, je veux de la passion ! J'étais une jeune fille rêvant d'aventure, pas d'un couvent. Je voulais croire que tu m'aimais, mais tu n'es pas revenu, tu ne m'as pas donné une seconde chance, alors je me suis dit que je m'étais trompée. Je t'ai attendu, Magnus. Tous les soirs, je regardais par ma fenêtre, je scrutais l'obscurité en me demandant si tu étais là, quelque part. Pendant des mois, j'ai cherché des prétextes pour me promener seule dans la forêt.

Ses yeux brillaient de larmes

— Mais tu n'es jamais venu. Ton orgueil était plus fort que tes sentiments pour moi.

Magnus chancelait sous ses accusations. Était-il possible qu'elle n'ait pas su ce qu'il ressentait ? En y réfléchissant et en s'efforçant de voir la situation de son point de vue, il se rendait compte que ce n'était pas seulement possible, mais probable. Il ne lui avait jamais dit qu'il l'aimait. Il avait présumé que ses actes parleraient d'eux-mêmes. Mais son attitude avait été mal interprétée. Il ne ressentait aucune passion pour elle ? Si elle savait...

Il se passa une main dans les cheveux. Quel gâchis !

— Je suis navré, je croyais que tu savais ce que je ressentais. Moi aussi, j'étais jeune.

Il n'avait pas supporté que son frère, son ennemi, ait assisté à son rejet.

— Tu as raison, admit-il. C'est mon orgueil qui m'a empêché de revenir. Le temps que je comprenne mon erreur, il était trop tard. Tu étais fiancée à mon ami, puis tu l'as épousé.

— Tu aurais pu m'arrêter, mais tu m'as menti. Tu étais trop têtu pour avouer tes sentiments.

— Je n'ai jamais pensé que tu irais jusqu'au bout.

— J'étais blessée, Magnus, perdue. Si je n'étais pas sûre de tes sentiments la première fois, comment l'aurais-je été trois ans plus tard ? J'ai voulu savoir et tu m'as répondu que tu ne m'aimais plus. Je n'ai su la vérité que lors du banquet de noces, en voyant ton visage. J'ai alors compris mon erreur. William aussi.

Elle allait ajouter quelque chose mais il l'arrêta. Il ne voulait surtout pas parler de Gordon. La seule mention de son nom était un rappel brutal à la réalité.

— Peu importe, dit-il. Nous avons tous les deux commis des erreurs. Je ne cherche pas à te punir. Cela fait longtemps que je ne te reproche plus ce qui s'est passé.

— Alors pourquoi continues-tu à me repousser ? Je sais que tu m'aimes.

Il ne tenta pas de le nier. Mais l'amour ne suffisait pas toujours.

— Tu oublies ta famille ?

— Bien sûr que non, répliqua-t-elle. Je t'ai dit que je ne les laisserai plus se mettre entre nous. Je te le prouverai. Donne-moi une chance.

Elle s'approcha de lui. Se rendait-elle compte de la tentation qu'elle représentait ? Seigneur, il n'y survivrait pas. Il la désirait avec chaque parcelle de son corps. Il voulait prendre ses lèvres de pécheresse et lui montrer toute la passion qu'il avait contenue pendant des années.

Elle lui offrait quelque chose qu'il ne méritait pas : le bonheur.

— Il y a des choses que tu ignores, déclara-t-il en détournant les yeux.

Elle posa à nouveau une main sur son torse.

— Alors dis-les-moi.

— Je ne peux pas.

La garde. Gordon. Il ne pouvait pas en parler.

— Cela a un rapport avec William, n'est-ce pas ? devina-t-elle. Tu crois que tes sentiments pour moi trahissent sa mémoire. Je n'ai jamais appartenu à William. Je le connaissais à peine. Tu préfères le souvenir d'un ami, un fantôme, à une femme en chair et en os qui t'aime.

Elle se hissa sur la pointe des pieds, glissa les bras autour de son cou et se serra contre lui.

D'instinct, il lui enlaça la taille. Ses courbes douces et féminines se calèrent contre lui.

— Tu es l'homme le plus têtu que je connaisse, Magnus. Mais tu sais quoi ? Je peux l'être aussi. Je te veux et je me battrai jusqu'au bout pour toi.

Leurs regards se rencontrèrent dans la pénombre. Il baissa la tête. Juste un baiser. Était-ce trop demander ?

Il posa ses lèvres sur les siennes un instant. Ce contact fugace l'alarma. Ses sens s'embrasaient déjà. La bouche d'Helen était si douce. Il ne pouvait se résoudre à briser ce lien. Il avait besoin d'absorber encore un peu de cette douceur...

Il sentit soudain un petit poing lui marteler le torse. Elle s'écarta en criant :

— Arrête ! Arrête ça tout de suite !

Que diable lui prenait-il ? Il regarda sans comprendre ses yeux bleus s'emplir de larmes de frustration.

— Que se passe-t-il ? Je croyais que tu voulais que je t'embrasse.

— Oui, mais tu n'as donc rien entendu de ce que je t'ai dit ? Je veux que tu m'embrasses comme cette femme le jour du mariage. Que tu me touches, que tu me parles, que tu me dises tout ce que tu veux me faire comme lorsque tu m'as prise pour Joanna. Je veux que tu cesses de me traiter comme une...

— Vierge ?

Il lui attrapa le poing avant qu'elle ne le frappe à nouveau, le lui tordit dans le dos et la plaqua contre lui. Il savait qu'il avait tort d'en vouloir à son ami mort de lui avoir pris ce qui lui appartenait de droit, mais tant pis. *Elle aurait dû être à moi.*

— Comme une nonne, rectifia-t-elle, légèrement effrayée.

Vierge, nonne, quelle différence ?

— Pour une fois, l'implora-t-elle, tu ne peux pas m'embrasser, me toucher, comme les autres femmes ? Ou ne ressens-tu pas la même chose pour moi ?

Elle le regardait dans les yeux, défiante, mais légèrement hésitante. Ce fut l'hésitation qui eut raison de lui.

Tout le désir qu'il avait retenu rejaillit en surface. Il était un homme, pas un saint. Elle voulait du cru et du sauvage. Il allait lui en donner. Et tant pis s'il allait en enfer par la suite.

Il glissa une main sous ses fesses et la hissa contre lui.

— Voilà, tu sens ma passion pour toi, Helen ? Ce que m'inspiraient ces femmes, ce n'est rien à côté. Sais-tu seulement à quel point je te désire ?

Elle écarquilla les yeux, mais peu lui importait. Elle avait voulu jouer à ce jeu, elle irait jusqu'au bout. Il lui prit la main et la guida vers son sexe, refermant ses doigts autour de son membre dur. En dépit de sa colère, il grogna de plaisir sous la sensation.

— Quelques petits mouvements de ta main suffiraient à me faire exploser. Mais, même si c'est tentant, ce n'est pas ce que je veux.

Il la poussa contre les rochers et l'écrasa de son corps.

Il ne l'embrassa pas, pas encore. Ses lèvres et sa langue couvrirent la peau veloutée de son cou et de sa gorge. Il les dévora.

Il promena sa main sur son corps puis s'arrêta sur son sein. Elle haletait. Il approcha les lèvres de son oreille.

— Tu sais ce que je veux vraiment ?

Il prit son mamelon entre deux doigts et le caressa doucement jusqu'à le faire durcir.

Elle secoua la tête, le souffle court.

Il était brûlant, excité au-delà de toute retenue. Plus rien ne pourrait l'arrêter à présent.

Sa bouche descendit plus bas, jusqu'au col de sa robe. Il écarta le tissu juste assez pour glisser sa langue sur le téton durci et le lécher.

Elle sursauta puis émit un gémissement de plaisir quand il le saisit entre ses dents et le suça. Elle se cambra et se pressa contre lui, au point qu'il en oublia presque sa question. Ses seins étaient merveilleux. Ronds et doux. Ses mamelons étaient tendus et roses. Il décrivit un dernier cercle avec sa langue autour de la délicieuse petite pointe avant de la libérer.

— Je veux jouir en toi. Je veux sentir ton petit fourreau étroit se resserrer autour de mon sexe. Je te veux moite et chaude, tremblante. Je veux que tu cries mon nom quand je m'enfoncerai en toi.

Elle semblait retenir son souffle, dans l'attente de ce qu'il ferait ensuite. Peut-être même l'anticipait-elle. Il glissa une main sur sa hanche, le long de sa jambe, puis sous l'ourlet de sa jupe. Il grogna quand ses doigts rencontrèrent sa peau nue.

Elle entrouvrit les lèvres, le regard vague. Elle palpitait de désir, mais il n'avait pas encore fini de la titiller. Il voulait qu'elle le supplie de la toucher. Lui-même bouillonnait. Sa douce odeur féminine était un aphrodisiaque irrésistible.

Elle voulait qu'il lui parle ? Il lui parlerait jusqu'à ce qu'elle l'implore de se taire.

— Es-tu mouillée pour moi, Helen ? susurra-t-il d'une voix rauque.

La roseur qui envahit ses joues le fit rire.

— Je suppose que ça veut dire oui ?

Elle hocha la tête.

Sa main remonta le long de la peau délicate à l'intérieur de sa cuisse, s'approchant dangereusement près de sa moiteur.

— Dis-moi ce que tu veux.

Il embrassa sa gorge à nouveau puis déposa une ligne de baisers voraces qui remonta jusqu'au coin de sa bouche. Il la sentait trembler dans ses bras.

— Touche-moi, soupira-t-elle. Je veux que tu me touches.

Il s'exécuta, laissant courir son index le long de sa fente. Un violent frisson la parcourut. Elle était si chaude et humide. Il mourait d'envie d'être en elle, mais pas encore.

— C'est tout ce que tu veux ?

Au supplice, elle fit non de la tête en lui lançant un regard implorant.

Il rit à nouveau et glissa son index en elle.

Elle poussa un long gémissement qui tendit encore un peu plus sa verge dure.

Il ferma les yeux et se laissa envahir par les sensations. Savourant l'instant, il s'enfonça à nouveau en elle, plus profondément, l'écartant doucement avec ses doigts.

— Tu es si étroite, parvint-il à dire entre ses dents. C'est tellement bon !

Il la pénétra à nouveau, lui arrachant un soupir d'extase. Ses paupières battaient, ses joues étaient roses de plaisir et ses lèvres...

Il ne pouvait plus attendre de les goûter.

Quand il introduisit à nouveau son doigt dans sa moiteur, il étouffa son gémissement avec un baiser.

Le cœur d'Helen martelait sa poitrine. Quand il prit enfin sa bouche, il ne se retint plus. Ses lèvres s'emparèrent des siennes, possessives, voraces, exigeant une réponse. Tout comme ses doigts. Il ne cessait de la caresser tandis qu'il glissait sa langue dans sa bouche, plongeant profondément en elle.

Elle sentit son pouls s'emballer. C'était ce qu'elle avait tant attendu. La passion dont elle avait toujours rêvé. Il l'embrassait comme s'il ne pourrait jamais être rassasié, comme s'il était prêt à mourir pour la posséder.

Elle enroula sa langue autour de la sienne, répondant à son invitation charnelle.

Ses caresses s'intensifièrent, son doigt s'enfonça plus rapidement, plus profondément. Seigneur…

Une tension qu'elle ne comprenait pas montait dans son bas-ventre. Elle s'accrocha à ses bras, à ses épaules, enfonça ses doigts dans les muscles durs. Elle le voulait plus près, toujours plus près.

Elle voulait sa peau, sentir sa force et sa chaleur sous ses paumes.

Elle tira sur sa chemise pour la faire sortir de ses chausses et glissa les mains sous le lin et le cuir de son *cotun*.

Il émit un son sifflant quand elle posa ses doigts sur sa peau brûlante.

Elle sentit la tension en elle grimper en flèche et s'accrocha à lui de toutes ses forces.

Il interrompit son baiser et souffla à son oreille :

— Je veux te voir jouir, mon cœur.

Mon cœur. Il l'avait appelée « mon cœur ».

Une bulle de joie éclata dans sa poitrine. Elle ondula des hanches, cherchant inconsciemment la pression de sa main.

— C'est ça, murmura-t-il. Ça te plaît ? Tu trembles. Dieu que tu es douce ! La prochaine fois, je te goûterai. J'enfoncerai ma langue en toi.

Elle était trop emportée par l'extase pour être choquée. Au contraire, l'image lui paraissait délicieusement crue.

Il déplaça son doigt, caressant un point qui...

Tout son bas-ventre se contracta. Elle poussa un cri et planta ses ongles dans les muscles d'acier de son dos. De violents spasmes la parcoururent, provoquant un plaisir si intense qu'elle se sentit disloquée par une étreinte exquise.

— C'est ça, mon cœur, murmura-t-il. Jouis pour moi. Mon Dieu, tu es tellement belle !

Magnus ne pouvait plus attendre. La voir jouir l'avait propulsé au-delà du point de non-retour.

Il n'avait jamais été aussi excité de sa vie.

Il ne pensait plus qu'à la faire sienne. Son membre palpitait douloureusement, au bord de l'éruption. Il devait faire vite.

Il dénoua les lacets de ses chausses et les baissa juste assez pour libérer son sexe. L'air frais soulagea momentanément sa peau brûlante étirée au maximum.

Helen était affaissée contre le rocher, encore étourdie par la puissance de son paroxysme. Elle se ressaisit quand il souleva à nouveau ses jupes et qu'elle comprit son intention.

Elle baissa les yeux vers cette partie de son anatomie qui n'aurait pu devenir plus raide ni plus dure, une lueur intriguée dans le regard. Il serra les dents et ses abdominaux se nouèrent quand elle tendit la main et le toucha.

— Tu es si...

Elle hésita, puis enroula ses doigts autour de sa verge comme il le lui avait montré plus tôt.

— ... grand.

Il sembla grandir encore à son contact.

— Doux et dur en même temps.

Bon sang ! Parler n'était peut-être pas une si bonne idée. Lorsqu'il baissa les yeux et vit ses doigts blancs et délicats autour de son membre, il fut à un cheveu de jouir dans sa paume. Il rêvait de cet instant depuis si longtemps ; il ne pouvait croire qu'il était en train de se produire.

Il eut un sursaut et elle écarquilla les yeux.

— C'est moi qui te fais ça ?

Il ne pouvait pas parler et se contenta d'un bref hochement de tête.

Un petit sourire dangereux se dessina sur ses lèvres. C'était le sourire d'une femme qui venait de découvrir une nouvelle source de pouvoir.

Elle laissa ses doigts courir le long de sa verge, lui arrachant un long grondement sourd.

— Comme ça ? demanda-t-elle en l'empoignant plus fermement.

Il ne pouvait même plus acquiescer. Tous ses muscles étaient bandés. C'était divin.

— J'aime te toucher, chuchota-t-elle. Te sentir palpiter dans ma main.

Non, parler n'était décidément pas une bonne idée. Il serra les mâchoires, s'efforçant de retenir la vague qui menaçait. Une goutte laiteuse perla au bout de son sexe.

— Dis-moi ce que tu veux, Magnus.

Elle effectuait des mouvements de va-et-vient, prenant de plus en plus d'assurance.

Il la réprimanderait plus tard pour avoir retourné ses paroles contre lui. Pour le moment, c'était trop bon. Il voulait exploser dans sa main, dans sa bouche mais, surtout, profondément en elle.

Ses muscles se contractèrent tandis que la tension s'accumulait à la base de sa colonne vertébrale et que les palpitations entre ses jambes s'intensifiaient.

Elle s'arrêta un instant.

— Dis-moi, Magnus.

— Je veux… commença-t-il.

Soudain, il se figea. Un frisson glacé hérissa tous les poils de sa nuque. Il venait d'entendre un bruit.

Helen retira sa main en remarquant le changement en lui.

— Que se passe-t-il ?

Il remontait déjà ses chausses et les laçait, ce qui n'était pas facile compte tenu de son érection massive. L'instinct du guerrier avait repris le dessus.

— Nous ne sommes pas seuls, chuchota-t-il.

19

Il avait failli l'avoir dans la grotte. Encore quelques instants, quelques pas, et elle lui serait tombée dans les bras.

Mais Donald ne pouvait se permettre de commettre une erreur alors qu'il était si proche de débarrasser l'Écosse du faux roi. Il devait attendre le bon moment.

Enlever Helen aurait pourtant été parfait. Il aurait pu découvrir ce qu'elle savait au sujet de l'armée de Bruce et, par la même occasion, éloigner MacKay du roi.

Aussi tentant cela soit-il, il ne devait pas agir dans la précipitation. Il ne pouvait risquer d'être découvert par MacKay, pas quand l'escadron de la mort était sur le point d'entrer en scène. À l'instar de celle des guerriers fantômes de Bruce, leur stratégie reposait sur l'effet de surprise.

Il l'avait donc laissée lui filer entre les doigts. Pourtant, Dieu savait à quel point il la voulait ! Même si elle l'avait repoussé. Peut-être même encore plus maintenant. Il aimait les défis. Cela rendait la victoire encore plus gratifiante. Il n'avait jamais douté qu'il les vaincrait tous les deux : la femme qui n'avait pas voulu de lui et l'homme qui l'avait ridiculisé dans l'arène.

Quand MacKay s'était approché trop près de la grotte, il s'en était éloigné et les avait observés à distance. Il n'en avait pas perdu une miette. Au début, ce qu'il avait vu lui avait plu. Ils se disputaient. La petite sotte continuait de se jeter au cou de MacKay et ce butor continuait de la repousser. Puis il l'avait embrassée et tout avait basculé.

Il n'en avait pas cru ses yeux. La colère faisait encore bouillonner son sang. Comment avait-elle pu ? N'avait-elle aucune décence pour se comporter comme une telle débauchée ?

Elle s'était offerte à lui. MacKay avait sucé son sein parfait, avait glissé sa main entre ses cuisses, l'avait caressée. La femme à qui Donald avait fait l'honneur d'une demande en mariage avait haleté comme une chienne en chaleur. Ce corps dont il avait rêvé s'était trémoussé et frotté contre l'ennemi. Il avait presque senti son plaisir s'enrouler autour de lui, le provoquant, l'humiliant, lui compressant le cœur pour en extraire les dernières gouttes de son amour.

Lorsqu'il entendit ses cris d'extase, c'en fut trop. Il voulait les tuer tous les deux, planter son coutelas dans le dos de MacKay puis dans le cœur de cette traîtresse.

MacKay était en train de retrousser ses jupes. Il ne serait jamais aussi vulnérable que pendant qu'il la sauterait.

Pendant qu'il saute ma femme. Tant pis pour cette garce. Elle avait eu sa chance.

Il sortit son coutelas de sa ceinture, faisant accidentellement cliqueter le métal.

Aïe ! En voyant MacKay se tendre et se tourner dans sa direction, il sut qu'il avait commis une erreur. Il avait été repéré. Il fallait qu'il prévienne les autres.

Le brouillard de plaisir se dissipa aussitôt, cédant la place à la peur. Helen sentit ses os se glacer. Elle regarda autour d'elle dans la pénombre qui lui avait paru si romantique quelques instants plus tôt et semblait à présent chargée de menaces.

Sans Magnus, elle aurait été terrifiée. Sa présence la calmait. Il ne laisserait rien leur arriver. Il dégaina son épée et scruta les environs, tout en la protégeant de son corps.

— Où ? chuchota-t-elle.
— Dans le taillis de l'autre côté du sentier. Mais je crois qu'ils ont filé.

Il l'entraîna vers l'entrée de la grotte et lui mit une dague dans la main.

— Reste ici.

Elle écarquilla les yeux.

— Tu me laisses seule ?

Il posa une main sur sa joue et lui sourit tendrement.

— Rien qu'un instant. Je dois m'assurer qu'ils sont partis.

Fidèle à sa parole, il s'éloigna sans la laisser sortir un instant de son champ de vision. Il revint quelques instants plus tard, l'air sombre.

— Tu as trouvé quelque chose ? lui demanda-t-elle.
— Non, mais je suis certain qu'il y avait quelqu'un.
— J'ai entendu un bruit suspect tout à l'heure.

Il pivota brusquement vers elle.

— Quoi ? rugit-il. Quand ?

Elle se mordit la lèvre.

— Quand j'étais dans la grotte. Il m'a semblé sentir une présence près de l'entrée. J'ai cru que c'était toi qui essayais de me faire peur.

Il serra les dents comme s'il cherchait à se maîtriser, sans grand succès.

— Mais pourquoi ne m'as-tu rien dit ?
— Je croyais l'avoir imaginé, rougit-elle.
— Enfin, Helen ! Je t'avais demandé de ne pas t'éloigner. C'est trop dangereux. Fais plus attention, nom de nom !

Elle ne comprenait pas sa colère.

— Qu'y a-t-il donc dans cette forêt ? Qu'est-ce que tu me caches ? Pourquoi nous surveillerait-on ?

Il soutint son regard. Il semblait en proie à un dilemme. Apparemment, il décida de ne rien dire, car il lui prit le bras.

— Viens. Nous rentrons au camp. Je n'aurais jamais dû t'amener ici. C'était une erreur.

— Comment ça, une « erreur » ?

Il ne regrettait tout de même pas ce qui s'était passé !

Il n'avait visiblement pas l'intention de partager ses pensées avec elle. Il l'entraînait comme si le diable était à leurs trousses. Consciente que c'était son inquiétude pour elle qui le faisait presque courir, elle attendit d'apercevoir les torches des tentes au loin pour freiner des quatre fers.

— Je veux savoir de quoi il s'agit.

— J'ai la ferme intention de le découvrir, une fois que je t'aurais laissée au camp.

— Quoi, tu vas te lancer à leur recherche ? Tu es sûr que c'est sage ? Tu as dit que ça pouvait être dangereux.

Il parut légèrement amusé.

— Je sais prendre soin de moi, Helen. C'est ta sécurité qui me préoccupe.

— La mienne ? Mais pourquoi serais-je… ?

— Helen !

Elle gémit en entendant la voix de son frère. Elle ne provenait pas du camp, mais de la forêt, sur leur droite. Il choisissait bien son moment !

— Où étais-tu ? gronda Kenneth.

— C'est à toi qu'on devrait poser la question, rétorqua Magnus. Que faisais-tu seul loin du camp ?

Helen comprit ses soupçons et sentit sa gorge se nouer. Son frère ne les avait tout de même pas suivis… ?

Non. S'il les avait épiés, il serait intervenu en les voyant se… Hum, voilà qui était plus qu'embarrassant.

— Je cherchais ma sœur, déclara Kenneth. Quand je ne l'ai pas vue en rentrant de reconnaissance, je me suis inquiété. J'aurais dû me douter que tu profiterais de mon absence.

Il se tourna à nouveau vers elle.

— Où étais-tu ? Et que faisais-tu seule avec lui ?

— J'ai demandé à Magnus de m'accompagner pour chercher des plaquebières.

Il baissa les yeux vers ses mains vides. Elle avait oublié les fruits dans la grotte.

Mais ce n'étaient pas ses mains qui avaient retenu son attention. Il regardait ses cheveux en désordre, son visage, sa bouche, ses vêtements froissés. *Oh non !* Les lacets de son corsage étaient dénoués et pendaient sur sa robe.

Les yeux de Kenneth s'écarquillèrent d'horreur et de fureur.

— Espèce de salaud ! cria-t-il à Magnus. Je vais te tuer !

Il saisit son épée.

Helen ne réfléchit pas. Elle reconnut la lueur dans le regard de son frère, la colère qui n'entendait plus la raison. Elle entendit le chuintement de la lame sortant du fourreau et comprit ce qu'il allait faire.

— Arrête !

Elle se jeta devant Magnus. Toutefois, elle avait sous-évalué la rapidité de Kenneth.

Magnus cria d'une voix qu'elle ne lui avait encore jamais entendue :

— Mon Dieu, Helen ! Non !

Tout se passa en une fraction de seconde. Pourtant, cela lui parut se dérouler au ralenti. Elle vit la lame d'acier tranchant descendre sur elle ; l'expression horrifiée de Kenneth quand il comprit ce qui allait se passer et tenta d'arrêter l'arc de son épée ; elle entendit le cri de fureur de Magnus. Il essaya de dégainer son épée, puis de la contourner pour la protéger, mais rien ne pouvait la sauver à temps.

Elle ferma les yeux et attendit l'impact, priant pour que la douleur ne dure pas trop longtemps.

Au tout dernier instant, Magnus crocheta sa cheville et la fit tomber avant de se jeter sur elle pour la couvrir de son corps.

Elle n'oublierait jamais le sifflement de la lame quand elle passa à quelques millimètres de son visage avant de se planter dans la terre.

Il y eut un long silence. Puis elle entendit la voix tremblante de son frère.

— Oh, Seigneur, Helen ! Tu n'as rien ?

Il se laissa tomber à genoux à côté d'elle.

Magnus la clouait au sol. Il paraissait étrangement calme. Elle sentait son cœur battre lentement, très lentement.

Elle tremblait intérieurement, mais trouva la force de répondre sur un ton ferme.

— Je vais bien.

Magnus roula sur le côté et l'aida à se lever. Elle n'était pas dupe : derrière son calme apparent, elle sentait la fureur qui émanait de lui comme le souffle brûlant d'une forge. Kenneth ne savait pas ce qui l'attendait.

— Dieu merci, murmura ce dernier.

Il commençait à se relever quand Magnus l'attrapa par le cou et le projeta contre l'arbre le plus proche.

— Espèce de petit crétin ! Tu as failli la tuer !

Il lui serrait le cou. Kenneth tenta de desserrer ses doigts, les yeux exorbités. Magnus semblait soudain investi d'une force surnaturelle. Son bras était comme une poutre d'acier. Aussi fort et musclé soit-il, Kenneth ne parvenait pas à le faire bouger d'un iota.

Elle tenta de s'interposer.

— Magnus, lâche-le, je t'en prie ! Tu lui fais mal !

Son regard était froid et impitoyable. Elle crut d'abord qu'il ne l'avait pas entendue.

— Il aurait pu te tuer, déclara-t-il enfin.

— Il ne l'a pas fait exprès. C'était un accident.

C'était comme essayer d'amadouer un fauve en colère.

309

— Un accident ? Il est incapable de se maîtriser. Il est indiscipliné, irréfléchi. C'est un danger pour tout le monde. Comment peux-tu le défendre ?

— Je ne le défends pas, répondit-elle, les larmes aux yeux. C'est mon frère et je l'aime. Magnus, je t'en prie...

Peu à peu, il desserra les doigts. Il secoua néanmoins Kenneth une dernière fois avant de le lâcher.

— Si tu sors encore une fois ton épée devant elle, je te tue.

Elle fut surprise que Kenneth ne riposte pas. Pour une fois, il paraissait penaud.

Les deux hommes se toisèrent en silence dans l'obscurité, échangeant des accusations tacites. Il se passait quelque chose entre eux qu'Helen ne comprenait pas.

— L'as-tu déshonorée ? demanda enfin Kenneth d'une voix éraillée.

Magnus se raidit mais, avant qu'il puisse répondre, Helen s'exclama :

— Ça suffit, Kenneth ! Tu es mon frère, pas mon père. J'en ai assez que tu te mêles de ma vie. Je t'ai déjà obéi une fois par le passé et je m'en mords encore les doigts. Je l'aime. Rien de ce que Magnus pourrait me faire ne me déshonorerait.

Il ne lui prêta pas attention.

— Alors ? demanda-t-il encore à Magnus. C'est moi qui la protège pendant ce voyage. J'ai le droit de savoir.

À voir le visage de Magnus, il était clair qu'il mourait d'envie de l'envoyer au diable. Parallèlement, il semblait reconnaître l'autorité de Kenneth, même si elle ne le voyait pas du même œil.

— Non.

— Mais j'aimerais qu'il le fasse, insista Helen.

Les deux hommes se tournèrent vers elle en même temps et lancèrent :

— Tais-toi, Helen !

Magnus la dévisageait, choqué. Finalement, il valait peut-être mieux qu'ils continuent à se battre. S'ils décidaient d'unir leurs forces, elle risquait d'avoir un sérieux problème.

— Laisse-la tranquille, reprit Kenneth d'une voix basse. Tu veux accroître encore le danger qui pèse sur elle ?

Helen explosa :

— Tu ne vas pas t'y mettre, toi aussi ! Mais quel est donc ce danger dont vous parlez tous ?

— Oui, MacKay, dit Kenneth. Pourquoi ne lui expliques-tu pas ?

Magnus semblait regretter de ne pas l'avoir étranglé.

— Je t'ai déjà prévenu, Sutherland. Ferme-la.

— Pas tant que tu continueras à lui courir après. Elle mérite de savoir à quoi elle s'expose.

Kenneth se tourna vers elle.

— Vas-y. Demande-lui. Demande-lui quels sont ces secrets qu'il nous cache. Interroge-le au sujet de Gordon ; des guerriers fantômes de Bruce ; de l'attaque au château de Threave quelques jours après ton mariage.

Helen écarquilla les yeux. Comme tout le monde, elle avait entendu parler des exploits impossibles d'une bande de guerriers apparemment invincibles ; des hommes redoutables qui apparaissaient et disparaissaient en se fondant dans la nuit tels des spectres. Elle avait trouvé ces histoires divertissantes, sans trop y réfléchir. Réels ou imaginaires, personne ne connaissait l'identité de ces guerriers. Un frisson prémonitoire hérissa le duvet sur ses bras.

— Les fantômes de Bruce ? Quel rapport avec William ?

Magnus se tourna vers elle. En dépit de sa fureur, il surveillait ses paroles.

— Il ne sait pas de quoi il parle, répondit-il.

Kenneth refusait de capituler.

— Interroge-le au sujet d'une explosion qui a fait s'écrouler une partie du château de Threave, Helen.

Ça ne te rappelle pas certaines histoires que je te racontais autrefois ?

Helen se tourna à nouveau vers Magnus. Peu de gens savaient utiliser la poudre des Sarrasins.

— C'est vrai ? William était l'un de ces guerriers fantômes ?

Le regard torturé de Magnus lui donna sa réponse.

Elle recula d'un pas, une main sur la bouche.

— Grand Dieu !

Il lui paraissait invraisemblable que William ait pu faire partie de cette armée mythique. Décidément, elle n'avait rien su de lui.

Étonnamment, Kenneth paraissait aussi surpris qu'elle.

— Bon sang, c'était vrai ! marmonna-t-il.

— Si la sécurité de ta sœur t'importe, tu n'y feras plus jamais allusion, le prévint Magnus.

Helen les regarda.

— Quel rapport avec ma sécurité ?

Ils échangèrent un regard. Ni l'un ni l'autre ne semblaient vouloir lui répondre. Après une longue pause, Magnus déclara :

— Certaines personnes payeraient cher pour connaître l'identité de ces prétendus « guerriers fantômes ». Tous ceux qui sont liés à l'un d'eux sont en danger.

— Mais je ne sais rien à leur sujet !

— Oui, mais ça, ils l'ignorent, indiqua son frère.

Helen se tourna vers Magnus.

— Suis-je menacée ?

— Je ne sais pas.

— Mais tu as une bonne raison de le croire ?

Il acquiesça.

— C'est la raison pour laquelle tu étais si inquiet dans la forêt ?

— Que s'est-il passé dans la forêt ? demanda Kenneth.

Magnus lui lança un regard exaspéré mais lui répondit néanmoins :

— Quelqu'un nous épiait.

— Et tu ne t'es pas lancé à ses trousses ? s'indigna Kenneth.

Magnus tiqua.

— Je devais d'abord conduire ta sœur en lieu sûr. Je pouvais difficilement l'emmener avec moi, n'est-ce pas ? Je comptais organiser des recherches quand tu t'es mis dans mes pattes.

— Je viens avec toi, décida Kenneth.

Avant que Magnus ait pu protester, il ajouta :

— C'est ma sœur. Je dois la protéger.

Il se tourna vers Helen.

— Viens, je t'emmène au camp.

Elle fit non de la tête.

— Magnus me raccompagnera.

Elle le vit se raidir et précisa :

— Cela ne prendra que quelques minutes et tu pourras me voir depuis le camp. Je dois d'abord lui parler.

— Si tu as besoin d'aide pour trouver les mots justes, j'ai quelques suggestions, répliqua-t-il, dépité.

Elle ne releva pas.

— Préviens MacGregor et Fraser, lui ordonna Magnus. Je ne veux personne d'autre. Il faut que le camp reste bien gardé. Nous partirons dès que je serai prêt.

Kenneth n'était pas ravi, mais il les laissa seuls.

Si l'appartenance de William à la mystérieuse armée avait des implications étourdissantes, l'une d'elles intéressait plus particulièrement Helen. Elle songea aux changements de comportement de Magnus, à son amitié avec William, à ses liens étroits avec le roi.

— Et toi, Magnus ? Quel rapport as-tu avec l'armée fantôme ?

— Le roi ne reconnaît pas l'existence d'une telle armée.

— Parce qu'elle n'est pas officielle, elle n'existe pas ?

Il soutint son regard, son expression toujours indéchiffrable.

— Ne me pose pas de questions auxquelles je ne pourrai pas répondre.

Elle n'avait pas besoin de demander. Elle savait. Lui aussi, il faisait partie de la bande. Son frère le soupçonnait également. C'était l'une des raisons pour lesquelles il ne voulait pas qu'il s'approche d'elle.

Était-ce aussi ce qui retenait Magnus de lui avouer son amour ? Cherchait-il à la protéger ?

Elle s'approcha de lui, leurs corps se touchant presque.

— Je ne veux pas ta protection, Magnus. Je veux ton amour.

Il paraissait en proie à un violent combat intérieur.

— Non. J'ai promis de te protéger, bon dieu, et je le ferai.

Promis ? Un horrible doute la saisit.

— À qui as-tu fait cette promesse ?

Il sembla se rendre compte qu'il avait commis une gaffe. Trop tard. Elle pouvait lire le remords dans ses yeux.

— À Gordon.

La gorge nouée, Helen laissa échapper un long soupir.

— C'est pour ça que j'ai été intégrée à la suite du roi ? Pour que tu puisses me surveiller ?

Il tenta de fuir son regard et elle le fixa jusqu'à ce qu'il se tourne enfin vers elle.

— Oui.
— Je vois.

C'était par devoir qu'il s'était rapproché d'elle, rien d'autre.

Meurtrie et furieuse, elle se mit en route vers le camp. Il la rattrapa.

— Helen, attends. Ce n'est pas ce que tu crois.

Ses yeux brûlaient de larmes.

— Vraiment ? Alors explique-moi : nous sommes ici parce que tu m'aimes ou parce que tu as juré de me protéger ?

Son silence fut toute la réponse dont elle avait besoin.

Ce fut une longue nuit. Magnus, MacGregor, Sutherland et Fraser chevauchèrent durant des heures, sillonnant les forêts, les montagnes et la campagne autour du camp à la recherche de l'intrus. Ce dernier s'était évanoui dans la nature sans laisser de traces.

Il y avait peu d'habitants dans la région. Ils ne virent qu'une poignée de huttes de chasseurs et d'abris en pierre. Tous ceux qu'ils interrogèrent n'avaient rien vu ni entendu. Pas d'hommes suspects, pas de cavaliers, pas de guerriers armés, pas de brigands. Rien. Naturellement, leur tâche aurait été grandement facilitée s'ils avaient su ce qu'ils cherchaient.

Ils retournaient à leurs chevaux après avoir arraché un malheureux paysan et sa femme à leur sommeil quand Sutherland s'approcha de Magnus.

— Tu es sûr qu'il y avait quelqu'un ? demanda-t-il. C'était peut-être une bête.

La question ne l'aurait pas autant irrité si elle était venue de quelqu'un d'autre. Il ne pouvait oublier le coup de sang de ce crétin qui avait failli coûter la vie à Helen. S'il ne s'était pas senti lui-même coupable après ce qu'ils avaient fait dans la forêt, il aurait eu du mal à retenir son poing.

— Ce n'était pas un animal, il y avait un homme. J'ai entendu un cliquetis métallique.

— Peut-être quelqu'un du camp ?

Fraser l'avait entendu et demanda :

— Mais si c'était l'un des nôtres, il se serait fait connaître, non ?

Magnus et Sutherland échangèrent un regard noir. Ils pensaient tous les deux à la même chose : la personne en question avait peut-être été gênée d'interrompre un couple en pleine action.

— Ce n'était pas quelqu'un du camp, répondit fermement Magnus.

Il n'aurait su comment le décrire, mais il avait senti un courant malveillant dans l'air, dirigé contre eux. Son instinct lui disait que quelqu'un s'était trouvé là, et qu'il représentait une menace.

— De toute manière, nous ne pouvons prendre aucun risque, déclara MacGregor.

— Mais tu n'es pas certain que ma sœur soit visée ? insista Sutherland.

Magnus s'arma de patience. Il savait que Sutherland n'était guère convaincu par le peu qu'il lui avait dit au sujet du message du roi : simplement qu'une vague rumeur établissait un lien entre Gordon et l'armée secrète. Il n'avait pas besoin d'en savoir plus.

— Je ne suis sûr de rien, répliqua-t-il.

— Nous devons aussi penser à la sécurité du roi, insista MacGregor.

Sutherland secoua la tête d'un air écœuré.

— Si je comprends bien, nous avons une menace non identifiée planant sur une cible indéterminée.

— C'est toi qui as demandé à venir ce soir, s'échauffa Magnus. Si tu n'es pas content, tu n'as qu'à rentrer et aller monter la garde avec ton ami Munro. J'ai la ferme intention de veiller à ce qu'il n'arrive rien à ta sœur, ni au roi, ni à personne de notre groupe.

— Ton devoir concerne le roi ; moi, je m'occupe de ma sœur.

Magnus entendit son défi implicite : allait-il revendiquer Helen ?

Il le voulait avec toutes les fibres de son corps, même si c'était mal. Il avait été à un cheveu de ne plus avoir le choix. Quand il songeait à la manière dont elle s'était désagrégée dans ses bras... Ses réactions avaient été si sincères, si douces et innocentes. Non, disons plutôt inexpérimentées. Elle n'avait rien d'innocent.

Sa promesse à Gordon n'allait certainement pas jusque-là. En outre, ses craintes pour Helen ne le soulageaient pas de son devoir envers le roi, comme son crétin de frère venait justement de le lui rappeler.

Il regrettait qu'elle ait appris la vérité. Il revoyait son visage quand il avait commis l'erreur de parler de sa promesse à Gordon. Elle ressemblait à une petite fille qui venait d'apprendre que son conte de fées préféré n'était qu'une invention. Puis, quand elle avait tenté de le contraindre à se déclarer, en lui demandant pourquoi ils l'avaient emmenée...

Il aurait voulu lui répondre qu'il y avait deux raisons : parce qu'il l'aimait et parce qu'il avait promis. Néanmoins, il avait mieux valu la laisser partir.

Après être retournés au camp pour vérifier auprès des sentinelles que tout allait bien, ils suivirent des sentiers de chasseurs le long de la vaste vallée au nord du loch Vaich. La forêt du Stratvaich était réputée pour son gibier abondant.

Ils avaient parcouru plusieurs kilomètres quand ils aperçurent un pêcheur qui préparait son bateau amarré à un ponton. Après l'avoir salué, Magnus déclara :

— Vous commencez la journée bien tôt.

L'homme était jeune et affable. Il répondit en souriant :

— Comme dit l'adage : « Plus la nuit est noire, plus les truites sont grosses. »

Quand Magnus lui expliqua ce qu'ils cherchaient, les traits du pêcheur s'assombrirent.

— Je ne sais pas si ce sont les hommes qui vous intéressent mais, avant-hier, quand je pêchais avec mon fiston de l'autre côté du loch, j'ai vu un groupe de guerriers passer derrière les arbres sur la rive ouest.

— Combien étaient-ils ?

— Je ne sais pas. Huit ou neuf. Je n'ai pas attendu de les compter.

— Pourquoi ? lui demanda MacGregor.

— Dès qu'ils nous ont vus, ils ont coiffé leurs casques et ont sorti leurs épées. J'ai cru qu'ils allaient sauter dans l'eau pour nous attraper. J'ai ramé aussi vite que possible dans le sens inverse. Mon fils a eu une frousse bleue. Avec leurs heaumes et leurs vêtements noirs, il a cru que c'étaient les fantômes. Vous savez, l'armée de Bruce.

Conscient que Sutherland l'observait, Magnus n'osa pas regarder MacGregor. Le pêcheur s'esclaffa, puis reprit :

— Mais si voulez mon avis, je dirais plutôt que c'étaient des brigands.

Après lui avoir demandé des précisions sur l'endroit exact où il avait aperçu les guerriers, Magnus le remercia puis ils galopèrent ventre à terre dans cette direction. Ils trouvèrent rapidement l'endroit, à moins de deux kilomètres sur la rive ouest.

Sur place, ils repérèrent facilement les vestiges d'un camp.

MacGregor s'agenouilla devant un tas de bois calciné.

— Ils sont partis il n'y a pas longtemps, observa-t-il. Les cendres sont encore chaudes.

Ils fouillèrent les environs. Les brigands n'avaient fait aucun effort pour cacher leur présence, sans toutefois avoir la générosité de laisser des indices permettant de les identifier.

— Tu penses qu'il s'agit des mêmes hommes ? demanda Fraser.

Magnus acquiesça.

— Je doute que leur présence dans le coin soit une coïncidence.

— Ils ont décampé par là, déclara Sutherland en leur montrant des empreintes de sabots qui se dirigeaient vers le nord à travers la forêt.

Magnus l'espérait, même si un détail le turlupinait. Des brigands ou une bande de guerriers itinérants auraient campé plus près de la route principale. Mais s'il ne s'agissait pas de brigands, qui étaient-ils ?

Ils suivirent leurs traces autour du loch jusqu'à ce qu'elles les conduisent à la grande route de Dingwall. Puis ils rentrèrent au camp. Qui que soient les mystérieux guerriers, ils semblaient être déjà loin.

Les premières lueurs de l'aube transperçaient la brume au-dessus du loch. Le camp commençait à s'éveiller. Il leur restait une heure ou deux pour dormir avant que le convoi ne se mette en marche.

Magnus ne put fermer l'œil. Il ne pouvait se départir d'un certain malaise, de la sensation d'un danger imminent.

Quelques heures plus tard, tandis que la procession royale approchait de l'extrémité du loch Glascarnoch, il en eut la confirmation.

Depuis son poste d'éclaireur sur le sommet de Beinn Liath Mhor, il aperçut un éclat de métal reflétant le soleil. Furtivement, habilement, à une distance permettant de ne pas être repéré, on les suivait.

20

William Sutherland de Moray était l'un des hommes les plus puissants d'Écosse. D'aussi loin qu'il se souvienne, les hommes s'étaient toujours pliés à ses ordres. Il était le chef, bon dieu ! Un comte. À la tête de l'un des plus anciens Mortuaths des Highlands. Un guerrier redoutable et redouté. Et voilà qu'il était défié par une femme qui aurait dû ne rien représenter pour lui.

Il n'aurait jamais dû prêter attention à la jolie fille du médecin. De fait, les premiers temps, il ne l'avait pas remarquée. Muriel avait été comme un fantôme à son arrivée à Dunrobin. À vingt et un ans, il était trop fier pour s'intéresser à une gamine de six ans de moins que lui. Toutefois, elle l'évitait, ce qui avait titillé son orgueil et sa curiosité. Quand il l'avait observée de plus près, il n'avait plus vu un fantôme mais une fille blessée, hantée, qui avait volé son cœur et ne l'avait plus lâché.

Elle était si vulnérable. Au début, il n'avait pas su ce qu'il voulait. L'aider ? Chasser sa tristesse ? Il n'oublierait jamais le moment où elle lui avait fait suffisamment confiance pour lui confier son secret. Entendre l'horreur de son viol...

Cela avait déclenché quelque chose en lui, des émotions qu'il n'avait plus su contenir. Il aurait tout donné pour la débarrasser de cette douleur. Il voulait la consoler, la protéger, tuer pour elle. Surtout, il ne voulait plus jamais la laisser partir.

Les comtes ne tombaient pas amoureux. Ils avaient un devoir.

Il arpenta la petite pièce, en lutte contre des chaînes invisibles. Il repoussa la carafe de vin qu'un de ses serviteurs lui avait apportée, et saisit celle de *uisge beatha*. Après avoir empli une timbale à ras bord, il se tint devant le feu et contempla les flammes. Il refusait de s'approcher de la fenêtre pour vérifier si elle avait répondu à sa convocation... cette fois.

Il engloutit le liquide de feu comme s'il s'agissait d'une bière diluée à l'eau. Il était trop en colère, trop frustré, trop sur les nerfs pour s'en soucier. Mais qu'attendait-elle de lui ?

Il ne la comprenait pas. Depuis son retour quelques semaines plus tôt, il avait fait son possible pour la convaincre de rester auprès de lui. Il l'avait couverte de cadeaux – bijoux, soieries, belle vaisselle – de quoi vivre dans le luxe jusqu'à la fin de ses jours. Elle avait tout refusé.

Il avait cru qu'en la ramenant à Dunrobin, elle verrait à quel point elle lui avait manqué... et combien il lui avait manqué. Que tout ce qui comptait, c'était d'être ensemble. Or, elle l'évitait, refusait d'approcher du château, se terrait dans son maudit taudis. Il aurait dû le brûler. Elle aurait bien été obligée de se réfugier sous son toit.

Même lorsqu'il avait été contraint de se soumettre à Bruce, sa fierté n'avait pas été aussi écornée. Il était même allé la chercher à Inverness ! Plus jamais !

Quelques jours plus tôt, il lui avait ordonné de venir dans la grande salle pour un banquet. Elle avait obéi, mais lui avait à peine adressé un regard. Lorsqu'il l'avait obligée à lui parler, elle avait répondu courtoisement, lui assénant des « mon seigneur » et le traitant comme un étranger.

Furieux, il avait tenté de la rendre jalouse en flirtant avec Joanna, une servante avec qui il avait commis l'erreur de coucher des années plus tôt. L'indifférence de Muriel l'avait fait paniquer. Il l'avait convoquée cette même nuit, prétendant avoir une migraine. Elle lui avait fait porter un bouillon... par Joanna.

Il aurait pu se venger en culbutant la servante ; cette dernière était plus que consentante. Mais il ne pouvait blesser Muriel de cette manière, même si elle l'avait amplement mérité.

Il refusait de croire qu'elle ne l'aimait plus, que de la forcer à revenir avait été une erreur. Elle se montrait simplement entêtée, rien de plus. Cela étant, il ne lui restait plus qu'une semaine et il commençait à être à court d'idées.

Il se figea en entendant toquer à la porte.

— Entrez, lança-t-il en rassemblant son courage.

Quand la porte s'ouvrit, il retint de justesse un soupir de soulagement. Il s'était presque attendu à voir Joanna, mais c'était bien Muriel qui se tenait sur le seuil.

Dieu qu'elle était ravissante ! Elle paraissait si fragile, mais elle possédait une force qui l'avait toujours attiré. Ses longs cheveux blonds ondulés, son teint de porcelaine, ses yeux bleu pâle, ses traits fins exprimant la tranquillité et... l'indifférence.

Son cœur se serra. L'angoisse s'enroula comme une corde autour de sa gorge, de plus en plus serrée. Muriel ne pouvait pas être indifférente, il ne pouvait pas le permettre.

Elle lança un regard à la carafe entre ses mains. (Où diable était passée sa timbale ?) Il n'y avait aucun reproche dans ses yeux, mais il le sentit néanmoins.

Il était soudain nu et vulnérable, comme si elle avait dépouillé le comte respectable et dévoilé l'incertitude et le désespoir qu'il essayait de noyer dans le whisky. Il posa la carafe, dégoûté par sa propre faiblesse. Il était plus fort qu'elle ; c'était elle qui avait besoin de lui.

— Vous vouliez me voir, mon seigneur ?

— Je t'en prie, Muriel, cesse de me vouvoyer et de m'appeler « mon seigneur ».

— Et comment devrais-je vous appeler ?

Il traversa la pièce et claqua la porte derrière elle.

— Comme tu m'appelles depuis des années. Will. William.

Mon amour.

Elle haussa les épaules comme si cela lui était égal.

— Fort bien. Pourquoi m'as-tu fait venir, William ?

Son ton froid et impersonnel lui glaça le sang. Il avait l'impression de se débattre comme un petit bateau ballotté par la tempête. Il lui prit le bras et la força à le regarder.

— Arrête, Muriel ! Pourquoi réagis-tu comme ça ? Pourquoi te montres-tu si têtue ?

Elle esquissa un sourire moqueur.

— Tu t'imaginais que me ramener ici me ferait changer d'avis ? Que tu pourrais me broyer dans ta poigne d'acier comme tous ceux qui te disent non ?

— Pas du tout, bon sang !

C'était pourtant précisément ce qu'il avait cru. Il la lâcha.

— Je te veux à mes côtés, Muriel. Je t'aime. Si je pouvais t'épouser, je le ferais. J'essaie simplement de trouver la meilleure solution dans cette situation infernale que nous vivons. Tu ne manqueras jamais de rien. Je te traiterai comme une reine. Je veillerai sur toi comme si tu étais mon épouse.

— Sauf que je ne serai pas ton épouse, répondit-elle sur un ton détaché. Si tu m'aimais vraiment, William, tu ne me demanderais pas ça. Je peux te pardonner de vouloir accomplir ton devoir. Pourquoi ne peux-tu pas me montrer le même respect ?

Il ne trouva rien à répondre.

— Comment crois-tu que je me sentirai quand tu te marieras et que tu amèneras ta femme ici ?

Il sentit un regain d'espoir.

— C'est donc ça qui te gêne ? Je ne te ferai jamais une chose pareille. Tu ne la verras jamais. Je l'enverrai vivre dans un autre château.

— Je vois.

Elle fit mine d'y réfléchir.

— Comme tu es accommodant ! reprit-elle. Tu as vraiment pensé à tout. C'est une très belle offre et je dois sûrement être folle de la refuser. Néanmoins, je rentre à Inverness dans une semaine. Ni des mots ni des montagnes d'or ne me feront changer d'avis.

Il la croyait. Que l'enfer l'emporte ! La frustration le rendait fou. Elle était si délicate, si menue. Il pourrait l'écraser d'une seule main. Elle ne pouvait pas avoir le dessus sur lui.

— Et s'il n'y avait rien qui t'attende à Inverness, hein ? Il suffirait d'un mot de ma part et Ross te retirerait son parrainage. Sans lui, combien de temps crois-tu que ces chers médecins d'Inverness te laisseront poursuivre ton apprentissage ?

Elle ne sourcilla même pas.

— Pas longtemps, je suppose. Mais cela ne me fera pas changer d'avis. Il doit bien y avoir quelqu'un quelque part qui a besoin d'une guérisseuse, dans un endroit que le puissant comte de Sutherland ne pourra pas atteindre. Même si je dois aller en Angleterre, je trouverai un lieu où commencer une nouvelle vie.

Elle haïssait l'Angleterre depuis que les soldats l'avaient violée. Lorsqu'il avait découvert ce qui lui était arrivé, il les avait traqués lui-même jusqu'au dernier. Un seul lui avait échappé, parce qu'il avait été tué dans une bataille avant qu'il ne le retrouve. Qu'elle préfère vivre en Angleterre plutôt qu'avec lui...

— Tu ne le penses pas.

Il craignait pourtant que si. Il se sentait perdre pied. Le monde, son monde, lui échappait, s'éloignait en tourbillonnant, et il était incapable de le rattraper.

— Je ne te laisserai pas partir.

Il la coinça contre la porte. Ils se dévisagèrent. Comment pouvait-elle le regarder de cette manière ? Il n'osait même pas qualifier ce regard, de peur qu'il signifie qu'il l'avait déjà perdue. Comment des yeux bleus pouvaient-ils devenir si noirs ?

Il se haïssait pour ce qu'il était en train de faire. Il l'acculait, tentait de l'intimider en utilisant sa force physique, mais il était trop paniqué pour pouvoir s'arrêter. C'était une bataille qu'il ne voulait pas – ne pouvait pas – perdre.

Elle le comprit aussi. Il vit le changement et l'acceptation dans ses yeux.

Il avait gagné... Dieu soit loué, il avait gagné.

Puis son regard changea et il sentit à nouveau le malaise l'envahir.

— Fort bien, Will. Je vais te donner ce que tu veux.

Il recula lentement, prudemment, comme s'il observait un serpent enroulé faisant mine de dormir.

— Tu restes ?

Elle lui adressa un sourire compatissant.

— C'est vraiment ça que tu veux ? Il m'avait semblé que c'était autre chose.

Elle dégrafa le plaid qu'elle portait autour des épaules et le laissa tomber au sol. Elle commença à dénouer les lacets de sa robe.

Il était tellement abasourdi qu'il ne comprit ce qu'elle faisait que lorsque la cotte-hardie tomba à son tour. Son pouls s'accéléra et sa gorge s'assécha. Elle se tenait devant lui, uniquement vêtue d'une fine chemise, de ses bas et de ses petits souliers en cuir.

— Muriel...

Il s'interrompit en la voyant soulever lentement l'ourlet de sa chemise et retirer ses chaussures puis ses bas.

Elle arqua un sourcil.

— Quoi, ce n'est pas ce que tu veux, Will ? N'est-ce pas l'offre que tu m'as faite ? Je te donne mon corps et tu me donnes tout ce que je veux. Je n'ai pas bien compris ? Alors commençons. Tu pourras peut-être me convaincre que tes merveilleux talents d'amant me suffiront.

Il sentit le sol tanguer sous ses pieds comme lorsqu'il retrouvait la terre ferme après un long voyage en mer. C'était étrange. Quelque chose n'allait pas, mais il était trop aveuglé pour le voir. Il ne voyait plus que la femme qu'il aimait à moitié nue, prête à se donner à lui.

Il avait tant attendu ce moment.

Elle avança vers lui et glissa les bras autour de son cou, laissant ses seins frotter contre son torse.

— Il faudra que tu me pardonnes. Voilà bien longtemps que je n'ai pas fait ça.

Ce rappel brutal à ce qui lui était arrivé lui brûla la poitrine.

— Ne fais pas ça, Muriel.

Il posa les mains sur ses hanches pour l'écarter. Sa taille était si fine que ses doigts se touchaient presque.

— Pourquoi pas ? le provoqua-t-elle.

Elle posa la main sur son torse, puis descendit le long de son ventre ferme, jusqu'à sa braguette. Il sentit la pression de sa paume sur son entrejambe qui enflait à vue d'œil.

C'était si bon qu'il en aurait pleuré de plaisir.

— Tu me veux et tu peux m'avoir, susurra-t-elle. Je me donne à toi. Pas d'obligations, pas de conditions. Exactement comme tu le souhaitais.

Il était impossible de résister à son offre douce et séductrice. Il la prit dans ses bras et l'écrasa contre lui. Il l'embrassa fougueusement. Il sentit sa langue glisser contre la sienne et se dit que tout allait bien.

Un vague malaise persistait à travers la fièvre de son désir. Elle lui répondait, mais pas avec l'intensité et l'urgence d'autrefois. Elle l'avait toujours embrassé comme si elle n'en aurait jamais assez. Cette fois, c'était différent.

Il enfonça une main dans ses cheveux et pressa son visage contre le sien, intensifiant son baiser. Il était résolu à ce qu'elle ait autant envie de lui que lui d'elle.

Tout se passerait bien. Il saurait lui donner du plaisir.

Il promena ses mains sur ses reins, ses hanches, ses fesses. Même le fin tissu de sa chemise était de trop. Il voulait sentir sa peau contre la sienne. La faire gémir.

Elle ne gémissait pas. Elle n'émettait pas ces petits bruits gutturaux, ces halètements. Elle ne fondait pas dans ses bras, ne s'agrippait pas à ses épaules comme à un récif dans une mer déchaînée.

Frustré, il glissa les mains sous ses fesses, l'approchant encore, et commença à remuer contre elle. Lentement d'abord, puis en accélérant le mouvement à mesure que le désir montait en lui et qu'il sentait son corps réagir. Elle ondula des hanches contre lui, trouvant le rythme parfait.

Il savait d'expérience qu'il pouvait l'amener au paroxysme. Il songea aux nombreuses fois où il l'avait fait jouir rien qu'en se frottant contre elle, et à celle où elle l'avait pris dans sa main et l'avait amené à l'éruption. Ils s'étaient toujours arrêtés là ; ils n'étaient jamais passés à l'étape supérieure.

Il vivait comme un foutu moine depuis des années.

Enfin, il entendit les gémissements qu'il attendait. Il l'embrassa plus voracement, la sentant s'abandonner au tourbillon des sensations. Il pétrit son sein, sentit son mamelon durcir entre ses doigts et laissa échapper un grognement de satisfaction masculine quand elle se cambra dans sa main.

Il palpitait des pieds à la tête. Son membre durcit encore à l'idée qu'elle était presque prête pour lui. Quelques minutes encore et il serait en elle.

Il s'écarta et, la regardant dans les yeux, la coucha doucement sur la table. Il souleva lentement sa chemise. Cette fois, elle ne l'arrêterait pas.

Elle était exactement comme il en avait rêvé. Les joues rosies, les lèvres enflées et légèrement entrouvertes, les cheveux en désordre. Pourtant, quelque chose n'était pas juste. Ses yeux... ses yeux...

Jésus !

Elle capitulait, mais elle ne voulait pas de lui. Elle n'avait même pas d'affection pour lui. Ce qu'elle ressentait n'était pas de l'amour, mais de la lubricité.

Ce constat déchira le voile de passion qui l'enveloppait. Lui faire l'amour ne changerait rien. Cela ne lui démontrerait pas qu'ils étaient faits l'un pour l'autre, ne modifierait pas ses intentions. Elle ne l'en haïrait que davantage.

Elle avait raison. Il tentait de la forcer, de la plier à sa volonté. Elle était plus forte que lui. C'était une survivante.

Il la repoussa et se plia en deux comme s'il avait reçu un coup de poing dans le ventre. En lui donnant ce qu'il voulait, ou croyait vouloir, elle lui avait démontré que ce n'était pas du tout ce qu'il voulait. Ce qu'il voulait, il l'avait perdu.

Il voulait la fille qui le regardait avec de l'amour plein les yeux. Qui le faisait se sentir comme s'il était la personne la plus importante du monde. Qui lui avait fait suffisamment confiance pour lui donner son cœur et un corps qui n'aurait jamais dû désirer les caresses d'un homme.

Comment avait-il pu la traiter ainsi ? Il l'aimait.

Ce n'était pas ce qu'il venait de lui montrer.

Le dégoût de lui-même lui nouait la gorge.

— Pars, dit-il d'une voix rauque. Retourne à Inverness. Je n'aurais jamais dû te ramener ici. Je... Seigneur ! Je suis désolé.

Elle ne lui adressa pas un regard. Elle ramassa ses affaires sur le sol, les enfila rapidement et sortit sans un mot. Il l'aimait assez pour la laisser partir.

21

Helen eut tout le temps de réfléchir à ce qu'elle avait appris. Durant la longue nuit pendant laquelle elle attendit sans pouvoir fermer l'œil le retour de Magnus et de Kenneth sains et saufs (même si ni l'un ni l'autre ne méritaient qu'elle s'inquiétât pour eux), puis pendant la journée sur la route, elle ne pensa qu'à ça. C'était ce qui arrivait quand on vous piétinait le cœur.

Après le premier choc, quand la douleur commença à s'estomper, elle en vint à la conclusion que le comportement de Magnus ne pouvait être simplement dû à sa promesse à William. Pas après ce qui s'était passé dans la forêt.

Il l'aimait, elle n'en doutait pas. Quelque chose l'empêchait de l'avouer. Ce pouvait être son implication dans l'armée fantôme de Bruce (elle ne pouvait croire que le jeune homme qui l'avait autrefois pourchassée dans les bois était l'un des guerriers les plus redoutés du royaume) ; sa famille et la vieille querelle de leurs clans ; son mariage à William et sa loyauté envers son ami disparu ; ou une combinaison de tous ces éléments.

Rien n'était insurmontable. Pas s'ils s'aimaient vraiment. Il fallait simplement amener cette tête de mule à l'admettre.

C'était plus facile à dire qu'à faire. Il ne l'évitait pas vraiment mais, au fil de la journée, il devint clair que quelque chose le préoccupait et que ce n'était pas uniquement la lenteur de leur convoi. Il paraissait plus intense et plus vigilant que jamais. Pour la première fois, elle le voyait dans son mode guerrier : féroce, dur, impavide et entièrement concentré sur sa mission.

Il était tard dans l'après-midi quand Gregor MacGregor et lui arrivèrent au galop à l'endroit où le convoi royal s'était arrêté pour une brève pause, au bord du loch Glascarnoch. Elle comprit aussitôt qu'il y avait un problème. Les deux hommes attirèrent à l'écart le roi et plusieurs membres importants de son escorte, dont son frère et Donald. Il s'ensuivit une discussion animée.

Elle devinait à la mine sombre du roi que les nouvelles étaient mauvaises. Puis, quand son frère lança un regard vers le rocher sur lequel elle était assise et mangeait un morceau de pain et du fromage, elle craignit que cela n'ait un rapport avec elle.

Elle aurait aimé savoir ce qu'ils disaient. Ils ne semblaient pas d'accord. Comme d'habitude, Donald et son frère étaient dans un camp ; Magnus dans l'autre.

La patience n'était pas l'une de ses vertus. Elle allait tenter de s'approcher discrètement du groupe, quand Magnus s'en détacha et vint vers elle.

Il avait beau essayer de le cacher, il était clairement inquiet.

Elle alla à sa rencontre et posa machinalement une main sur son bras, comme si cela pouvait le soulager de son fardeau. Le toucher, établir d'emblée un lien physique et psychique entre eux, semblait le geste le plus naturel du monde. Depuis toujours.

— Que se passe-t-il ?
— Nous sommes suivis, répondit-il.
— Par qui ?
— Je n'en sais rien, mais je ne tarderai pas à le savoir.

Elle sentit qu'elle n'allait pas aimer la réponse à sa prochaine question, mais la posa quand même.

— Que comptes-tu faire ? Et pourquoi sembles-tu pressé de le faire ?

— J'ai hâte d'en découdre, en effet. Je n'aime pas qu'on menace la personne que...

Il s'interrompit, puis acheva :

— Dont j'ai la responsabilité.

Elle déglutit. Avait-il été sur le point de dire « la personne que j'aime » ?

— C'est après moi qu'ils en ont ? demanda-t-elle.

— Je ne sais pas. Ce pourrait être simplement une bande de guerriers itinérants, mais je ne veux courir aucun risque. Nous leur tendrons un piège ce soir. Il y a un endroit idéal à l'autre bout du loch, un couloir naturel où la route se rétrécit, avec d'un côté la montagne couverte de forêts, et de l'autre, l'eau. Dès qu'ils y pénétreront, nous les encerclerons.

Cela paraissait dangereux, même s'il en parlait comme si de rien n'était.

— Mais combien sont-ils ? Et combien êtes-vous ? Et si tout ne se passe pas comme prévu ?

— Tu n'as pas à t'inquiéter. Le roi et toi serez à l'abri...

— Moi ? Je ne m'inquiète pas pour moi, mais pour toi.

Il parut amusé.

— Je sais ce que je fais, Helen. Je l'ai déjà fait de nombreuses fois.

— Ce ne serait pas préférable de demander des renforts ?

— Regarde autour de toi. Où irions-nous les chercher ? Qui qu'ils soient, ils ont bien choisi leur endroit, il faut le reconnaître. Nous sommes encore trop loin de Loch Broom pour y demander de l'aide, et trop loin de Dunraith pour faire demi-tour. Soit ils connaissent parfaitement ces montagnes, soit ils ont une sacrée veine.

— Cela ne te préoccupe pas ?

— Si. C'est pourquoi je suis prudent.

— Quoi, lancer une attaque surprise sur un nombre indéterminé de guerriers, c'est de la prudence ?

Il sourit.

— En temps normal, j'aurais pris une poignée d'hommes et je les aurais attaqués sur-le-champ. C'était la proposition de ton frère et de Munro, d'ailleurs. Alors oui, je suis prudent.

Helen blêmit.

— Je crois que je préfère ne pas savoir ce que tu entends par « en temps normal ».

L'expression de Magnus changea.

— Ce n'était peut-être pas une bonne idée de t'emmener avec nous. Si j'avais su... Je pensais que tu serais davantage en sécurité avec moi qu'à Dunrobin.

— Je le suis, répondit-elle d'une voix ferme. Je préfère être ici avec toi. Mon frère n'aurait pu me tenir enfermée entre quatre murs éternellement.

— Pourquoi pas ?

Grands dieux, il était sérieux !

— Parce que ce n'est pas une vie, Magnus.

Ils se dévisagèrent un moment, puis il hocha la tête.

— Ton frère et Munro resteront en arrière avec quelques autres pour te protéger ainsi que le reste du convoi.

Sur la soixantaine de personnes qui composaient le convoi royal, il y avait une douzaine de chevaliers et plus d'une trentaine d'hommes en armes. Le reste était des membres de la Cour et des serviteurs. Ils avaient de la chance. D'ordinaire, la suite d'un roi incluait beaucoup plus de monde.

— Et le roi ? demanda-t-elle.

— Il reste avec toi.

Helen lança un regard vers Bruce, dont l'expression était très semblable à celle de Magnus quelques instants plus tôt.

— Il le sait ?

— Pas encore, répondit Magnus avec une légère grimace.

Il lui lança un regard chargé d'espoir.

— Tu pourrais peut-être trouver un prétexte ?

Elle se mit à rire.

— C'est ça ! Débrouille-toi tout seul.

Il croisa les bras sur son torse.

— Je m'en souviendrai, dit-il, faussement boudeur.

L'air entre eux devint soudain chargé. Il restait tellement de choses non dites, tellement de choses à faire.

— Sois prudent, dit-elle doucement.

Il avait envie de l'embrasser. Elle le voyait. Peut-être l'aurait-il fait s'ils ne s'étaient pas tenus au milieu du camp. Il dut se contenter de décroiser les bras et d'acquiescer.

Il s'éloigna, puis se tourna à nouveau vers elle.

— Helen, tiens-toi prête. Nous aurons peut-être besoin de toi.

Elle se mordit la lèvre. Il risquait d'y avoir des blessés. Elle hocha la tête à son tour.

Elle le laisserait faire son travail puis, le moment venu, elle ferait le sien. *Mais s'il vous plaît, s'il vous plaît, qu'il ne lui arrive rien.*

— Ça ne me dit rien qui vaille, chuchota MacGregor.

— À moi non plus, répondit Magnus.

Ils avaient rampé le plus loin possible sur le versant d'où ils comptaient lancer leur attaque. En contrebas s'étendait le goulot boisé où la pointe du loch rencontrait la montagne avant de s'ouvrir sur le col de Dirrie More, où le reste du convoi royal attendait.

Magnus avait choisi cet emplacement en connaissance de cause. Les dix hommes qu'il avait amenés avec lui auraient l'avantage, même s'ils étaient surpassés en nombre. Toutefois, si les informations de Fraser étaient correctes, les autres étaient à peu près aussi nombreux qu'eux. Une fois qu'ils se seraient engagés sur la route étroite, il serait facile de les encercler et ils n'auraient d'autre option que de fuir par le loch. Mais où étaient-ils donc ?

— Ils auraient déjà dû apparaître, marmonna-t-il. Fraser a dit qu'ils n'étaient qu'à quelques kilomètres.

— Je ne vois rien, répondit MacGregor. Cette foutue brume est trop dense. Je me sentirais mieux si la Vigie était avec nous.

Arthur Campbell, dit la Vigie, était très apprécié pour ses talents d'éclaireur, mais également pour sa prescience remarquable qui leur avait permis plus d'une fois d'éviter de sérieux déboires.

Magnus avait minimisé la situation face à Helen. S'il y avait bien un secteur de leur itinéraire où il ne tenait pas à devoir défendre une soixantaine de personnes, c'était bien celui-ci. Perdus au cœur des montagnes, à des kilomètres de toute possibilité d'aide, ils pouvaient se faire piéger aussi facilement qu'il espérait piéger les hommes qui les suivaient.

— Et moi, je me sentirais mieux si nous avions toute la garde avec nous, répondit-il.

S'il avait bien choisi les hommes qui les accompagnaient, ce n'était pas la garde des Highlands. Ils n'étaient même pas les meilleures lames de l'escorte royale. Il ne pouvait risquer de laisser Helen et le reste du convoi sans une bonne protection. C'était ainsi qu'il avait convaincu le roi, l'un des meilleurs chevaliers du royaume, de rester en arrière avec Sutherland et Munro. En temps normal, il aurait été ravi de compter sur l'épée de Bruce. Toutefois, ce dernier était désormais roi et ne pouvait être mis en danger. Son rôle avait changé, mais il avait guerroyé pendant trop longtemps pour accepter de bon cœur de rester en retrait des combats, même pour le bien du royaume. La reine et son unique héritière étant emprisonnées en Angleterre, son trône devait être protégé coûte que coûte.

Magnus rechignait à diviser ainsi leurs forces. Il n'avait pourtant pas le choix. C'était leur meilleure chance de désamorcer la menace en limitant les risques. Comble de l'ironie, la taille et la nature du convoi royal l'empêchaient de manœuvrer rapidement, un désavantage dont la garde des Highlands avait toujours su tirer parti contre les Anglais.

— Quelque chose cloche, conclut-il en scrutant les ténèbres. Nous devons vérifier si...

Un cri de guerre déchira soudain la nuit.

Magnus lâcha un juron. Bondissant sur ses pieds, il saisit sa masse d'armes pendant que MacGregor dégainait son épée. Son arc ne lui serait d'aucune utilité dans un combat rapproché. Leur attaque surprise était ratée.

C'était eux qui étaient attaqués... par-derrière.

Ils coururent vers l'endroit où ils avaient laissé leurs compagnons. Le combat faisait déjà rage.

Au premier coup d'œil, Magnus ne fut pas inquiet. Il ne compta qu'une poignée d'assaillants. Cependant, quatre des hommes d'armes qu'il avait amenés étaient déjà à terre. Ils avaient perdu leur avantage en nombre, mais rien n'était joué. Par le passé, MacGregor et lui avaient souvent affronté deux à quatre fois plus d'adversaires dans une même bataille, et n'en avaient fait qu'une bouchée.

Cependant, quand un autre de ses hommes, un chevalier cette fois, tomba à son tour, Magnus se rendit compte que ce ne serait pas aussi facile.

— D'où diable sortent-ils ? lança MacGregor.

Magnus se posait la même question. Bien qu'ils portent des haubert et non des *cotuns* comme les membres de la garde, leurs tenues et leurs heaumes étaient noircis. Comme la garde, ils utilisaient toute une variété d'armes : épées, haches d'armes, masses et lances. Magnus aurait aimé dire que les similitudes s'arrêtaient là, mais ce n'était pas le cas. Dès le premier échange de coups, il sut qu'il n'avait pas affaire à un adversaire ordinaire. L'homme savait vraiment se battre.

Emporté dans un corps-à-corps particulièrement délicat, assourdi par le fracas des combats, il lui fallut un certain temps avant de se rendre compte que le vacarme autour de lui en couvrait un autre, provenant de l'ouest, là où se trouvait le reste du convoi.

Le roi. Helen. Bon sang, ils étaient attaqués eux aussi ! Il devait voler à leur secours, mais les assaillants lui barraient la route.

Ils avaient bien manigancé leur coup, comme s'ils avaient su exactement où chacun se trouverait.

Il repoussa un adversaire d'une pluie de coups de masse meurtriers. Il fit sauter sa targe, puis attendit qu'il se prépare à frapper pour lui asséner un puissant coup sur la tête. L'homme chancela et tomba. Au cas où sa masse ne lui aurait pas déjà fracassé le crâne, Magnus plongea la lame de sa lance incurvée à travers sa cervelière, sous le heaume.

Un de moins, encore quatre. MacGregor, Fraser et de La Hay s'en sortaient bien, mais l'un des hommes d'armes encore debout était sérieusement en difficulté. Magnus était surpris qu'il soit encore en vie.

Il vola à son secours mais, avant qu'il ait pu le rejoindre, son assaillant envoya sa tête voler dans les airs d'un seul coup d'épée. Magnus fondit sur ce dernier en brandissant sa masse, mais il la bloqua avec sa lame et le repoussa.

Fichtre, cet homme était aussi costaud que Robbie Boyd. Il maniait son énorme claymore des deux mains avec une aisance qui aurait donné du fil à retordre à MacLeod lui-même. Magnus ne parvenait pas à trouver une ouverture et fut plusieurs fois à un cheveu de se faire décapiter à son tour.

Il était désavantagé : sa masse était trop courte par rapport à la claymore du guerrier ennemi et il ne parvenait pas à s'approcher suffisamment pour le frapper.

D'où sortait cet homme ?

Entre deux coups, il vit du coin de l'œil MacGregor abattre son adversaire et se porter au secours de Fraser qui paraissait en difficulté. Il poussa un soupir de soulagement. Il se voyait mal expliquer à MacLeod comment son jeune beau-frère avait trouvé la mort au cours d'un voyage « tranquille » à travers les Highlands.

Magnus avait toujours préféré la masse d'armes mais, cette fois, il avait besoin de l'épée accrochée dans son dos. Quand le colosse lança un regard vers Fraser, qui venait enfin de venir à bout du troisième assaillant, il saisit sa chance et sortit sa lame de son fourreau. Toutefois, avant qu'il ait pu l'abattre sur le crâne du gaillard, celui-ci siffla. Aussitôt, ses compagnons et lui disparurent dans les ténèbres de la forêt.

Fraser voulut les poursuivre, mais Magnus l'arrêta.

— Laisse-les filer. Nous devons secourir le roi.

Ils avaient déjà été trop retardés.

Ils se mirent à courir entre les arbres.

— Comment ont-ils su ? demanda MacGregor.

— Je n'en sais rien. Soit ils ont eu de la chance, soit...

— Quelqu'un nous a trahis, acheva MacGregor.

Oui, mais qui ?

Il ne pouvait y réfléchir pour le moment. Son unique préoccupation était d'atteindre Helen et le roi avant que...

Il ne finit pas sa pensée. Son sang s'était glacé.

La scène devant eux était chaotique. Les carrioles étaient renversées ; les hommes éparpillés, certains se terrant dans la forêt, d'autres se battant toujours. Il y avait au moins une douzaine de cadavres gisant dans l'herbe.

Quand il ne vit ni Helen ni le roi nulle part, il pria pour qu'ils aient eu la bonne idée de se cacher. Toutefois, connaissant Robert de Bruce, il avait sûrement été le premier à se battre.

Il aida un des leurs à repousser un assaillant puis aperçut enfin Sutherland.

— Où sont-ils ? cria-t-il.

Il n'avait pas besoin de préciser de qui il parlait.

Sutherland n'eut pas le temps de lui répondre : un agresseur surgit derrière lui avec une hache. Il eut à peine le temps de le voir et de bloquer son coup avec sa targe. L'impact lui fit baisser sa garde ; l'autre en profita pour lever sa hache au-dessus de sa tête.

Le sang de Magnus ne fit qu'un tour. Il sortit son coutelas de sa ceinture et le lança de toutes ses forces vers le bras levé. Elle transperça les mailles. L'assaillant laissa retomber sa main avec un cri de douleur puis poussa un juron en gaélique... en gaélique *irlandais*. Sutherland lui planta sa lame profondément dans la cuisse.

À la puissance du coup et au flot de sang qui jaillit de la plaie, Magnus sut que la blessure était mortelle avant même que l'Irlandais ne s'effondre.

— Combien sont-ils ? demanda-t-il à Sutherland.

— Juste une poignée, mais ils sont doués.

Il l'avait déjà remarqué. Il aida les autres à repousser les derniers assaillants. Toutefois, comme pour le premier groupe, un sifflement s'éleva dans la nuit et ils décampèrent tous à travers la forêt.

Magnus croisa le regard de MacGregor et hocha la tête. MacGregor choisit rapidement quelques hommes, dont Fraser, et ils s'élancèrent à leur poursuite.

Magnus s'était déjà lancé à la recherche de Bruce et d'Helen. À mesure que les minutes passaient, son angoisse se muait en torture. Il les cherchait frénétiquement, tel un homme possédé.

Il s'efforça de refouler la panique. Ils étaient forcément quelque part, dans le chaos, les ténèbres et la brume.

Il fit allumer des flambeaux et examina tous les corps qui jonchaient la forêt. Puis il aperçut sir Neil Campbell qui avançait en titubant entre les arbres, le visage en sang. Le valeureux chevalier ne quittait jamais le roi.

— Où sont-ils ? demanda Magnus.

Il redoutait la réponse.

Sir Neil secoua la tête, l'air hagard.

— Je ne sais pas. Par sainte Bride, je ne sais pas.

Tout se passa si vite qu'Helen n'eut pas le temps d'avoir peur. Un instant, elle était assise, priant pour que Magnus et les autres reviennent indemnes, l'instant suivant, ils étaient attaqués.

— Reculez ! lui hurla le roi. Emmenez-les et reculez !

Son ordre était superflu. Passé le premier choc, quand le premier brigand avait surgi d'entre les arbres et, d'un seul coup d'épée, avait abattu deux malheureux gardes, Helen était entrée en action. Elle avait rassemblé ses deux suivantes et les serviteurs qui n'auraient su quoi faire d'une arme, et leur avait chuchoté de la suivre. Elle ignorait où elle les emmenait ; elle savait uniquement qu'ils devaient libérer le terrain afin que les guerriers puissent faire leur travail.

Il n'y avait pas d'abri sûr. Toutefois, la brume et la nuit les dissimulaient. Le paysage morne de Dirrie More offrait peu de cachettes naturelles. Elle aperçut toutefois un taillis de sapins qui pouvait faire l'affaire.

Cachés derrière les troncs, Helen et les autres observèrent la bataille. Elle fut d'abord soulagée. Les agresseurs n'étaient qu'une poignée, alors que les hommes du roi étaient quatre fois plus nombreux.

Ces derniers avaient été pris par surprise, mais pas au dépourvu. En quelques secondes, ils avaient leurs armes à la main et étaient prêts à repousser l'attaque.

À sa consternation, elle les vit tomber les uns après les autres. Elle perdit de vue son frère et Donald. Le roi et sir Neil Campbell avaient pris une position défensive non loin du taillis.

L'un des assaillants se frayait un passage vers eux, pourfendant tous les hommes sur son chemin. Sir Neil avança pour l'arrêter quand un autre brigand surgit.

Sir Neil fut englouti par l'obscurité, mais elle distinguait toujours la cotte de mailles et le heaume avec la couronne en or du roi tandis qu'il affrontait le brigand.

Le fracas de métal la fit tressaillir. Bien qu'elle ne doutât pas de la valeur du roi au combat, sa réputation sur le champ de bataille n'étant plus à faire, il était clair que son assaillant n'était pas un bandit ordinaire. Il maniait son épée avec autant d'adresse que Bruce, sinon plus.

L'affrontement entre les deux semblait ne jamais finir. Mais où étaient les autres ? Pourquoi ne venaient-ils pas au secours du roi ?

Elle se rendit compte avec effroi que le brigand essayait d'éloigner Bruce de la mêlée générale, de l'entraîner vers le taillis.

Plus ils approchaient, plus la tension dans le petit groupe derrière elle augmentait. Elle leur fit signe de ne faire aucun bruit. Toutefois, à l'air horrifié des dames, elle devinait qu'elles n'allaient pas tarder à se mettre à hurler.

Ils entendaient les grognements et le souffle court des deux adversaires tandis qu'ils échangeaient coup après coup, jusqu'à ce que, enfin, la lame du roi frappe son ennemi avec une telle force qu'il en lâcha son arme.

Helen retint de justesse un cri de soulagement. Bruce leva son épée pour porter le coup de grâce, mais l'autre homme n'avait pas dit son dernier mot. Il parvint à extirper une hache de l'arsenal qu'il portait sur le dos et, au moment même où la lame du roi fendait l'air, il lui asséna un coup en pleine tête.

L'épée du roi poursuivit sa lancée et trancha presque en deux le cou du brigand. Puis Bruce chancela en arrière, la hache plantée dans son heaume.

Il tomba à genoux, puis mit les mains en avant pour se retenir de s'affaler de tout son long.

Helen ne prit pas le temps de réfléchir. Elle saisit la sacoche que Magnus avait fait confectionner pour elle, la mit en bandoulière et ordonna aux autres de ne pas bouger. Puis elle se précipita vers Bruce.

Elle se laissa tomber à genoux à côté de lui. Le peu de clair de lune qui filtrait entre les nuages lui permit de voir le sang qui ruisselait sur son visage.

C'était comme une farce macabre. La lame de la hache était enfoncée dans le casque. Elle avait transpercé l'acier et entaillé le front du roi.

Mon Dieu, faites que ce ne soit pas trop profond.

— Sire, laissez-moi vous aider, dit-elle doucement.

Il oscillait d'un côté et de l'autre, sonné.

— Ma tête... marmonna-t-il.

Elle s'efforça de le tranquilliser et l'aida à s'asseoir dans l'herbe.

Elle n'osait pas retirer le casque et son hideux appendice, craignant ce qu'elle découvrirait en dessous. Toutefois, il le fallait bien pour examiner l'étendue des dégâts et arrêter le saignement.

— Je dois vous enlever votre heaume, sire. Vous voulez bien m'aider ?

Il tenta d'acquiescer et gémit de douleur.

Helen retint son souffle et souleva le casque. L'espace d'un instant affreux, il refusa de bouger, comme si la hache était plantée trop profondément dans l'os. Puis elle tira d'un coup sec et il céda.

Elle laissa tomber le heaume et la hache dans l'herbe et s'efforça d'endiguer le flot de sang qui s'écoulait du front royal avec un des linges de sa sacoche. Il fut rapidement imbibé.

Si seulement il ne faisait pas aussi sombre ! Il lui était difficile d'évaluer la gravité de la blessure. Elle distinguait une grande entaille verticale qui divisait en deux le sourcil gauche et le front de Bruce. Elle paraissait profonde, mais pas mortelle. À condition d'arrêter le saignement.

Le roi se remettait lentement du choc, même si ses oreilles devaient sérieusement résonner.

— Vous ne devriez pas être ici, lady Helen. Je vous avais dit de vous cacher.

— J'y retournerai dès que j'aurai soigné votre plaie. Cela vous fait très mal ?

C'était une question idiote à poser à un guerrier. Rien ne leur faisait jamais mal.

— Non, répondit Bruce. Où est mon épée ?

Helen fit un signe vers le corps du brigand. Son épée se trouvait à côté. Bruce voulut se précipiter pour la récupérer et elle dut le soutenir quand il retomba sur les fesses, pris de vertige.

— Vous perdez beaucoup de sang, sire. Il me faut quelque chose pour comprimer la plaie.

Il tint le linge imbibé sur son front tandis qu'elle sortait des ciseaux de sa sacoche et découpait une bande de lin dans sa chemise pour faire une meilleure compresse, puis une autre plus fine pour l'attacher. Cela tiendrait peut-être jusqu'à ce qu'elle trouve un baume...

Ils entendirent soudain des hommes venir vers eux.

— ... l'usurpateur... dit une voix.

Le roi se raidit. Comme elle, il avait reconnu un accent anglais.

Un instant plus tard, une autre bribe leur parvint :

— Trouvez la femme.

Le roi était déjà sur ses pieds et ramassait son épée. Il oscillait dangereusement.

— Filez, lui glissa-t-il. Je vais les retenir.

Il était bien trop faible pour les affronter seul. Elle réfléchit rapidement, puis déclara :

— Sire, vous ne pouvez pas me laisser seule. Et si l'un d'eux me poursuit ?

Le sens chevaleresque du roi l'emporta.

— Vous avez raison. Je dois d'abord vous conduire à l'abri.

Elle faillit courir vers le taillis où se cachaient les autres, avant de se rendre compte qu'elle les mettrait en danger.

Heureusement, le roi avait une autre idée. Il lui prit la main et l'entraîna dans la direction opposée.

Quand ils entendirent un cri derrière eux, ils se mirent à courir.

22

Helen courut jusqu'à ce que le terrain se mette à grimper et que le roi ralentisse. Elle avait elle-même du mal à reprendre son souffle. Avec tout le sang qu'il avait perdu, Bruce devait être à bout de forces.

— Ils nous ont vus ? demanda-t-elle.

Il tendit l'oreille avant de répondre :

— Je ne sais pas.

Ils se tinrent côte à côte dans l'obscurité, haletants. Elle ne voyait pas grand-chose autour d'elle hormis les silhouettes noires des montagnes qui les encerclaient. Superbes de jour, elles revêtaient un caractère sinistre de nuit.

— Savez-vous où nous sommes, sire ?

Le roi fit non de la tête.

— Je dirais quelques kilomètres au nord du loch, mais je ne connais pas ces montagnes aussi bien que...

— Magnus, acheva-t-elle.

Il acquiesça. Ni l'un ni l'autre n'osait formuler à voix haute ce qu'ils pensaient tout bas : où était-il ? Comment leurs assaillants lui étaient-ils passés sous le nez ?

La voyant frissonner, il lui adressa un petit sourire.

— Ne vous découragez pas, lady Helen. MacKay est l'un de mes meilleurs hommes. Ce ne sont pas quelques brigands qui auront raison de lui.

— Certes, sire, mais ce n'étaient pas n'importe quels brigands. Qui étaient-ils ?

Le roi haussa les épaules et chancela. Elle le fit asseoir sur un rocher.

— Je l'ignore, répondit-il. Il y avait au moins un Anglais parmi eux et ils savaient qu'ils s'en prenaient au convoi du roi.

— Ils connaissaient également mon existence, ajouta-t-elle.

— En effet.

Elle remarqua que le sang suintait du bandage. Elle s'approcha pour l'examiner. Il lui fallait quelque chose de plus efficace... mais quoi ?

— Je saigne toujours ? demanda-t-il.

— Oui. Je suppose qu'on ne peut pas allumer un feu ? Le moyen le plus sûr serait de cautériser la plaie.

— Pas avant d'être sûrs qu'ils soient partis.

— Je regrette de ne pas avoir apporté mon nécessaire à couture. Le fil à broder aurait fait l'affaire.

— Peut-être en serrant le bandage plus fort ?

Elle s'apprêtait à dénouer ce dernier quand elle entendit un bruit.

Une voix ? Des pas ?

Le roi l'avait entendu, lui aussi. Sans un mot, ils se remirent à courir, n'ayant pas d'autre solution que de grimper plus haut dans la montagne. Les mises en garde de Magnus lui revinrent en mémoire. Elle savait que le terrain était traître, surtout la nuit.

De toute manière, il devint vite clair qu'ils ne pourraient pas aller très loin sur le versant escarpé, ni semer leurs poursuivants. Le roi s'affaiblissait. Il commençait à tituber, étourdi par la quantité prodigieuse de sang qu'il avait perdue.

Le sang ! Ce devait être ce qui leur permettait de les suivre à la trace.

— Attendez ! J'ai une idée.

Elle força le roi à s'arrêter et arracha une autre bande de lin à sa chemise. Celle-ci lui arrivait désormais aux cuisses. Elle remplaça rapidement le bandage.

Ils avaient de la chance que le sol bourbeux et envahi de bruyère au bord du loch ait cédé le pas à un terrain plus rocailleux à mesure qu'ils grimpaient dans les hauteurs. Mais que n'aurait-elle pas donné pour une forêt ou…

Elle scruta les ténèbres et perçut un lointain gargouillis. Oui, un cours d'eau !

Elle expliqua son intention au roi, et il attendit pendant qu'elle grimpait précautionneusement sur le versant, pressant dans sa main le linge imbibé de sang afin de répandre des gouttes. Elle monta aussi haut que possible, espérant s'être suffisamment approchée du sommet, puis rebroussa chemin en s'efforçant de ne pas trop laisser d'empreintes.

Elle revint chercher le roi et ils partirent dans la direction de l'eau, marchant précautionneusement sur des cailloux plutôt que dans la poussière. Ils finirent par rejoindre une rivière et la longèrent jusqu'à ce qu'elle trouve ce qu'elle cherchait : une fente entre des rochers. Elle n'était pas assez grande pour s'y cacher, mais elle leur fournit néanmoins un abri où attendre l'aube et, espérait-elle, des secours.

Magnus perdit leurs traces peu avant l'aube.

Après avoir écouté les histoires contradictoires des suivantes d'Helen et de ceux qui s'étaient cachés dans la forêt, il n'avait pas perdu un instant et s'était lancé à leur recherche.

Selon les femmes, un seul attaquant avait suivi Helen et le roi. Sachant qu'il serait plus rapide seul et n'ayant pas beaucoup d'hommes sous la main (MacGregor et la plupart des meilleurs guerriers poursuivaient leurs assaillants), il laissa sir Neil s'occuper des survivants et envoya un chevalier à l'est et un autre à l'ouest. Quant à lui, il prit la direction du nord, là où les traces semblaient mener.

Quel désastre ! Une vingtaine de morts, le reste des hommes éparpillés, le roi grièvement blessé et Helen...

Elle était quelque part dans la nuit et s'efforçait de les maintenir tous les deux en vie. Combien de temps encore pourrait-elle échapper à leurs poursuivants ? Et qui étaient ces derniers ? Des brigands ? Des mercenaires ? Dans ce cas, il n'en avait encore jamais rencontré d'aussi bien formés.

L'attaque avait été bien planifiée et exécutée. Il devait les retrouver avant qu'elle n'ait des conséquences catastrophiques.

Il s'efforça de se concentrer, sachant qu'il deviendrait fou s'il pensait à tout ce qui pouvait mal tourner. Outre l'homme qui les poursuivait, il y avait tous les dangers de ces montagnes sans merci. Un simple pas de travers...

N'y pense pas. Il ne pouvait pas la perdre. Pas une seconde fois.

Il gardait les yeux rivés sur le sol. Avec le peu de lumière qui traversait la brume, il était difficile de suivre des empreintes. Si seulement le Chasseur avait été avec lui ! Ewen Lamont était capable de suivre un fantôme dans une tempête de neige. Une torche aurait été utile, mais il ne pouvait pas risquer de trahir sa position.

À un peu moins d'un kilomètre du camp, il aperçut la première goutte de sang. Si les suivantes d'Helen avaient bien vu, ce devait être celui de Bruce. Une hache plantée dans le front ? Grands dieux !

Il hâta le pas, les indices devenant de plus en plus faciles à repérer. *Trop faciles*. Bientôt, les gouttes éparses se transformèrent en traînées. Helen avait dû bander la tête du roi, mais son bandage n'avait pas tenu. Pire encore, s'il pouvait les suivre à la trace, quelqu'un d'autre le pouvait également.

Les premières lueurs de l'aube apparaissaient à l'est quand la piste s'interrompit brusquement près de la crête du Meall Leacachain.

Le ventre de Magnus se noua. De l'autre côté, le versant tombait à pic. Dans le noir, il aurait été facile de ne pas le voir.

Il retint son souffle et s'approcha du bord. Il scruta le sol en contrebas, encore plongé dans la pénombre du petit matin, puis expira lentement en ne voyant que des éboulis.

Son soulagement fut de courte durée. Où pouvaient-ils bien être ?

Il balaya le paysage du regard. Il était entouré de montagnes, dont la plus haute, Beinn Dearg, se dressait juste devant lui, au nord. À ses pieds, une rivière creusait une gorge étroite. Sur sa droite, il apercevait la forêt et le loch où se trouvait le reste du convoi royal.

Où diable étaient-ils ?

Un bruit s'éleva soudain dans l'air matinal. Son sang se figea. Il avait reconnu le fracas des lames qui s'entrechoquaient. Il venait de la gorge en contrebas.

Il ne les rejoindrait jamais à temps s'il suivait le sentier qui descendait en lacet sur le côté du versant. Il lança un regard depuis le bord de la crête et comprit que la paroi escarpée était le seul chemin.

Sans plus hésiter, il se laissa glisser et chercha des prises ici et là, utilisant toutes ses ressources de grimpeur. Il allait en avoir besoin. Une erreur et ils étaient tous morts.

Helen comprit qu'ils ne devaient pas bouger. À mesure que le ciel nocturne commençait à blêmir, il devint clair que leur espace entre les rochers ne les cacherait plus longtemps. Ils se trouvaient dans une gorge entre des montagnes et, une fois qu'il ferait jour, on pourrait les voir depuis les sommets.

Il leur fallait un meilleur abri, un endroit où elle pourrait soigner le roi. Il avait cessé de saigner, mais il était très affaibli et ne cessait de piquer du nez. Sa peau était pâle et froide au toucher. Ce n'était pas bon signe. Les blessures à la tête étaient toujours dangereuses, mais c'étaient les dommages invisibles qui étaient les plus mortels.

Une heure avant l'aube, elle se décida. Elle s'extirpa d'entre les rochers. Son mouvement ne réveilla même pas le roi. Elle ignorait si elle devait s'en réjouir ou s'en inquiéter. Elle regarda autour d'elle. Bien que n'étant pas complètement dissipée, la brume était assez clairsemée pour lui permettre de distinguer leur environnement.

Des montagnes. Partout. Avec beaucoup de bruyère, de pics, de parois intimidantes... et pas un arbre ou un abri où se cacher. La rivière s'étendait à perte de vue dans les deux directions, sans pont ni gué. Toutefois, au sud-ouest, elle s'élargissait en formant un petit lac. Avec un peu de chance, ils trouveraient peut-être un petit bosquet.

C'était leur unique option. Elle n'était pas folle au point de tenter d'escalader un de ces versants dans l'espoir de trouver une grotte, surtout compte tenu de l'état du roi. En outre, les avertissements de Magnus résonnaient encore à ses oreilles.

Magnus. Mon Dieu, où est-il ?

Elle était transie et effrayée, intimidée par le paysage austère et écrasée par la responsabilité de maintenir le roi en vie. Que n'aurait-elle pas donné pour sentir sa présence solide à ses côtés ?

Toutefois, elle était parvenue à conduire Bruce jusqu'ici. Il lui suffisait de trouver un lieu sûr et Magnus les dénicherait. Forcément.

Elle réveilla le roi.

— Sire ?

N'obtenant pas de réponse, elle le secoua doucement, puis plus vigoureusement jusqu'à ce qu'il réagisse enfin.

— Sire ?

Il ouvrit les yeux, mais il lui fallut quelques instants pour la voir.

— Lady Helen ?

Il grimaça et porta la main à son front.

— Bon sang ce que j'ai mal !

— Je n'en suis pas étonnée, dit-elle avec un sourire encourageant. Nous ne pouvons pas rester ici, sire. Si quelqu'un nous cherche, il nous verra dès que le soleil se lèvera.

Il s'extirpa laborieusement d'entre les rochers avec son aide. Ses mouvements étaient lents et mal assurés. Cependant, Robert de Bruce était un combattant et il le prouva une fois de plus. Par la seule force de sa volonté, il se redressa et saisit fermement son épée.

Elle n'était pas fâchée qu'ils portent tous les deux des plaids sombres autour de leurs épaules. Non seulement parce qu'ils leur tenaient chaud (plus ils montaient en altitude, plus la température rappelait celles d'un mois de décembre), mais également parce qu'ils cachaient la cotte de mailles du roi.

Ils n'avaient pas parcouru plus d'une cinquantaine de mètres quand il l'arrêta.

— J'ai vu quelque chose bouger. Là-haut. Sur cette colline, près des rochers.

L'instant suivant, Helen les vit aussi. Deux hommes accroupis venaient de se redresser.

Elle chercha frénétiquement autour d'elle un endroit où se précipiter, mais il était trop tard. Ils les avaient vus.

Les deux guerriers tout vêtus de noir fondirent sur eux. On aurait dit deux machines de guerre prêtes à tout détruire sur leur passage.

Robert de Bruce n'était pas devenu roi en restant assis sur son trône. Il avait gagné sa couronne à la force de son épée. Il ne capitulerait pas sans se battre. Elle non plus.

Tandis que le roi levait son épée pour répondre à l'assaut, Helen sortit son couteau de sa ceinture et le tint caché dans les plis de sa jupe.

Les deux hommes étaient trop concentrés sur Bruce pour lui prêter attention. Le fracas fut épouvantable. Les épées fendaient l'air à une vitesse impressionnante. Elle se demandait comment le roi parvenait encore à parer les coups.

— Qui êtes-vous ? lança Bruce entre deux parades.

Les deux hommes s'esclaffèrent sous leurs heaumes.

— Les faucheurs, répondit l'un d'eux avec un fort accent irlandais.

— Que voulez-vous ? demanda encore le roi.

— Ta mort. Quoi d'autre ?

Le roi faiblissait. Ses deux adversaires le sentaient, tout comme Helen. Il ne tiendrait plus longtemps. Elle devait agir mais, avec leurs cottes de mailles, il n'était pas facile de trouver un endroit où enfoncer sa petite lame.

Enfin, celui qui était resté silencieux lui tourna le dos. Elle n'hésita pas et plongea son couteau dans le cuir de ses chausses.

Il poussa un cri de surprise et de douleur quand la lame transperça l'arrière de sa cuisse. Le roi en profita pour lui plonger sa lourde épée en plein ventre.

L'autre homme rugit de rage et fondit sur Bruce avec une force décuplée, faisant comprendre à Helen que, jusque-là, ils n'avaient fait que jouer avec eux, pour faire durer le plaisir. Plus maintenant. Il avait l'intention de tuer.

Bruce se retrouva le dos à la rivière. Helen cria pour le prévenir. Trop tard. Il trébucha sur une pierre et tomba à la renverse. Helen bondit vers lui. Il ne bougeait plus.

Le guerrier leva haut son épée à deux mains.

— Non ! cria-t-elle. Ne faites pas ça !

Elle se jeta contre lui de toutes ses forces. Ce fut comme de percuter un mur. Il remua à peine.

Il se tourna vers elle et cracha :

— Ton tour viendra...

Il s'interrompit. Quelque chose derrière elle avait retenu son attention.

Elle se retourna, sachant de qui il s'agissait avant même d'entendre le cri de guerre.

— *Airson an Leòmhann !*

Magnus ! Elle en aurait pleuré de soulagement si le roi n'avait pas eu besoin d'elle.

Elle se précipita près de lui, tentant de le ranimer tout en gardant un œil sur le combat qui se déroulait à deux mètres d'eux.

Si elle n'avait pas été aussi choquée et inquiète, elle aurait été impressionnée. Leurs agresseurs lui avaient paru particulièrement adroits et invincibles, mais Magnus les surpassait. Ses gestes étaient fulgurants, ses coups prodigieux. Son poitrail large et ses bras puissants semblaient avoir été conçus pour manier l'acier.

Elle l'admirerait un autre jour. Pour le moment, elle voulait juste que cela cesse.

Il exauça son vœu. D'un coup puissant, il mit son adversaire à genoux. Elle tourna la tête, n'ayant pas besoin de voir le second coup qui mettrait fin à ses jours.

Elle ferma les yeux, refoulant la vague d'émotions qui menaçait de la submerger. Quand elle les rouvrit, Magnus se tenait devant elle.

Leurs regards se rencontrèrent.

Cette fois, il ne retenait plus ses émotions.

Quand il écarta les bras, elle se précipita vers lui.

Magnus la serra contre lui comme s'il ne voulait plus jamais la lâcher. Il doutait de pouvoir le faire, d'ailleurs, quand il repensait à tout ce qu'il avait vu, à tout ce qu'il avait failli perdre.

Il lui prit le menton, tourna son visage vers lui et, après un long regard qui en disait long sur ce qu'il avait dans le cœur, l'embrassa. Il l'aimait à mourir. À quoi bon lutter ?

Il enroula sa langue autour de la sienne et s'abandonna à la puissante émotion qui le ravageait.

Elle lui rendit son baiser avec la même passion, la même ardeur.

Un gémissement le ramena à la réalité. Ce n'était pas Helen, mais le roi.

Il desserra son étreinte à contrecœur. Des larmes de bonheur brillaient dans les yeux d'Helen.

Le roi gémit à nouveau et tenta de se redresser. Elle s'agenouilla auprès de lui.

— Attention, sire. Vous vous êtes cogné la tête en tombant.

— Encore ? grogna-t-il. Que s'est-il passé… ?

Il aperçut Magnus.

— Dis donc, le Saint, tu as pris ton temps pour nous retrouver !

Helen se tourna vers lui, surprise.

— Un saint, toi ?

Magnus réprima un sourire et aida le roi à se lever. Il lui expliquerait plus tard.

— Désolé pour le retard, sire. Quelqu'un m'a entraîné sur une fausse piste.

Le roi sourit à Helen.

— Votre ruse a fonctionné. C'était une excellente idée, ma dame. Tout comme le couteau dans la cuisse. Vous avez d'excellents réflexes.

Son éloge la fit rougir.

Magnus était impressionné, lui aussi. Il avait toujours considéré Helen comme une créature fragile, à chérir et à protéger. Elle était plus coriace qu'il ne l'avait cru, et beaucoup plus courageuse et déterminée.

— Comment es-tu parvenue à descendre jusqu'ici dans le noir ? lui demanda-t-il.

Elle ne sembla pas comprendre, alors il lui montra le versant abrupt derrière lui. Elle pâlit en se rendant compte de ce qu'ils avaient risqué. Même s'ils n'avaient pas pris le même raccourci périlleux que lui, la pente était terriblement raide.

— Dans l'obscurité, je ne me suis pas rendu compte que c'était si escarpé. Nous avons marché lentement.

Magnus essaya de ne pas imaginer ce qui aurait pu leur arriver, vainement. Il fut tenté de la prendre à nouveau dans ses bras, mais cela devrait attendre.

— Nous devons retrouver les autres, sire. Il y a peut-être encore d'autres ennemis dans le coin. Vous pouvez marcher ?

Malgré son visage livide et maculé de sang, Bruce parut offusqué.

— Bien sûr que je peux marcher !

Il se redressa et oscilla. Magnus le rattrapa de justesse avant qu'il ne tombe.

— Fichtre !

Helen se hissa sur la pointe des pieds pour examiner le bandage sur son front.

— La plaie s'est rouverte, annonça-t-elle. Le bandage ne suffit pas. Il faudrait que je la referme avec un cautère.

— Nous ferons un feu une fois de retour au camp, déclara Magnus. J'aiderai le roi. Nous ne pouvons pas rester...

Il s'interrompit et lâcha un juron.

— Qu'y a-t-il ? lui demanda Helen.

Bruce avait vu la même chose. Il indiqua la crête au-dessus d'eux.

— Des cavaliers... Ils sont trois.

Helen écarquilla les yeux.

— Et ils ne sont pas...

— Non, dit Magnus. Ils ne sont pas des nôtres.

— Qu'allons-nous faire ?

Magnus hésita. S'il avait été seul, il les aurait attendus pour se battre. Cependant, Bruce lui avait appris qu'il fallait savoir choisir ses batailles. Son devoir était avant tout de protéger Helen et le roi.

Ils n'avaient pas le temps de rentrer au camp.

Il contempla la haute falaise de l'autre côté de la rivière. Ils parviendraient peut-être à les semer dans les montagnes… Ses montagnes.

— Nous allons retourner au loch Broom en passant par les sommets.

Quand elle comprit ce qu'il voulait dire, Helen pâlit. Toutefois, elle le dévisagea avec un air si confiant qu'il sentit son cœur se serrer.

— J'espère que tu ne comptes pas y aller en courant.

Il sourit.

— Non, pas cette fois.

23

Lorsque Magnus s'arrêta enfin pour les laisser reprendre leur souffle et remplir leurs gourdes dans le lac au milieu de la gorge, les poumons d'Helen étaient sur le point d'exploser et les muscles de ses jambes tremblaient.

Doux Jésus ! Ils ne grimpaient que depuis peu, mais elle avait l'impression d'avoir couru sur des kilomètres. Elle tenta d'inspirer de grandes goulées d'air tout en regardant Magnus, incrédule. Il était frais comme un gardon et ne semblait pas avoir fait le moindre effort.

Aussi épuisée soit-elle, ce n'était rien à côté du roi, même si Magnus l'avait à moitié porté pendant une bonne partie du chemin.

Ils avaient traversé la rivière une heure plus tôt, avant de s'enfoncer dans les montagnes. Il n'avait fallu à Magnus que quelques minutes pour repérer un gué où ils avaient pu sauter de pierre en pierre au milieu des eaux bouillonnantes.

Beinn Dearg, la « montagne rouge » en gaélique (même si Helen trouvait la pierre plutôt rose), était le plus haut des quatre pics qui les entouraient, au milieu d'un ensemble impressionnant de gorges, de cirques et de petits lacs. Pour le moment, la beauté du paysage était quelque peu ternie par la peur et le danger, sans parler des nuages de plus en plus noirs et du vent omniprésent. Plus ils montaient, plus il faisait sombre et froid. D'après Magnus, il n'était pas rare de trouver des plaques de glace au milieu de l'été. Elle n'en doutait pas. En dépit du plaid supplémentaire qu'il lui avait donné, l'air glacé transperçait les couches de laine comme s'il s'agissait d'une simple chemise en lin.

Magnus apporta une gourde au roi et lui en tendit une autre.

— Bois.

Elle secoua la tête. Le vent ne cessait de rabattre ses cheveux sur son visage, au point qu'elle n'essayait même plus de les repousser.

— Je n'ai pas soif.

— C'est pourquoi il faut boire, insista-t-il. L'un des plus grands dangers de ces montagnes, c'est la déshydratation.

Elle s'exécuta, ne doutant pas de son expertise. Heureusement, il avait également un peu de bœuf séché et des galettes d'avoine dans sa sacoche. Elle n'avait rien avalé depuis la veille et dévora ce maigre repas avec enthousiasme. Le roi mangea à peine quelques bouchées. Ce manque d'appétit n'était pas bon signe.

Magnus scrutait la gorge derrière eux.

— Nous les avons semés ? demanda-t-elle, anxieuse.

— Je ne sais pas. Si ce n'est pas le cas, nous les avons au moins ralentis. Il leur faudra du temps pour traverser la rivière et leurs chevaux ne leur seront pas d'une grande utilité dans ces montagnes. Ils devront les laisser.

— Ne vous inquiétez pas, lady Helen, lui dit Bruce d'une voix lasse. Nous avons avec nous le meilleur des guides. Personne ne connaît mieux ces hauteurs que MacKay. Ils ne le rattraperont pas.

Elle ne doutait pas des capacités de Magnus, mais des siennes et de celles du roi. Ils l'encombraient.

Elle fronça les sourcils en voyant à nouveau du sang couler le long du visage de Bruce.

— Pourquoi ne m'avez-vous pas dit que vous vous étiez remis à saigner ?

Bruce toucha son front.

— Vraiment ? Je ne m'en suis pas rendu compte.

Elle se tourna vers Magnus.

— Nous devons faire quelque chose.

Le roi était trop faible. Le fait qu'il soit parvenu jusqu'ici sans tourner de l'œil tenait déjà du miracle.

— Nous ne pouvons pas allumer de feu tant que je ne suis pas sûr qu'ils ne nous suivent plus, répondit-il.

Il s'interrompit un instant, puis s'exclama :

— Bon sang, pourquoi n'y ai-je pas pensé plus tôt !

Il ouvrit son *sporran* et en sortit un bout de tissu. Il le déplia, révélant des brindilles dont les extrémités étaient enveloppées dans des feuilles. Il écarta ces dernières et lui montra une substance jaune et visqueuse.

— De la résine, expliqua-t-il. Elle est encore fraîche mais, une fois sèche, je l'utilise pour allumer des feux quand il fait humide. Mélangée avec de la cendre, elle forme une bonne colle et peut servir à fermer des plaies.

— C'est parfait ! s'enthousiasma-t-elle en saisissant une brindille. J'en ai eu sur les mains suffisamment de fois pour savoir combien elle est poisseuse.

Elle déroula précautionneusement le bandage autour de la tête de Bruce. Après avoir soigné tant de blessés, elle pensait avoir l'estomac bien accroché. Il se retourna néanmoins quand elle vit pour la première fois l'entaille à la lumière du jour. Elle pouvait distinguer le blanc de l'os. Il n'y avait rien d'étonnant à ce qu'il continue de saigner.

Pendant que Magnus rapprochait les deux lèvres de la plaie, elle fit rouler dessus la brindille imprégnée de sève. Puis Magnus en prit une autre et la réchauffa entre ses mains pendant quelques minutes avant de la lui donner. Cette fois, l'opération se déroula encore plus facilement. Elle s'apprêtait à bander à nouveau le front du roi, mais Magnus l'arrêta.

— Les fibres du tissu vont se prendre dans la résine et tu ne pourras plus l'enlever ensuite. Il vaut mieux laisser sécher à l'air libre.

Il avait raison. Au bout de quelques minutes, elle constata que le sang ne filtrait pas à travers la barrière poisseuse. Ce n'était pas joli à voir, mais c'était efficace.

En revanche, le roi était au bout du rouleau.

Il ne pourrait plus aller bien loin. Helen échangea un regard avec Magnus. Il en était conscient lui aussi.

— Il y a un endroit un peu plus haut où nous pourrons nous mettre à l'abri un moment.

Encore plus haut ? Helen leva les yeux vers le versant abrupt sur sa gauche et réprima un gémissement. Il n'espérait tout de même pas...

Hélas, si.

Cette fois, le roi se laissa soutenir par Magnus sans rechigner, ce qui lui confirma qu'il était au plus mal.

Elle escalada les éboulis derrière eux. Le vent semblait s'être encore intensifié et elle devait serrer les pans de ses plaids contre elle. À plusieurs reprises, une rafale manqua de la faire tomber.

Magnus avait raison. Ce n'était pas un endroit pour les néophytes. Un seul faux pas et...

Ne regarde pas en bas !

Avec le plafond nuageux, il était difficile de connaître l'heure. Toutefois, quand ils atteignirent le lieu que Magnus avait évoqué, elle évalua qu'il était près de midi.

— Vous pouvez vous reposer ici un moment, déclara-t-il en aidant le roi à s'asseoir.

Ils se trouvaient sur une corniche étroite, légèrement en retrait dans la paroi rocheuse et difficile à voir.

Il lui tendit l'une des gourdes, quelques galettes d'avoine, du bœuf ainsi qu'une dague.

Elle le regarda, surprise.

— Au cas où, répondit-il. Elle sera plus efficace que ton petit couteau.

— Pourquoi, où vas-tu ?

— M'assurer qu'ils ne nous suivent pas.

— Mais...

Elle ne voulait pas qu'il parte. N'était-il pas fatigué ? Il avait pratiquement porté le roi jusqu'à la corniche.

— Tu ne veux pas te reposer un peu d'abord ?

Il se pencha pour écarter une mèche de cheveux de son visage.

— Je vais bien, Helen. Je me reposerai une fois à Loch Broom.

Elle croyait le roi trop épuisé pour parler et fut surprise de l'entendre s'esclaffer.

— MacKay a l'endurance d'un bœuf. D'après MacLeod, il peut courir pendant des kilomètres avec son armure sans s'essouffler.

Helen n'en doutait pas. Il était également têtu comme une bourrique. Pour une fois, elle ne s'en plaignait pas. Son opiniâtreté allait les sauver.

— MacLeod ? demanda-t-elle. Le chef des Hébrides intérieures ?

Magnus lança un regard au roi, mais celui-ci baissa la tête comme s'il était pris de nausée.

Il n'en fallut pas plus pour qu'elle devine que cela avait un rapport avec l'armée secrète.

— Combien de temps seras-tu parti ? demanda-t-elle à Magnus.

Il déposa un baiser sur le sommet de son crâne.

— Pas longtemps. Tu n'auras même pas le temps de me regretter.

Il se trompait. Il était à peine parti qu'il lui manquait déjà. Leur petite corniche lui paraissait soudain encore plus froide et venteuse, et le jour un peu plus sombre.

Elle serra fermement le manche de la dague et monta la garde. Les minutes s'égrenèrent, interminables. Il lui semblait qu'il était parti depuis des heures mais il ne s'était sans doute pas écoulé plus de trois quarts d'heure quand une silhouette apparut plus haut sur la montagne.

Elle poussa un soupir de soulagement en reconnaissant Magnus. Cela ne dura pas. Elle distinguait également son expression. Froide et calme. Elle savait ce que cela signifiait.

— Nous devons partir, annonça-t-il. Ils sont juste derrière nous.

Comment les avaient-ils retrouvés si vite ? Magnus connaissait ces montagnes mieux que personne, mais ceux qui les suivaient semblaient particulièrement bien informés.

Lorsqu'il avait aperçu les deux silhouettes noires qui grimpaient la colline, il avait d'abord été tenté de les affronter. Il ne doutait pas de pouvoir les vaincre. Ce fut l'absence du troisième guerrier qui l'avait retenu. Il était peut-être reparti, mais peut-être pas. Il ne pouvait pas courir ce risque. La seule solution était de les perdre dans la montagne.

Après avoir aidé Helen à se lever, il tenta de réveiller le roi. On aurait dit que ce dernier avait sifflé toute une barrique de whisky. Son élocution était difficile et il tenait à peine debout. Magnus le soutint, un bras autour de sa taille.

Il recommanda à Helen de le suivre de près et se mit en marche, reprenant leur ascension. Il n'y avait qu'un seul sentier qui permettait de franchir les sommets. Il devait trouver les repères.

Il hâta le pas, traînant presque le roi. Même avec son entraînement, il ne tarda pas à s'essouffler.

— Désolé, le Saint, déclara Bruce avec un sourire contrit. Je ne t'aide pas vraiment.

— Vous vous en sortez très bien, sire.

— J'ai l'impression qu'on m'a fendu le crâne avec une hache... Ah, pardon ! C'est ce qu'on a fait.

Magnus se mit à rire.

Helen avait dû l'entendre car elle pouffa de rire à son tour. Conserver son sens de l'humour, même dans les pires des circonstances, était un atout pour un guerrier. Il n'aurait pas dû être surpris qu'Helen en soit capable.

Enfin, il aperçut ce qu'il cherchait : une pyramide de pierres blanches. Il s'arrêta et, après s'être assuré que Bruce pouvait tenir debout sans son aide, se mit au travail.

Helen l'observa soulever les lourds fragments de marbre.

— Que fais-tu ? demanda-t-elle.

L'empilement de pierres blanches se détachait sur la roche rouge de Beinn Dearg. Ces jalons étaient fréquents dans les Highlands, tout comme les cairns qui marquaient les sommets.

— J'envoie nos amis sur une fausse piste, expliqua-t-il. Ici, le sentier fait une fourche. Je déplace le repère sur le mauvais chemin.

— Et où mène-t-il ?

— Sur le vide.

Elle écarquilla les yeux.

— Et si quelqu'un d'autre...

— Je remettrai tout en place le plus tôt possible, promit-il.

Il ne lui fallut que quelques minutes pour déplacer le petit cairn. S'il n'envoyait pas leurs poursuivers droit dans un précipice, il les ralentirait, au moins. Les épais nuages et la mauvaise visibilité aideraient. Il était facile de se perdre et d'être désorienté.

Un orage se préparait, mais il jugea préférable de garder cette information pour plus tard.

Après avoir rejoint le sommet, le sentier descendait le versant ouest de la montagne jusqu'à une gorge étroite. Ils pouvaient suivre cette dernière, qui débouchait sur une vallée plus large, puis sur une forêt qui les conduirait jusqu'aux bords du loch Broom. Toutefois, il comptait prendre un chemin plus détourné qui les obligerait à franchir un autre sommet, s'abriter dans une grotte qu'il connaissait, puis bifurquer plus au nord pour rejoindre le loch.

Le premier chemin était plus direct et moins fatigant, mais il les rendrait plus vulnérables. Il n'y avait aucun endroit où se cacher.

Sa connaissance de la montagne était son meilleur atout. S'ils étaient attaqués, ce serait sur son propre terrain.

Il ne lui restait plus qu'à les y conduire.

Au cours de l'heure qui suivit, ils empruntèrent certains des chemins les plus dangereux des Highlands. Le roi faiblissait à vue d'œil. Lorsqu'ils atteignirent le sommet, Magnus était surpris qu'il soit encore conscient.

Il se pencha et le hissa en travers de ses épaules, ce qui lui permettait de répartir son poids plus équitablement.

— Tu ne penses pas le porter ? s'alarma Helen.
— À partir d'ici, ça ne fait que descendre, dit-il comme si de rien n'était.

Pendant un temps.

— Mais...
— Il ne peut plus marcher, et nous ne pouvons pas nous arrêter.

Elle se mordit la lèvre, essayant de masquer son inquiétude.

Le chemin en descente n'était pas physiquement éprouvant, mais il était encore plus traître. Les cailloux glissaient sous ses semelles. Lorsqu'ils arrivèrent en bas, les genoux de Magnus étaient en feu. Il repoussa la douleur, traversa la gorge et trouva le sentier qui remontait vers l'autre sommet.

Toutes les quelques minutes, il lançait un regard derrière lui pour s'assurer qu'Helen tenait le coup et que personne ne les suivait.

Il l'encouragea d'un sourire, même si elle n'avait pas émis la moindre plainte depuis le début de leur épreuve. *Chaque jour est une fête.* Même dans les moments les plus durs, elle gardait le moral.

— Nous ne sommes plus très loin, annonça-t-il.

— Il me semble t'avoir déjà entendu dire ça il y a quelque temps, répliqua-t-elle.

— Je suis navré, Helen. Tu dois être épuisée.

— Pas du tout. Si tu peux faire ça avec le roi sur le dos, je peux bien le faire les mains libres.

Il s'arrêta et lui sourit, attendri par son courage.

— Tu vas lambiner ici longtemps ? le réprimanda-t-elle. Je croyais qu'on avait une montagne à escalader.

Il rit et se remit en marche. Il lança par-dessus son épaule :

— Rappelle-moi de te présenter à MacLeod. Vous avez beaucoup de choses en commun.

— C'est ton chef ?

Il avait oublié ce qu'elle savait au sujet de la garde.

— Moins tu en sauras, mieux cela vaudra, répondit-il.

Il espérait qu'elle avait abandonné le sujet mais, quelques instants plus tard, elle déclara :

— En tout cas, il n'est pas difficile de deviner pourquoi le roi t'a voulu dans son armée secrète.

Il se tourna légèrement vers elle en arquant un sourcil interrogateur.

Elle souffla sur une mèche de cheveux qui lui tombait devant les yeux.

— Tu connais cette région mieux que personne.

— C'est la seule raison qui te vient à l'esprit ?

Elle réfléchit un instant avant de répondre :

— Tu es trop têtu pour perdre.

Il éclata de rire, mais elle n'avait pas fini.

— Et tu te débrouilles plutôt bien au combat.

Oui, elle était bien comme MacLeod. Ils étaient tous les deux aussi généreux dans leurs compliments.

— Plutôt bien, c'est tout ?

Il pouvait compter sur les doigts d'une main les hommes capables de le battre sur un champ de bataille. Il était le membre de la garde qui maîtrisait le mieux toutes les disciplines guerrières : épée, masse, hache, lance et combat au corps-à-corps.

— Tu es décidément une femme difficile à impressionner.

En dépit de sa fatigue, une lueur espiègle illumina son regard.

— Si j'avais su que tu cherchais à m'impressionner, j'aurais fait plus attention. Gregor MacGregor, en revanche... Lui, c'est vraiment un excellent...

— Helen...

Il avait beau savoir qu'elle le taquinait, il ne voulait pas l'entendre chanter les louanges de MacGregor.

Elle se mit à rire, un son si doux que son irritation s'envola aussitôt.

Elle secoua la tête d'un air réprobateur.

— Ce que tu peux être sensible, pour un dur à cuire !

Il se redressa si brusquement qu'il manqua de laisser tomber le roi.

— Sensible, moi !

Elle éclata de rire à nouveau.

— Ai-je dit que tu étais aussi plein d'orgueil ?

— Je ne crois pas, dit-il en souriant.

Ils se dévisagèrent un long moment. Un courant d'une incroyable tendresse passa entre eux.

— J'oubliais une chose, reprit-elle.

Il osa à peine demander :

— Laquelle ?

— Tu ne capitules jamais, dit-elle doucement.

Elle ignorait l'impact de ses paroles sur lui. *Bàs roimh Gèill*. Plutôt la mort que la reddition. C'était la devise de la garde des Highlands, celle qui les unissait tous.

— Sur ce point, tu as raison. Nous allons nous en sortir.

— Je sais.

Sa confiance inébranlable en lui lui réchauffa le cœur. Ils marchèrent en silence un moment. Le vent couvrait le bruit de leur respiration.

— On dirait qu'il va pleuvoir, observa-t-elle soudain.

Ce qui les attendait ressemblait plutôt à un déluge.

— Tu seras au sec dans la grotte. Tu dois avoir faim, non ?

— Ne me parle pas de nourriture, gémit-elle. Après ça, je ne veux plus jamais revoir de bœuf séché ni de galettes d'avoine.

Il rit et fit glisser le roi légèrement de côté afin de soulager son épaule blessée. Il lui était désormais impossible d'ignorer la douleur ; il ne pouvait que l'endurer. Ses brèves haltes pour souffler un peu devenaient de plus en plus fréquentes.

— Le gibier abonde dans les parages, mais je doute que tu aimes la viande crue ?

Elle fit la grimace.

— Dans ce cas, nous attendrons d'être au château de Dun Lagaidh pour faire un festin.

— Dans combien de temps ?

— Nous passerons la nuit dans la grotte. S'ils ne nous ont pas suivis, nous y serons demain vers midi.

— Et s'ils nous ont suivis ?

Il devrait alors les affronter. Le cas échéant, il choisirait le lieu parfait pour avoir l'avantage.

— Nous nous en préoccuperons le moment venu.

Lorsqu'ils atteignirent la grotte, Helen était éreintée. Elle se demandait comment Magnus tenait encore debout. L'ascension était déjà suffisamment épuisante sans avoir le poids supplémentaire du roi sur les épaules.

Bruce s'était éveillé plusieurs fois au cours de la grimpée, mais elle dut attendre que Magnus l'allonge sur le sol pour l'examiner et vérifier que son état n'avait pas empiré. Il était simplement affaibli par l'effort et la perte de sang. Maintenant que la plaie était refermée, il lui fallait surtout du repos. Il parvint à boire un peu d'eau et à grignoter une galette d'avoine avant de sombrer à nouveau dans un sommeil réparateur.

— Comment va-t-il ? demanda Magnus.

— Je crois que ça ira, répondit-elle. Il est très faible, mais il n'a pas de fièvre.

Il avait commencé à pleuvoir peu après leur arrivée dans la grotte. Elle s'assura que le roi était convenablement enveloppé de plaids et confortablement installé, puis se tourna vers Magnus.

Celui-ci l'observait.

— Merci, murmura-t-il.

Elle inclina la tête sur le côté, perplexe.

— Pour l'avoir maintenu en vie, précisa-t-il. Tes suivantes m'ont dit que tu avais quitté ta cachette pour le secourir.

— Il le fallait bien.

Il ne paraissait pas trouver que cela coulait de source. Il se leva et lui tendit à nouveau la dague.

— Tu pars à leur recherche ? demanda-t-elle.

Il acquiesça.

— Je ne reviendrai pas avant l'aube.

La peur lui étreignit le cœur. Elle aurait voulu s'accrocher à son cou et le retenir, tout en sachant qu'il n'avait pas le choix. Après tout ce qu'il avait fait pour les sauver, le moins qu'elle pouvait faire était de se montrer courageuse.

— Sois très prudent.

Il lui adressa un sourire juvénile et sortit un petit objet de son *sporran*.

— Ne t'inquiète pas, je suis bien protégé, répondit-il.

Il lui montra l'objet dans sa paume : deux petits morceaux de verre collés ensemble, de la taille d'une pièce de monnaie. Au centre se trouvaient les pétales séchés d'une petite fleur mauve.

— C'est le seul moyen que j'ai trouvé pour la conserver, expliqua-t-il.

Elle n'en croyait pas ses yeux. C'était la fleur qu'elle lui avait donnée toutes ces années plus tôt. Émue aux larmes, elle leva la tête vers lui. Il n'avait jamais cessé de l'aimer. Le grand guerrier fier, noble et obstiné lui avait donné son cœur et ne le lui avait jamais repris. *Constant*.

— Je suis tellement désolée, murmura-t-elle.

Il caressa sa joue, le regard chargé de regrets.

— Moi aussi, *m'aingeal*.

Helen le regarda s'éloigner. Elle sentait son cœur partir avec lui. Il reviendrait.

S'il te plaît, reviens-moi.

24

Magnus grimpa plus haut sur le versant, avançant précautionneusement. Son épaule était en feu et tous les muscles de son corps endoloris de fatigue. L'orage ne lui facilitait pas la tâche en rendant les prises glissantes.

Il mit deux fois plus de temps qu'il ne l'aurait dû pour rejoindre la corniche d'où il monterait la garde pendant la nuit. Il restait quelques heures de jour mais, avec ces nuages, il aurait aussi bien pu être minuit.

Lorsque le ciel était dégagé, il pouvait voir à des kilomètres à la ronde depuis son repaire. Pendant un orage, la visibilité se réduisait à quelques centaines de mètres. Toutefois, si quelqu'un approchait, il n'avait pas besoin de plus. La partie la plus étroite du sentier se trouvait juste en dessous de lui et était bordée par un précipice. C'était le lieu idéal pour une embuscade.

Il s'installa pour la longue nuit. Il mangea une petite portion de nourriture, but de l'eau, puis s'adossa à la paroi rocheuse et étira ses jambes douloureuses devant lui.

Les heures passèrent lentement. Vers le milieu de la nuit, il cessa de pleuvoir. Non pas que cela changeât grand-chose. La corniche n'étant que partiellement protégée, il était trempé.

Ses pensées le ramenaient constamment à Helen. Il était résolu à tirer un trait sur le passé et à leur donner une seconde chance.

Était-ce un crime que de vouloir être heureux ?

Toutefois, dans les longues heures de la nuit, il ne voyait pas que le visage de sa bien-aimée. Ses cauchemars remontaient en surface.

Parviendrait-il un jour à oublier ?

Il lui sembla qu'une éternité s'était écoulée quand l'aube pointa enfin et chassa ses fantômes.

Il se concentra sur le chemin, guettant un signe qu'ils avaient été suivis. Il commençait à croire qu'ils s'étaient enfin débarrassés de leurs poursuivants quand un mouvement attira son attention.

Cordieu ! Deux hommes. L'un d'eux boitait et portait un bandage autour de la jambe. Il esquissa un sourire satisfait. Il n'avait pas fait une chute mortelle, mais il s'en était fallu de peu.

Leur ténacité l'étonnait. Ils se donnaient beaucoup de mal pour une femme qui savait *peut-être* quelque chose au sujet de la garde des Highlands. Ce devait plutôt être le roi qui les intéressait. Il n'avait aucun moyen d'en être sûr. Selon Bruce, un des brigands avait spécifiquement parlé de « la femme ».

Avaient-ils été trahis par l'un des leurs ? Sans doute, mais qui ? Il avait confiance en toute l'équipe sauf...

Les Sutherland. Mais ils n'auraient pas mis Helen en danger. « La femme ». Voulaient-ils plutôt la mettre à l'abri ?

Il examina les alentours, ne voyant aucun signe du troisième homme. Où était-il passé ? Son absence le préoccupait. Tout comme le fait que les deux autres étaient parvenus à les trouver. C'était à croire qu'ils prévoyaient chacune de ses actions.

Ils ne verraient pas venir la prochaine.

Il avança sur la corniche jusqu'à un endroit où il pouvait se tapir. Il sentit l'excitation de la bataille courir dans son sang. La prudence avait échoué, il était temps de passer à l'offensive.

Il se concentra sur l'étroit sentier, guettant le premier son. Ils ne pourraient y avancer que l'un derrière l'autre. Si tout se passait bien, il prendrait le premier par surprise et s'en débarrasserait avant que le second ait compris ce qui se passait.

Malheureusement, rien ne se passa comme il l'aurait voulu. Le premier à apparaître fut le blessé. Magnus aurait préféré commencer par l'autre. Il se laissa tomber sur lui avec un féroce cri de guerre qui le surprit tellement qu'il manqua de basculer dans le vide. Un coup d'épée dans l'épaule, un autre dans le ventre pour l'étourdir puis Magnus le poussa dans le précipice. Le long cri de l'homme s'acheva avec un bruit sourd.

Le second réagit plus vite que prévu et fondit sur Magnus en brandissant son arme.

Magnus eut tout juste le temps de bloquer sa lame avec la sienne, puis il chargea à son tour, le faisant reculer avec un enchaînement si puissant que l'autre aurait dû être écrasé. Toutefois, il parait ses coups avec une adresse presque identique à la sienne.

Presque.

Magnus le fatiguait. À travers les fentes de son heaume, il pouvait voir que son adversaire en était également conscient. Ses réactions ralentissaient. Son bras tremblait quand il repoussait son épée. Il respirait bruyamment.

Entre deux parades, il lança un bref regard derrière lui, comme s'il cherchait quelqu'un. Le troisième homme se trouvait-il dans les parages ?

Si c'était le cas, il ne venait pas au secours de son compagnon. Magnus laissa ce dernier venir à lui puis esquiva en pivotant sur la gauche. Avec un croche-pied qui aurait rendu Robbie Boyd fier, il le fit tomber, puis lui planta son épée dans le ventre, transperçant les mailles et s'enfonçant dans ses entrailles. Un puissant coup de pied l'envoya rejoindre son acolyte quelques dizaines de mètres plus bas.

Magnus resta à l'affût, son épée devant lui, attendant, guettant. Il tendait l'oreille tout en balayant le paysage du regard.

Quelqu'un se trouvait là, quelque part, et Magnus le défiait de se montrer. Cependant, l'ennemi, quel qu'il soit, avait dû changer d'avis.

La sensation d'être observé se dissipa comme la brume au soleil. Le temps qu'il ait repris son souffle, elle avait disparu.

Helen attendait anxieusement le retour de Magnus. Le roi avait dormi toute la nuit et s'était réveillé à l'aube avec une migraine monumentale, mais nettement plus robuste et alerte que la veille. La résine de pin semblait avoir bien fonctionné. Il n'avait ni infection ni fièvre.

Contrairement à lui, elle n'avait pratiquement pas fermé l'œil. Elle avait été trop inquiète pour Magnus.

L'orage et le ciel gris ne semblaient plus qu'un lointain souvenir quand le jour se leva, radieux.

Où est-il ?

Enfin, environ une heure après l'aube, elle l'aperçut. Son soulagement immense se mua en effroi quand il approcha. Il était couvert de terre et de sang. Il s'était battu.

Elle courut vers lui et se jeta dans ses bras. Il la serra contre lui pendant quelques instants en silence.

Elle ne se rendit compte qu'elle pleurait que lorsqu'il lui leva le menton.

— Que t'arrive-t-il, *m'aingeal* ?

— J'étais inquiète, sanglota-t-elle. À juste titre, tu t'es battu !

Il sourit.

— Certes, mais je suis revenu, non ? Tu croyais que les autres pouvaient me vaincre ?

Comment faisait-il pour lui donner envie de l'embrasser un instant et de l'étrangler l'instant suivant ?

— Je n'ai pas douté que tu gagnerais, mais tu as beau être fort, personne n'est invulnérable.

Son regard s'assombrit.

— C'est vrai, on ne sait jamais ce qui peut se passer. Ce n'était pas mon heure, c'est tout.

Elle comprit qu'il pensait à William. Ce dernier se dressait toujours entre eux. Ils devraient en parler tôt ou tard, mais pas aujourd'hui.

Elle essuya ses larmes et demanda :

— Que s'est-il passé ?

Le roi venait de sortir de la grotte pour l'accueillir. Magnus leur expliqua comment il s'était débarrassé de deux des hommes.

— Et tu n'as pas vu le troisième ? demanda Bruce.

— Pas depuis hier matin au bord de la rivière. Pourtant, il était là, j'en suis sûr.

— Espérons qu'il ait abandonné, soupira le roi. Si MacGregor et les autres ont réussi a traqué ses complices, il doit se sentir bien seul.

Il caressa sa barbe un moment, méditatif, puis demanda :

— Tu as une petite idée de qui est derrière cette attaque ?

— Non.

— Même pas un soupçon ?

— Il vaut mieux en discuter une fois que nous serons à Loch Broom, répondit Magnus.

Il n'avait pas besoin de lancer un regard vers Helen pour lui faire comprendre qu'il ne tenait pas à en parler devant elle.

— Vous sentez-vous suffisamment solide pour reprendre la marche, sire ?

— Non, répondit Bruce dans un élan de franchise inattendu. Mais cela ira quand même. Nous avons abusé de l'hospitalité de ces montagnes suffisamment longtemps. Après Methven, je dois dire que la vie au grand air a considérablement perdu de son charme à mes yeux. Je me suis habitué au confort que procure une couronne. Comme des plats cuisinés, un matelas et un bain chaud.

Helen émit un gémissement qui abondait dans son sens.

— Dans ce cas, allons-y, déclara Magnus en riant. Nous serons arrivés avant même que vous vous en rendiez compte.

En fait, cela leur prit un peu plus de temps que cela. Néanmoins, après les épreuves de la veille, la longue marche hors de la montagne, à travers la vallée, puis le long de la rive sud du loch Broom ressemblait à une promenade. Sans poursuivants, ils purent ralentir leur cadence. Ils arrivèrent au château de Dun Lagaidh, fief du chef des MacAulay, en début de soirée avant les vêpres, crasseux et épuisés, mais sains et saufs.

Grâce à Magnus.

Elle n'eut pas l'occasion de l'en remercier car ils furent aussitôt engloutis par la foule qui envahit la cour à la nouvelle de leur arrivée. Un des membres du convoi royal les avait déjà prévenus de ce qui était arrivé. Elle fut soulagée d'apprendre qu'il s'agissait de son frère. Le reste de la troupe ne tarderait pas à les rejoindre.

Helen, Magnus et le roi furent aussitôt conduits dans leurs chambres, le roi dans celle du laird, Magnus dans le corps de garde et elle dans ce qu'elle supposa être la chambre des enfants MacAulay. On leur apporta de la nourriture et de l'eau chaude. Après avoir pris un bain, elle se mit à la recherche du roi. Elle le trouva paisiblement endormi. Elle donna des instructions pour qu'on lui prépare un tonique à boire à son réveil, puis retourna dans sa chambre, s'effondra sur son lit et sombra dans un sommeil profond.

Lorsqu'elle s'éveilla, il faisait nuit. Le silence régnait. Elle passa sur la pointe des pieds devant la servante qu'on avait envoyée veiller sur elle et qui s'était endormie dans un fauteuil près du brasero, sortit et monta l'escalier pour se rendre dans la chambre du roi.

Le garde devant la porte s'effaça aussitôt pour la laisser entrer. Helen fut surprise de voir la dame du château en personne assise au chevet de Bruce. À voix basse, elle lui expliqua que le souverain s'était éveillé juste le temps d'engloutir un bon repas, sans légumes, et de boire le « breuvage infâme » qu'elle avait fait préparer pour lui. Après avoir promis de l'envoyer chercher s'il avait besoin d'elle, elle chassa Helen hors de la chambre comme une enfant qui se serait mise dans ses pattes, lui ordonnant d'aller se reposer.

Helen avait bien l'intention de le faire, mais pas avant d'avoir vu Magnus.

Depuis leur arrivée, ils avaient été traités comme des héros resurgis d'entre les morts et entraînés dans des directions différentes. Elle avait besoin de le voir, de s'assurer que ce qui s'était passé entre eux ces derniers jours n'était pas le fruit de son imagination. Elle le sentait en proie à un combat intérieur et ne voulait pas lui donner le temps de changer d'avis.

Une idée lui vint.

Pour une fois, son frère avait été de bon conseil.

Elle s'arrêta devant la porte, s'assura que personne ne pouvait la voir, puis se glissa dans la petite pièce sombre. Elle referma doucement la porte derrière elle et s'immobilisa, attendant que ses yeux s'accoutument à l'obscurité et écoutant le son régulier de la respiration de Magnus.

Lentement, elle se déshabilla, laissant sa robe de chambre et sa chemise de nuit tomber sur le sol. Pieds nus, elle avança sur le plancher, nue comme un ver. Parvenue au pied du lit, elle prit une profonde inspiration, rassembla son courage, puis souleva les draps et se glissa à son côté.

25

Magnus était perdu dans ses rêves. Une masse chaude était pressée contre son dos...

Il s'éveilla en sursaut.

Il ne voyait rien dans le noir, mais ses sens étaient envahis par une odeur de savon, de fleurs et de... femme.

Il prit aussitôt conscience de deux choses : c'était Helen et elle était nue. Totalement nue. Chaque centimètre de sa peau douce était collé contre la sienne. Un bras menu était enroulé autour de sa taille, son bassin était plaqué contre ses fesses et deux petites pointes dures caressaient son dos.

Ses tétons.

Son corps s'embrasa instantanément. C'était plus que de l'excitation, c'était de la faim, du besoin. L'appel sauvage du mâle qui réclame sa femelle.

Les doigts d'Helen, doux comme une plume, se promenaient sur son ventre.

Il se contracta. Son pouls battait à un rythme effréné. L'envie de se retourner, de la coucher sur le dos et de la prendre le tenaillait. Il voulait enrouler ses jambes autour de sa taille et s'enfoncer profondément en elle jusqu'à ce qu'ils ne puissent plus être séparés. Il voulait l'entendre haleter pendant qu'il la pilonnerait.

Entendre ses cris, l'entendre hurler son nom quand elle se désagrégerait autour de lui. Puis il voulait se répandre en elle et l'emplir de sa sève.

Elle se pencha et chuchota à son oreille :

— Magnus, tu es réveillé ?

Quelle question ! Chaque parcelle de son corps était réveillée. Son membre était dressé jusqu'à son nombril.

Les doigts d'Helen se promenaient dangereusement près de sa verge gonflée. *Touche-moi. Goûte-moi. Prends-moi dans ta bouche et suce-moi.* Elle avait l'art de faire surgir en lui les pensées les plus lubriques.

Il s'éclaircit la gorge avant de répondre dans un chuchotement rauque :

— Oui. Que fais-tu ici, Helen ?

Elle émit un petit rire de sirène.

— Je croyais que c'était évident. Je suis en train de te séduire.

Sa main descendit plus bas et, doux Jésus !, se referma autour de lui. Ses petits doigts de velours se mirent à le presser, le caresser, le pétrir.

Cela déclencha une cacophonie étourdissante de sensations en lui. Il ferma les yeux. Ses manipulations innocentes le mettaient au supplice.

— Pourquoi ? demanda-t-il d'une voix étranglée.

Elle s'immobilisa, puis le lâcha, perdant soudain son assurance.

— Je croyais... J'ai pensé que tu voulais finir ce que nous avons commencé dans la forêt. Je pensais que tu me désirais.

Son incertitude acheva de briser ses résistances. Oui, il la désirait. Et, oui, il l'aurait.

Elle est à moi. Il avait suffisamment résisté. Elle lui avait toujours appartenu, comme il lui avait toujours appartenu.

Il se retourna et s'étendit sur elle.

Elle poussa un soupir d'aise. Il distinguait tout juste l'ovale de son visage dans l'obscurité. Elle entrouvrit les lèvres, une invitation trop douce pour la refuser. Il l'embrassa langoureusement, glissant sa langue dans sa bouche dans un baiser charnel et possessif. Un baiser qui ne laissait planer aucun doute sur ses intentions.

Lorsqu'il la libéra enfin, ils étaient tous les deux hors d'haleine.

— Est-ce que cela répond à ta question ? demanda-t-il. Oui, je t'ai désirée chaque jour, chaque instant depuis… lorsque tu avais seize ans et que tu étais trop jeune pour que je fasse quoi que ce soit.

Elle sourit et posa une main sur sa joue.

— Oh, Magnus. C'est si mignon !

« *Mignon* » ? Il abaissa légèrement ses hanches, se calant contre elle. Son érection se logea intimement entre ses cuisses. D'un seul mouvement adroit, il serait en elle. La retenue faisait perler la sueur sur son front.

— Je ne suis pas « mignon » et je peux t'assurer que rien de ce que je compte te faire ne le sera non plus.

— Comme quoi ?

Il se mit à rire et l'embrassa à nouveau.

— Je pourrais te le dire, mais ce sera bien plus amusant de te montrer.

À moins qu'il ne fasse les deux.

Il roula sur le côté et sortit du lit.

— Où vas-tu ?

Son ton déçu le fit rire.

— J'ai attendu ce moment trop longtemps pour ne pas m'en mettre plein les yeux.

Il saisit le bougeoir sur la table de chevet et l'approcha du brasero pour allumer la chandelle.

En revenant près du lit, il s'arrêta net. Elle s'était assise et serrait les draps autour de son buste. Elle était si belle qu'il en serait tombé à genoux. Sa chevelure de feu retombait autour de ses épaules en vagues désordonnées, ses lèvres étaient rouges et enflées par ses baisers, ses grands yeux étaient pleins de… pudeur.

— Tu ne vas tout de même pas te montrer timide. Tu viens de te glisser toute nue dans mon lit.

— Pourquoi pas ? se défendit-elle. Et si... Et si tu n'aimes pas ce que tu vois ?

Il ne put s'empêcher de rire. Il posa la chandelle sur la table de chevet, se glissa sous les draps et l'enlaça.

— Je ne vois pas ce qu'il y a de drôle, grommela-t-elle.

Il glissa les mains sur son corps nu, caressant sa peau douce.

— Si tu savais à quel point je te trouve belle, tu trouverais ça amusant aussi. Les hommes adorent voir les femmes nues et toi...

Il caressa la courbe douce de sa hanche, ses fesses fermes puis remonta le long de son ventre et prit ses seins entre ses mains.

— Ton corps est un fantasme.

Il l'embrassa à nouveau. Il la sentait nerveuse. Il leva la tête et fit une moue moqueuse.

— Je croyais que tu devais me séduire ?

— C'est que... je n'ai encore jamais fait ça.

Il fronça les sourcils, une vague question se formant au fond de son esprit. Elle parlait sans doute de la séduction. Elle était inexpérimentée, mais pas innocente.

Ne remue pas le passé.

Il chassa son doute et l'embrassa encore et encore, jusqu'à ne plus penser à rien d'autre qu'au goût délicieux de sa bouche et à la sensation exquise de son corps contre le sien. Peau contre peau.

Puis il se mit à genoux devant elle et tira lentement sur le drap.

Bonté divine ! Il l'avait souvent imaginée, essayant d'assembler différents fragments entraperçus ici et là, mais rien ne l'avait préparé au spectacle à présent sous ses yeux.

Ses seins étaient hauts et ronds, couronnés par deux petits tétons roses comme des framboises. Il ne put résister à l'envie d'en titiller un doucement entre ses doigts, jusqu'à le faire durcir.

Il laissa son regard se promener sur son ventre, sa taille fine, les courbes douces de ses hanches, ses longues jambes, ses pieds délicatement arqués.

— Tu es magnifique, murmura-t-il.

Il la vit se détendre et relâcher le souffle qu'elle avait retenu.

— Toi aussi, dit-elle.

Elle contempla ses épaules larges, ses bras, ses jambes, puis son membre dressé.

Elle rosit et leva les yeux vers son visage, se rendant compte qu'elle avait fixé son érection avec un peu trop d'intérêt.

— J'aime que tu me regardes, la rassura-t-il d'une voix rauque.

— C'est vrai ?

Elle l'explora à nouveau du regard puis, comme il l'avait fait avec elle, le toucha. Elle passa ses mains sur les muscles de son torse et de ses bras, les pressant doucement pour tester leur force.

— Tes bras sont durs comme de la pierre. Tu es beaucoup plus musclé qu'autrefois.

— J'espère bien ! Ça fait quatre ans que je combats.

— Qu'est-ce que c'est ?

Elle glissait les doigts sur le tatouage sur son bras, le même que portaient tous les membres de la garde des Highlands. Il représentait un lion rampant, le symbole de la royauté écossaise, au milieu d'une bande en forme de toile d'araignée.

— Ce n'est rien.

Il lui prit les poignets et les plaqua sur le matelas de chaque côté de sa tête. Il s'allongea sur elle et la regarda dans les yeux.

— Tu veux me poser des questions ou tu veux que je te fasse l'amour ?

Il n'attendit pas sa réponse. Son regard lui avait déjà dit tout ce qu'il avait besoin de savoir.

Helen contemplait l'homme penché sur elle. Lui qui était toujours si courtois et attentionné, si noble et réservé, il lui montrait à présent un nouveau visage, féroce et dangereux.

En lui coinçant les mains, il la tenait à sa merci. Elle n'aurait pas pu bouger si elle l'avait voulu. Cela ne la dérangeait pas car elle n'avait l'intention d'aller nulle part.

Elle l'aimait ainsi. Physique. Dominateur. Un peu brutal. Elle aimait sentir le poids de son corps sur le sien et voir remuer les muscles de son torse. Elle aimait sa force.

Loin de se sentir menacée, elle se sentait protégée. Il ne lui ferait jamais le moindre mal. Du moins, elle l'espérait. Malgré elle, elle était un peu nerveuse. C'était sa première fois. Il était impressionnant et... elle n'était pas sûre qu'il puisse entrer en elle. D'un autre côté, si les femmes pouvaient mettre des bébés au monde, son corps s'adapterait.

Ce n'était sans doute pas le moment de se souvenir des hurlements de douleur qui accompagnaient les accouchements.

Heureusement, Magnus détourna son attention par des pensées beaucoup plus plaisantes.

Il embrassa ses lèvres, son cou, sa gorge. Il laissa sa langue errer jusqu'à ses seins.

Il les prit dans ses mains et les pétrit doucement, puis il frotta ses pouces contre ses mamelons, provoquant en elle une vague de délicieuses sensations.

Il en pinça un délicatement, puis avec plus d'insistance, jusqu'à ce qu'elle se cambre, pressant ses hanches contre les siennes. Une onde de moiteur se répandit entre ses cuisses.

Finalement, il avait bien fait d'allumer la chandelle. Elle aimait le regarder et voir son désir pour elle.

Il leva la tête vers elle avec un sourire sournois.

— Je vais d'abord embrasser tes seins, annonça-t-il.

Il prit un de ses tétons durcis dans sa bouche et le suça doucement. Pendant ce temps, sa main descendait le long de son ventre.

— Puis, je vais t'embrasser là, en bas.

Elle tressaillit en sentant son doigt se promener le long de son sexe moite.

— Puis, quand tu auras joui contre ma bouche, je vais me glisser en toi et te faire jouir à nouveau.

Doux Jésus ! Ses paroles la faisaient frémir d'anticipation.

Sa bouche revint sur son sein, mordilla son mamelon en répandant de petites décharges de plaisir dans le bas de son ventre. Elle pensait déjà à ce qu'il avait promis.

Son sexe la picotait, s'humidifiait, se préparait à l'accueillir. Elle ne pouvait plus penser à autre chose. Sa bouche, là, sur son intimité.

Non. Oui. *Maintenant*.

Magnus la sentait qui frémissait de plaisir des pieds à la tête. Ses petits gémissements le rendaient fou de désir. Chaque mouvement de ses hanches lui dictait exactement ce qu'il devait faire.

Sa sensualité et sa confiance en lui l'excitaient et l'impressionnaient à la fois.

Il déposa une ligne de baisers le long de son ventre, jusque sur la peau douce à l'intérieur de sa cuisse. Glissant les mains sous ses fesses, il s'installa confortablement entre ses jambes et leva les yeux vers elle.

Elle l'observait avec un mélange de lasciveté et d'hésitation, comme si elle se disait qu'elle devrait émettre des réserves mais n'en avait pas envie. Il aimait la franchise de sa passion, qu'elle prenne autant de plaisir que lui.

— Je rêve depuis longtemps de te faire ça.
— C'est vrai ?

Il hocha la tête.

— J'ai hâte de te goûter.

Les derniers vestiges de son incertitude s'envolèrent quand il déposa un doux baiser sur sa peau rose et humide. Puis il la lécha lentement.

— Mmm... C'est du miel, soupira-t-il.

Helen n'aurait jamais pu imaginer une sensation aussi délicieuse que celle de sa bouche et de sa langue sur son intimité.

C'était le moment le plus érotique de sa vie. Elle frémit jusqu'aux orteils, laissant une chaleur et une profonde volupté l'envahir. Elle gémit et souleva légèrement les hanches pour l'inviter à aller plus loin.

Il l'embrassa plus voracement, plus profondément, enfonçant sa langue en elle tandis que le chaume de sa barbe frottait l'intérieur de ses cuisses. Elle sentit la tension monter en elle et un délicieux courant s'enrouler sur lui-même dans son bas-ventre.

Cette fois, elle savait ce qu'elle voulait et s'abandonna entièrement au plaisir, se laissant hisser au sommet d'une vague déferlante...

Ses membres se raidirent. Le tremblement entre ses cuisses cessa l'espace d'un instant, puis elle fut emportée par un long spasme qui la propulsa au paroxysme de la jouissance. Elle cria de bonheur tandis que des vagues de plaisir se déversaient sur elle.

Magnus ne pouvait plus attendre. L'entendre crier de plaisir l'avait propulsé au-delà de toute retenue. Après un dernier long coup de langue, il se redressa et se plaça entre ses cuisses.

Elle frémissait encore de plaisir, les yeux fermés, les lèvres entrouvertes, les joues roses. Elle était chaude, douce, moite... délicieusement moite pour lui.

Pour moi. Dieu qu'il l'aimait ! Il ferma les yeux, renversa la tête en arrière et s'enfonça d'un coup en elle.

Ce qu'elle était étroite... Étroite et...

Pourquoi sentait-il une résistance ?

Il rouvrit les yeux, surpris, au moment même où elle criait. Pas de plaisir mais de douleur.

Qu'est-ce que cela signifiait ?

Comme si elle avait senti ce qu'il s'apprêtait à faire, elle enroula les jambes autour de ses hanches pour le retenir en elle.

— Ne t'arrête pas ! murmura-t-elle. Je t'en prie, ne t'arrête pas. Tout va bien.

Leurs regards se rencontrèrent et se retinrent. Il ne comprenait pas. Il y avait tant de questions qui se bousculaient soudain dans sa tête, mais il ne pouvait pas s'arrêter, même s'il l'avait voulu. Pas quand il était profondément en elle, sur le point d'exploser, son membre palpitant étreint par sa chaleur moite.

Il redressa le buste et s'enfonça de nouveau. Plus doucement cette fois, ses hanches ondulant lentement.

Dieu que c'était bon, incroyablement bon. Son corps s'accrochait au sien comme un poing fermé. Un poing chaud et humide.

Les sensations fusèrent dans tout son corps, menaçant de l'engloutir dans un gouffre d'extase. Il résistait, il voulait les retenir le plus longtemps possible.

Il poursuivit ses va-et-vient, s'enfonçant chaque fois plus profondément.

Il grogna de plaisir. La passion qu'il ressentait pour elle n'était pas que physique, elle venait du fond de son cœur. Elle le consumait. Il le savait chaque fois qu'il croisait son regard. Ils ne faisaient plus qu'un.

— Je t'aime tellement, haleta-t-il.

— Moi aussi, je t'aime. Je t'ai toujours aimé.

L'espace d'un instant, son regard accroché au sien, il ressentit un bonheur pur.

Il se sentait au bord de l'éruption et savait qu'il ne tiendrait plus longtemps. Ses mots d'amour résonnaient à ses oreilles. Il crispa les mâchoires, résistant à l'envie de s'abandonner. Ses coups de reins s'accélérèrent. Il avait besoin qu'elle jouisse avec lui.

Quand elle se mit à remuer les hanches sous lui, il sut qu'il allait bientôt obtenir ce qu'il voulait. Elle y était presque.

Helen sentit la vague de plaisir monter à nouveau en elle. Il la pilonnait avec des coups de reins de plus en plus puissants, il l'emplissait, la possédait, l'aimait. C'était une possession sous sa forme la plus primitive. Un lien, une connexion, une union comme elle n'en aurait jamais imaginé.

C'était divin. La brève douleur cuisante n'était qu'un lointain souvenir, chassé par le plaisir de le sentir en elle. Ses va-et-vient l'amenaient toujours plus près du précipice. Elle sentait son pouls s'accélérer et un courant fébrile se propager dans tout son corps.

Il était si fougueux et intense. Tous ses muscles étaient noués par l'effort et ses traits étaient crispés comme s'il luttait contre quelque chose.

Elle comprit soudain qu'il l'attendait.

La vague d'émotion la propulsa au firmament. Une seconde fois.

C'était tout ce dont Magnus avait besoin. Des spasmes le secouèrent des pieds à la tête et elle sentit toute la puissance de son amour exploser en elle tandis que leurs paroxysmes coïncidaient dans un torrent de plaisir.

L'espace d'un instant, elle se sentit transportée, comme si elle avait touché un coin du paradis, une étoile, le soleil, un lieu hors du monde.

Il plongea en elle une dernière fois et, comme s'il avait épuisé jusqu'à la dernière goutte de son énergie, s'effondra sur elle.

Elle eut à peine le temps de savourer la sensation de sa chaleur et de son poids sur elle qu'il avait déjà roulé sur le côté.

Elle était encore trop palpitante de plaisir et d'émotion pour se rendre compte que quelque chose n'allait pas.

Cependant, quand l'air froid commença à picoter sa peau moite et que sa respiration ralentit, quand la dernière vague de sensations se fut éteinte, elle prit conscience qu'il était étrangement silencieux.

Elle lui lança discrètement un regard.

Il était étendu sur le dos, les yeux fixés au plafond. Son expression était aussi indéchiffrable que son mutisme.

Il aurait dû dire quelque chose, non ? La prendre dans ses bras et lui murmurer à quel point cela avait été merveilleux. À quel point il l'aimait.

Alors pourquoi se taisait-il ?

Magnus essayait de se convaincre que cela n'avait pas d'importance. Pourtant, cela en avait une. Elle avait été innocente. Vierge.

— Pourquoi ne m'as-tu rien dit ? demanda-t-il enfin.

Elle se redressa sur un coude pour le regarder.

— J'ai essayé plusieurs fois, mais tu m'as fait comprendre que tu ne voulais pas qu'on parle de Will… de mon mariage.

Elle avait raison, ce qui ne l'empêcha pas de répliquer sur un ton amer :

— Tu n'as pas beaucoup insisté.

— Peut-être. Que voulais-tu que je fasse, que j'annonce pendant le dîner : « Au fait, je suis toujours vierge » ? Je ne pensais pas que c'était aussi important pour toi.

— Pas important ?

Comment pouvait-elle être aussi naïve ?

— Tu n'as pas pensé que j'aurais aimé savoir que Gordon et toi n'aviez pas consommé votre union ?

Elle tiqua.

— Sincèrement, je croyais que c'était moi qui importais et non l'état de mon hymen. Je ne t'ai pas posé de questions sur les autres femmes avec qui tu as couché.

S'il avait été capable de réfléchir rationnellement, il aurait reconnu qu'elle avait raison. Il en était incapable. Au fond de lui, il savait qu'il était injuste, mais il ne pouvait s'en empêcher.

— Ce n'est pas la même chose, rétorqua-t-il.

— Ah non ? J'aurais plutôt pensé que ça te ferait plaisir.

Il serra les dents. Une partie de lui, le mâle primitif, était satisfaite. Toute cette passion avait été pour lui. Ses réponses innocentes et instinctives avaient été le reflet de ses sentiments pour lui. Mais elles lui rappelaient brutalement tout ce dont son ami avait été dépouillé. D'abord de sa vie, puis de sa femme.

Percevant son sentiment de culpabilité, elle tenta de lui expliquer :

— Cette nuit-là, quand Gordon est entré dans la chambre, il a compris mes sentiments pour toi. Il m'a donné le choix : venir à lui sans penser à un autre, ou demander l'annulation de notre mariage et, si c'était impossible, le divorce.

Misère ! Au lieu de soulager sa culpabilité, elle retournait le couteau dans la plaie. Son ami avait été prêt à se sacrifier pour lui, à renoncer à sa femme pour lui laisser la place…

Magnus avait été tellement furieux ce jour-là. Sa colère l'avait-elle rendu négligent ? Était-il responsable de ce qui était arrivé à Threave ? Dans un recoin sombre de sa conscience, il y avait une crainte qu'il n'avait jamais osé s'avouer : celle que la mise en garde de

MacLeod ait été prophétique. Aurait-il pu éviter la catastrophe ?

— Je savais que ma famille serait furieuse et que cela ne changerait probablement rien pour toi, poursuivit-elle. Je savais aussi que c'était injuste envers William. Je n'aurais jamais été capable de l'aimer comme il le méritait. J'avais donc décidé de demander l'annulation. Mais il est parti avant que j'aie pu lui donner ma réponse. Et ensuite...

Elle hésita avant de conclure :

— Ensuite, cela ne me paraissait plus aussi important. J'ai peut-être eu tort de me taire, mais à quoi aurait servi de provoquer un scandale ?

À rien. Mais elle aurait dû le lui dire quand même.

— Qu'est-ce que cela aurait changé pour toi, Magnus ? Tes sentiments pour moi auraient-ils été moins coupables si mon mariage avait été consommé ?

Il pinça les lèvres. Elle avait raison. Ce n'était pas son mariage avec Gordon qui le hantait, mais ce qu'il avait fait plus tard à son ami.

— Et puis, je dois avouer que j'aimais bien la liberté que me conférait le fait d'être veuve, poursuivit-elle, légèrement piteuse. Tu connais mes frères.

Hélas, oui.

Il la regarda, s'efforçant de mettre de l'ordre dans le chaos de ses pensées contradictoires. Il pouvait comprendre son raisonnement, mais cela n'atténuait pas sa colère. Son visage fusionna avec celui d'un autre.

Veille sur elle...

Il ne pouvait plus respirer. Il devait sortir de cette chambre avant de dire quelque chose qu'il regretterait, quelque chose qu'elle ne pourrait pas comprendre. Comment l'aurait-elle pu ? Il ne pouvait pas lui dire la vérité. Il ne supporterait pas de voir l'horreur et le dégoût dans ses yeux.

Et pourtant, il l'aimait tant.

Bon dieu, il n'arrivait même plus à penser !

Le grincement de la herse du château lui apparut comme une aubaine.

Il sortit du lit et commença à se rhabiller.

— Où vas-tu ?

La note de panique dans sa voix ne fit qu'accroître ses remords. Il aurait dû la prendre dans ses bras au lieu de ressentir le besoin irrépressible de la fuir.

— J'entends la herse, répondit-il. Si je ne me trompe pas, c'est le reste du convoi qui arrive.

Elle écarquilla les yeux.

— Mon frère ?

Il acquiesça et lui tendit ses vêtements.

— Tu ferais mieux de t'habiller et de retourner dans ta chambre.

Il n'avait pas besoin que Sutherland vienne compliquer les choses. Elles l'étaient déjà assez comme ça.

26

Il fallut une semaine à William Sutherland pour accepter la réalité, et quelques jours seulement pour prendre sa décision.

Muriel pouvait être heureuse sans lui, mais lui ne le serait jamais sans elle. Le bonheur n'aurait pas dû avoir d'importance pour lui, et n'en aurait sans doute jamais eu s'il ne l'avait pas rencontrée. À présent, il connaissait à la fois le bonheur et son fâcheux corollaire, le malheur.

Il aurait pu vivre sans bonheur, mais il ne pouvait pas continuer à évoluer dans ce malheur perpétuel.

Il avait cru que le principal était qu'ils soient ensemble. Qu'un peu d'amour était préférable à pas d'amour du tout. Il se trompait. Elle méritait mieux qu'une moitié de vie, que cette partie de lui-même qu'il était disposé à lui donner.

Elle avait raison. L'amour sans respect n'était pas de l'amour. En étant sa maîtresse, elle aurait eu l'impression de ne pas être assez bien pour lui. Comme si le mal que lui avaient fait ses violeurs l'avait rendue inapte. Comment ne l'avait-il pas compris plus tôt ?

Il l'aimait assez pour la laisser partir. L'aimait-il assez pour la ramener à lui ? Il cherchait une réponse dans les profondeurs de son désespoir. Comment accomplir son devoir et vivre avec la femme qu'il aimait ?

Il s'était trompé de question. La vraie question était : comment pourrait-il accomplir son devoir sans la femme qu'il aimait ?

Il était parvenu à se rendre haïssable à ses yeux. Voudrait-elle encore de lui ?

La nuit était tombée sur Inverness depuis une heure et un vent glacé transperçait le voile de brume qui s'était étendu sur la ville.

Les ruelles sombres et tortueuses avaient une allure sinistre. Ce n'était pas le genre d'endroit où une femme aurait voulu se trouver seule. Sauf que Muriel n'était pas seule. Depuis qu'elle était rentrée à Inverness une semaine plus tôt, lord Henry avait pris l'habitude de la raccompagner tous les soirs chez elle. Non, pas « chez elle ». La petite chambre au-dessus de l'échoppe du cordonnier ne serait jamais chez elle. Elle repoussa cette triste pensée et s'arrêta devant la porte.

— Nous y voilà, déclara son compagnon sur un ton jovial. Sains et saufs !

Muriel se tourna vers son visage doux illuminé par la lueur de la torche que le cordonnier avait laissée pour elle. Lord Henry était un homme bon. Intelligent, agréable à regarder, c'était un médecin très compétent avec un brillant avenir devant lui. Le genre d'homme qui aurait passé le reste de ses jours à tout faire pour la rendre heureuse. Elle n'était pas sotte au point de le laisser espérer que cela arriverait un jour.

— Merci, dit-elle. Je sais que cela vous fait faire un grand détour.

— Pas du tout. Quelques minutes de plus, ce n'est rien. Et je me sens rassuré de vous savoir en sécurité.

Il la dévisagea un moment. Muriel pouvait lire les questions dans ses yeux. Son affection, son chagrin.

— Vous êtes sûre que vous ne changerez pas d'avis ? demanda-t-il. Ils sont peut-être vieux, irascibles et peu flexibles, mais vous faites des progrès considérables ici. Ce ne sera pas plus facile en France.

Au contraire, tout serait plus facile. Elle n'aurait plus besoin de se retenir de retourner vers Will. En France, il n'y aurait plus d'espoir. Elle pourrait disparaître.

— Je rêve de voir le continent depuis mon enfance, répondit-elle.

Le mensonge lui vint si facilement qu'elle l'aurait presque cru elle-même.

— Mais si vous changez d'avis au sujet de cette lettre à votre ami de la guilde parisienne, je comprendrai.

— Absolument pas, répondit-il fermement. Ils auront de la chance de vous avoir.

Il saisit son menton et la dévisagea. Sa main était chaude et forte, mais elle ne déclenchait aucune étincelle en elle.

— Je n'ai pas baissé les bras, Muriel. J'ai l'intention de tout faire pour vous convaincre de rester.

Elle reconnut la lueur dans son regard et crut qu'il allait l'embrasser. Heureusement, il se ravisa et lui épargna d'avoir à le repousser.

— Bonne nuit, Muriel.

— Bonne nuit.

Elle se glissa à l'intérieur, puis s'adossa à la porte, soulagée d'être à nouveau seule.

Sauf qu'elle ne l'était pas.

Du coin de l'œil, elle perçut une ombre passer devant la lueur de la chandelle. Elle tressaillit, puis elle le reconnut.

Une joie traîtresse lui étreignit le cœur. Elle la chassa aussitôt et se ressaisit.

— Que fais-tu ici, Will ? Qui t'a laissé...

Elle s'interrompit. Naturellement, le cordonnier l'avait laissé entrer. Qui refuserait quoi que ce soit au comte de Sutherland ? À part elle. Et pourtant, elle aussi avait été prête à accepter son marché maudit. Les souvenirs la torturaient chaque nuit. Aurait-ce été si mal ? Ils auraient été ensemble, et... Non. Cela aurait été un enfer. Elle aurait fini par se haïr autant qu'elle le haïssait.

Il sortit de l'ombre.

— Qui était cet homme ?

Il avait une mine affreuse. Il semblait n'avoir ni dormi ni mangé depuis des semaines.

— Que représente-t-il pour toi ? demanda-t-il encore.

Son ton la hérissa, lui rappelant qui il était. Le comte impérieux, l'homme à qui on ne refuse rien.

Elle s'attendait à une explosion de colère, à ce qu'il lui agrippe le bras et la force à lui répondre. Loin de là. Il s'affaissa et passa une main dans ses cheveux en désordre.

— Mon Dieu, dis-moi que je n'arrive pas trop tard.

De quoi parlait-il ?

— Trop tard pour quoi ?

— Pour te convaincre de rentrer avec moi.

Elle se raidit. Il jura en voyant sa réaction.

— Bon sang, je m'y prends comme un pied.

Elle ne l'avait encore jamais vu aussi peu sûr de lui. Que lui arrivait-il ? Il semblait fébrile.

— Tu ne veux pas t'asseoir ? demanda-t-il. Tu me rends nerveux à rester debout.

Elle était tellement surprise qu'elle s'exécuta sans hésiter. Perplexe, elle le regarda arpenter la pièce jusqu'à ce qu'il s'arrête enfin devant elle.

— Je ne peux pas te perdre, Muriel. Tu es la meilleure chose qui me soit arrivée. Tu es la personne la plus importante au monde pour moi. Je t'aime.

Pourquoi continuait-il à la torturer ainsi ? Aussi belles soient ses paroles, elle ne voulait pas les entendre, même si la glace autour de son cœur commençait à se fendiller.

— Que veux-tu, Will ? Je t'en prie, dis ce que tu as à dire et va-t'en.

Elle sursauta à nouveau quand il se laissa tomber à genoux devant elle. Il prit sa main et la força à le regarder en face.

— Je dois accomplir mon devoir ou t'épouser...

Il marqua une pause avant d'achever :

— Ou je peux faire les deux.

Elle osait à peine respirer.

— Qu'est-ce que tu racontes, Will ?

— Je n'ai pas besoin d'héritier. J'en ai déjà un.

Quoi... il avait un bâtard ?

— Mon frère, expliqua-t-il. Tant que je n'ai pas de fils, Kenneth est mon héritier. Il peut le devenir d'une manière définitive. Il aura des enfants. Et s'il n'en a pas, Helen en aura.

Il fit la grimace.

— J'espère que Munro saura la convaincre de l'épouser. Il neigera en enfer avant qu'un MacKay...

Se rendant compte qu'il digressait, il se reprit :

— Nous en discuterons plus tard. Ce que j'essaie de dire, c'est que je voudrais que tu rentres avec moi et que tu deviennes mon épouse.

Elle le dévisageait, pantoise. Était-ce une nouvelle ruse cruelle ? Était-il vraiment sincère ?

Il serra sa main entre les siennes.

— Je t'en prie, Muriel. Je sais que tu as de bonnes raisons de me détester. Mon offre était inadmissible. Plus encore parce que je t'aime. Je n'aurais jamais dû te forcer à revenir, te forcer à...

Il s'interrompit, trop honteux pour parler.

Elle ne pouvait croire que le puissant comte de Sutherland était agenouillé devant elle et lui demandait sa main.

Quand il se fut ressaisi, il reprit :

— Je t'aime et je te veux à mes côtés, pas seulement dans mon lit mais dans ma vie. Je sais que je ne te mérite pas, mais je te le demande quand même. Je t'en prie, pardonne-moi et fais-moi le grand honneur de devenir mon épouse.

Muriel s'efforçait de résister aux puissantes vagues d'émotion qui menaçaient de l'emporter.

— Et le roi ? demanda-t-elle. Je croyais que tu devais épouser sa sœur ?

— Je n'ai jamais accepté formellement cette alliance.

— Le roi en est conscient ?

Il grimaça.

— Je n'en suis pas sûr, mais peu importe. Je ferai tout ce qu'il me demandera, sauf épouser sa sœur. Je pourrais peut-être persuader mon frère de prendre ma place.

Elle fit une moue dubitative, aussi peu convaincue qu'il l'était lui-même. Kenneth n'avait absolument aucune intention de se marier.

— Et mon travail ? demanda-t-elle encore. Je ne l'abandonnerai pas.

— Je ne te le demande pas. Si tu souhaites rester ici et achever ton apprentissage, je t'attendrai. Je viendrai te voir aussi souvent que possible et, quand tu seras prête, nous franchirons le pas ensemble.

Elle le dévisageait, incrédule. Par tous les saints, il était sincère ! Plus que toute autre chose, le fait qu'il soit prêt à l'attendre lui disait à quel point il l'aimait.

— Cela n'a jamais eu beaucoup d'importance pour moi, Will. Je suis venue ici parce que je ne pouvais pas rester à Dunrobin et te regarder en épouser une autre.

Cette fois, elle ne pouvait plus retenir ses larmes.

— Je suis une bonne guérisseuse, reprit-elle. Je n'ai pas besoin d'une guilde pour me le prouver. Je comptais partir à la fin de la semaine de toute façon.

— Partir où ?

— En France.

Il écarquilla des yeux effarés.

— Je suis sincèrement désolé, Muriel.

— Je n'étais pas sûre d'en avoir la force.
— Tu es suffisamment forte pour nous deux.

Il posa une main sur sa joue et essuya une larme de son pouce.

— Tu ne m'as toujours pas donné ta réponse, lui rappela-t-il doucement.
— Oui, Will. Je veux bien t'épouser.

Il se leva et la hissa dans ses bras, murmurant au-dessus de sa tête.

— Merci, mon Dieu. Merci.

Sa voix tremblait d'émotion. Pendant un moment, ils se tinrent ainsi sans bouger, tous les deux conscients qu'ils avaient failli se perdre à jamais.

Il l'embrassa, tendrement d'abord, puis plus voracement. Elle lui répondit avec ardeur, s'ouvrant à lui, libérant la passion qu'elle avait si longtemps contenue, lui montrant que, cette fois, elle était prête à s'abandonner complètement dans ses bras.

Elle s'accrocha à ses épaules, l'attirant plus près, pressant ses hanches contre les siennes, ses seins contre son torse. Elle voulait sentir son corps soudé au sien.

Leur baiser se fit plus fougueux et ardent. Leurs langues dansaient un ballet effréné. Elle sentait son désir grimper et frémir dans tous ses membres. Puis il s'arracha brusquement à leur étreinte.

— Non ! dit-il. Pas avant que nous soyons mariés. J'ai attendu jusqu'ici, je peux bien attendre encore un peu.

Hors d'haleine et tout émoustillée par leur baiser passionné, Muriel arqua un sourcil sceptique. Il semblait avoir du mal à se convaincre lui-même.

— Et si je ne veux pas attendre ? déclara-t-elle avec un regard enjôleur.

Il serra les mâchoires, cherchant à se donner du courage.

— Tu ne me rends pas la tâche facile en me regardant comme ça, mais je ne changerai pas d'avis.

Elle lui adressa un regard qui laissait entendre qu'elle n'avait pas dit son dernier mot. Toutefois, pour le moment, elle décida de le laisser croire ce qu'il voulait. Sa fierté avait déjà pris un sérieux coup, le pauvre. Elle sourit. Le puissant comte de Sutherland... Qui l'aurait cru ?

— Qu'est-ce qui te fait sourire ?

Ne voulant pas lui dire la vérité, elle improvisa.

— J'aimerais voir la tête de ton frère quand tu lui annonceras la nouvelle.

Il sourit à son tour. Dieu qu'il était beau quand il souriait !

— Tu la verras peut-être plus tôt que tu ne le crois.

Devant son air surpris, il expliqua :

— Je suis venu en bateau. Je tiens à informer le roi le plus rapidement possible de ce... changement de programme. En outre, j'ai récemment entendu des rumeurs au sujet de la mort de mon beau-frère que Kenneth voudra connaître.

— J'ai été étonnée que tu laisses Helen partir avec...

Les traits de Will se durcirent.

— Avec MacKay ? Le roi ne m'a guère laissé le choix. Il a insisté. Au moins, Munro est parti avec elle. J'espère qu'il saura la convaincre de l'épouser.

Elle fronça les sourcils malgré elle.

— Qu'y a-t-il ?

Elle savait à quel point il était irrationnel dès qu'il s'agissait des MacKay, comme tous les Sutherland. Toutefois, elle se méfiait de Donald Munro.

— Tu es sûr qu'il est l'homme qui convient pour ta sœur ?

Il l'observa attentivement.

— Kenneth a exprimé des doutes semblables avant son départ. Il te déplaît ?

— C'est un homme dur.

Il était également trop orgueilleux, mais cet argument n'aurait pas beaucoup d'effet sur William. Elle tenta une autre approche.

— Si cela ne tenait qu'à lui, tu serais en Irlande avec son ami John MacDougall.

Will hocha la tête.

— C'est vrai. Il était farouchement opposé à Bruce. Mais ce n'est pas une raison suffisante pour le condamner.

— Helen ne l'aime pas.

Ils savaient tous les deux à qui elle avait donné son cœur. Ils se dévisagèrent un instant en silence. Refuserait-il à sa sœur ce qu'ils avaient trouvé ? Au bout d'un moment, il poussa un soupir.

— Je n'ai jamais compris ma sœur. Elle ne fait jamais ce qu'on attend d'elle.

Il secoua la tête d'un air perplexe avant d'ajouter :

— Et puis, je me suis toujours demandé de qui elle tenait ces cheveux roux.

Muriel se retint de sourire. La lueur de la chandelle faisait luire des reflets auburn dans sa chevelure châtain foncé. Helen ne faisait pas ce qu'on attendait d'elle ? Le frère et la sœur se ressemblaient plus qu'ils ne voulaient l'admettre.

27

Magnus ne pouvait plus attendre. Il aurait dû le faire plus tôt mais, depuis que MacGregor et les autres étaient arrivés à Dun Lagaidh trois jours plus tôt, il avait été accaparé par ses devoirs ou enfermé avec le roi et MacGregor pour essayer de découvrir qui les avait trahis. Il s'agissait forcément d'une trahison. Leurs assaillants ne pouvaient pas avoir eu autant de chance.

Le roi refusait d'agir sans preuve. Magnus était convaincu que le traître se trouvait dans le camp des Sutherland. Pour connaître si bien le terrain, ceux qui les avaient attaqués devaient être renseignés par quelqu'un de la région. Il ignorait s'il s'agissait de Sutherland lui-même, de Munro, ou de l'un de leurs hommes. Il les faisait tous surveiller.

MacGregor avait pourchassé et tué les bandits restants. Si Fraser avait bien compté, ils avaient été dix en tout. Avec un groupe d'éclaireurs, Magnus avait replacé les pierres du sentier et inspecté les environs. Ils n'avaient retrouvé aucune trace du mystérieux troisième guerrier. Les similitudes entre leurs assaillants et la garde des Highlands étaient flagrantes. Ils avaient fait des émules.

Le roi arborait une affreuse cicatrice, mais s'était totalement remis de son épreuve. D'ailleurs, il venait de prendre son premier repas dans la grande salle et d'accorder un entretien privé au comte de Sutherland. Ce dernier avait débarqué à l'improviste au château, accompagné de lady Muriel.

Fraser et MacGregor étant de garde auprès du roi, Magnus profita de son temps libre pour faire ce qu'il aurait dû faire des jours plus tôt et se mit en quête d'Helen.

Après le déjeuner, elle avait quitté la grande salle si précipitamment qu'il n'avait pas eu le temps de l'aborder.

Il avait été injuste l'autre nuit et il le savait. Il avait honte de son comportement. L'expression d'Helen les rares fois où ils s'étaient croisés lui rappelait cruellement à quel point il l'avait blessée.

Il se rachèterait. Il sourit. Il aurait toute une vie pour se faire pardonner.

Maintenant qu'il avait pris sa décision, il ne lui venait pas à l'esprit qu'elle pourrait la refuser.

Assise au bord de l'eau, ses pieds nus repliés sous elle, Helen lançait des cailloux dans le loch.

Elle sursauta en entendant derrière elle la voix de l'homme qui occupait ses pensées.

— Tu n'as jamais su faire des ricochets.

Elle se tourna vers Magnus. Il lui adressa un petit sourire ironique et s'assit près d'elle. Il saisit un caillou plat et le lança, le faisant rebondir une fois, deux fois, trois fois, quatre fois avant qu'il ne sombre enfin entre les vaguelettes.

Elle ne réagit pas. Ne fit aucune plaisanterie sur le fait qu'il avait tenté de lui montrer comment faire à d'innombrables reprises. Pour une fois, les souvenirs ne suffisaient pas. Elle ne voulait plus vivre dans le passé.

Après un long silence, il déclara :

— Je suis navré. Mon comportement est inexcusable, mais j'espère que tu parviendras quand même à me pardonner.

— Quel comportement, Magnus ? Quand tu m'as fait l'amour, ou quand tu t'es emporté contre moi pour t'avoir « trompé » au sujet de mon innocence avant de faire comme si je n'existais pas pendant trois jours ?

Elle émit un petit rire sarcastique avant de reprendre :

— J'aurais cru que ce serait l'inverse ; que tu serais fâché de découvrir que je n'étais plus vierge.

Il ne sembla pas amusé par son sarcasme.

— Je ne regrette pas de t'avoir fait l'amour, déclara-t-il fermement.

— Tu en es sûr ? Parce que c'est bien l'impression que tu m'as donnée.

— Je me suis comporté comme un idiot, Helen. J'essaie de m'excuser, si tu veux bien me laisser faire.

— Je n'attends pas d'excuses de ta part, mais une explication. Pourquoi était-ce si important pour toi, Magnus ? Et pourquoi étais-tu si contrarié d'apprendre que j'avais l'intention de faire annuler mon mariage ?

Le rideau de fer s'abattit une nouvelle fois sur son regard. Il détourna brusquement la tête.

— Je ne tiens pas à en discuter, Helen. Je ne veux plus jamais en parler. Si nous voulons avoir une chance...

— Tu ne comprends donc pas ? Si nous voulons avoir une chance, nous devons en discuter. Si tu ne me dis pas ce qui te tourmente ainsi, cela se dressera toujours entre nous. *Il* se dressera toujours entre nous.

L'espace d'un instant fugace, elle vit au fond de ses yeux toute la douleur et l'angoisse qui le torturaient.

— Je ne peux pas.

Elle se leva et secoua ses jupes. Elle s'efforçait d'étouffer la déception qui lui nouait la gorge. Les larmes qu'elle refoulait depuis trois jours menaçaient de déborder d'une seconde à l'autre.

Il la retint par la main.

— Attends, où vas-tu ? Je n'ai pas terminé.

— Que reste-t-il à dire ?

— Plein de choses. J'essaie de réparer mes erreurs. J'ai pris ton innocence. Je veux t'épouser. Je veux que tu sois ma femme, Helen.

Son cœur s'arrêta de battre. Une partie d'elle-même aurait voulu crier sa joie d'entendre enfin les mots qu'elle avait si longtemps attendus. L'autre partie était prête à s'effondrer en larmes, sachant ce qui les motivait. Elle le connaissait trop bien.

— Naturellement, répliqua-t-elle sur un ton acerbe. Compte tenu des circonstances, c'est la seule chose honorable à faire.

Il hésita, comme si elle venait de lui poser une question piège. C'en était peut-être une. Elle avait enfin ce qu'elle voulait, mais cela ne lui suffisait pas.

Elle voulait plus.

Peut-être la comprenait-il plus qu'elle ne le pensait. Il lui prit les bras et la regarda en face.

— Bien sûr que c'est honorable, mais ce n'est pas la seule raison. Je t'aime, Helen. Je t'ai toujours aimée et je ne voudrai jamais d'une autre femme.

Elle sonda son regard et y vit sa sincérité. Certains de ses doutes commencèrent à se dissiper. Ils finiraient par surmonter cet obstacle. Ils parviendraient à...

Ils furent soudain interrompus par un rugissement de rage.

— Ne la touche pas, assassin !

Elle poussa un soupir las en voyant Kenneth fondre sur eux, le poing brandi. Elle se plaça instinctivement devant Magnus.

— Arrête, Kenneth. Il m'a demandé de l'épouser.

— T'épouser ? Il devra d'abord me passer sur le corps.

Magnus la souleva de terre et la posa sur le côté, prêt à affronter son frère. Ce dernier lui décocha un coup de poing qu'il bloqua aisément. Toutefois, quand Helen se précipita pour se mettre entre eux, il fut distrait et en reçut un autre en plein dans la mâchoire.

— Helen, recule, ordonna-t-il.

Les deux hommes échangèrent encore quelques coups. Elle n'avait encore jamais vu son frère dans un tel état. Il écumait de rage et de haine, et semblait vraiment vouloir la peau de Magnus. Cela allait bien au-delà de la vieille inimitié entre leurs deux clans.

— Arrête ! hurla-t-elle. Qu'est-ce qui te prend ?

Magnus l'atteignit au ventre, le pliant en deux. Du moins, Kenneth fit mine de se plier en deux car, l'instant suivant, il se redressa et cueillit Magnus sous la mâchoire.

— Dis-lui ! siffla-t-il. Dis à ma sœur comment tu as tué son mari !

Trop choquée par son accusation, Helen ne remarqua pas tout de suite que le teint de Magnus avait viré au gris. Il avait cessé de se défendre et se laissait marteler le torse et le visage par les poings de Kenneth.

— Défends-toi, bâtard ! hurla Kenneth en le rouant de coups.

Magnus tomba à terre et se roula en boule. Helen s'agrippa au bras de son frère.

— Arrête ! Tu vas le tuer !

Kenneth crachait et soufflait comme un dragon. Sous sa rage, elle sentait une étrange douleur.

— C'est tout ce qu'il mérite. Ils l'ont retrouvé, Helen. Ils ont trouvé Gordon. Il était enseveli sous les décombres du donjon de Threave, la gorge tranchée et défiguré. Il a été tué par l'un de ses propres compagnons.

Helen resta interloquée.

— Il y a sûrement un malentendu.

Elle se tourna vers Magnus. Il s'était relevé et fuyait son regard.

— Magnus, dis-lui que ce n'est pas vrai.

— Je ne peux pas.

Helen écarquilla des yeux horrifiés. Elle comprenait enfin. C'était là son terrible secret. Ce qu'il lui avait caché.

Kenneth lâcha un torrent d'insultes et s'apprêtait à le frapper à nouveau, mais elle se suspendit à son bras pour le retenir.

— Assez ! cria-t-elle. Je ne te laisserai pas le tuer, quoi qu'il ait fait !

Elle s'adressa à nouveau à Magnus, implorante :

— Pourquoi ? Pourquoi aurais-tu fait une telle chose ?

William était son ami. Il avait forcément une bonne raison.

— Parce qu'il te voulait, répondit Kenneth. Il t'a toujours voulue.

— Tu sais très bien que ce n'est pas vrai, explosa-t-elle. William était son ami autant que le tien. Va-t'en, Kenneth. Tu as fait assez de mal pour aujourd'hui.

— Je n'ai même pas commencé, riposta-t-il. Il tient toujours debout. Je ne partirai pas d'ici sans une explication.

— Va en enfer, Sutherland, riposta Magnus. Je ne te dois rien.

Kenneth voulut à nouveau lui sauter à la gorge et elle l'arrêta.

— S'il te plaît, va-t'en. Je vais lui parler.

Il se tourna vers elle.

— Si tu l'épouses, Helen, je ne veux plus jamais te revoir.

Il lança un regard noir à Magnus.

— Je n'en ai pas terminé avec toi, MacKay. J'ai prévenu mon frère. Je ne passerai pas un jour de plus sous le même toit que toi.

Là-dessus, il tourna enfin les talons et s'éloigna d'un pas furieux le long de la grève.

Helen examina le visage tuméfié et couvert de plaies de Magnus.

— Viens, dit-elle. Je vais te soigner.

— Helen...

— Ton visage d'abord, nous parlerons ensuite.

Ils avaient tous les deux besoin de se calmer et de reprendre leurs esprits. Il la suivit docilement vers les cuisines. Au fond de la salle, une petite pièce abritait l'infirmerie du château. Elle nettoya le sang sur son visage avec un linge humide, puis appliqua un baume sur ses plaies et ses contusions.

— Si cela continue de saigner, je vais devoir te recoudre, annonça-t-elle.

Il acquiesça, indifférent.

Quand elle eut terminé, elle s'essuya les mains sur son tablier et se tourna vers lui.

— Pourquoi, Magnus ? Il y a forcément une raison.

D'une voix monocorde, il lui expliqua ce qui s'était passé. Que William avait été coincé sous les pierres. Qu'il avait vainement tenté de le dégager. Que William agonisait et qu'il avait été contraint de l'achever afin qu'il ne puisse pas être capturé et identifié. Que, finalement, cela n'avait servi à rien à cause de sa marque de naissance.

Ce fut surtout ce qu'il ne disait pas qui l'emplit d'effroi. Il l'avait fait pour protéger la famille de William... et elle.

Elle chancela en prenant conscience de la gravité de ce qui se dressait entre eux. Il avait été contraint de commettre l'impensable en partie pour la protéger. D'une certaine manière, elle en était responsable.

Dans sa naïveté, elle avait cru que rien n'était insurmontable à partir du moment où ils s'aimaient. Elle s'était trompée. Le fantôme de William se dresserait toujours entre eux. Il ne se pardonnerait jamais son acte et il lui en voudrait toujours.

Elle posa une main sur son bras.

— Tu n'avais pas le choix. Lorsque les poumons se remplissent de sang... il n'y a plus rien à faire. Il était perdu.

Il écarta sa main.

— Je sais. Je n'ai pas besoin de ton absolution, Helen.

C'était sa douleur qui le faisait réagir aussi sèchement. Elle le savait, mais cela faisait mal quand même.

— Qu'attends-tu de moi, Magnus ? Parce qu'il semble que, quoi que je fasse, ce ne sera jamais assez.

Dans l'écho froid de son silence, elle comprit enfin ce qu'il avait compris des mois plus tôt. En dépit de leur amour, la culpabilité les empêcherait toujours de trouver le vrai bonheur. Pouvait-elle l'épouser en le sachant ?

La réponse à cette question lui transperça le cœur.

Au même moment, un grondement assourdissant ébranla les murs. Elle se jeta d'instinct dans ses bras.

Le tonnerre ? C'était impossible. Le ciel était radieux.

— Qu'est-ce que c'était ? lui demanda-t-elle.

Elle n'avait jamais rien entendu de la sorte, mais Magnus, si.

— De la poudre noire.

Il lui prit la main et se mit à courir à travers les cuisines. Ils surgirent dans la cour. Des gens paniqués couraient dans tous les sens. Un épais nuage âcre flottait dans l'air, lui emplissant les poumons.

Ils levèrent les yeux et virent l'une des deux tours du château en feu.

Pas n'importe quelle tour, le nouveau donjon.

— Le roi ! s'écria-t-elle, horrifiée.

28

Magnus se précipita vers le donjon. Comme Helen lui emboîtait le bas, il se retourna et lui cria de rester en arrière.

C'était mal la connaître.

— Tu auras peut-être besoin de moi, rétorqua-t-elle.

Ils se défièrent un moment du regard, puis il capitula.

— Soit, mais il n'est pas question que tu entres dans cette tour. Tu resteras à l'extérieur, exactement là où je te le dirai.

Sans lui laisser une chance de protester, il la tint fermement contre lui et se remit à courir à travers la foule.

Comme toujours en temps de crise, il sentit un calme étrange l'envahir. Son esprit se vida et il ne pensa plus qu'aux tâches à accomplir, qui se présentaient en une succession d'actes simples et précis : trouver le roi, maîtriser et évaluer les dégâts, trouver comment les réparer. Il ne pouvait s'égarer dans des conjectures et des craintes. Il se concentra sur ce qu'il avait à faire. Si le roi était dans cette tour, il le trouverait et l'en sortirait.

MacGregor avait prévu de raccompagner Bruce dans ses quartiers après son entretien avec le comte de Sutherland. Il y avait donc de fortes chances qu'il soit dans sa chambre.

Toutefois, Helen et lui étaient presque arrivés devant la porte du donjon quand ils aperçurent le roi, MacGregor et plusieurs chevaliers près de la poterne. Le comte de Sutherland et MacAulay venaient juste de surgir de la grande salle qui se trouvait entre les deux tours. Ils convergèrent tous vers le même point.

Personne ne pouvait approcher le roi. MacGregor avait organisé un cercle protecteur autour de lui.

Maintenant qu'il savait Bruce hors de danger, Magnus put laisser échapper sa colère.

— Que s'est-il passé ? aboya-t-il.

MacGregor lui lança un regard noir. Les membres de la garde n'aimaient pas les surprises et une seconde attaque contre le roi sous leur protection avait de quoi les mettre sur les nerfs.

Il lui montra la tour en flammes.

— Nous aurions dû être là-dedans, voilà ce qui s'est passé. Sauf qu'au lieu de retourner directement dans sa chambre, le roi a tenu à rendre visite aux blessés dans les casernes. Nous sortions juste de l'escalier au rez-de-chaussée quand la première détonation a retenti.

Bruce se fraya un passage entre les gardes qui le protégeaient.

— Mes oreilles en résonnent encore. Il s'en est fallu de peu.

— Vous avez vu quelque chose ? demanda Magnus.

— Non, répondit MacGregor. Ma seule pensée était de mettre le roi à l'abri. C'était un véritable enfer, là-dedans. Si quelqu'un se trouvait dans la tour, je doute qu'il ait survécu.

Magnus était d'accord. Celui qui avait commis l'attentat était soit mort, soit déjà loin. Il avait l'intention de s'en assurer.

Au cours des heures suivantes, il s'efforça de remettre de l'ordre dans le chaos. La sécurité du roi venait en premier. Une autre chambre fut préparée pour lui dans la vieille tour. Magnus fit fouiller le bâtiment de fond en comble, puis plaça des gardes devant la seule entrée.

Pendant ce temps, MacGregor organisait les opérations pour tenter d'éteindre l'incendie. Il n'y avait plus grand-chose à faire. Les planchers et le toit s'étaient embrasés comme du petit bois. Il ne restait plus que la carcasse fumante et vide du donjon. Heureusement, l'explosion avait eu lieu en milieu de journée et les lieux avaient été pratiquement déserts.

L'endroit où les charges de poudre avaient été placées ne laissait planer aucun doute sur la cible visée. MacGregor était sûr que l'explosion s'était produite juste en dessous de la chambre du roi.

Ce dernier en sécurité, Magnus se concentra sur sa tâche suivante : trouver le ou les responsables. Il ne lui fallut pas beaucoup de temps pour découvrir qui manquait à l'appel. Un groupe de chevaliers avait franchi les portes juste avant l'explosion ; Sutherland et Munro se trouvaient parmi eux. Toutefois, un seul avait déjà manipulé de la poudre noire.

— Où sont-ils partis ? demanda Magnus.

— Nous avons appris que des brigands avaient attaqué un groupe de pèlerins qui rentraient de Iona juste au nord d'ici. Ils sont partis enquêter. Sutherland n'était pas censé les accompagner. Il s'est joint à eux à la dernière minute.

— Prépare les chevaux. Nous partons l'arrêter. Peu importe combien d'avance il a sur nous.

MacGregor ne discuta pas. Magnus partit informer le roi qui, pour une fois, fut d'accord avec lui. Le recours à la poudre noire incriminait Sutherland.

Il referma la porte derrière lui et manqua de percuter Helen, qui était de retour au château. Elle était partie avec l'épouse de MacAulay calmer les craintes des villageois, convaincus que l'explosion était le signe de la colère de Dieu.

Elle leva des yeux angoissés vers lui.

— Tu te trompes, Magnus. Mon frère n'a rien à voir avec l'attentat.

— Tu écoutes aux portes, Helen ?

— Je m'apprêtais à toquer. Tu n'étais pas vraiment en train de chuchoter.

— Je ne peux pas en discuter pour le moment.

Il commença à descendre l'escalier et ne fut pas surpris d'entendre ses pas derrière lui.

Il marcha plus vite, mais elle n'avait pas l'intention de le laisser filer aussi facilement.

Elle le rattrapa au moment où il sortait dans la cour.

— Attends !

Il pouvait voir MacGregor qui l'attendait avec les chevaux près du portail.

— Nous en parlerons à mon retour, lança-t-il sur un ton impatient.

— Kenneth n'a pas fait ce que tu crois.

Il s'efforça de rester calme. Il en avait par-dessus la tête que sa famille se mette entre eux.

— Alors qui ? Tu l'as dit toi-même : ton frère connaissait la poudre des Sarrasins aussi bien que Gordon. Très peu de gens savent l'utiliser.

— Mais pourquoi aurait-il fait une chose pareille ?

— Il n'était pas franchement ravi de se soumettre au roi.

Elle secoua vigoureusement la tête.

— Pas au début mais, avec le temps, mes frères en sont venus à l'apprécier autant que toi. Kenneth ne ferait jamais ça. Il ne serait pas aussi vindicatif.

— Tout ce que fait ton frère est vindicatif. Tu as vu comme il était furieux tout à l'heure.

— Contre toi, pas contre le roi.

— En es-tu certaine ? Et s'il avait tout prévu depuis le début ?

— Tu ne suggères quand même pas qu'il aurait quelque chose à voir avec la bande qui nous a attaqués dans la forêt et...

Elle s'interrompit soudain.
— Qu'y a-t-il ? demanda-t-il.
— Rien.
Mais il avait aperçu une lueur de doute dans son regard.
— Helen, si tu sais quelque chose...
— Je ne peux rien affirmer, mais... Il m'a semblé un moment que le mal dont souffrait le roi à Dunrobin n'était peut-être pas la maladie des marins.
Il tressaillit.
— Du poison ? Tu avais des raisons de penser que le roi avait été empoisonné et tu ne m'as rien dit ?
Son ton accusateur la hérissa.
— Si je me suis tue, c'est parce que je savais quelle serait ta première réaction : accuser ma famille.
— Et pourquoi aurais-je fait une chose pareille ? s'esclaffa-t-il. Parce qu'ils sont coupables ?
Dire qu'il avait eu une confiance aveugle en elle ! Il n'avait jamais mis en doute son diagnostic. S'il avait su, il se serait tenu sur ses gardes. L'attaque dans la forêt aurait pu être évitée.
— Je suis désolée, dit-elle. J'aurais dû t'en parler, mais...
— Mais tu ne te fiais pas à moi.
— Tu n'es pas vraiment rationnel dès qu'il s'agit de mes frères. Et je n'étais pas la seule à garder mes secrets.
— Tu ne vas tout de même pas continuer à les défendre !
Il détourna les yeux, faisant un effort considérable pour maîtriser sa colère et ne pas dire quelque chose qu'il regretterait.
C'était peine perdue. Elle l'avait déjà lu dans son regard.
— Tu ne m'as toujours pas pardonné. Ni pour leur avoir obéi, ni pour William, ni pour ce que tu as dû faire pour me protéger.

— Pas maintenant, Helen.

— C'est bien là le problème. Tu refuses d'en parler, et tu n'en parleras jamais.

— Mais si, nous aurons tout le temps d'en discuter plus tard. Je t'ai demandé de m'épouser, que veux-tu de plus ?

Il sut ce qu'elle allait répondre avant même qu'elle ouvre la bouche.

— Je t'aime, Magnus, mais je ne t'épouserai pas. Pas dans ces conditions.

Cette fois, il ne put se retenir et lui agrippa le bras. Comment pouvait-elle lui faire ça ? Le rejeter une fois de plus, après tout ce qu'ils avaient traversé !

— Que veux-tu dire ?

— Je ne passerai pas le reste de ma vie à m'interposer entre mes frères et toi. Ni avec un fantôme.

Les joues ruisselantes de larmes, elle libéra son bras et tourna les talons. Une fois de plus, il ne tenta pas de la rattraper. Il la regarda s'éloigner, la douleur lui rongeant la poitrine tel un acide, le laissant avec un vide qu'il avait cru ne jamais plus ressentir.

Helen savait qu'elle avait pris la bonne décision, tout en ayant l'impression d'avoir le cœur fendu en deux.

Il était temps pour elle de maîtriser son destin et de suivre sa propre voie. *Carpe diem*. Ces derniers mois lui avaient appris comment faire.

Son avenir entre les mains, elle se rendit chez le roi.

Le visage fermé, Magnus traversa la cour d'un pas énergique et sauta en selle. Ils prirent la direction du nord. MacGregor eut la sagesse de ne pas lui parler avant qu'ils soient loin du château. Toutefois, au bout d'une demi-heure, il ne put s'empêcher de briser le silence.

— J'imagine que lady Helen n'était pas ravie d'apprendre que tu pourchassais son frère.

— C'est le moins qu'on puisse dire, répliqua Magnus d'une voix neutre.

— Il faut reconnaître qu'elle est d'une loyauté admirable.

Magnus ne répondit pas. Pour une fois, il aurait aimé que cette loyauté soit pour lui.

Le célèbre archer attendit encore quelques minutes avant de reprendre :

— Elle t'aime. J'ai vu suffisamment de femmes amoureuses pour reconnaître ce regard.

D'ordinaire, ce commentaire aurait valu à MacGregor une plaisanterie au sujet de sa « jolie gueule » et de ses rapports avec les femmes amoureuses, mais Magnus n'était pas d'humeur. Il se contenta de grogner :

— Peu importe.

Il avait essayé, mais cela ne suffisait pas. Elle l'avait éconduit à nouveau. *N'y pense pas, concentre-toi sur ta tâche.* Il refoula la bile acide dans sa gorge et scruta la route devant lui.

— Je crois voir quelque chose, déclara-t-il soudain.

Il éperonna son cheval et partit au galop.

Quelques instants plus tard, il lança par-dessus son épaule :

— Ce sont eux !

À sa surprise, l'un des deux hommes qui chevauchaient vers eux n'était autre que Sutherland lui-même. Il était accompagné de Fraser.

C'était inattendu de la part d'un homme censé avoir pris la fuite. D'autre part, il semblait parfaitement calme.

— Où sont les autres ? demanda Magnus.

— Nous nous sommes séparés à quelques kilomètres d'ici, répondit Sutherland.

Il parut soudain inquiet.

— Et vous, que faites-vous ici ? Il s'est passé quelque chose ? C'est Helen ?

— Ta sœur va bien, répondit MacGregor. Mais quelqu'un a essayé de tuer le roi.

La stupeur des deux hommes était trop flagrante pour être feinte.

— Encore ? soupira Sutherland.

— Comment ? demanda Fraser en même temps.

— Tu as entendu parler de la poudre des Sarrasins ? lui demanda MacGregor.

Le jeune chevalier acquiesça. Sutherland se tourna brusquement vers Magnus d'un air sombre.

— Naturellement, tu as pensé que c'était moi.

— Tu connais quelqu'un d'autre qui sait manipuler la poudre noire ?

— Oui, mais tu l'as tué.

Sa pique atteignit sa cible et Magnus tiqua. Soudain, l'air mauvais de Sutherland se mua en effroi.

— Ah, sacrebleu ! murmura-t-il.

— Qu'y a-t-il ? demanda Magnus.

— Munro ! Nous devons rentrer immédiatement au château.

— Il n'est pas parti avec vous ?

— Si, mais au bout de quelques minutes, il a fait demi-tour sous un prétexte quelconque. J'avais prévenu mon frère qu'il était capable de tout. Il n'a jamais pu avaler que Will se soit soumis à Bruce, mais mon frère a toujours eu un faible pour son vieux camarade.

— Comment saurait-il se servir de la poudre ?

— Je n'en sais rien. Ce n'est pas moi qui le lui ai appris et je n'ai jamais eu le quart des connaissances de Gordon dans ce domaine. Écoute, peu m'importe que tu me croies ou pas. Mais si c'est Munro et qu'il est toujours en vie, tu peux être sûr qu'il essaiera encore.

Magnus n'avait pas besoin d'en savoir plus. Une fois encore, Sutherland et lui étaient d'accord, ce qui commençait à devenir inquiétant. Ils firent demi-tour et galopèrent ventre à terre vers le château.

29

Il avait à nouveau échoué.

Juste avant de sauter dans la fosse des latrines, il avait vu le roi et MacGregor courir hors du donjon. Il avait ravalé son cri de rage.

Il avait mal évalué le temps qu'il lui faudrait pour allumer les charges. La première avait explosé alors qu'il approchait sa mèche de la quatrième. Une poutre en flammes lui était tombée sur la tête. Son heaume ne l'avait que partiellement protégé et la douleur avait été atroce.

Elle l'était toujours, mais il la domptait, s'en servant pour se donner la force d'accomplir ce qui lui restait à faire.

C'était sa dernière chance.

Il avait pourtant été convaincu que l'explosion réussirait.

La nuit des noces à Dunstaffnage, il avait aperçu Gordon qui traversait la cour et l'avait suivi. Non pas vers la chambre nuptiale mais vers l'armurerie. Là, il l'avait vu sortir de petits sacs en lin d'un grand coffre en bois et les glisser dans son *sporran*. Sa curiosité avait été piquée. Il avait attendu qu'il reparte puis était allé regarder de plus près. Sur le moment, il n'avait pas été certain qu'il s'agisse vraiment de la fameuse poudre noire. Il avait néanmoins eu la présence d'esprit de subtiliser plusieurs sacs.

Quand il avait entendu parler de l'explosion à Threave, ses soupçons avaient été confirmés.

Il avait pensé que les sacs seraient son salut. Le moyen de rendre à son clan sa gloire et son honneur. Tout ce qu'il faisait, c'était pour les Sutherland.

Will finirait par entendre raison. Une fois l'usurpateur mort et la cause rebelle écrasée, il recouvrirait la raison.

Il ne comprenait toujours pas comment l'attaque dans la forêt avait pu échouer. Fichtre, il avait envoyé dix guerriers parmi les meilleurs ! Tout ça à cause de MacKay et d'Helen.

Son temps était compté. MacDougall était fou de rage. Après tout le temps et l'argent consacrés à la préparation de son escadron de la mort... Pire encore, il commençait à perdre la foi. Pour cette dernière tentative, il n'avait envoyé que deux hommes pour l'aider.

Il se tourna vers ces derniers.

— Vous êtes prêts ?

Ils hochèrent la tête sous leurs heaumes noirs.

— Oui, mon seigneur.

Du bord du loch, il contempla la vieille tour. Bruce s'y trouvait-il ? Il espérait ne pas s'être trompé.

Helen s'agenouilla devant le roi et lui prit la main.

— Je vous remercie, sire. Vous ne le regretterez pas.

— Je le regrette déjà, répondit-il en riant. J'ai l'impression qu'un certain Highlander n'appréciera pas notre projet.

Helen ne le démentit pas. Magnus serait hors de lui, mais cela ne l'arrêterait pas.

— Il se fera une raison, répondit-elle.

Le roi était trop galant pour mettre ses paroles en doute.

— Vous êtes certaine de vouloir partir si tôt ?

— Mon frère et lady Muriel embarquent demain pour Dunstaffnage. J'ai hâte de me mettre en route.

Le roi la dévisagea longuement. Elle crut qu'il allait changer d'avis, puis il déclara :

— Je vous souhaite un bon voyage. Ma lettre sera prête avant votre départ. Vous savez à qui la donner ?

Elle acquiesça, puis prit congé avant qu'il ne se ravise. Une fois dans le couloir, elle se mordit la lèvre. Son projet n'était pas seulement dangereux et « osé », il était également excitant et, surtout, important. Elle pourrait mettre ses talents de guérisseuse à bon usage. Le meilleur qui soit.

Elle venait de descendre un étage quand elle entendit des sons étouffés, suivis d'un bruit sourd. Ils provenaient d'une petite pièce donnant sur le palier. Se rendant compte qu'il s'agissait des latrines, elle allait repartir discrètement quand il lui vint à l'esprit qu'il ne s'agissait pas vraiment de bruits émis par quelqu'un qui se soulageait.

D'autre part, que faisait cette personne ici ? Il ne devait y avoir personne dans la tour hormis le roi et les gardes devant la porte.

Elle tendit l'oreille et son sang se figea en percevant des chuchotements. Il y avait au moins deux voix.

Elle rasa le mur et s'approcha lentement de la porte. Celle-ci était fermée mais il y avait suffisamment d'espace entre les planches pour qu'elle distingue des silhouettes sombres penchées au-dessus du trou creusé dans la pierre.

Elle ne mit pas longtemps à comprendre. Les latrines donnaient sur le mur extérieur de la tour afin que les excréments soient directement évacués dans l'eau du loch. Ces hommes avaient trouvé le moyen d'escalader la paroi.

Elle fut d'abord tentée de crier pour appeler les gardes au pied de la tour. Elle n'était pas certaine qu'ils l'entendent. En revanche, elle révélerait sa présence aux intrus. Ils auraient le temps de les tuer, elle et le roi, avant que les gardes aient pu monter jusqu'à eux.

Non, sa meilleure chance était de prévenir le roi et de tenter de descendre l'escalier avant qu'ils puissent...

Trop tard, la porte commençait à s'ouvrir.

Elle recula dans l'ombre, grimpa les marches et s'engagea dans le couloir menant à la chambre du roi. Elle entendait des pas derrière elle.

Elle ouvrit la porte, se glissa dans la pièce et la referma doucement derrière elle.

— Lady Helen ! s'exclama le roi en la voyant de retour. Que se passe-t-il ?

Elle examina la chambre tout en lui répondant :

— Des hommes, sire. Ils sont au moins trois et ils viennent par ici. Soufflez toutes les chandelles. Nous n'avons pas beaucoup de temps. Ils ne tarderont pas à trouver quelle est votre chambre.

C'était une petite tour avec quelques pièces seulement par étage. Ils devineraient rapidement que le roi était logé le plus haut possible.

Bruce avait déjà saisi son épée, mais ils savaient qu'il n'avait aucune chance contre trois hommes.

— Essayez de trouver de l'aide, lui lança-t-il. Je vais tenter de les retenir.

Mais Helen avait une autre idée.

Magnus et les autres s'engouffrèrent sous le portail juste au moment où retentissait le premier cri. Ils se précipitèrent aussitôt vers la vieille tour qui abritait le roi.

La plus grande confusion régnait parmi les gardes qu'il avait postés devant la porte. Sans perdre de temps à poser des questions, il s'engouffra dans l'escalier et grimpa quatre à quatre, MacGregor, Sutherland et Fraser sur ses talons.

Il entendit un fracas de métal au-dessus de lui, puis le bruit sourd d'un corps tombant sur le plancher. Une fois au troisième étage, il jaillit dans le couloir. Il n'y avait que trois chambres à cet étage ; celle du roi était au fond.

L'homme au sol était l'un des siens. Un autre se tenait au-dessus de lui, tout vêtu de noir. La puanteur dans l'air lui indiqua par où il était entré. Avec un cri de rage, Magnus sortit la dague de sa ceinture. L'espace était trop étroit pour utiliser une épée ou une masse d'armes. Il bondit.

Au même moment, il vit deux autres hommes sortir de la chambre du roi.

Après avoir occis le premier, il s'attaqua à celui sur sa gauche, qu'il avait reconnu sous son casque.

Pendant ce temps, MacGregor se chargeait de celui de droite.

— Tu voulais ta revanche, Munro, lança Magnus. Tu vas l'avoir.

— Tu as enfin compris ! s'esclaffa Munro.

D'un geste nerveux, il retira son heaume, qui ne pourrait que le gêner dans un combat rapproché.

Magnus eut un mouvement de recul en voyant la peau brûlée et boursouflée sur toute une moitié de son visage. Il n'avait plus de cheveux non plus sur ce côté de sa tête.

— Tu as été pris à ton propre piège, Munro ? Ça doit être très douloureux. Ça t'apprendra à jouer avec le feu.

— Bâtard !

Munro se jeta sur lui. Compte tenu de l'espace exigu, ils savaient tous les deux que les premiers coups seraient décisifs.

Munro avait une faiblesse : son arrogance et son agressivité. Il se précipita, comme l'avait prévu Magnus, qui évita sa lame d'un bond sur le côté au dernier instant, puis lui envoya un coup de coude dans le nez. Si Munro avait eu de la place pour reculer, il s'en serait peut-être sorti, mais il heurta le mur. Magnus profita de sa surprise pour lui plonger sa dague dans le ventre.

Munro s'affaissa contre lui et il maintint sa lame en place jusqu'à ce qu'il s'effondre sur le sol. De son côté, MacGregor venait d'expédier de la même manière le troisième homme. Ils échangèrent un regard puis suivirent Sutherland qui venait de se précipiter dans la chambre du roi.

Il y faisait sombre.

Craignant le pire, Magnus ouvrit grand les volets pour laisser entrer le clair de lune.

Il examina la pièce. Il n'y avait personne. Rien.

— Où est-il ? demanda MacGregor.

Il y eut un bruissement sourd puis un corps tomba dans la cheminée.

— Je suis là, répondit le roi.

Il se tourna et aida quelqu'un à descendre du conduit.

Magnus blêmit en reconnaissant le bout d'une robe bleue. Celle qu'Helen avait portée plus tôt dans la journée. *Doux Jésus !*

— Helen ? demanda-t-il sans pouvoir le croire.

— Helen ? répéta Sutherland sur le même ton.

— Enfin, que fiches-tu ici ? s'exclama Magnus.

— Elle a volé à mon secours, répondit le roi. Une fois de plus.

Il adressa un clin d'œil à Helen, qui rosit.

Magnus, stupéfait, écouta le roi lui expliquer ce qui s'était passé, avec quelques clarifications de la part d'Helen. Elle était venue le prévenir de la présence des intrus. Ne voulant pas attirer leur attention vers l'endroit où ils se trouvaient, elle avait lancé des objets par la fenêtre pour alerter les gardes en contrebas. Pour gagner encore un peu de temps, ils avaient tenté d'effacer toute trace de la présence du roi, soufflé les chandelles, puis s'étaient glissés dans le conduit de cheminée.

— C'était malin de sa part, non ? déclara le roi. Je n'y aurais pas pensé tout seul.

Magnus aurait pu être fier d'elle et impressionné par son nouvel usage des parties de cache-cache, s'il n'avait pas vu rouge. Quand il pensait aux dangers auxquels elle s'était exposée...

Pour la troisième fois en une semaine, il avait failli la perdre.

Ils se regardèrent et un puissant courant passa entre eux.

Elle se tourna vers le roi.

— Avec votre permission, sire, je vais me retirer. Une journée chargée m'attend demain.

Elle n'était pas aussi calme qu'elle voulait le paraître. Magnus vit ses mains trembler avant qu'elle ne les cache dans les plis de ses jupes.

— Je te raccompagne, déclara-t-il.

— Ce ne sera pas nécessaire.

Il serra les dents.

— Il y a des morts dans le couloir, la prévint-il. L'un d'eux est Munro.

Elle pâlit légèrement.

— Oh... Je vois.

— Je t'accompagne, dit à son tour Sutherland.

Elle se tourna vers lui comme si elle venait juste de remarquer sa présence.

— Je croyais que je n'existais plus pour toi ?

Sutherland lança un regard noir vers Magnus.

— Ça veut dire que tu as accepté de l'épouser ?

Magnus se tendit. Elle ne lui adressa pas un regard avant de répondre :

— Non. Mais j'ai décidé de te prendre au mot. J'en ai assez que tu te mêles de ma vie. Vous pouvez vous entretuer tous les deux si cela vous chante. Je ne me mettrai plus entre vous.

— Permettez-moi de vous conduire à votre chambre, ma dame, proposa MacGregor.

Elle lui adressa un sourire reconnaissant.

— Merci. Justement, je voulais vous parler.

Magnus les regarda sortir, fulminant. Il aurait voulu la rattraper, mais...

Pour quoi faire ? Elle l'avait rejeté.

Il passa les heures suivantes à remettre de l'ordre. Les autres membres de la suite royale furent informés de ce qui s'était passé. Les corps furent enlevés. Encore sous le choc, le comte de Sutherland fut interrogé au sujet de Munro.

Son devoir accompli pour la journée et le roi en sécurité dans son lit, il prit une cruche de whisky et s'assit près de la cheminée de la grande salle. Les tables avaient été démontées et plusieurs hommes dormaient déjà enroulés dans leur plaid sur le sol.

Lui-même était encore trop énervé pour trouver le sommeil. Il entendait encore Helen : « Je t'aime, mais je ne t'épouserai pas. Pas dans ces conditions. » Sur le coup, il avait été trop stupéfait pour saisir le sens de ses paroles, mais il les comprenait à présent. Comment pouvait-il faire ce qu'elle lui demandait ? Dieu savait qu'il avait essayé. Comment se pardonner à lui-même ? Pourtant, sans cela, il allait la perdre.

Sutherland entra dans la salle et la balaya du regard. Il aperçut Magnus et vint vers lui.

— Pas maintenant, Sutherland. Nous réglerons nos comptes plus tard.

Sutherland se laissa tomber sur le banc à son côté et déclara comme si de rien n'était :

— J'ai pensé que tu voudrais me présenter tes excuses.

— Pour quoi ?

— Pour m'avoir accusé à tort d'avoir voulu tuer le roi.

— J'avais de bonnes raisons.

Sutherland le dévisagea d'un air songeur.

— Au fond, tu ressembles plus à Munro que tu ne le crois.

Magnus marmonna un juron et lui expliqua où il pouvait se mettre cette pensée. Sutherland ne se laissa pas démonter.

— Il était trop têtu et trop fier pour voir ce qui était juste sous ses yeux.

— Ta sœur m'a éconduit. Tu ne l'as pas entendue ?

— Si, mais si j'aimais quelqu'un autant que tu prétends l'aimer, je ferais l'impossible pour lui faire changer d'avis.

— Venant de toi, je trouve ça plutôt drôle. D'après ce qu'on m'a dit, tu n'as jamais aimé une femme de ta vie.

Il s'interrompit et lui lança un regard suspicieux.

— Et d'abord, qu'est-ce qui te prend ? Ça fait des années que tu fais tout pour nous séparer.

— C'est vrai, mais la différence entre toi et moi, c'est que je suis capable de reconnaître mes erreurs. Je croyais que tu mentais au sujet de Gordon.

— C'était le cas.

— Mais pas pour les raisons que je pensais. Helen m'a raconté ce qui s'est passé. Enfin... elle l'a raconté à Will puisqu'elle ne me parle plus. Je ne te le dirai qu'une seule fois, alors écoute-moi bien. Tu as fait ce que tout le monde espère ne jamais avoir à faire. Mais cela pourrait arriver à n'importe lequel d'entre nous. C'est le côté hideux de la guerre. À ta place, j'aurais fait la même chose, tout comme Gordon.

Magnus se tut, la gorge nouée.

— Il n'aurait pas voulu que tu portes ce fardeau ni que tu te repentes jusqu'à la fin de tes jours.

Magnus ne savait plus quoi dire. Il n'aurait jamais cru entendre ce type de discours dans la bouche de Sutherland.

— Elle sera mieux sans moi, bougonna-t-il. Tu as oublié les risques que cela lui ferait courir ?

— Maintenant que le nom de Gordon circule, elle est déjà en danger. Tu pourras la protéger.

Il émit un petit rire sardonique avant d'ajouter :

— Tant que cela durera entre vous.

Magnus connaissait Sutherland depuis trop longtemps.

— Pourquoi fais-tu ça, au juste ? Je ne peux pas croire que ce soit uniquement pour le bien de ta sœur.

— Tu es vraiment un bougre méfiant. Crois-le ou pas, j'aime ma sœur. Mais tu as raison. Ce n'est pas tout. Je t'ai empêché d'obtenir quelque chose que tu voulais, et tu m'empêches d'obtenir ce que je veux. Je propose que nous ravalions notre fierté et que nous cessions de nous mettre des bâtons dans les roues.

— Et que veux-tu ?

— Faire partie de l'armée secrète.

— Il faudra d'abord me passer sur le corps.

— J'espère que ce ne sera pas nécessaire. Quoi qu'il en soit, j'ai l'intention de présenter ma candidature et cela me faciliterait la tâche si tu ne t'y opposais pas.

— Tu devras d'abord me battre sur le champ de bataille. Pour être admis, tu dois exceller dans un art de combat. Être le meilleur à perdre son sang-froid ne compte pas.

— Je sais. Je m'efforce de me corriger.

Magnus caressa la ciselure de sa timbale. Il revoyait la lame de Sutherland s'abattre sur Helen.

— Tu en as déjà parlé au roi ? demanda-t-il.

Sutherland secoua la tête. Sentant sans doute qu'il avait poussé Magnus aussi loin que possible pour cette nuit, il se leva.

— Réfléchis-y, déclara-t-il. Mais je serais toi, je n'attendrais pas trop longtemps.

— Pourquoi ?

— Helen fait ses bagages. Elle part demain avec Will et Muriel.

Le sang de Magnus se figea. *Elle part ?* Il remarqua à peine que Sutherland s'était éloigné.

Comment pouvait-elle le quitter ainsi ? Comme la première fois, quand il l'avait vue s'en aller avec sa famille. Son orgueil l'avait retenu de courir après elle.

Non, Sutherland se trompait. Il ne ressemblait pas à Munro.

Trop têtu. Trop fier. Ne voyant pas ce qui était juste sous son nez.

En refusant d'accepter Bruce comme son roi, Munro avait tout perdu. Son entêtement allait lui coûter la même chose.

30

Helen venait d'enfiler sa chemise quand la porte s'ouvrit. Le courant d'air chassa aussitôt l'air humide et chaud de son bain.

Elle tressaillit, puis se figea en voyant Magnus entrer dans la pièce et refermer la porte derrière lui. Il regarda le tub plein d'eau fumante, puis ses cheveux humides.

— On dirait que j'arrive quelques minutes trop tard.

Son ton suggestif la fit rosir, mais elle refusait de laisser son désir pour lui affaiblir sa détermination.

— Que fais-tu ici, Magnus ?

Il indiqua la petite pile de vêtements soigneusement pliés sur le lit. Elle la mettrait dans la malle de Muriel avant son départ le lendemain matin.

— J'ai appris que tu me quittais à nouveau. Je ne pensais pas que tu capitulerais si facilement.

— Facilement ! balbutia-t-elle.

Quel culot ! Cela faisait des mois qu'elle s'efforçait de lui faire entendre raison !

Sans prêter attention à son regard furieux, il poursuivit :

— Tu n'emportes pas grand-chose.

— Mes malles se trouvaient dans la tour qui a brûlé. Qu'est-ce qui te fait sourire comme ça ?

— Rien, je me disais que c'était dommage de perdre toutes ces nouvelles robes.

Le mufle. Elle croisa les bras sur sa poitrine.

— Ce n'est pas grave, j'en commanderai d'autres.

Il ne répondit pas, se contentant de lui adresser un regard qui signifiait clairement : « C'est ce qu'on verra. »

Que lui prenait-il ? Pourquoi se comportait-il comme s'il avait des droits sur elle ? Ne l'avait-il pas entendue refuser sa demande en mariage ?

Elle écarquilla les yeux quand il commença à ôter son *cotun*. Il le lança sur une chaise puis souleva sa chemise en lin. Quelques instants plus tard, elle contemplait son torse nu. Hâlé, large, finement ciselé de muscles. Simplement magnifique.

L'ordure savait parfaitement l'effet que cela lui faisait. Il avait décidé de porter des coups bas.

— Que fais-tu ? lui demanda-t-elle sèchement.

— Ton bain a l'air divin. Ce serait dommage de gaspiller toute cette eau chaude.

— Je croyais que tu préférais les lochs glacés.

Il se mit à rire.

— Bah, je ne suis pas contre un peu de luxe non plus. Il faut bien que je m'habitue à une vie rangée.

— Tu ne m'as pas entendue tout à l'heure ? J'ai refusé de t'épouser.

— Oh si, je t'ai bien entendue.

Elle perdit momentanément le fil de la conversation en le voyant dénouer les lacets de ses chausses, puis de ses culottes. Elles tombèrent sur le plancher. Entièrement, superbement nu, il entra dans le tub et s'enfonça dans l'eau chaude avec un grognement de bonheur.

— Hmm... que ça fait du bien !

Il disparut sous l'eau, puis réapparut quelques secondes plus tard, les cheveux ruisselants et plaqués sur son visage. Il posa les bras sur les bords du tub et la contempla d'un air satisfait. Pour un peu, il lui demanderait de lui frotter le dos !

Elle lança un regard vers la porte.

— Tu ne peux pas rester ici.

— Si tu crains que ton frère ne fasse irruption dans la chambre d'un instant à l'autre pour nous interrompre à nouveau, rassure-toi. C'est lui qui m'a prévenu de ton départ.

— Ah oui ? Et il respirait encore quand tu l'as quitté ?

Il sourit.

— Pour le moment. Je ne peux pas te promettre que cela durera longtemps, mais nous semblons être parvenus à un accord.

Elle se laissa tomber sur le bord du lit, abasourdie.

— Un accord ?

— Ne te fais pas trop d'illusions quand même. Nous ne sommes pas vraiment devenus amis... Disons plutôt que nous avons conclu une alliance.

— Une alliance pour quoi ?

— Pour toi.

Il retrouva soudain un air sérieux et ajouta :

— J'ai pensé que si mon pire ennemi pouvait me pardonner, je pouvais me pardonner à moi-même.

Elle n'en revenait pas.

— Tu parles de William, n'est-ce pas ?

Il acquiesça.

— Qui aurait cru que ton frère serait celui qui me montrerait la lumière ? Je regrette de tout mon cœur ce qui s'est passé, mais j'ai accompli mon devoir et, si c'était à refaire, je le referais. Gordon aussi.

Elle le dévisagea attentivement, cherchant une trace de culpabilité ou de colère. Elle savait à quel point il était doué pour cacher ses émotions. Toutefois, elle ne discernait que du soulagement, comme si un lourd fardeau avait été ôté de ses épaules.

— Pose-moi toutes les questions que tu veux, Helen. Si tu veux me parler de lui, je te répondrai.

Helen secoua la tête, étreinte par l'émotion. Il ne s'était jamais agi de William, mais d'un fantôme, de cette profonde tristesse qui planait autour de Magnus et qu'elle n'avait jamais comprise. Miraculeusement, une grande partie de cette tristesse semblait avoir disparu.

— Allons-nous continuer à reproduire toujours les mêmes erreurs, Helen ? Épouse-moi. Tu pourras refuser autant de fois que tu voudras, je te le demanderai encore et encore jusqu'à ce que tu me donnes la bonne réponse.

Le cœur d'Helen était empli de joie. Tout ce dont elle avait tant rêvé était enfin à sa portée.

Enfin, presque tout.

— Je n'avais pas vraiment capitulé, tu sais, déclara-t-elle.

— Tu ne partais pas ?

Plutôt que de lui répondre, elle saisit la lettre posée sur sa pile de vêtements et la lui tendit. Elle portait le sceau du roi.

— Tu peux la lire. Si nécessaire, je demanderai au roi de la cacheter à nouveau.

Magnus brisa le morceau de cire, déplia le parchemin et le parcourut. C'était un message en gaélique adressé à Tor MacLeod.

Ses traits s'affaissèrent, il leva les yeux vers elle et s'écria :

— Il n'en est pas question !

Magnus se leva d'un bond, s'essuya brièvement avec un linge, puis le noua autour de sa taille.

Avait-elle perdu la raison ? Le roi était-il devenu complètement fou ?

— Je ne te laisserai pas faire, reprit-il en sortant du tub.

Elle avait pris son air buté, ce qui aurait dû le mettre en garde.

— Dans la mesure où tu n'as pas ton mot à dire sur la question, tu n'y pourras rien.

— Si tu t'imagines que je vais te laisser devenir partie intégrante de ce projet, tu te berces d'illusions. Je ne veux pas que tu approches de nos missions. Sais-tu seulement à quel point c'est dangereux ?

— Bien sûr que je le sais ! C'est pourquoi j'ai décidé de devenir la guérisseuse de votre armée secrète. Comment le roi l'a-t-il appelée déjà ? La « garde des Highlands ». Ce n'est pas comme si j'allais prendre les armes et me précipiter au combat avec vous. Je me tiendrai en retrait au cas où l'un de vous aurait besoin de moi.

— Ah, quel soulagement ! lâcha-t-il avec un profond sarcasme.

— Il n'est pas rare de disposer d'un guérisseur pour soigner les blessés après la bataille, lui rappela-t-elle. En outre, beaucoup de femmes suivent leurs hommes au combat.

— Pas la mienne, rétorqua-t-il.

— Je ne suis pas ton épouse. Je n'ai pas dit que j'acceptais de t'épouser.

Il l'attira à lui.

— Si, tu m'épouseras. Même si je dois te traîner pieds et poings liés devant l'autel.

Pour le lui prouver, il l'embrassa. Fougueusement, avec une possessivité qui ne laissait planer aucun doute sur ses intentions.

Il sentit son corps fondre contre le sien. Ses seins, ses hanches, ses cuisses se lovèrent contre lui.

Elle répondit à son baiser avec la même passion, leurs langues s'entrelaçant.

Puis elle s'écarta, le souffle court.

— Ça ne marchera pas, Magnus. Tu ne me feras pas changer d'avis de cette manière. Tu n'es pas le seul à être têtu.

— C'est ce que nous verrons.

Il agrippa le haut de sa chemise et tira d'un coup sec, la déchirant du col à l'ourlet. Elle poussa un cri outragé, mais il ne se laissa pas démonter. Laissant tomber la serviette autour de ses hanches, il la poussa sur le lit et se coucha sur elle.

Il la regarda dans les yeux. Il l'aimait tant que cela lui faisait mal.

— Tu es à moi, Helen. À moi.

Sa voix se brisa.

Elle posa une main sur sa joue.

— Je sais.

Il l'embrassa à nouveau, plus tendrement cette fois.

Elle posa sa tête sur son torse et décrivit de petits cercles sur sa peau nue du bout du doigt.

Il connaissait la cause de son silence. Sa colère s'était dissipée, mais une autre émotion beaucoup plus importante l'habitait encore : l'angoisse.

— Tu veux vraiment le faire, n'est-ce pas ?

— Oui. J'en ai besoin, Magnus. Tout comme tu as besoin de moi, ainsi que tes amis. Si je peux sauver l'un de vous, je dois le faire. C'est ma mission et ma juste place. Je veux être à tes côtés pour tout. En outre, il faut bien que quelqu'un te protège, ajouta-t-elle en souriant.

Il gémit.

— Et qui va te protéger ?

Une lueur espiègle brilla dans ses yeux.

— Tu te souviens que MacGregor a dit que, s'il pouvait faire quoi que ce soit pour moi, je n'avais qu'à le lui demander ? Il a promis de veiller sur moi.

— MacGregor ? répéta-t-il d'une voix étranglée.

Elle fronça le nez.

— Oui, je sais que ça ne te plaît pas beaucoup. C'est vrai qu'il est assez distrayant, avec son visage et tout. Si tu veux, trouve-moi quelqu'un de moins agréable à regarder. Quoique... D'après ce que j'ai vu des autres membres de votre armée, ils sont tous aussi affolants les uns que les autres. Il y a toujours mon frère.

Même s'il savait qu'elle le taquinait, il réagit quand même.

— Je n'ai pas de problème avec MacGregor, mais avec toi. Et si tu t'imagines que je vais laisser ton soupe au lait de frère veiller sur toi... Il n'y a qu'une seule personne qui te protégera : moi !

Il ne pouvait croire qu'il était en train d'accepter. Cela hérissait toutes les fibres de son corps. Néanmoins, il la connaissait suffisamment pour savoir qu'elle ne pourrait pas rester enfermée à l'abri dans un château. Cela tuerait tout ce qu'il aimait en elle.

Elle lui adressa un sourire qui illumina son cœur.

— Alors tu es d'accord ?
— À certaines conditions.

Elle devint aussitôt méfiante.

— Quel genre de conditions ?
— J'en ai toute une liste, mais la première est la plus importante. Si je dois avoir un nouveau partenaire, ce ne pourra qu'être ma femme. Épouse-moi, Helen.

Enfin, elle lui donna la réponse qu'il attendait.

— Oui. Oui. Et oui. Je veux bien être ta femme.

Ce ne fut que beaucoup plus tard qu'elle apprit les autres conditions. Elle était alors trop épuisée et comblée pour en discuter.

Épilogue

Six mois plus tard

Helen se tourna vers son mari, qui chevauchait à ses côtés avec une mine de plus en plus renfrognée. Cela n'avait rien d'étonnant, le château de Dunrobin venait d'apparaître au loin.

Elle se mit à rire.

— Ne fais pas cette tête. Cela ne durera que quelques jours.

Il marmonna quelque chose qui ressemblait à « quelques jours en enfer ».

— Je n'ai pas revu Muriel et Will depuis notre mariage, insista-t-elle.

Il bougonna encore.

— Je ne vois pas où est le problème, reprit-elle. Tu ne détestais pas Will autant que Kenneth, et Kenneth et toi êtes pratiquement frères, désormais.

Il lui lança un regard noir.

— Ton frère est un crétin.

Elle éclata de rire.

— Oui, je sais, tu me l'as déjà dit de nombreuses fois.

À certains égards, il était toujours aussi buté. À d'autres...

Elle songea aux six mois qui s'étaient écoulés depuis qu'elle soignait les membres de la garde des Highlands. Lorsqu'il avait constaté que tout se passait bien, Magnus s'était progressivement détendu et avait abandonné certaines de ses conditions les plus absurdes. Comme si elle pouvait promettre de ne jamais se retrouver avec ne serait-ce qu'un bleu ! De son côté, elle s'efforçait de respecter ses autres promesses. Elle était parfaitement capable d'obéir à un ordre... quand il lui paraissait cohérent.

Elle sourit. Le Saint et l'Ange. MacLeod avait un jour entendu Magnus l'appeler *m'aingeal* et n'avait pu s'empêcher de taquiner le couple « sacré ». Naturellement, les autres membres de la garde avaient repris la balle au bond et l'avaient affublée de ce surnom. Quand elle pensait à ce que Magnus lui avait fait la nuit dernière et à la manière dont il l'avait éveillée au matin, le « pécheur » et la « dévergondée » auraient été plus appropriés.

Jusqu'à présent, leur vie avait été plutôt calme. Toutefois, le roi Édouard d'Angleterre marchait à nouveau sur l'Écosse. La guerre reprenait de plus belle.

Avant le début des hostilités, Bruce leur avait accordé quelques jours afin qu'elle puisse rendre visite à sa famille. Elle comptait bien profiter de chaque minute, époux grincheux ou pas.

Muriel et Will les attendaient dans la cour du château quand ils arrivèrent. Après avoir embrassé son frère et sa nouvelle belle-sœur, elle aperçut une drôle de petite frimousse qui l'observait, cachée derrière les jupes de Muriel.

Elle s'accroupit.

— Et qui es-tu, toi ? demanda-t-elle.

Muriel poussa doucement l'enfant en avant. C'était une petite fille rousse.

— Je te présente Meggie. Meggie, dis bonjour à ta tante et à ton oncle.

La fillette avait trois ans. Elle était orpheline depuis que son père et sa mère avaient été emportés par une fièvre. Elle serait morte elle aussi si Muriel n'était pas parvenue à la sauver. Comme elle n'avait aucun parent pour s'occuper d'elle, Muriel et Will l'avaient accueillie sous leur toit et dans leur cœur.

Son frère si austère et implacable... Qui l'aurait cru ?

L'enfant tendit la main et saisit une mèche d'Helen entre ses doigts potelés.

— Vous avez des cheveux comme moi !

Helen sourit et lui fit un clin d'œil.

— Seules les petites filles les plus chanceuses ont les cheveux roux, tu le savais ? Cela veut dire que les fées les ont bénies.

— Elles vous ont bénie vous aussi, m'dame ?

Helen leva les yeux et croisa le regard de son mari.

— Oh oui !

Elle avait tout ce dont elle avait toujours rêvé. Et bien plus encore.

Note de l'auteur

Les traces écrites les plus anciennes de la longue et formidable querelle entre les MacKay et les Sutherland datent de la fin du XIVe siècle, lorsqu'un chef Sutherland fut accusé d'avoir tué deux chefs MacKay dans le château de Dingwall. Cependant, étant donné que les terres des deux clans étaient contiguës, ce qui génère toujours des conflits, il y a fort à parier que leur antagonisme avait commencé bien avant cela.

Magnus, le chef des MacKay, qui aurait combattu aux côtés de Bruce à Bannockburn en 1314, était le fils de Martin, tué à Keanloch-Eylk dans le Lochaber. On ignore par qui et à quelle date. Sur l'un des sites Web du clan MacKay (www.mackaycountry.com), ils se décrivent eux-mêmes comme « une race de montagnards », ce qui m'a facilité la tâche pour trouver un rôle à Magnus dans la garde des Highlands. Le vrai Bruce avait sûrement de nombreux éclaireurs et guides pour l'aider à s'y retrouver dans le paysage accidenté et traître des « hautes terres » d'Écosse. J'aimais l'idée du guerrier fier et coriace, la quintessence du Highlander.

Magnus eut deux fils, Morgan et Farquhar, mais on ignore le nom de son épouse. Helen est la fille fictive de William, second comte de Sutherland. Ses frères William et Kenneth, eux, s'inspirent respectivement des troisième et quatrième détenteurs du titre. Kenneth devint chef à la mort de son frère William en 1333, celui-ci n'ayant pas eu de fils (ce qui m'a inspiré sa relation avec Muriel). Le fils de Kenneth, appelé lui aussi William (pour changer !), épousa la fille de Bruce, Margaret. Leur fils John fut brièvement désigné comme héritier de son oncle, le roi David II d'Écosse, avant d'avoir la mauvaise idée de mourir de la peste.

Dans mes notes d'auteur, je reviens souvent sur la difficulté d'attribuer des noms. Étant donné que les patronymes et les noms de clan n'étaient pas fermement établis à cette époque, il est parfois difficile de donner un nom à un personnage. Par mesure de simplicité, j'utilise généralement les noms modernes de clans plutôt que les surnoms patronymiques (Magnus « mac » (fils de) Martin) ou les surnoms locatifs (William de Moray/de Moravia). Il semblerait que Sutherland (« terre du Sud ») ait d'abord été un surnom. Lorsque les deux branches de la famille Sutherland se séparèrent vers le milieu du XIIIe siècle, la branche la plus ancienne du Nord devint Sutherland et l'autre Murray (de Moravia/Moray qui, à ma surprise, se prononce « Murray »). À une époque donnée, probablement du temps du grand-père de William et Kenneth, les comtes de Sutherland laissèrent tomber le « de Moray » ou « de Moravia ». Après avoir longuement cherché, j'ai fini par appeler Kenneth, William et Helen des Sutherland de Moray pour éviter les confusions.

Les Sutherland passèrent dans le camp de Bruce en 1309. Compte tenu de leurs liens avec le comte de Ross (ils auraient été alliés et William aurait été son pupille), il m'a paru logique de situer ce revirement peu après la soumission de Ross.

William Gordon est le neveu fictif de sir Adam Gordon, dont un oncle avait effectivement participé à la huitième croisade (1270) et en aurait rapporté la poudre chère au « Templier ». Sir Adam était loyal au roi en exil Jean de Balliol et se rangea donc dans le camp des Anglais contre Bruce à la date relativement tardive de 1313.

La bataille où William trouve la mort est un composite de plusieurs événements. C'est à Édouard de Bruce que revient le mérite (avec James Douglas, Robert Boyd et des troupes d'Angus MacDonald venues des Hébrides) d'avoir conçu l'attaque à la faveur du brouillard. Avec une force d'une cinquantaine d'hommes, il comptait surprendre mille cinq cents soldats sous le commandement d'Aymer St. John. Lorsque le brouillard se dissipa soudain, la petite troupe d'Édouard se trouva exposée. Au lieu de battre en retraite, ils fondirent sur la cavalerie anglaise en provoquant une telle surprise et une telle confusion que les rangs ennemis se rompirent. C'est l'une de ces histoires apocryphes à la David et Goliath, comme on en trouve beaucoup dans le culte de Bruce. Vraie ou pas, à vous de décider.

À cette époque, il y eut deux batailles opposant Édouard de Bruce aux Anglais dans la région. La première se déroula sur les berges de la Dee. Les Anglais prirent la fuite et se réfugièrent dans le château de Threave, qu'Édouard prit ensuite et détruisit (il s'agissait probablement d'une forteresse en bois et non en pierre comme je l'ai décrite). La seconde eut lieu au bord de la Cree. Cette fois, les Anglais se retranchèrent dans le château de Buittle, qu'Édouard ne parvint pas à prendre à ce moment-là.

On considère généralement que le premier parlement de Bruce se tint à St. Andrews le 6 mars 1309. Toutefois, certaines sources évoquent un conseil antérieur au prieuré d'Ardchattan, qui aurait été le dernier parlement tenu en gaélique.

Bruce effectua vraiment une tournée royale pour remercier les chefs des Highlands qui l'avaient secouru durant la période sombre suivant la défaite de Methven. Il m'a semblé cohérent qu'il en ait profité pour rendre visite à ses nouveaux alliés. Cette tournée se déroula probablement au printemps suivant (en mars 1310). Toutefois, Bruce se trouvant à Loch Broom vers août 1309, il se peut qu'elle ait eu lieu avant.

Duncan MacAulay gardait le château d'Eileen Donan (maintes fois photographié) pour le chef MacKenzie. En revanche, on ne connaît pas le nom de son propre château sur le loch Broom. Il m'a semblé qu'il pouvait s'agir de Dun Lagaidh, situé sur une position défensive dominant le loch marin. D'anciennes fortifications y auraient été converties en château durant la période médiévale (www.rcahms.gov.uk.).

Bien que « l'équipe de tueurs » lancée aux trousses de Bruce soit mon invention, il ne manquait pas d'ennemis à cette époque, même dans la partie de l'Écosse qu'il contrôlait, au nord de Tay. Les factions et les querelles meurtrières duraient depuis des années, et les partisans des MacDougall et des Comyn n'allaient pas capituler aussi facilement. D'ailleurs, comme je le mentionne dans le livre, John de Lorn tentait de rassembler des forces à l'ouest afin de revenir en Écosse.

L'idée du coup de hache dans le front de Bruce m'est venue d'une entaille dans l'arcade sourcilière gauche sur un moulage réalisé à partir de ce qu'on pense être son crâne.

On ignore si la longue maladie dont Bruce fut atteint lors de sa campagne vers le nord en hiver 1307 était le scorbut, la lèpre ou autre chose (on a également suggéré la syphilis). Néanmoins, des anomalies découvertes sur l'avant de son crâne laissent penser qu'il s'agissait de la lèpre, qu'il aurait pu contracter plus tardivement.

L'inspiration pour la flèche dans la gorge de Gregor MacGregor est Henry V. À l'âge de seize ans, on lui aurait ôté un trait de flèche enfoncé sous son œil à une profondeur de quinze centimètres (!). On suppose que l'opération fut réalisée par un chirurgien médiéval hautement qualifié.

L'origine de l'expression « Garde tes amis proches et tes ennemis encore plus proches » est inconnue, quoi qu'on l'attribue parfois à un général chinois du VIe siècle avant J.-C.

Quelques détails mineurs : Dun Raith est un nom de mon invention pour désigner l'ancienne structure nordique sur laquelle a été bâti le château de Leod. Quant à Loch Glascarnoch, où campe la troupe royale, il s'agit d'un loch artificiel bien plus tardif.

Comme toujours, rendez-vous sur le site www.monicamccarty pour des photos des lieux mentionnés dans ce livre, des notes d'auteur plus approfondies, des scènes coupées et plus encore.

Remerciements

Un grand merci à mon éditrice, Kate Collins, la championne du retour rapide. Sur les huit (!) livres sur lesquels nous avons collaboré, je crois bien qu'elle a toujours mis en moyenne de deux à trois jours pour me répondre. C'est impressionnant, surtout compte tenu de sa charge de travail. En tant qu'auteur, vous n'imaginez pas le soulagement de ne pas avoir à attendre sur des charbons ardents. Et, comme toujours, merci de m'aider à rendre mes histoires meilleures grâce à tes observations perspicaces et avisées.

Que serais-je devenue sans Junessa Viloria, ma merveilleuse « gardienne » ? Merci de faire en sorte que tout roule. Tu es la meilleure !

Merci à toute l'équipe de chez Ballantine pour avoir fait de mon manuscrit brut une œuvre achevée avec une superbe couverture trônant dans toutes les librairies. Merci particulièrement à Lynn Andreozzi et au département artistique pour, non pas une, mais deux couvertures ! J'apprécie tous vos efforts pour réaliser ce travail aussi rapidement.

Merci à mes merveilleux agents, Annelise Robey et Andrea Cirillo, pour leur soutien constant et sans faille. Annelise, je souris encore quand je pense au message que tu m'as laissé après avoir lu ce livre. Si seulement nous utilisions encore des répondeurs, je pourrais me le repasser dès que j'ai besoin d'un discours d'encouragement.

Merci à Emily Cotler, à Estella Tse et à toute l'équipe de Wax Creative. Grâce à eux, mon site Web est toujours aussi beau et à jour.

J'ai la chance d'avoir un grand groupe d'amis écrivains toujours prêts à faire du *brainstorming*, à discuter des ficelles du métier et à se réunir pour déjeuner. Merci à Bella Andre, Barbara Freethy, Carol Grace, Anne Mallory, Tracy Grant, ma compagne de voyage Veronica Wolff et Jami Alden, toujours le premier à répondre à l'appel et mon lecteur alpha (jamais bêta).

Enfin, merci à mon mari Dave, en passe de devenir un as du gril et à qui il arrive même de me remplacer au pied levé devant les fourneaux. La nécessité est la mère de l'inventivité. Et à Reid et à Maxine, qui en sont la preuve vivante : s'ils ont suffisamment faim, ils mangeront n'importe quoi.

10696

Composition
FACOMPO

*Achevé d'imprimer en Italie
par GRAFICA VENETA
le 19 février 2014.*

Dépôt légal : février 2014.
EAN 9782290076934
L21EPSN001127N001

ÉDITIONS J'AI LU
87, quai Panhard-et-Levassor, 75013 Paris

Diffusion France et étranger : Flammarion